PRÉFECTURE DE LA SEINE.

DOCUMENTS

RELATIFS AUX

EAUX DE PARIS.

PARIS.

TYPOGRAPHIE DE CHARLES DE MOURGUES FRÈRES,

RUE J.-J. ROUSSEAU, 8.

—

1861.

PREMIER MÉMOIRE

SUR LES

EAUX DE PARIS

PRÉSENTÉ PAR

LE PRÉFET DE LA SEINE

AU

CONSEIL MUNICIPAL.

(4 Août 1854.)

PARIS.

TYPOGRAPHIE DE CHARLES DE MOURGUES FRÈRES,

RUE J.-J. ROUSSEAU, 8.

—

1858.

SOMMAIRE.

SOMMAIRE GÉNÉRAL DES MATIÈRES.

PREMIER MÉMOIRE

SUR LES

EAUX DE PARIS

PRÉSENTÉ PAR

LE PRÉFET DE LA SEINE

AU

CONSEIL MUNICIPAL.

(4 Août 1854.)

MESSIEURS,

Je viens réclamer toute votre attention en faveur d'une question aussi difficile qu'importante à résoudre : celle des EAUX DE PARIS.

Vous êtes saisis de grandes et nombreuses affaires ; mais je n'en sais point qui méritent d'être plus sérieusement étudiées. Il s'agit, en effet, d'un intérêt de premier ordre pour la population de Paris, d'un service municipal très-étendu et de travaux considérables à entreprendre pour compléter ce service et satisfaire cet intérêt.

HISTORIQUE DU RÉGIME ACTUEL.

A toutes les époques, l'administration publique s'est occupée avec un soin paternel de fournir aux habitants de Paris l'eau nécessaire aux usages domestiques. L'ancienneté et les origines diverses de plusieurs de nos établissements hydrauliques sont des preuves de sa constante sollicitude.

Il en est un qui remonte à la domination romaine : c'est l'aqueduc d'Arcueil, dont l'opinion commune attribue les premiers ouvrages à l'empereur Julien, et qui amenait au palais des Thermes les eaux de sources des coteaux de Rungis, de L'Hay, de Cachan et d'Arcueil.

Sur la rive droite de la Seine, l'abbaye de Saint-Laurent et celle de Saint-Martin-des-Champs, fondées aux vi^e et xie siècles, firent dériver, à des époques fort reculées, mais qu'il serait difficile de préciser, les eaux des prés Saint-Gervais, venant des hauteurs de Romainville et de Ménilmontant, et celles des coteaux de Belleville. Les religieux de ces abbayes étaient propriétaires et seigneurs des territoires sur lesquels les eaux recueillies prenaient source, et ils exerçaient l'administration municipale dans les communes dépendant de leurs fiefs. Ils établirent auprès de leurs couvents, pour les habitants voisins, des fontaines dont l'indication se trouve dans les registres des censives, et dont quelques-unes se sont conservées jusqu'à nous : telles sont la fontaine Saint-Lazare et la fontaine Maubuée (1).

Les rois s'empressèrent de protéger ces utiles entreprises ; ils consacrèrent des sommes considérables à des ouvrages de même nature, et ils étendirent le bienfait des eaux publiques à mesure que la ville de Paris reçut de nouveaux accroissements.

Philippe-Auguste, en établissant les halles, y fit arriver l'eau des prés Saint-Gervais pour la distribuer dans deux fontaines, dont l'une était celle des Innocents (2). Henri IV construisit la pompe de la Samaritaine et ordonna les travaux du nouvel aqueduc d'Arcueil. Un grand nombre de nouvelles fontaines sont dues à Louis XIV.

Aussitôt que le pouvoir municipal eut à Paris son organisation distincte, une des préoccupations de ses dépositaires fut le développement de la distribution des eaux. On trouve dans les plus anciens

---

(1) Maubuée, *mauvaise lessive*. Ce nom prouve que, dès l'origine, on avait reconnu la mauvaise qualité des eaux des sources du nord, peu propres aux usages domestiques.

(2) La fontaine des Innocents, placée d'abord à l'angle des rues aux Fers et Saint-Denis et adossée à l'église des Saints-Innocents, fut reconstruite au milieu du marché en 1786.

registres de la Ville des délibérations et des ordonnances du prévôt des marchands et des échevins relatives à cette distribution, à l'entretien des conduites, des aqueducs et des fontaines. Un maître fontainier était chargé, sous leurs ordres, d'en diriger le service.

En 1457, le prévôt des marchands et les échevins firent reconstruire l'aqueduc de Belleville tel qu'il existe aujourd'hui, avec ses regards, qui sont de véritables monuments. Ils furent, en outre, admis à rechercher de nouvelles eaux pour augmenter celles de l'aqueduc d'Arcueil, dont ils surveillaient la construction sous l'autorité des trésoriers de France. La pompe Notre-Dame, qui alimente un grand nombre de fontaines, est une création purement municipale.

Les travaux hydrauliques de Paris furent donc exécutés, tantôt exclusivement aux frais du trésor royal, tantôt aux frais de la Ville seule, tantôt en participation; mais l'ensemble du service était subordonné à des règlements généraux, dont quelques-uns sont encore en vigueur.

On peut comprendre, d'après cet exposé, comment les eaux de Paris se divisaient en *Eaux du Roi* et en *Eaux de la Ville;* comment elles étaient souvent réunies dans les mêmes aqueducs et dans les mêmes conduites jusqu'à des cuvettes de distribution, où le partage en était fait; comment, enfin, les eaux de la Ville participaient aux immunités des eaux du Roi.

La protection royale ne garantit pas toujours cependant les eaux municipales des usurpations et des abus. Souvent même, l'influence de l'exemple du souverain contribua puissamment à faire oublier le caractère inaliénable et imprescriptible que la loi civile a toujours accordé aux choses du domaine public. Ainsi, les rois ayant concédé, soit à des établissements religieux, soit à des particuliers, une partie des eaux royales, le bureau de la Ville imita cette libéralité, et bientôt les hôtels des grands seigneurs, ceux des prévôts des marchands et des échevins furent dotés de concessions gratuites.

Quelques habitants en obtinrent aussi pour argent, mais en versant une somme minime, une seule fois payée, rémunération presque toujours dérisoire.

L'emploi abusif que les concessionnaires faisaient de l'eau produisit la pénurie des fontaines publiques. Pour remédier au mal, plusieurs rois, et l'administration municipale elle-même, prirent souvent le parti de réduire et même de supprimer les anciennes concessions. Le document le plus ancien et le plus remarquable en ce genre est une ordonnance du roi Charles VI, en date du 9 octobre 1392. Il y est dit : « que certaines personnes, ayant eu autorité près des rois, ont « obtenu, par leur puissance et importunités, ou sous ombre de services « rendus, la licence de prendre pour leur usage particulier une partie « des eaux publiques, au grand détriment des habitants ; que ces con-« cessions sont supprimées ; que les tuyaux en seront coupés ; que si, « dans l'avenir, il en est fait de nouvelles, elles sont d'avance décla-« rées nulles, et que défense est faite d'obéir aux lettres royales qui « les auraient octroyées. »

Le parlement et le bureau de la Ville étaient « chargés de l'exécu-« tion de la mesure, sans aucune faveur ni délai, et sans recevoir au-« cune opposition ni déférer à aucune appellation. »

Le principe de l'inaliénabilité des eaux de Paris se trouve consacré dans plusieurs autres actes souverains émanés de Henri II, de Henri IV, de Louis XIII et de Louis XIV.

Cependant, un grand nombre d'anciennes concessions, plus ou moins abusives, se sont perpétuées jusqu'à nos jours, et l'administration mu-nicipale a eu souvent à lutter pour affranchir le domaine de la Ville de plusieurs de ces dérivations privées. Elle est parvenue à faire léga-lement reconnaître et à remettre en vigueur les anciens règlements. Elle les applique, pour supprimer successivement les concessions par-ticulières, quel qu'en soit le titre, en payant, suivant les circonstances, des indemnités à ceux qui justifient d'un titre onéreux. Il existe aujourd'hui 85 concessions connues, qui, ensemble, absorbent environ 13 pouces d'eau, ou 260 mètres cubes par jour (1).

Le volume total des eaux de Paris, tant royales que municipales, montait à environ 200 pouces fontainiers, lorsqu'en l'année 1777, une

(1) Un pouce fontainier donne en vingt-quatre heures, 19,195 litres, soit environ 20 mètres cubes.

compagnie particulière, à la tête de laquelle étaient les frères Périer, obtint, pour quinze années, le privilége de placer des conduites sous les rues et d'établir une distribution nouvelle destinée à des abonnements particuliers.

La compagnie se constitua, émit des actions, créa tout d'abord les pompes à feu et les réservoirs de Chaillot, et plus tard les pompes du Gros-Caillou (1), posa des conduites sous les principales rues des deux rives de la Seine, ouvrit des fontaines marchandes, et fit, avant l'achèvement de ses travaux, monter de 1,200 fr. à 4,000 fr. le prix de chacune des 5,000 actions qu'elle avait émises. Le capital primitif était donc porté par l'agiotage à 20 millions. La somme qu'il fallut dépenser ne monta pas à moins de 10 millions. Mais les revenus ne furent jamais en proportion avec ce dernier chiffre, bien loin de répondre aux espérances qu'on avait conçues. La nouvelle quantité d'eau obtenue ne dépassa pas 250 pouces. Le produit de la meilleure année (1786) ne s'éleva qu'à 112,161 fr.

La compagnie proposa alors à la Ville de lui vendre l'entreprise. On convint d'un prix de 18 millions; mais le traité ne fut jamais ratifié.

En 1789, les quatre cinquièmes des actions se trouvaient déposés au Trésor, en nantissement de prêts. Afin de sauvegarder ses droits et d'assurer le service public, compromis par la ruine de la compagnie, l'État s'empara de l'entreprise, et en réunit l'administration à celle des anciennes eaux du Roi. La liquidation de l'affaire donna lieu à un procès qui ne s'est terminé qu'en 1828, par une transaction.

De 1790 à 1800, plusieurs projets furent mis en avant pour organiser un système général de distribution; ils n'eurent pour résultat que de tourner la pensée du Premier Consul vers cet important objet. Jaloux de pourvoir la ville d'un volume d'eau qui pût satisfaire largement à tous les besoins, le Premier Consul décida, le 29 floréal an X, la

---

(1) On voit que la faute commise par le choix de points en aval de Paris est du fait de la compagnie Périer.

dérivation de l'Ourcq, dont il fit à la fois un canal de navigation et un moyen d'alimentation des fontaines de Paris et des concessions privées.

Enfin, un décret du 6 prairial an XI, modifié par un autre décret du 4 septembre 1807, ordonna la réunion de toutes les eaux anciennes et nouvelles en une seule administration, ayant le caractère municipal, régie, aux frais de la Ville de Paris, par le Préfet de la Seine, sous la surveillance du directeur général des Ponts et Chaussées et l'autorité du Ministre de l'Intérieur.

C'est depuis lors que la Ville se trouve en possession de l'ensemble du service.

Aux anciennes eaux, dont le volume était, en 1807, d'environ 450 pouces, la vaste opération de la dérivation de l'Ourcq, exécutée en entier au compte de la Ville, est venue ajouter des eaux nouvelles dont l'importance est allée croissant en raison de l'avancement des travaux. Le traité passé, en 1818, avec la compagnie concessionnaire, a réglé, dans les termes suivants, la répartition du produit du canal de l'Ourcq entre le service hydraulique de Paris et celui de la navigation :

« Sur le volume d'eau qui sera amené au bassin de La Villette, la « Ville de Paris se réserve en jouissance jusqu'à concurrence de « 4,000 pouces, qu'elle pourra prendre au fur et à mesure de ses « besoins et dans toutes les saisons de l'année, pour les employer au « service des fontaines publiques et de toute autre espèce de distribu- « tion dans l'intérieur de Paris.

« Tout le surplus de ces eaux restera à la disposition de la compa- « gnie, pour alimenter la navigation et les usines du canal de Saint- « Denis, et ce, jusqu'à la confection du canal de Saint-Martin, pour « lequel il est réservé par la Ville de Paris moitié de ce surplus. »

En 1841, la mauvaise qualité des eaux de certains affluents de l'Ourcq en a nécessité l'abandon, et une convention additionnelle faite avec la compagnie concessionnaire, en vue d'améliorations diverses, assura la réunion au canal des eaux de la petite rivière du Clignon, négligées tout d'abord.

La Ville a pris à sa charge la totalité de la dépense de cette dérivation accessoire, et la totalité des eaux pouvant en provenir lui a été réservée par une clause ainsi conçue :

« A toutes les époques de l'année et sauf le cas d'avarie, la Ville de
« Paris prélèvera sur le produit des eaux arrivant à la gare circu-
« laire ou à La Villette, et par addition à la quantité qu'elle a droit d'y
« prendre, aux termes du traité de concession, le volume des eaux
« que pourra produire la dérivation du Clignon. »

On évalue à 1,200 pouces la nouvelle quantité d'eau mise ainsi à la disposition de la Ville : c'est donc au total 5,200 pouces que le canal de l'Ourcq peut lui fournir aujourd'hui.

En 1837, un puits artésien a été foré à l'abattoir de Grenelle ; terminé en 1841, il a subi beaucoup de vicissitudes ; mais, depuis environ deux ans, il fournit régulièrement de 40 à 50 pouces.

En 1848, une petite pompe à feu, donnant de 35 à 45 pouces, a été placée sur la rive gauche de la Seine, en amont du pont d'Austerlitz, pour alimenter les chemins de fer d'Orléans et de Lyon, l'abattoir de Villejuif, et la Salpêtrière, dont la population de 7,000 administrés est supérieure à celle de beaucoup de petites villes.

Enfin, en 1851, comme la vétusté des anciennes pompes en nécessitait le remplacement dans un délai rapproché, l'administration municipale résolut d'abandonner celles du pont Notre-Dame et du Gros-Caillou et de concentrer le principal service d'eau de Seine à Chaillot. Elle commença, sur ce dernier point, la construction d'énormes machines, à peine terminées aujourd'hui, dont chaque coup de piston n'élève pas moins de 1,200 litres d'eau et dont le produit alternatif est évalué à 1,350 pouces.

Un vote récent de la Commission Municipale (19 mai 1854) ayant ouvert un crédit pour l'établissement d'un double service de chaudières, rien n'empêchera que, sauf les chômages indispensables à la visite périodique des appareils et aux travaux de réparations, les deux machines ne marchent simultanément et ne donnent, par conséquent, une quantité d'eau beaucoup plus considérable que la quantité prévue, soit au moins 2,000 pouces en moyenne.

DISTRIBUTION DES EAUX DANS PARIS.

En réunissant, dans l'ordre d'importance relative, les quantités d'eau qui seront encore disponibles après la suppression de la pompe Notre-Dame et de celle du Gros-Caillou, dont le service continue provisoirement (1), on trouve un total de 7,390 pouces fontainiers, savoir :

Canal de l'Ourcq...........................			5,200 p.
Eau de Seine { Pompe de Chaillot......	2,000	}	2,040
Pompe d'Austerlitz.....	40		
Aqueduc d'Arcueil..........................			80
Puits de Grenelle..........................			45
Sources du nord (eaux de Belleville et des prés Saint-Gervais)..........................			25
Somme égale..........			7,390 p.

Voici la description rapide de l'ensemble des appareils qui font circuler l'eau dans Paris, pour la faire jaillir des fontaines monumentales, pour la verser sur les chaussées, ou pour la porter aux concessions particulières :

Eau d'Ourcq.

La principale source de l'alimentation est, comme on le voit, le canal de l'Ourcq. Rien n'est plus simple et plus ingénieux que le système de conduites souterraines qui répandent ses eaux sur presque tous les points de la ville.

Paris couvre les deux versants, inégalement inclinés, d'une vallée dont le lit de la Seine occupe le fond. Sur la rive droite, presque au sommet du versant septentrional, règne une longue galerie décrivant presque le même contour que le mur d'enceinte, et à peu près de

---

(1) Le produit de ces deux pompes est d'environ 200 pouces.

niveau, puisque, de son point de départ, à La Villette, jusqu'à son point d'arrivée, près de la barrière de Monceaux, la pente totale n'excède pas 0^m 32 pour un parcours de 4,033 mètres, soit en moyenne 0^m 00008 par mètre. L'eau du canal de l'Ourcq coule dans cette galerie, nommée *aqueduc de ceinture*, et va remplir, à l'autre extrémité, un vaste bassin qui peut, au besoin, rendre la réserve qu'il a reçue.

Sur divers points de l'aqueduc de ceinture, de distance en distance, s'ouvrent de grosses conduites qui descendent perpendiculairement vers la Seine, franchissent les ponts, se relèvent sur le versant méridional de la vallée parisienne, jusqu'à une hauteur un peu inférieure au point de départ, et aboutissent à divers groupes de réservoirs où elles épanchent le trop-plein de leurs eaux entraînées d'abord suivant la pente et remontant ensuite dans l'autre bras du syphon par leur propre poids.

Tout le long du parcours de ces conduites principales, s'embranchent de nombreuses conduites secondaires de plus faible diamètre, qui puisent dans les gros vaisseaux, comme les petites artères du corps humain, le liquide salutaire qu'elles font circuler et que, chemin faisant, elles déversent par des milliers d'orifices sur les places publiques, dans les rues, dans les maisons.

Pendant la nuit, la plupart de ces orifices sont fermés; l'eau, ne trouvant point d'écoulement, suit jusqu'au bout les conduites principales et va remplir les bassins de la rive gauche. Pendant le jour, l'eau se répand, au contraire, comme par tous les pores; les réservoirs de la rive gauche restituent alors aux conduites principales l'eau qu'elles appellent en s'épuisant, et concourent, avec l'aqueduc de ceinture, à alimenter le service, dont la seule pesanteur de l'eau fait ainsi tous les frais.

L'aqueduc de ceinture prend naissance à la gare circulaire du canal de l'Ourcq, fort au-dessus du bassin de La Villette, qu'occupent les bateaux de commerce et dont ils altèrent l'eau de diverses façons. A l'entrée de Paris est placée une roue, appelée *compteur-moteur*, dont le double effet est de mesurer le volume qui passe dans son coursier

2

et d'élever, comme machine hydraulique, une certaine quantité d'eau sur des points hauts du voisinage.

Le jeu de cette roue exige une certaine perte de hauteur entre le canal et l'aqueduc : tandis que, dans le canal, le plan d'eau est, en moyenne, à 25^m 74 au-dessus de l'étiage de la Seine, soit 51^m 99 au-dessus du niveau de la mer (1), il descend à la cote 25^m 24, à l'entrée de l'aqueduc, dont le radier est à 23^m 88.

Les conduites principales qui distribuent l'eau de l'Ourcq sont :

Celle de l'*Hôpital Saint-Louis*, établie tout d'abord en vue du service spécial de cet établissement ;

Celle du *Faubourg Saint-Antoine*, qui alimente en partie le réservoir de l'abattoir Ménilmontant, parcourt le faubourg Saint-Antoine, traverse la Seine sous l'un des trottoirs du pont d'Austerlitz, longe le Jardin des Plantes et aboutit aux réservoirs de la rue Saint-Victor ;

Celle du *Marais*, qui emprunte la galerie Saint-Laurent (2), passe au Château-d'Eau, traverse le Marais, franchit la Seine aux ponts Marie et de la Tournelle, et remonte directement aux réservoirs de la rue Saint-Victor, qu'elle est spécialement chargée d'alimenter ;

Celle de l'*Hôtel de Ville*, qui marche parallèlement à la précédente jusqu'au Château-d'Eau, pour la rejoindre au pont Marie, après avoir suivi la rue du Temple dans toute sa longueur, et desservi l'Hôtel de Ville et la caserne Napoléon ;

Celle de l'*École de Médecine*, qui emprunte aussi la galerie Saint-Laurent, suit la rue Saint-Denis, passe la Seine au pont au Change et au pont Saint-Michel, et aboutit, près de l'École de Médecine, aux réservoirs de la rue Racine ;

Celle des *Halles*, qui descend par les rues du Faubourg-Poissonnière, Poissonnière, du Petit-Carreau et Montorgueil jusqu'aux halles, tra-

---

(1) L'étiage de la Seine est à 26^m 25 au-dessus du niveau de la mer.

(2) On appelle *galerie Saint-Laurent*, un aqueduc secondaire qui s'embranche perpendiculairement sur l'aqueduc de ceinture et maintient le niveau des eaux qu'il y puise jusqu'auprès du chemin de fer de Strasbourg. Là, cet aqueduc se transforme en galerie simple, pour protéger, jusqu'à leur séparation, les conduites principales entre lesquelles ses eaux sont divisées.

verse le pont Neuf et finit également son parcours aux réservoirs de la rue Racine;

Celle du *Palais-Royal*, qui dessert le faubourg et le quartier Montmartre, et arrive au Palais-Royal par la rue du Mail ;

Celle du *Carrousel*, qui descend par la rue des Martyrs, passe au carrefour Gaillon, franchit la butte des Moulins, arrive au guichet de l'Échelle et, après avoir traversé le Carrousel et le pont Royal, suit la rue du Bac et va prendre fin aux réservoirs de la rue de Vaugirard, non loin de l'embarcadère du chemin de fer de l'Ouest ;

Celle de la *Place Vendôme*, qui parcourt la galerie de Clichy, les rues de la Chaussée-d'Antin, de la Paix, de Rivoli, et se réunit à la précédente ;

Enfin, celle du *Pont de la Concorde*, qui part du bassin de Monceau, à l'extrémité de l'aqueduc de ceinture, suit la rue de Miromesnil, l'avenue de Marigny, celle des Champs-Élysées, alimente les fontaines monumentales de la place de la Concorde, traverse le pont, et, après avoir desservi les parties extrêmes du faubourg Saint-Germain, aboutit aux réservoirs de la rue de Vaugirard.

Le diamètre de ces dix conduites principales varie entre 25 et 60 centimètres ; plusieurs ont un parcours de plus de 4,000 mètres.

Eau de Seine.

Après l'eau d'Ourcq, la plus abondante de la distribution est l'eau de Seine.

Le volume considérable élevé par les nouvelles machines de Chaillot se répartit entre quatre anciens bassins dont la hauteur, au-dessus de l'étiage du fleuve, varie de 30 à 36 mètres, et un nouveau bassin disposé sur le point culminant des terrains de Chaillot. Ce dernier récipient, qu'on a dû construire en forte tôle et faire porter sur des murs en maçonnerie pour obtenir le plus de hauteur possible, n'a qu'une contenance de 1,200 mètres cubes. Mais le seul but que l'administration ait poursuivi en l'établissant, a été de mettre sous une pression suffisante de nouvelles conduites de distribution, dirigées vers des points supérieurs aux anciens bassins, et par conséquent aux réservoirs d'eau d'Ourcq.

Des anciens bassins de Chaillot partent deux conduites principales :

L'une dite *des Boulevards*, qui longe le Cours-la-Reine, traverse la place de la Concorde, suit la rue Royale et la ligne des boulevards jusqu'à la place de la Bastille ;

L'autre, dite *Saint-Honoré*, qui suit les rues de Chaillot, Neuve-de-Berry et du Faubourg-Saint-Honoré, et, après avoir parcouru dans toute sa longueur la rue dont elle porte le nom, finit à la rue Saint-Denis.

Le bassin supérieur donne la charge résultant de sa hauteur :

1° A une conduite de 0^m 50, tout récemment posée, qui traverse les quartiers élevés du nord de Paris, alimente l'hôpital La Riboisière, le chemin de fer du Nord, et doit être continuée ultérieurement vers les parties hautes des faubourgs du Temple et Saint-Antoine :

2° A une conduite de 0^m 40, qui dessert le bois de Boulogne.

L'action refoulante des machines s'exerce directement sur une conduite de 0^m 60 de diamètre, posée en 1853, qui remonte le quai de la Conférence, passe la Seine au pont de la Concorde, parcourt les 10e, 11e et 12e arrondissements, et, après un trajet d'environ 5,000 mètres, mène ses eaux à des réservoirs établis près de la place de l'Estrapade, à 4 ou 5 mètres au-dessus du plateau du Panthéon.

Les eaux de la pompe Notre-Dame continuent de monter aux réservoirs supérieurs de l'Estrapade. Celles des pompes du Gros-Caillou font encore le service d'une partie des 10e et 11e arrondissements. Après la suppression de ces appareils, les conduites principales qu'ils alimentent seront rattachées, comme conduites secondaires, à la distribution générale. Il est donc sans intérêt de les décrire.

Eau d'Arcueil.

Un bassin établi près de l'Observatoire, à 31 mètres au-dessus de l'étiage de la Seine, reçoit les eaux de l'aqueduc d'Arcueil. De là, ces eaux vont à l'Estrapade. Une partie en est recueillie dans un réservoir inférieur; l'autre est élevée par une petite pompe à feu jusqu'aux réservoirs·qui reçoivent les eaux de Seine.

Eau de Grenelle.

L'eau du puits de Grenelle monte naturellement à une hauteur de 43^m 82 au-dessus de l'étiage de la Seine. Par une conduite de 0^m 25, en moyenne, elle traverse les 10e, 11e et 12e arrondissements, pour se déverser dans les réservoirs supérieurs de l'Estrapade, dont elle complète l'alimentation.

Eaux des sources du nord.

Les eaux de Belleville entrent en conduite au regard de la rue de la Mare, dont la hauteur au-dessus de l'étiage de la Seine est d'environ 34 mètres. Elles desservent directement quelques points élevés du nord-est de Paris, et se déchargent dans le réservoir de l'abattoir Ménilmontant, où vient aboutir aussi une des conduites principales de la distribution de l'Ourcq.

Celles des prés Saint-Gervais, qui entrent en conduite à la même hauteur de 34 mètres environ, pénètrent dans Paris à la barrière de Pantin, et font un service immédiat dans les quartiers avoisinants.

En somme, il existe sous les rues de Paris environ 312,000 mètres de conduites de tout diamètre, savoir :

Conduites principales, de 25, 30, 40, 50 et 60 centimètres de diamètre............................ 70,000 m.

Conduites secondaires, de 8, 10, 13, 16, 19 et 21 centimètres................................... 242,000

Ensemble.......... 312,000 m.

Quelques conduites nouvelles sont en construction, qui augmenteront un peu ces longueurs; mais, sur certains points, les conduites sont doubles. Tout compensé, on peut calculer que la canalisation actuelle des rues embrasse 300,000 mètres de voies publiques (1).

Dix-huit bassins ou réservoirs concourent, avec ces conduites, à la distribution générale. Huit sont alimentés exclusivement en eau d'Ourcq; cinq, en eau de Seine; deux, en eau d'Arcueil. Un reçoit tout à la fois de l'eau d'Ourcq et de l'eau de Belleville. Les deux derniers réunissent des eaux de Seine, d'Arcueil et du puits de Grenelle.

Ces dix-huit bassins ont ensemble une contenance d'environ 3,000 pouces ou 60,000 mètres cubes.

L'aqueduc de ceinture, le bassin de La Villette et le canal de l'Ourcq lui-même contiennent une autre réserve de plus de 1,000,000 de mètres cubes.

L'eau fournie par ces divers appareils est répartie entre deux services :

Elle s'écoule, pour l'usage public, par des fontaines monumentales (2) qui servent à décorer la ville, et aussi, à rafraîchir l'air de leurs eaux jaillissantes; par d'autres fontaines de simple utilité, où chacun puise librement; par des bornes ou bouches d'eau qui suppléent à ces dernières fontaines dans les quartiers populeux, et qui s'ouvrent partout à de certaines heures pour le nettoiement des rues; par des poteaux d'arrosement ou des bouches d'incendie, dont les noms indiquent la destination.

Elle se distribue, pour l'usage privé, par des fontaines marchandes, où les porteurs d'eau s'approvisionnent moyennant rétribution, et par des embranchements dont le produit, mesuré d'une manière exacte ou approximative, est concédé sous forme d'abonnement.

---

(1) A très-peu d'exceptions près, les conduites principales ou secondaires ont été simplement posées en terre à la profondeur convenable pour éviter l'effet de la gelée. Depuis quelques années, l'administration municipale saisit toutes les occasions favorables de les transporter dans les galeries d'égout, afin de les préserver des chances de rupture résultant de l'ébranlement du sol et de donner en même temps plus de facilité aux agents du service des eaux, pour reconnaître les fuites et y remédier.

(2) Voici la liste des fontaines monumentales, d'après la date de leur fondation :

1550, des Innocents. — 1570, Birague. — 1624, Saint-Michel. — 1715, de Grenelle. — 1716, Saint-Louis. — 1801, Desaix. — 1806, du Châtelet; de l'Institut (2 fontaines). — 1807, du Marché aux fleurs (2 fontaines). — 1811, du Château-d'Eau. — 1824, de la place Royale (4 fontaines); Saint-Georges. — 1827, Gaillon. — 1836, Richelieu. — 1839, des Champs-Élysées (5 fontaines); de la Concorde (2 fontaines); Molière. — 1840, Charlemagne; Cuvier. — 1842, Notre-Dame. — 1846, Saint-Sulpice. — 1852, De la Borde; François 1er.

Voici quel est en ce moment l'état général de la distribution des eaux de Paris :

SERVICE PUBLIC.	NOMBRE des prises d'eau desservies.	PROVENANCE DES EAUX.				
		Ourcq.	Seine.	Arcueil.	Grenelle	Sources du nord
Fontaines monumentales.......	33	30	2	1	»	»
Id. de puisage..........	69	52	9	7	1	»
Bornes-fontaines.............	1,779	1,634	80	34	26	5
Bouches d'eau sous trottoirs....	105	101	2	1	1	»
Poteaux ou boîtes d'arrosement.	111	98	11	1	1	»
Bouches d'incendie...........	58	28	21	7	2	»
SERVICES PRIVÉS.						
Fontaines marchandes........	13	1	12	»	»	»
Concessions : à l'État........	157	89	47	12	9	»
au Département..	3	1	2	»	»	»
aux établissements municipaux...	223	164	36	8	15	»
aux particuliers..	7,388	6,120	878	75	281	34

Ce vaste ensemble de travaux, résultat d'efforts successifs, n'a pas sans doute le caractère homogène d'un système conçu et exécuté d'un seul coup. Cependant, il faut bien avouer qu'on l'a trop déprécié, et que, mieux connu, il serait à l'abri, sinon de toute critique, du moins des injustes dédains qu'il rencontre.

IMPERFECTIONS DU RÉGIME ACTUEL.

Les 7,390 pouces d'eau de toute provenance dont la Ville peut disposer, forment un volume de 147,800 mètres cubes, ou près de 148,000,000 litres par jour, soit environ 148 litres pour chaque habitant.

Mais la Ville est loin de faire emploi de toutes ses ressources (1).

Cela tient à deux causes : 1° le diamètre de la plupart des anciennes conduites est trop faible ; 2° le niveau des eaux d'Ourcq, d'Arcueil et des sources du nord, à leur entrée dans Paris, n'est pas assez élevé.

L'écoulement du service quotidien affame les conduites d'un trop petit diamètre plus promptement que l'eau puisée par elles dans l'aqueduc de ceinture n'arrive pour réparer leurs pertes. Il suit de là que, pendant l'été, lorsque la consommation a le plus d'exigences, l'eau manque parfois au point d'arrivée, tandis qu'elle abonde inutilement au point de départ. L'excédant, acquis à grands frais des deniers municipaux, est sans aucun profit pour le public.

Pour remédier à l'insuffisance des principaux organes de la distribution générale, l'administration a déjà remplacé plusieurs conduites par d'autres de plus forts calibres. Ainsi, l'on a substitué à la conduite spéciale des bassins Saint-Victor, qui n'avait que 25 centimètres de diamètre, une conduite de 60 centimètres. Des opérations semblables sont annuellement l'objet d'allocations importantes au budget de la Ville.

Il a paru non moins essentiel de mettre en communication tous ces canaux souterrains, afin que ceux qui s'épuisent dans un trop long parcours, ou dont la réparation interrompt momentanément le service, puissent emprunter à des tuyaux voisins un utile secours.

La galerie d'égout de la rue de Rivoli coupe perpendiculairement la direction des conduites principales. On y a placé des conduites de jonction qui permettent de les rendre toutes solidaires, et d'équilibrer ainsi l'ensemble de la distribution.

De plus, une énorme conduite d'un mètre de diamètre, dont la galerie d'égout du boulevard de Strasbourg a reçu l'amorce, s'abreuvera dans l'aqueduc de ceinture, versera un véritable torrent dans la conduite de jonction des eaux d'Ourcq et, de là, sur toute la rive gauche.

---

(1) La distribution absorbe à peine la moitié des 5,200 pouces que la Ville a le droit de prendre dans le canal de l'Ourcq.

En poursuivant ces grands et utiles travaux, il n'est pas douteux qu'on ne finisse par beaucoup améliorer la situation des choses, et même par donner une entière satisfaction aux justes plaintes que motive périodiquement la rareté de l'eau dans les quartiers populeux.

Le canal de l'Ourcq, l'aqueduc d'Arcueil et les sources du nord subissent sans doute les variations naturelles des saisons; dans les jours d'étiage, la somme de leurs eaux disponibles s'abaisse donc au-dessous des quantités moyennes indiquées plus haut.

D'un autre côté, les besoins de l'industrie et ceux qui résultent pour la population de l'habitude croissante du bien-être et de la propreté, se développent rapidement.

Il n'en est pas moins évident que les ressources disponibles feraient face non-seulement à toutes les nécessités que les auteurs du régime actuel ont eu particulièrement en vue, mais encore à celles que l'on peut constater à présent, si la distribution proportionnelle des eaux sur tous les points de la ville était praticable.

Malheureusement, il n'en est rien : la hauteur des eaux ne permet d'utiliser leur abondance que dans certaines parties de la ville, et c'est un inconvénient auquel il est moins aisé de remédier qu'au défaut de capacité des conduites.

Ainsi qu'on l'a vu, l'eau d'Ourcq n'arrive dans Paris qu'à 25^m 24 au-dessus de l'étiage de la Seine, soit 51^m 49 au-dessus du niveau de la mer. D'ailleurs, une certaine perte de hauteur est nécessaire pour qu'elle puisse sourdre à la surface du sol. C'est une fonction combinée d'éléments nombreux, tels que l'élévation des bassins et réservoirs, le diamètre, la longueur, les inflexions et la matière même des conduites, le nombre, l'importance et la direction des embranchements, la forme des orifices et celle des ajutages. On évalue cette perte à 2 mètres en moyenne sur la rive droite et à 4 sur la rive gauche.

Il en résulte que les points de la rive droite qui ont une élévation supérieure à 23^m 24 au-dessus de l'étiage de la Seine, soit 49^m 49 au-dessus de la mer, et ceux de la rive gauche qui dépassent 21^m 24 au-dessus de l'étiage de la Seine, soit 47^m 49 au-dessus de la mer, sont inaccessibles à l'eau d'Ourcq. C'est à peu près un cinquième de la ville.

Sur les quatre autres cinquièmes, l'eau d'Ourcq peut arriver au moins au rez du sol.

Mais le périmètre de sa distribution se restreint bien davantage s'il s'agit de desservir les maisons jusqu'aux étages supérieurs. Il faut alors le tracer beaucoup plus bas, et il n'embrasse guère que les deux cinquièmes de la surface de Paris.

A la vérité, cette partie de la ville renferme la moitié de la population, c'est-à-dire environ 500,000 habitants ; néanmoins, répartis entre eux, les 5,200 pouces d'eau d'Ourcq surabondent, car ils donnent 200 litres par individu, ce qui dépasse toutes les exigences de la consommation la plus prodigue.

L'eau d'Arcueil, celle des sources du nord et surtout celle du puits de Grenelle ont plus d'élévation que l'eau de l'Ourcq ; mais le volume en est si peu considérable qu'on n'en saurait tenir grand compte pour alimenter les trois cinquièmes de la ville et la moitié de sa population.

Reste l'eau de Seine. Mais, alors même qu'on réserverait exclusivement aux parties hautes de Paris la totalité des 2,000 pouces que doivent produire au maximum les nouvelles machines de Chaillot, on n'y ferait encore qu'un service incomplet.

En effet, l'eau des anciens bassins de Chaillot ne peut atteindre à beaucoup près les sommets des deux versants de Paris, et celle même du bassin supérieur dernièrement construit arrive à peine à fleur de terre sur plusieurs points.

A la rigueur, rien ne s'opposerait à ce qu'on établît, par le même procédé, un autre bassin à quelques mètres plus haut que la maison la plus élevée de la ville ; toutefois, en exigeant des machines une plus grande force ascensionnelle, on réduirait d'autant leur produit, et il resterait à distribuer bien moins de 2,000 pouces d'eau de Seine, c'est-à-dire une quantité très-insuffisante.

Dans les conditions actuelles, le service des étages d'une partie importante des maisons de Paris n'est donc pas plus possible en eau de Seine qu'en eau d'Ourcq, et si l'on veut l'assurer, il est absolument nécessaire de recourir à de nouveaux moyens d'approvisionnement.

SYSTÈMES D'AMÉLIORATION PROPOSÉS.

Les créateurs des plus anciens établissements hydrauliques de Paris ont eu principalement pour but d'ouvrir, dans les rues ou sur les places, un certain nombre de fontaines publiques. C'était déjà un grand bienfait.

Le Premier Consul, en ordonnant l'admirable travail de la dérivation de l'Ourcq, avait en vue, non-seulement de pourvoir plus complétement aux besoins que les fontaines publiques devaient satisfaire, mais encore de répondre à des nécessités nouvelles, effet d'une civilisation plus avancée, de procurer l'ornement de la ville par la multiplicité des fontaines monumentales et son assainissement par le lavage quotidien des rues.

D'ailleurs, au commencement de ce siècle, la population était rare dans les parties hautes de la ville. L'eau d'Ourcq, affleurant au sol des quatre cinquièmes de la surface comprise dans son enceinte, devait amplement suffire au service qu'il s'agissait d'établir. C'est beaucoup plus tard, lorsque les quartiers élevés se sont couverts d'une population plus serrée, lorsque les habitudes du public se sont améliorées, qu'il a fallu songer à porter l'eau sur toutes les hauteurs et à la distribuer dans les maisons, suivant l'exemple de Londres et de la plupart des villes d'Angleterre.

La pensée des hommes de l'art et des administrateurs s'est dirigée exclusivement vers les procédés mécaniques.

Il y a vingt ans, un savant illustre, qui présidait les délibérations du Conseil municipal, proposa d'élever, par le moyen de turbines, la quantité d'eau de Seine requise pour compléter l'alimentation de Paris. La dépense était évaluée 18 millions. On présumait, dès cette époque, qu'elle monterait à près du double.

Plus tard, en 1849, un habile ingénieur, M. Mary, fit un projet pour l'application plus restreinte des turbines au service des eaux. Il s'agissait d'utiliser la chute de la Seine au pont Neuf, à la sortie du petit bras canalisé. Il n'était plus question, cette fois, d'une manière immédiatement pratique, que de 3,000,000 fr. de dépense, et de 1,300 ou 1,500 pouces d'eau élevés à une hauteur de 47 mètres au-dessus de l'étiage (73^m 25 au-dessus de la mer).

Enfin, les préférences se sont tournées vers les machines à vapeur. On a proposé d'accroître la force des pompes de Chaillot, et de créer, comme auxiliaire, une vaste usine, soit au pont d'Austerlitz, soit, d'après les projets les plus récents, en amont du confluent de la Marne, et de construire d'immenses bassins sur les pentes des coteaux de Montmartre ou de Belleville.

Ainsi qu'on l'a vu déjà, le changement des machines de Chaillot est aujourd'hui un fait accompli ; mais la partie la plus importante des plans présentés par les ingénieurs de la Ville demeure encore à l'état d'étude.

Ce n'est pas qu'au milieu du mouvement inouï de progrès que le rétablissement de l'Empire a communiqué à toutes choses, et particulièrement aux entreprises de l'édilité parisienne, l'objet de ces plans ait été perdu de vue. Une aussi grande question que celle des eaux de Paris ne pouvait échapper à la féconde initiative qui s'applique à tous les intérêts du pays. D'ailleurs, l'héritier du génie civilisateur de Napoléon Ier aurait-il négligé l'achèvement de l'œuvre si largement commencée par la dérivation de l'Ourcq? Ne devait-il pas, au contraire, tenir à compléter l'approvisionnement d'eau de la capitale avec la profusion qui était le but de ce grand travail, et selon les données qu'imposent les besoins modernes?

Mais, d'une part, il ne semblait nullement démontré qu'on eût trouvé la meilleure solution du problème. Un nouvel et sérieux examen de ce qu'il convenait de faire devenait donc indispensable. D'autre part, l'industrie privée, cédant à la merveilleuse impulsion donnée aux affaires, demandait à intervenir dans l'opération, et beaucoup de bons esprits pensaient que des compagnies, formées sous de puissants patronages, réuniraient, plus aisément que la Ville, les ressources nécessaires à une rapide exécution des travaux, et seraient ensuite plus libres et plus actives que l'administration municipale, dans l'exploitation de la portion des eaux susceptible de concessions privées.

Déjà, dans le passé, il s'était agi, à deux reprises, d'aliéner le service. Une ordonnance royale du 23 décembre 1829 avait autorisé la Ville de Paris à céder, par voie d'adjudication, l'entreprise de la distribution des eaux, soit de la Seine, soit de l'Ourcq et des sources ; mais aucun soumissionnaire ne s'était présenté.

De 1836 à 1837, un cahier de charges fut rédigé par une commission du Conseil municipal, sous l'inspiration de M. Arago, et d'accord avec une compagnie anglaise qui devait prendre le service sans adjudication ; mais cette compagnie, mise en demeure de verser un cautionnement de 2 millions, avant que le traité ne fût soumis à la sanction du Gouvernement, se retira.

En 1853, cinq soumissions ont été présentées ; elles se résument en quatre combinaisons :

1° Compagnie de M. de Roulet-Mézérac : acquisition des eaux de la Ville ;

2° Compagnies de MM. B. Fould et Ch. Fox : création d'un service entièrement nouveau, auquel serait successivement réunie la partie productive du service municipal. La Ville garderait la partie purement onéreuse : les fontaines monumentales, les bornes-fontaines, les bouches d'incendie, etc ;

3° Compagnie de M. le comte Siméon : les concessionnaires compléteraient le système actuel et se chargeraient du service entier moyennant une redevance annuelle ; la propriété totale des appareils nouveaux reviendrait à la Ville, après une période déterminée ;

4° Compagnie de M. le marquis d'Hautpoul : la Ville compléterait elle-même et perfectionnerait selon ses vues le système général de la distribution des eaux, au moyen d'un prêt de la Compagnie, qui serait chargée des abonnements et du service, après les travaux.

La première combinaison ne serait pas possible dans un sens absolu, puisque la propriété des eaux est inaliénable ; elle ne pourrait donc être entendue que sous la forme d'une concession à terme. Les trois autres ne peuvent être discutées dans leur teneur actuelle. Au premier aperçu, la dernière paraît établie sur les meilleures données.

Elle laisse, en effet, à l'administration municipale ce qui lui appartient : le soin d'organiser, d'après des vues d'ensemble, un service qui intéresse profondément la salubrité générale, la propreté des rues, la sécurité des maisons en cas d'incendie, et qui d'ailleurs est, sur bien des points, solidaire avec d'autres services publics ; ceux de la direction, du nivellement des rues, du pavé, des trottoirs, des égouts, des vidanges, etc.

Elle offre à l'administration municipale deux choses qui peuvent lui être d'un grand secours : des capitaux considérables disponibles ; l'activité naturelle à l'industrie privée pour la partie commerciale de la distribution des eaux, pour la multiplication des abonnements.

Mais, avant même d'examiner s'il y avait lieu d'accepter le concours d'une compagnie, et, dans ce cas, de marquer une préférence sur les bases d'un arrangement possible, il importait d'étudier à fond et de résoudre complétement toutes les questions relatives au système à suivre pour l'amélioration et le complément du service des eaux. C'est la tâche qui m'a été départie, dès le début de mon administration, par une auguste volonté, et à laquelle je viens, Messieurs, vous associer aujourd'hui en vous apportant les premiers résultats de mes recherches.

CONDITIONS D'UN BON SERVICE.

Quelle que soit la provenance de l'eau à distribuer et quelque système qu'on adopte pour en amener la quantité nécessaire à l'altitude convenable, les conditions essentielles de la bonne alimentation d'une grande ville, sont, à mon sens :

1° Que l'eau distribuée soit de qualité salubre ;

2° Qu'elle soit limpide ;

3° Qu'elle ait une fraîcheur constante.

Pour être parfaitement salubre, l'eau ne doit contenir ni sulfate de chaux ou de magnésie, ni substances organiques en dissolution. Les sels autres que les sulfates, les carbonates de chaux ou de magnésie particulièrement, loin de nuire à la qualité de l'eau, la rendent saine et agréable, à moins qu'ils n'y soient dissous en excès. Dans ce dernier cas, ils ont d'ailleurs l'inconvénient d'incruster les conduites de fonte, et c'est un motif de plus pour préférer les eaux qui n'en contiennent que des quantités modérées.

Les eaux de Paris laissent toutes plus ou moins à désirer sous ces divers rapports.

Celles de l'aqueduc d'Arcueil et des sources du nord traversent des formations de gypse et se saturent nécessairement de sulfate de chaux.

Les eaux de la Seine elles-mêmes reçoivent, en amont de Paris, des sources altérées par la même cause et participent, quoiqu'à un moindre degré, à la même composition. Dans tout leur cours, et principalement dans la traversée de Paris, elles se chargent de matières organiques.

Celles de l'Ourcq parcourent des terrains gypseux, et bien qu'on les trouve aujourd'hui beaucoup moins imprégnées de sulfates qu'autrefois et valant beaucoup mieux que leur réputation, elles sont encore séléniteuses. Elles proviennent d'ailleurs de vallées tourbeuses où elles contractent, l'été surtout, une saveur désagréable.

Les unes et les autres incrustent plus ou moins les tuyaux de fonte.

Les eaux d'Arcueil, de Grenelle et des sources du nord sont les seules, des eaux de Paris, qui arrivent limpides. Celles de la Seine et du canal de l'Ourcq sont plus ou moins troublées, suivant les saisons, par des matières en suspension. Pendant toute l'année, elles doivent être filtrées aux fontaines marchandes. Cette opération exige des soins et de la dépense. On n'y a recouru, jusqu'à présent, que pour de faibles quantités, pour quelques pouces seulement, et elle coûte plus de 100,000 fr. Il est douteux qu'on puisse l'appliquer économiquement aux énormes masses d'eau nécessitées par la consommation de Paris.

Pour être potable, l'eau doit avoir une température constante de 10 à 12 degrés centigrades, de manière à rester toujours suffisamment fraîche en été et à ne jamais devenir trop froide en hiver.

Or, les eaux de l'Ourcq et de la Seine, pendant les chaleurs, ont une température élevée qui les rend désagréables ; pendant l'hiver,

elles se congèlent dans les conduites particulières, de telle sorte que
le service est presque tout entier interrompu lorsque le thermomètre
descend de plusieurs degrés au-dessous de zéro.

L'eau du puits de Grenelle, venue d'une profondeur de plus de 500
mètres, est limpide, mais toujours chaude.

L'eau d'Arcueil et celles des sources du nord ont seules le double
avantage d'être constamment claires et fraîches. Elles lui doivent
la préférence marquée dont elles ont été longtemps l'objet à Paris,
malgré les quantités considérables de sulfate de chaux qui les chargent
et qui atteignent, pour les sources du nord, des proportions inouïes.

Tant que l'eau distribuée à domicile ne réunira pas ces trois conditions d'être parfaitement salubre, limpide, fraîche en été, le but ne
sera pas atteint.

Les petits locataires accepteraient sans doute l'eau de l'Ourcq, qu'ils
vont aujourd'hui puiser aux bornes-fontaines, car elle est moins limoneuse que l'eau de Seine ; mais ils la boiraient chaude en juin, juillet
et août ; elle leur manquerait souvent en décembre, janvier et février ;
malgré son incontestable amélioration, elle serait toujours, pour le
grand nombre, d'une salubrité douteuse.

Ils refuseraient l'eau de Seine, presque incessamment troublée, ou
du moins le service à domicile ne les dispenserait pas d'aller chercher
aux bornes-fontaines une boisson plus pure.

Les locataires aisés ne voudraient ni l'eau de l'Ourcq, ni l'eau de
Seine, dans leur état naturel. Ils continueraient à payer l'impôt du
porteur d'eau filtrée.

Si l'on réussissait, contre toute probabilité, à filtrer en grand, avec
une dépense modérée, la masse totale de l'eau à distribuer (1), il n'en
faudrait pas moins, pendant plusieurs mois de l'année, que les consommateurs employassent divers procédés gênants ou dispendieux pour
ramener à une température convenable une partie de l'eau qu'on
leur fournirait. Il serait vraiment peu sensé de monter l'eau du rez-

---

(1) Le système établi à Thames-Ditton, en amont de Londres, par les compagnies de Lambeth et de Chelsea,
débite 24,000 mètres cubes en 24 heures par dix ares de filtres posés sur drains. A ce compte, il faudrait

de-chaussée aux étages supérieurs pour que les locataires en descendissent ensuite une partie dans des caves ou des puits, afin de la rendre potable. C'est ce que les auteurs des divers projets, dont les combinaisons reposent sur l'élévation mécanique des eaux de Seine, ne semblent pas avoir compris le moins du monde (1).

On a pris en dédain les travaux hydrauliques des peuples qui, ne connaissant pas la machine à vapeur, ont construit à grands frais des aqueducs fermés pour amener aux villes l'eau des sources lointaines. L'erreur et la barbarie ne sont-ils pas, au contraire, du côté de ceux des modernes qui regardent comme le dernier terme du progrès de faire monter chaque mètre cube d'eau par la combustion d'une certaine quantité de charbon, de soumettre l'alimentation d'une grande ville aux chances de dérangement de machines compliquées, et de livrer aux consommateurs une eau mêlée de matières étrangères, et qu'à cause de sa température élevée on ne peut boire pendant six mois sans dégoût? La meilleure application du savoir et de la perfection véritable ne sont-ils pas, au contraire, chez les Romains, auteurs de ces magnifiques aqueducs, fleuves suspendus d'eau pure et toujours fraîche, un bienfait éternel que ne peut interrompre une roue qui se brise ou un foyer qui s'éteint?

Ces considérations, Messieurs, m'ont conduit à écarter, tout d'abord, l'ensemble des plans présentés jusqu'à ce jour (2). Il m'a paru qu'une

4

eau de rivière chargée de détritus animaux et végétaux que les riverains y jettent, des sels malfaisants que les ruisseaux ou les torrents y apportent, échauffée d'ailleurs par le soleil de juillet, ou gelée en janvier, ne pouvait être offerte en boisson aux habitants d'un grand centre de civilisation, sinon comme pis-aller et à défaut d'une eau plus saine, plus claire, et d'une température moins variable.

Ce qui se passe dans la Grande-Bretagne n'est pas, comme on le croit généralement, en contradiction avec l'opinion que j'exprime et qu'une haute adhésion affermit en moi. Pour que l'exemple des villes anglaises, qui s'approvisionnent en eau de rivière élevée par la vapeur, me fût utilement opposé, il faudrait établir qu'elles eussent pu faire autrement sans sortir des limites d'une dépense raisonnable, ou qu'elles n'en soient pas à regretter aujourd'hui le parti qu'elles ont pris. Mais je trouve dans le rapport d'un ingénieur du service municipal, M. Mille, que j'avais chargé d'aller observer le mode d'assainissement des principales villes d'Angleterre et d'Écosse, des faits nombreux qui semblent démontrer le contraire.

Ce travail, dont l'objet principal était l'étude des différents systèmes d'égouts et de vidanges pratiqués chez nos voisins, a dû naturellement comprendre l'examen des divers modes de distribution d'eau, et bien que son auteur soit loin de se prononcer contre l'usage des eaux de rivières, le recours aux machines élévatoires, et l'expédient du filtrage, dont il décrit les appareils, il n'en ressort pas moins de l'ensemble des renseignements recueillis par lui, que les dérivations de sources naturelles ou de sources créées par le drainage, sont préférées pour les distributions nouvelles, et substituées, sur beaucoup de points, aux prises d'eau en rivière.

A Glascow, tandis qu'une partie de la ville était alimentée en eau de la Clyde par une compagnie ancienne, au moyen de pompes à feu et de filtres, on a dérivé, pour desservir le reste, les eaux des montagnes voisines, et on les a distribuées par le seul effet de la gravité. Mais les résultats de l'opération n'étant pas jugés suffisants, parce que la limpidité et la fraîcheur des eaux laissent encore à désirer, le corps municipal poursuit en ce moment l'autorisation d'amener en galerie les eaux du lac Katrin, sur un point dominant la ville entière.

Manchester est alimentée par des réservoirs créés à 30 kilomètres de distance, qui réunissent les eaux d'un vaste système de drainage.

Liverpool et une foule d'autres villes de moindre importance ont, à défaut de sources naturelles, adopté la même solution.

Je ne parle pas d'Édimbourg, dont le service en eaux de sources dérivées, aussi pures qu'abondantes, date de 1819 (1).

Au reste, le comité supérieur d'hygiène, fondé en 1848, par un acte du Parlement, sous le nom de *General Board of health*, s'est prononcé en faveur des eaux de sources ou de drainage de la manière la plus formelle. A la vérité, il n'a pu faire adopter, pour la Métropole, sa proposition d'abandonner les eaux de la Tamise et de drainer les coteaux sablonneux de Richemond, où l'on pourrait, suivant lui, recueillir une eau d'excellente qualité, coulant à profusion, et facilement distribuée par la seule puissance de la gravité, sans le secours des machines. Mais on comprend qu'un pareil dessein ait inspiré moins de confiance que n'aurait pu le faire un plan de dérivation de sources naturelles, analysées et jaugées d'avance. Lorsqu'il s'agit de pourvoir aux besoins d'une agglomération de 2,000,000 d'habitants, une prudence excessive est au moins excusable ; d'ailleurs, le projet impliquait, nonseulement l'expropriation des compagnies existantes, mais encore la dépossession des nombreuses autorités paroissiales entre lesquelles le pouvoir municipal est divisé à l'infini, et la concentration de tout le service dans les mains d'une seule administration. C'en était assez pour indisposer l'opinion chez un peuple qui tient profondément à ses vieux usages, et qui s'effraie de toute apparence d'intervention du Gouvernement dans les affaires locales.

Si maintenant j'ajoute qu'en Belgique, on vient d'opérer un drainage pour alimenter Bruxelles en eau de sources artificielles, sans l'emploi

---

(1) Sous tous les rapports, la distribution d'Édimbourg est un modèle, et si la généralité des autres villes ne l'ont pas imitée, c'est qu'elles n'avaient pas à leur portée les moyens de le faire.

d'agents mécaniques, j'aurai suffisamment indiqué la tendance actuelle des esprits et justifié mes répugnances à l'égard de tous les projets qui, depuis vingt ans, se disputent le choix de l'administration municipale de Paris.

ÉTUDES NOUVELLES.

Avant de me résigner à l'adoption d'aucune des combinaisons proposées, j'ai voulu savoir s'il n'existait pas, au delà des formations gypseuses qui entourent Paris, des sources assez abondantes et assez élevées pour être utilement conduites dans cette ville. J'ai, en conséquence, demandé à M. l'ingénieur en chef Belgrand, chargé par l'État d'études hydrologiques dans le bassin de la Seine, de recueillir des renseignements statistiques sur la possibilité d'exécution du projet que j'avais en vue.

Je vous soumets, Messieurs, le rapport de cet habile ingénieur. Il est rempli de faits intéressants touchant les divers cours d'eau, affluents de la Seine, et d'appréciations savantes de leurs qualités diverses.

Après avoir laborieusement déterminé les points où se trouvent les principales sources, les formations géologiques où elles se rencontrent et la composition chimique de leurs eaux, M. Belgrand en a reconnu le volume à l'étiage, par des jaugeages approximatifs, aussi bien que la hauteur relative. L'élimination de toutes celles que la nature, la faible quantité de leurs eaux ou leur insuffisante élévation devaient faire écarter, l'a conduit, de déductions en déductions, à restreindre son choix entre quatre ou cinq groupes de sources et à se déterminer définitivement pour celui dont la situation offrait le plus de facilités à l'établissement d'un aqueduc.

Il conclut en affirmant qu'une dérivation est non-seulement possible, mais qu'elle présente beaucoup moins d'obstacles qu'on ne devait le supposer, et qu'il convient d'en fixer l'origine dans les terrains crayeux de la Champagne.

Le choix de cette contrée, l'une des plus arides de France, comme source de l'alimentation de Paris, est de nature à surprendre au premier moment. Cependant, il trouve sa justification dans une théorie aussi simple qu'ingénieuse, dont l'exposé n'est pas la partie la moins intéressante du travail de M. Belgrand.

Au point de vue hydrologique, le savant ingénieur divise les plateaux du bassin de la Seine en deux catégories : les terrains perméables et les terrains imperméables.

Ceux-ci, qui laissent couler, sans la retenir, une portion notable de l'eau tombée dans leur périmètre, sont ravinés par elle et, souvent, tourmentés de mille façons. Mais la portion dont ils s'imprègnent est maintenue près de leur surface, qui s'enrichit d'une luxuriante végétation, et elle apparaît, sur des points nombreux, en petites sources que la moindre sécheresse tarit promptement.

Ceux-là, au contraire, vastes filtres naturels, sont pénétrés dans toute leur étendue et à de grandes profondeurs par l'eau pluviale, qui ne modifie en rien leur sol uniforme autant que desséché. Réunie en nappes considérables sur des couches plus compactes, cette eau n'affleure que dans les rares vallées qui découpent la masse supérieure ; mais, là, elle s'épanche en sources abondantes et intarissables.

A l'aide de cette théorie saisissante par sa justesse aussi bien que par sa nouveauté, la simple inspection d'une carte détaillée du bassin de la Seine peut faire reconnaître les terrains imperméables à la multiplicité des petits cours d'eau qui les sillonnent et les accidentent, et découvrir, dans l'étendue monotone des terrains perméables, qu'interrompent de loin en loin quelques brusques et profondes vallées, les points où jaillissent des sources pleines de force, dont nulle sécheresse n'arrête le flot toujours égal.

L'étude des faits, confirmant les données de la science, a conduit M. Belgrand, de proche en proche, dans une des vallées du département de la Marne, située entre Châlons et Épernay, celle de la Somme-Soude, au confluent des petites rivières de Somme et de Soude, dont elle réunit le nom comme les eaux, et lui a fait trouver, à peu de distance au-dessus de ce point, des sources très-légèrement chargées de carbonate de chaux, ne contenant aucunes traces de sulfates ni de matières organiques, en un mot, supérieures de qualité à l'eau de Seine prise au-dessus du confluent de la Marne, et tellement abondantes, en tout temps, qu'il suffirait de détourner une portion de leur produit pendant l'étiage pour fournir à Paris 1,000 litres (un mètre cube) par seconde, soit 86,400 mètres cubes par jour ou 4,300 pouces fontainiers.

Selon l'avant-projet de M. Belgrand, cette dérivation, partant de près de 107 mètres au-dessus du niveau de la mer, aboutirait dans Paris à l'altitude de 70 mètres, c'est-à-dire à 20 mètres plus haut que le bassin de La Villette. Pour conserver la fraîcheur de l'eau et sa limpidité, elle se ferait au moyen de galeries ou conduites souterraines.

M. Belgrand établit d'ailleurs que la dépense de la nouvelle dérivation pourrait monter, toutes indemnités comprises, à 22,000,000 fr., représentant à 5 p. % une dépense annuelle de 1,100,000 fr. ou de 3,020 fr. par jour. Comme la quantité d'eau amenée en vingt-quatre heures serait de 86,400 mètres, chaque mètre d'eau reviendrait à environ 3 centimes 1/2.

Il ne faut pas oublier que ces eaux seraient toujours à une température convenable et n'exigeraient aucun filtrage.

Aujourd'hui, l'eau montée aux bassins de Chaillot coûte, pour le charbon seulement, près de 3 centimes. Si l'on y ajoute l'intérêt du capital des machines, les dépenses d'entretien, le payement des ouvriers et la dépense très-considérable qu'il faudrait faire pour établir un filtrage en grand, on arrivera au moins au double de cette somme pour n'élever que des eaux chaudes et saumâtres en été, trop froides en hiver, et séléniteuses en toute saison.

Quel que soit le résultat d'un examen plus approfondi du travail de M. Belgrand, les éléments de l'avant-projet qui le termine me paraissent dès aujourd'hui devoir être modifiés en un point essentiel : la hauteur d'arrivée des nouvelles eaux.

Les points culminants du sol de Paris sont la barrière des Bassins et l'abattoir Montmartre, l'un à 67^{m}93 et l'autre à 67^{m}73 au-dessus du niveau de la mer. Les barrières d'Italie et d'Enfer n'atteignent pas

63 mètres. Le sommet de la montagne Sainte-Geneviève est à 61^m 20 seulement.

Le maximum de hauteur toléré pour les constructions étant de 17^m 54, entablement compris, il doit suffire, pour desservir l'étage le plus élevé de la maison la plus haute, de porter l'eau à 15^m 50 au-dessus du sol.

Mais, on l'a déjà vu, l'eau subit dans les conduites de distribution une perte de force équivalente à 2 mètres de hauteur en moyenne sur la rive droite et à 4 mètres sur la rive gauche; il faut dès lors que le réservoir dépasse d'autant l'orifice d'écoulement.

Il suit de là que, pour alimenter le dernier étage d'une maison qui serait élevée au maximum réglementaire, sur le point le plus haut de l'enceinte de Paris, un réservoir devrait être établi à 85^m 50 environ au-dessus du niveau de la mer.

Toutefois, il serait absurde de fonder tout un système de distribution sur un calcul ainsi poussé à outrance.

D'ailleurs, l'hypothèse est irréalisable. Aucune maison ne peut être bâtie au même niveau que la barrière des Bassins et l'abattoir Montmartre; car le sol s'abaisse très-rapidement autour de ces points. On ne rencontre que très-exceptionnellement des terrains bâtis ou susceptibles de l'être, plus haut que 64 mètres sur la rive droite et que 60 mètres sur la rive gauche.

Enfin, tous les terrains élevés de Paris sont tellement éloignés du centre que leur valeur est peu considérable et qu'il est rare d'y porter les maisons au maximum réglementaire.

Un réservoir principal placé à 80 mètres paraît donc devoir assurer une distribution complète.

Peut-être, conviendrait-il de placer plus bas encore le réservoir principal, sauf à desservir les points exceptionnels par des moyens mécaniques; mais, dans aucun cas, on ne saurait descendre à la cote de 70 mètres fournie à M. Belgrand par l'ancien projet des ingénieurs du service municipal, et, jusqu'à plus ample examen, je crois qu'il faut prendre le chiffre de 80 mètres comme base de tous calculs.

Au surplus, le point de départ de la dérivation est assez élevé pour qu'en donnant un peu moins de pente et un peu plus de section à l'aqueduc, on se maintienne au-dessus de 80 mètres jusqu'au point de distribution.

En effet, suivant M. Belgrand, le confluent de la Somme et de la Soude se trouve à l'altitude de 106^m 81. Le parcours de la dérivation qu'il propose a 172 kilomètres 1/2. En réduisant sa pente moyenne à 0^m 15 par kilomètre (1), la perte de hauteur serait de 25^m 87 et la cote d'arrivée de 80^m 94; mais le ralentissement du cours de l'eau, conséquence inévitable de cette réduction, exigerait l'agrandissement des dimensions de l'aqueduc, afin que, dans le même laps de temps, le même volume d'eau pût y trouver passage. La détermination de la hauteur du bassin de distribution soulève donc une question de dépense qui mérite à ce titre d'être examinée de très-près; mais elle ne présente aucune difficulté matérielle.

Consulté sur le montant des frais supplémentaires de la construction, M. Belgrand a calculé qu'avec un peu plus de 2 millions, on pouvait porter de 2^m à 2^m 65 la section mouillée de l'aqueduc, ce qui lui ferait débiter, malgré la réduction de sa pente, 1,166 litres, au lieu de 1,000 par seconde, soit 100,742 mètres cubes en vingt-quatre heures, au lieu de 86,400. Cet accroissement de ressources compenserait largement, à mon avis, l'aggravation des dépenses.

Avant tout, il faudra trancher une autre question très-complexe, dont la solution peut influer aussi sur les dimensions de l'aqueduc et qui n'est pas traitée davantage dans le rapport de M. Belgrand : la quantité d'eau que cet ingénieur croit possible d'obtenir des sources de la Somme et de la Soude, sans les épuiser à beaucoup près, et qu'il a prise pour base de ses évaluations de dépense, doit-elle suffire à tous les besoins du service?

---

(1) On a vu que la différence de hauteur entre l'étiage de la Seine, à Paris, et le niveau de la mer, est de 26^m 25. Or, de Paris à la mer, le parcours du fleuve est de 368 kilomètres. Sa pente moyenne par kilomètre n'est donc pas supérieure à 7 centimètres; mais elle est de 11 centimètres de Paris à Elbeuf, et de 1 centimètre 1/2 seulement au-dessous de ce dernier point.

La pente générale de l'aqueduc qui doit amener les eaux du lac Katrin à Glascow est exactement de 0^m 15 par kilomètre, comme dans le projet modifié de M. Belgrand.

M. Belgrand n'avait à s'occuper, en aucune manière, de la distribution des eaux dans Paris. La mission que je lui avais confiée et qu'il a remplie avec tant de distinction, se bornait à rechercher les moyens de remplacer, par des eaux de sources dérivées, les eaux de Seine élevées mécaniquement que j'avais rencontrées dans tous les systèmes proposés pour l'amélioration du régime actuel et qui m'avaient semblé dépréciées par un défaut radical : leur température variable. Il s'est donc contenté de démontrer la possibilité d'amener, sans excédant de dépense, à l'altitude déterminée par le plus complet des projets antérieurs au sien, un volume d'eau supérieur à celui que ce projet avait pour but de fournir. Mais, prévoyant le cas où des besoins plus grands viendraient à se révéler, son rapport indique de nombreuses combinaisons qui permettraient d'augmenter la dérivation dans des proportions très-amples et de répondre ainsi à toutes les exigences.

La valeur du système qu'il présente n'est donc pas plus engagée dans la question du volume des eaux que dans celle de leur hauteur d'arrivée. L'une comme l'autre peut être résolue d'après des considérations tirées uniquement des convenances de la distribution et de l'importance relative des dépenses.

En ce moment, la quantité d'eau nécessaire pour assurer la marche de tous les services de la distribution est de **86,777** mètres cubes par jour, savoir :

SERVICES PUBLICS.

Fontaines monumentales	9,910^m.	
Id. de puisage	4,630	
Bornes-fontaines et bouches sous trottoir	35,600	
Poteaux et boîtes d'arrosement, bouches d'incendie, etc..	5,900	
Ensemble		56,040^m.

SERVICES PRIVÉS.

Fontaines marchandes		1,170^m.	
Concessions { à l'État	3,843^m.		
au Département	88	11,743	
aux établissements municipaux	7,812		
aux particuliers		17,824	
Ensemble			30,737
Résumé des deux catégories.			86,777

5

Mais il faut prévoir l'extension progressive du service des bornes-fontaines à toutes les rues de Paris et du service des concessions particulières à toutes les maisons. A la vérité, lorsque ce dernier résultat sera obtenu, le service des fontaines de puisage gratuit et celui des fontaines marchandes deviendront inutiles; mais on sentira de plus en plus le désir d'augmenter le nombre des fontaines monumentales, ornement fort apprécié de nos places et de nos jardins publics. D'un autre côté, il ne faut pas oublier que le *macadam* s'empare successivement de toutes nos grandes voies de circulation et qu'il exige des arrosements plus souvent renouvelés que l'ancien pavé. Enfin, l'abondance des ressources a toujours pour effet infaillible d'en encourager la consommation, et il convient de tenir compte de ce fait pour tous les services.

Quelles que puissent être les exigences de l'avenir, il semble qu'on ferait leur part très-large en évaluant à 110,000 mètres cubes d'eau par jour les besoins possibles des services publics ; car cette énorme quantité d'eau permettrait de doubler amplement le maximum de la consommation totale des fontaines monumentales, des bornes-fontaines et des poteaux d'arrosement.

Quant aux concessions, il n'en reste à faire qu'à bien peu d'établissements de l'État, du Département et de la Ville. La distribution ne saurait donc s'étendre beaucoup de ce côté. Mais un cinquième au plus des habitations sont desservies. En effet, le nombre des maisons de Paris, d'après le dernier cadastre, est d'environ 31,500 (1), et l'on ne compte que 7,633 abonnements particuliers, applicables à 6,229 maisons seulement.

Le service de ces abonnements absorbe 17,824 mètres cubes, ainsi répartis :

---

(1) Ce nombre, rapproché du chiffre de la population de Paris, donne une moyenne de 32 habitants par maison. A Londres (Cité et Métropole réunies) où l'on compte 300,000 maisons pour 2,400,000 habitants, la moyenne est de 8. On voit combien les deux villes diffèrent ! A Paris, l'agglomération de la population, quatre fois plus serrée qu'à Londres, circonscrit l'action des services municipaux sur une surface quatre fois moindre proportionnellement. A côté de nombreux inconvénients, le système des constructions parisiennes offre donc des avantages très-appréciables. La distribution et l'égout des eaux en sont beaucoup simplifiés.

102 lavoirs..........................	2,380ᵐ.	
137 établissements de bains............	2,206	8,704ᵐ.
1,165 industries diverses................	4,118	
6,229 maisons d'habitation......................		9,120
7,633	Chiffre égal......	17,824

La consommation moyenne est donc de 23 mètres et demi pour les lavoirs, de 16 mètres pour les établissements de bains, de 3 mètres et demi pour les industries diverses et d'un peu moins d'un mètre et demi, soit exactement de 1,444 litres, pour les maisons d'habitation.

Sans doute, la consommation de chacune des maisons desservies aujourd'hui s'accroîtrait considérablement, si l'eau que l'on porte péniblement à bras dans presque tous les étages supérieurs, y montait naturellement par des siphons, et s'il suffisait d'ouvrir un robinet pour se la procurer partout avec abondance; mais il ne faut pas perdre de vue, d'une part, que les concessions actuelles embrassent les habitations les plus importantes de Paris, et que, dans des conditions semblables, la consommation moyenne des autres sera toujours beaucoup moindre; d'autre part, que le prix des concessions est tarifé d'après les quantités d'eau à fournir et que des raisons d'économie renfermeront infailliblement dans de justes limites la tendance que je prévois.

Il est difficile de préciser avec exactitude l'importance du volume d'eau employé aux usages domestiques; mais on sera certainement au-dessus de la vérité, si l'on réunit aux quantités distribuées dans les maisons d'habitation ou débitées par les fontaines marchandes, celles qui s'écoulent par les fontaines affectées au puisage gratuit et le quart de celles que versent sur la voie publique les bornes-fontaines, où, comme je l'ai déjà dit, le puisage est toléré (1). Or, on arrive ainsi au chiffre total de 23,570 mètres cubes, soit trois quarts de mètre, ou 750 litres pour chacune des 31,500 maisons de Paris, soit encore

---

(1) On peut négliger, comme insignifiante dans un pareil calcul, l'eau portée à domicile par l'établissement particulier de filtrage du quai des Célestins.

23 litres et demi par individu, et le résultat évidemment un peu forcé de ce moyen empirique semble justifier les appréciations qui fixent à 20 litres par individu les besoins actuels.

En conséquence, dans l'hypothèse de l'extension de la distribution à toutes les habitations de Paris, si l'on admet pour base d'évaluation des besoins de l'avenir, la moyenne actuelle d'un mètre et demi (1,500 litres) par maison, qui donnerait pour la ville entière près de 50,000 mètres cubes (50 millions de litres), soit environ 50 litres par individu, ce sera supposer que les facilités offertes à la consommation domestique par l'élévation naturelle de l'eau à tous les étages, doit plus que la doubler. Une telle hypothèse est très-plausible ; mais pourrait-on aller au delà sans exagération? Je ne le pense pas.

Toutefois, il ne faut pas l'oublier, le nombre des maisons de Paris ne peut rester stationnaire, non plus que celui des habitants. Malgré les démolitions commandées par des nécessités d'assainissement et par les exigences successives de la circulation, il tend constamment à s'augmenter.

Si l'intérieur de Paris est tellement couvert de bâtiments qu'on doive recourir à des moyens héroïques pour restituer l'air et la lumière à sa population et rendre ses rues praticables, il existe encore, dans la zone extrême de son périmètre, des espaces libres assez considérables pour recevoir, non-seulement les habitants qui peuvent être refoulés de proche en proche du centre à la circonférence, par l'effet de ces mesures, mais encore les nouveaux habitants que produira l'accroissement progressif de la population, ou qu'amènera le développement incessant du réseau des chemins de fer. On ne saurait donc combiner une entreprise aussi considérable que celle d'une distribution normale en vue seulement du Paris actuel ; il faut se représenter Paris tel qu'il sera certainement dans un délai plus ou moins long, sous l'influence des causes diverses qui conspirent à sa prospérité et à sa grandeur.

D'après les supputations qui précèdent, 40,000 maisons seraient abondamment desservies par 60,000 mètres cubes. C'est ce chiffre, six fois plus fort que celui de 9,120 mètres représentant la consommation actuelle des habitations, qu'il paraît sage d'adopter, dès à présent, comme expression des besoins domestiques, ci.......... **60,000** ᵐ.

En y ajoutant :

1° 15,000 mètres pour la consommation des établissements industriels, qui est aujourd'hui de 8,704 mètres seulement, ci............................... 15,000

2° Pareille quantité pour celle des établissements de l'État, du Département et de la Ville, évaluée à 11,743 mètres et peu susceptible de s'accroître, ci... 15,000

On trouve comme maximum des besoins possibles des services privés, un total de.................... **90,000**

La réunion de ces **90,000** mètres cubes aux **110,000** mètres que j'ai supposé devoir former la dotation des services publics, donne un total de **200,000** mètres pour l'ensemble de la distribution normale de Paris. On n'évalue pas plus haut l'approvisionnement de Londres qui embrasse une surface six fois aussi grande et qui contient une population deux fois et demie aussi nombreuse. Il est vrai que les services publics n'ont pas à Londres la même organisation, ni surtout le même développement qu'à Paris, mais on tient généralement que les services privés y sont assurés de la manière la plus complète (1).

Dans ma pensée, en raison même de l'importance que les premiers ont prise chez nous, il conviendrait d'y affecter une distribution spéciale et d'organiser séparément les autres.

---

(1) A Londres, autour de la Cité, dont l'administration est concentrée sous une direction unique, se groupent près de deux cents paroisses, qui composent ce qu'on nomme la Métropole, mais qui sont, en réalité, autant de communes indépendantes, administrées sans contrôle par les conseils de fabrique ou par leurs délégués. Le service des eaux est fait, dans l'ensemble de la ville, par neuf compagnies privilégiées ayant des périmètres d'exploitation distincts. L'administration municipale de la Cité et les comités administratifs des paroisses de la Métropole s'abonnent avec ces compagnies pour la fourniture de l'eau nécessaire aux services publics, qui se bornent à l'arrosement des rues, à l'alimentation des pompes à incendie et aux chasses de nettoiement dans les égouts. Les fontaines monumentales et les bornes-fontaines sont, en effet, complétement inconnues à Londres. Suivant le rapport de M. Mille, les services publics n'y consomment que 22,000 mètres cubes d'eau. Pour une superficie de 213 kilomètres carrés, ce n'est qu'un peu plus de 100

L'indépendance réciproque des deux catégories de services ferait disparaître l'un des plus graves inconvénients du régime actuel. A la vérité, elles ne pourraient plus se faire d'emprunts alternatifs ; mais, en revanche, l'ouverture des bornes-fontaines ne suspendrait plus, à de certaines heures, l'écoulement de l'eau dans l'intérieur des habitations, et la consommation considérable et simultanée des particuliers, dans les temps de sécheresse, ne porterait aucun préjudice à l'arrosage des rues et à l'alimentation des fontaines monumentales.

Si la ville de Paris jugeait à propos de concéder à une compagnie l'exploitation des services privés, rien ne serait plus facile que d'aliéner, pour un temps, leur système spécial d'appareils, et de conserver la disposition entière de ceux destinés aux services publics. Cet arrangement préviendrait tous les embarras qu'on peut appréhender, à juste raison, d'un emploi des eaux fait en commun. Aucune réclamation des particuliers ne se dirigerait vers la Ville ; aucune plainte du public ne s'adresserait à la compagnie ; aucun conflit ne serait possible entre les agents de celle-ci et les ingénieurs de celle-là.

On fera sans doute beaucoup d'objections à la pose de deux conduites parallèles dans toutes les rues : l'encombrement du sol ; les embarras résultant d'une double chance d'accidents et de réparations ; enfin, la dépense. Je pourrais y répondre que l'état présent des choses permet de rencontrer, sur bien des points, une conduite d'eau de Seine et une conduite d'eau d'Ourcq placées côte à côte ; que l'inconvénient d'interruptions plus nombreuses du service est largement compensé par l'a-

---

mètres par kilomètre. Or, à Paris, nous employons aujourd'hui, pour desservir incomplétement une superficie de 33 kilomètres carrés, 56,040 mètres cubes, soit environ 1,360 mètres par kilomètre, et je suppose qu'un service complet pourrait en consommer le double. On voit encore ici combien les choses se passent différemment dans les deux villes !

La consommation totale de Londres étant de 22,000 mètres cubes, il ressort de ce qui précède que les services privés en absorbent 178,000, soit pour une population de 2,400,000 habitants, près de 75 litres par individu. Je n'ai aucun document qui me permette de distinguer dans ce chiffre la consommation domestique de celle des autres services privés. Mais, pour une population éventuelle de 1,200,000 âmes que j'attribue à Paris dans mes calculs, 75 litres par individu produisent exactement le total de 90,000 mètres cubes auxquels se portent mes évaluations.

vantage de n'en interrompre que la moitié ; enfin, que les conduites principales et secondaires, épuisées par le nombre excessif des orifices qui les criblent, devraient être remplacées presque toutes, au moindre développement de la consommation, tandis qu'elles se trouveront, pendant longtemps, de dimensions suffisantes pour une distribution spéciale, d'où suit que l'économie n'est peut-être pas du côté que l'on croirait d'abord. Mais je me bornerai à vous faire observer, Messieurs, que dans le système d'alimentation des étages supérieurs des maisons en eau de Seine élevée par des moyens mécaniques, aussi bien que dans le système auquel je donne la préférence, il faudrait, presque partout, deux distributions distinctes. On perdrait, en effet, le bénéfice des différences considérables de niveau obtenues entre les réservoirs d'eau d'Ourcq et ceux d'eau de Seine, si l'on établissait des communications permanentes entre les uns et les autres.

En attribuant aux services publics les eaux d'Ourcq, d'Arcueil, de Grenelle et des sources du nord, on leur assurerait 5,350 pouces, ou 107,000 mètres, c'est-à-dire à très-près le maximum que leur consommation totale peut atteindre.

Plus des quatre cinquièmes du sol de Paris seraient ainsi très-abondamment pourvus ; on ne verrait plus les fontaines monumentales, taries au milieu du jour, exposer à un soleil ardent leurs statues altérées ; les bornes-fontaines et les poteaux d'arrosage pourraient être ouverts sans parcimonie ; les ruisseaux et les égouts seraient lavés par des courants sans cesse renouvelés.

Quant au dernier cinquième de la surface de Paris que l'eau de l'Ourcq ne peut atteindre par son propre poids, et que celles d'Arcueil, de Grenelle et des sources du nord ne suffisent point à desservir, on y porterait, à l'aide de machines à vapeur, soit la portion de ces eaux que n'absorberait pas le service du reste de la ville, soit de l'eau de Seine élevée par les pompes de Chaillot, dont l'arrosement du bois de Boulogne et l'alimentation de ses rivières n'utiliseraient pas à beaucoup près toute la puissance. Le parti à prendre serait déterminé par la quantité d'eau requise et par l'économie du combustible à dépenser.

Il serait pourvu à la consommation de tous les services privés en eau de sources dérivées suivant le projet de M. Belgrand, à moins que certains établissements industriels ne préférassent, par des raisons d'économie, ce qui est possible, se faire alimenter comme aujourd'hui en eau d'Ourcq.

Quoi qu'il en soit, il me paraît suffisamment établi que l'aqueduc de dérivation proposé par M. Belgrand, qui peut, au moyen des modifications précédemment indiquées, amener à Paris plus de 100,000 mètres cubes d'eau à l'altitude de 80 mètres au-dessus du niveau de la mer, complétera de la manière la plus satisfaisante la distribution de Paris.

Au surplus, il ne s'agit pas aujourd'hui, Messieurs, d'adopter, même en principe, le projet dont je vous expose les éléments, ni, par conséquent, d'en discuter les diverses parties. Il s'agit encore moins de rechercher s'il conviendrait d'en exécuter directement les travaux ou d'en charger une compagnie et à quelles conditions. Tout ce que je vous propose, quant à présent, c'est d'examiner si ce projet, tel qu'il a été conçu par M. Belgrand, est digne, comme je le crois, d'être pris en considération, et s'il y a lieu d'en ordonner l'étude complète (1).

---

(1) Une objection à laquelle je ne m'attendais pas, j'en conviens, et que, tout d'abord, je ne croyais pas sérieuse, m'a été faite contre le projet de M. Belgrand : « En cas d'invasion du territoire, l'ennemi couperait « l'aqueduc de Somme-Soude ». Dans ce cas, répondrai-je, réduit aux res ources actuelles, l'approvisionnement de Paris s'en trouverait-il gravement compromis ?

Allons plus loin : rien ne serait plus facile à un ennemi, maître de tous les points, que de jeter dans la Marne, à Lizy, par exemple, l'eau du canal de l'Ourcq. Bien que la chose n'ait pas eu lieu en 1814, on peut la prévoir, ainsi que l'arrêt des eaux d'Arcueil. Mais, tant que n'aurait pas été détournée la Seine, les pompes de Chaillot, qu'il ne s'agit pas de supprimer, fourniraient une quantité d'eau très-suffisante à l'alimentation de la ville, et, à défaut de ces pompes, une administration intelligente assurerait d'avance un service provisoire, en employant à élever la quantité d'eau nécessaire, les machines particulières qui bordent le fleuve, afin d'éviter à la population l'incommodité d'un puisage direct.

Il faudrait bien alors, je l'avoue, subir les défauts irrémédiables que je reproche à l'eau de Seine ; mais le moyen de les éviter, dans ce cas improbable, est-il de les accepter d'une manière permanente ? D'ailleurs, la prise d'eau et les appareils de filtrage qu'on propose d'établir au-dessus du confluent de la Marne, ne seraient-ils pas en dehors des fortifications et aussi faciles à détruire que l'aqueduc de Somme-Soude à couper ?

DE L'ÉGOUT DES EAUX.

Amener l'eau sur un point donné, la distribuer dans toute la ville, et l'introduire dans chaque demeure, ce n'est résoudre encore qu'une moitié du problème; l'autre moitié consiste à ménager à cette eau, après l'emploi, une issue commode et régulière.

Dès que l'eau est en excès quelque part, à plus forte raison quand l'usage l'a corrompue, elle devient un inconvénient ou un danger. Tout cultivateur qui s'occupe de féconder son héritage en l'arrosant, ne calcule-t-il pas du même coup les moyens de régler à volonté l'arrivée et le départ du ruisseau qu'il compte détourner? Établissez donc des bornes-fontaines dans toutes les rues; faites monter des conduites à tous les étages des maisons : votre œuvre sera incomplète si l'eau, une fois versée, rendue trouble ou infecte par le service public ou domestique, ne trouve partout un canal de sortie pour quitter les maisons et la ville, et laisser la place à d'autre eau limpide et pure qui vienne à son tour les assainir et les vivifier. C'est par des flots bienfaisants incessamment renouvelés que la Providence arrose les contrées qu'elle favorise.

Bien que, tout récemment, chez nos voisins et alliés de la Grande-Bretagne, de remarquables travaux aient été publiés pour mettre en lumière les rapports intimes de la distribution et de l'égout des eaux, de l'*irrigation* et du *drainage* des villes, la connexité de ces deux termes d'une même question n'a pas été reconnue seulement de nos jours. L'ingénieur en chef Girard, chargé par l'empereur Napoléon Ier de diriger, sous les inspirations immédiates de ce puissant génie, les travaux de la dérivation de l'Ourcq, écrivait en 1812 :

« Ce n'est point assez de faire jaillir des eaux d'une multitude de
« points de la surface de Paris, il faut encore que ces eaux, après
« avoir circulé sur le plus grand espace possible, aient un écoulement
« facile dans la Seine, soit qu'elles s'y rendent directement en baignant
« le sol des rues, soit qu'elles s'y rendent par des canaux souterrains

6

« ménagés à cet effet. Ainsi, la distribution des eaux du canal de
« l'Ourcq, dans cette grande ville, se lie naturellement au système
« des égouts qui y sont déjà construits, ou que l'on y construira dans
« la suite. »

Le programme de Girard ne saurait plus nous suffire aujourd'hui.
L'alternative d'un écoulement des eaux superficiel ou souterrain est
désormais inadmissible. Le décret du 26 mars 1852 prescrit, en effet,
la projection directe, dans les galeries d'égout, de toutes les eaux pluviales ou ménagères provenant de chaque propriété. Mais c'est un
motif de plus pour ne pas perdre de vue la corrélation signalée par
l'habile constructeur du canal de l'Ourcq, entre deux branches également importantes de l'administration municipale.

Après avoir recherché le meilleur moyen d'assurer une distribution
normale à Paris, j'aurais donc cru laisser ma tâche inachevée si je ne
m'étais occupé aussi de la canalisation de ses rues.

I.

Les galeries d'égout qui existent maintenant à Paris n'ont pas été
établies d'après un plan d'ensemble, mais, ainsi que les conduites d'eau,
par des travaux successifs, pour satisfaire aux besoins de chaque
époque.

Le lit de la Seine occupe le thalweg du bassin parisien. Sur la rive
droite, le terrain monte sensiblement, à partir du bord même du fleuve,
jusqu'à la ligne des boulevards intérieurs, s'abaisse ensuite pour former comme un pli entre elle et le pied des hauteurs de Ménilmontant,
de Belleville, de Montmartre, de Chaillot, et se redresse brusquement
vers les côtés de cette chaîne semi-circulaire qui enveloppe plus de la
moitié de Paris, à l'est, au nord et à l'ouest.

Dans les temps reculés, au fond de l'étroit vallon parallèle aux
boulevards, coulait un ruisseau descendu de Ménilmontant et se déchargeant dans la Seine au bas de Chaillot, un peu au-dessous de
l'emplacement actuel des pompes à feu.

Sur la rive gauche, la Bièvre coule vers la Seine, entre la colline décorée du nom ambitieux de Montagne-Saint-Geneviève et l'extrémité du coteau de Bicêtre, qui s'avance jusque dans Paris (1).

La Seine, le ruisseau de Ménilmontant et la Bièvre ont été, dès l'origine, les grands exutoires de la ville (2). C'est vers ces trois voies d'écoulement que les anciens habitants dirigeaient les eaux pluviales et ménagères, au moyen de rigoles creusées à travers les terrains en culture dont les groupes de maisons formant la ville étaient environnés. Plus tard, une partie des fossés des enceintes de Philippe-Auguste et de Charles VI reçut aussi les eaux boueuses de Paris.

Tous ces égouts à ciel ouvert, mal nivelés pour la plupart, se remplirent promptement d'immondices, de flaques d'eau stagnante, et répandirent des miasmes pestilentiels. On s'appliqua peu à peu à les curer, à les redresser; on supprima les plus incommodes, on maçonna les parois et le fond des autres, on songea enfin à les recouvrir de voûtes ou de dalles en pierre.

Vers 1374 Hugues Aubriot, prévôt des marchands, construisit le premier égout proprement dit, en faisant voûter la rigole découverte qui conduisait les eaux du quartier Montmartre vers le ruisseau de Ménilmontant, déjà tari par les changements survenus dans le régime des sources du nord et réduit à n'être plus qu'un lit de torrent ou qu'un ravin fangeux.

Il serait sans utilité de raconter ici les efforts tentés pour rendre salubres les alentours du palais des Tournelles, que l'infection des égouts découverts fit enfin abandonner par les rois, au xvie siècle, et de décrire les travaux exécutés d'âge en âge, à mesure que la surface

(1) A son entrée dans Paris, entre les barrières de la Glacière et de Croulebarbe, la Bièvre est divisée en deux bras, dont l'un garde le nom de *rivière de Bièvre* et l'autre prend celui de *rigole des Gobelins*. Les deux bras traversent parallèlement les rues du Champ-de-l'Alouette et Saint-Hippolyte; le premier coupe, en outre, la rue Pascal, la rue Cochin, et, une seconde fois, la rue Pascal. Leur réunion s'opère avant la traversée de la rue Mouffetard. A partir de ce point, la Bièvre coule parallèlement aux rues Censier et Buffon, passe sous le boulevard de l'Hôpital, et se jette en Seine au-dessus du pont d'Austerlitz.

(2) La Seine a reçu, par l'ouverture du Canal Saint-Martin, un affluent de plus sur la rive droite ; mais cette voie de navigation ne sert pas à l'écoulement des eaux d'égout des quartiers qu'elle traverse.

de Paris se couvrait de maisons, pour ouvrir de nouvelles artères d'assainissement.

En 1663, en plein règne de Louis XIV, la longueur totale des égouts
voûtés n'était encore que de 1,207 toises, tandis que celle des égouts
découverts était de 4,120 toises.

L'égout formé par l'ancien ruisseau de Ménilmontant, qui avait reçu
et qui garde encore le nom de *Grand Égout de ceinture*, ne fut revêtu de
murs et n'eut un radier en pierre qu'au commencement du XVIIIᵉ siècle. C'est vers 1740 que Turgot, prévôt des marchands, entreprit de
le faire voûter, en chargeant les propriétaires riverains d'exécuter ce
travail à leurs frais, moyennant la concession du terrain, large de
36 pieds, que devait rendre disponible la couverture de l'égout d'une
berge à l'autre. L'opération s'accomplit peu à peu ; elle a eu pour résultat fâcheux de faire construire un grand nombre de propriétés particulières au-dessus de ce canal souterrain (1).

On a vu que, déjà, sous le règne de l'empereur Napoléon 1ᵉʳ, l'a-
mélioration du système des égouts était considérée comme le corollaire
obligé de l'arrivée des eaux de l'Ourcq dans Paris. L'active impulsion
donnée, dès cette époque, aux travaux de la canalisation souterraine
des rues de la ville, s'est continuée jusqu'à nos jours. Il n'existait,
avant 1806, que 23,530 mètres de galeries d'égouts ; en 1854, il y en
a 163,000 mètres.

Pendant cette période de près de cinquante ans, tous les égouts découverts ont été voûtés successivement. — L'an dernier, l'exécution
du boulevard de Strasbourg, en supprimant l'extrémité de l'égout du
Ponceau, a fait disparaître le dernier de ces ruisseaux infects coulant

---

(1) Le grand égout de ceinture part de la rue Culture-Saint-Gervais, suit les rues Vieille-du-Temple et
des Filles-du-Calvaire, franchit le boulevard, emprunte la rue des Fossés-du-Temple, passe sous les théâtres
du Petit-Lazari, des Funambules, de la Gaîté, des Folies-Dramatiques, National et Lyrique, poursuit son cours
par les rues du Château-d'Eau, des Petites-Écuries, Richer, de Provence et Saint-Nicolas-d'Antin, et de là, se
dirige vers le fleuve, sous les propriétés privées, entre les rues de la Pépinière, d'Angoulême, l'avenue Marbeuf, au nord, et les rues Lavoisier, Roquépine, de Penthièvre, du Colysée, Marbeuf, au sud.

Sa longueur totale est de 6,321 mètres 52 centimètres ; sa largeur, de 2 mètres, et sa hauteur, qui varie
selon les accidents du terrain supérieur, de 2 mètres 75 centimètres à 3 mètres.

à ciel ouvert. — Un certain nombre d'anciennes galeries ont été reconstruites et agrandies. En même temps, le nivellement de Paris s'est complété; les rues ont été bombées et bordées de trottoirs et de bouches d'égouts.

Enfin, trois autres améliorations très-notables ont été poursuivies : l'établissement d'égouts-collecteurs parallèles à la Seine; la dérivation d'une partie des affluents du grand égout de ceinture; enfin l'assainissement de la Bièvre.

Pour affranchir le cours de la Seine, dans Paris, du limon fangeux et des matières encombrantes que lui versent incessamment les égouts, on a résolu d'établir, sur les deux rives, de vastes galeries parallèles au fleuve, où tous les égouts, précédemment poussés jusqu'à lui, vinssent se dégorger, et dont le débouché n'eût lieu qu'en aval de Paris.

Le prolongement de la rue de Rivoli, pour la rive droite, et la canalisation du petit bras de la Seine, pour la rive gauche, ont paru d'heureuses occasions de commencer l'exécution de ce dessein.

Sous le pavé de la rue de Rivoli, s'étend dès à présent une galerie dont la hauteur est de 4^m 10, et la plus grande largeur de 2^m 40. Sa coupe est de forme ovoïdale. Des deux côtés de sa cunette, à une hauteur de 1^m 75 au-dessus du radier, ont été ménagées des banquettes horizontales de 0^m 40, que les eaux ne couvrent qu'après de très-fortes pluies, et dont les angles, garnis de rails, peuvent supporter les roues de waggons affectés aux transports des immondices. A partir de la retraite formée par chaque banquette, la paroi de la galerie s'élève en s'évasant jusqu'à la naissance de la voûte, où sont suspendues, assez haut pour ne pas gêner le service du curage, les conduites de jonction qui servent à rendre solidaires les organes principaux de distribution perpendiculaires à la Seine.

Ce vaste égout-collecteur n'est pas achevé; il ne s'étend encore que de la place du Marché-Saint-Jean à l'entrée du quai de la Conférence, où il aboutit en Seine. Il devra, d'une part, remonter la rue de Rivoli prolongée et la rue Saint-Antoine jusqu'à la place de la Bastille, pour s'y mettre en communication avec les égouts du faubourg Saint-Antoine ; d'autre part, suivre les bords de la Seine jusqu'au delà des pompes à feu de Chaillot, pour se déverser dans la rivière près du point où se jette le grand égout de ceinture. Alors, la pente de tous les égouts secondaires compris entre la Seine et la galerie de Rivoli, sera renversée vers cette galerie et le fleuve ne recevra plus, de ce côté, que les égouts de la rue Traversière et de la Rapée, établis trop bas pour se prêter à un tel changement.

La galerie de Rivoli rendra bientôt un autre service, celui de prêter secours au grand égout de ceinture. Un certain nombre de galeries transversales les mettront en communication ; elles prendront naissance au grand égout, à 0^m 50 ou 0^m 60 au-dessus du radier, et lui serviront ainsi de trop-plein. Déjà, la galerie des rues de la Madeleine et des Champs-Élysées est établie dans ces conditions ; la galerie du boulevard de Strasbourg sera également, pour l'égout de ceinture, une puissante décharge, lorsque l'ouverture du boulevard du Centre permettra de la pousser jusqu'à l'égout Rivoli.

Pour la rive gauche, un égout-collecteur a été ouvert sous le chemin de halage, du pont de la Tournelle au pont du Carrousel ; il devrait être prolongé en amont jusqu'à l'embouchure de la rivière de Bièvre, qui s'y perdrait avec l'eau des égouts qu'elle recueille sur son passage, et en aval, jusqu'au-dessous du Gros-Caillou. Mais le radier de la portion déjà exécutée n'est pas assez élevé au-dessus de l'étiage de la Seine, et à l'époque des grandes crues, les eaux qu'il contient sont refoulées par le fleuve. Cette galerie ne répond donc pas au dessein de sa création et, par ce motif, on peut hésiter à la continuer.

Il serait mieux, assurément, d'imiter sur la rive gauche, la galerie de Rivoli, et de construire à distance du quai, et à une hauteur suffisante au-dessus de l'étiage, l'égout-collecteur de cette partie de Paris. Mais il faudrait qu'il existât une voie magistrale dont la direction et le nivellement permissent l'exécution d'un pareil projet : il n'en est rien malheureusement. On ne saurait songer à la rue des Écoles, quels que puissent être ses prolongements ultérieurs ; on l'a commencée trop haut sur le flanc de la montagne Sainte-Geneviève pour que sa galerie d'égout reçoive jamais la Bièvre et ses affluents. Afin d'éviter l'obstacle naturel que forme cette colline, je crois indispensable de recueillir les eaux de la Bièvre près de son embouchure et de les amener en galerie, sous le quai Saint-Bernard, jusqu'à l'angle nord de l'entrepôt des vins. Par conséquent, c'est là seulement que, suivant moi, peut être établie la tête de l'égout-collecteur de la rive gauche. A partir de ce point, un boulevard intérieur, passant au pied de la montagne Sainte-Geneviève pour pénétrer, d'abord, aussi avant que le permet le relief du sol, dans les quartiers tortueux des 12ᵉ et 11ᵉ arrondissements, et traverser ensuite le faubourg Saint-Germain dans toute sa longueur, serait la voie naturelle que devrait suivre ce nouvel égout.

Quoi qu'il en soit, il faut, pour tout un quartier de Paris, celui qui comprend les îles Saint-Louis et de la Cité, se résoudre à diriger immédiatement dans le fleuve les eaux d'égout. Si regrettable qu'on trouve ce parti, surtout à cause de l'Hôtel-Dieu, dont il eût été bien de conduire les projections au-dessous de la ville, on doit forcément l'accepter.

Le grand égout de ceinture ne suffit point, dans les jours d'orage, à recevoir la masse des eaux qui descendent de Ménilmontant, de Belleville et de Montmartre, en même temps que les eaux tombées dans les quartiers de la rive droite qu'il dessert. Trois ou quatre fois au moins par année, les rues des Faubourgs-Poissonnière, Montmartre et de la Chaussée-d'Antin étaient transformées en torrents par des pluies diluviennes. Les bouches les plus basses de l'égout augmentaient elles-mêmes le fléau, en rejetant l'excédant des eaux comprimées dans ses galeries trop étroites. Sur beaucoup de points, les trottoirs et les boutiques étaient donc envahis périodiquement par de véritables inondations. Pour remédier à ce grave inconvénient, on a construit, sous les boulevards extérieurs de la rive droite, deux galeries, qui reçoivent au passage les eaux superficielles des communes voisines et en détournent le produit, l'une, vers un égout départemental, l'autre, vers une rigole ouverte dans la plaine Saint-Denis (1).

(1) Le but qu'on se proposait n'est atteint qu'en partie ; la masse des eaux que reçoit le grand égout dépasse encore à certains jours sa capacité. Cette année, sous une pression excessive, ses parois ont crevé ; quelques-unes des caves qu'il traverse, et dont il n'est séparé que par l'épaisseur de la maçonnerie, ont été envahies par les eaux.

Déjà fangeuse en franchissant le mur d'enceinte, la Bièvre, que chargent de matières organiques et insalubres les tanneries et les autres usines établies sur ses bords, reçoit les égouts d'une partie du 12ᵉ arrondissement, et peut être considérée elle-même comme un véritable égout-collecteur, découvert jusqu'au boulevard de l'Hôpital, couvert de ce point à la Seine.

Des études entreprises dès 1825 firent reconnaître la nécessité :

1° D'acheter et démolir les moulins qui gênaient le cours des eaux ;

2° De redresser, d'élargir, de creuser et de renfermer dans une cunette en maçonnerie le lit de la rivière. Le projet, adopté en 1828, reçut un commencement d'exécution dans la même année. Suspendue en 1830, l'opération fut reprise en 1835. Mais ont dut la soumettre à une longue instruction, qui n'aboutit qu'en 1840, pour la faire déclarer d'utilité publique, et elle n'a été complétement terminée qu'en 1844.

Aujourd'hui, le lit de la rivière de Bièvre proprement dite a une largeur régulière de 3 mètres en amont de la rigole des Gobelins, et de 4 mètres en aval, et une profondeur variable de 1ᵐ 65 à 1ᵐ 90. Sur chaque rive est réservée une berge de 4 mètres, libre de toute construction. La largeur de la rigole des Gobelins est également de 3 mètres. La berge gauche a 4 mètres, et celle de droite 1ᵐ 50 seulement. La pente des deux cours d'eau est de 0ᵐ 0004 ; après leur réunion, elle est de 0ᵐ 0002 seulement.

Depuis plusieurs années, on s'occupe de rechercher les moyens d'assainir la Bièvre en augmentant la masse des eaux qu'elle reçoit dans sa partie supérieure. Parmi les propositions faites à l'administration, figure celle de déverser dans son lit une portion des *eaux blanches* des environs de Versailles. On appelle ainsi les eaux des étangs de la Liste civile, qui, jusqu'à ces derniers temps, concouraient, avec les machines de Marly, à l'alimentation des pièces d'eau du parc. Depuis l'amélioration des machines, les eaux blanches sont disponibles, et un commencement d'instruction a eu lieu sur le projet de les utiliser au profit de la Bièvre.

II.

Malgré tous les efforts de l'administration municipale, il s'en faut de beaucoup, je n'hésite pas à le dire, que les ouvrages actuels suffisent à l'assainissement de Paris. Le réseau en est trop restreint et la capacité généralement trop faible. Ils laissent donc à désirer sous le double rapport du développement et de la bonté du service. Ainsi que j'ai dû le constater déjà, au sujet de la distribution des eaux, l'œuvre du passé n'est pas seulement incomplète, il y a lieu d'avouer aussi qu'elle est imparfaite à plusieurs égards. Il faut, en effet, qu'on s'attende et à l'achever dans les parties de la ville qu'elle n'atteint pas et à la reprendre dans la plupart des autres.

J'ai donné plus haut la longueur totale des galeries existantes. Elle n'est pas moindre de 163,000 mètres; mais celle des voies publiques va jusqu'à 423,000 mètres. On voit, de suite, combien il reste à faire pour desservir immédiatement toutes les propriétés et assurer ainsi l'exécution du décret du 26 mars 1852.

J'en conviens : les artères principales sont ouvertes. Ce sont, en général, des embranchements d'ordre secondaire qui manquent. Le réseau embrasse d'ailleurs, dès à présent, tous les points bas de la ville. Il n'en est pas moins vrai que la majeure partie des rues en sont encore réduites, pour se débarrasser des eaux domestiques qu'elles reçoivent, aux ruisseaux établis le long des trottoirs. D'îlot en îlot, de pente en pente, ces ruisseaux finissent bien par aboutir à quelque bouche d'égout, où ils se déchargent. Mais souvent, les moindres pluies les font grossir et déborder au détriment des caves et des rez-de-chaussée des maisons voisines et, presque toujours, les eaux industrielles et ménagères les imprègnent de principes d'infection.

Dans un état de choses normal, chaque voie publique doit recouvrir une galerie, sur laquelle toute propriété riveraine puisse greffer directement son égout particulier. Le rôle unique des ruisseaux est de

7

recueillir les eaux de la rue. Comme il est indispensable, pour ne point couper les chaussées, qu'ils forment un système complet autour de chaque îlot de maisons, la règle est d'ouvrir une bouche d'égout au point inférieur du périmètre, et, par une conséquence naturelle, de placer au point supérieur la borne-fontaine chargée de fournir l'eau nécessaire au lavage des boues. De là, un motif de plus pour généraliser la canalisation.

La superficie totale de Paris est de 3,402 hectares; mais il faut en ôter 114 pour le lit du fleuve, ce qui la réduit à 3,288. Au point de vue de l'égout des eaux, elle se répartit ainsi :

Bassin principal...	Rive droite de la Seine............. 1,229	
	— gauche.................... 895	2,156ᵐ.
	Ile Saint-Louis................. 10	
	— de la Cité................... 22	
Bassins secondaires	Grand égout de ceinture........... 820	1,132
	Rivière de Bièvre............... 312	
	Ensemble......... 3,288	

Si l'on divise par ce chiffre les 200,000 mètres cubes d'eau que je considère comme le maximum de la consommation à venir, publique et privée, de toute la ville, en vingt-quatre heures, on trouve un peu moins de 61 mètres cubes par hectare. Aucune difficulté d'écoulement ne saurait donc venir de ce côté, alors même que, par impossible, l'emploi de la masse des ressources aurait lieu partout simultanément.

Mais les eaux que la distribution, étendue et complétée de la manière la plus ample, peut répartir quotidiennement dans les divers quartiers de la ville, ne sont rien en comparaison de celles qu'y versent à certains moments les pluies, ces agents naturels d'assainissement, précieux mais incommodes, dont les allures indisciplinables ne rendent que plus impérieusement nécessaire un système bien combiné d'écoulement souterrain.

Cependant, il ne paraît pas que, jusqu'ici, on se soit rendu un compte exact du volume d'eau qui, dans un moment donné, peut tomber sur

Paris, afin de calculer, d'après cette base, la capacité des galeries d'égout. Des faits nombreux et récents constatent que ce n'est pas seulement le grand égout de ceinture qui se trouve impuissant à recevoir les eaux des pluies d'orage, et ils suffiraient à prouver ce que j'avance. Mais j'en trouve une démonstration encore plus positive dans cette circonstance, qu'aucun document ne fait connaître avec précision le débit des égouts existants, et qu'il m'a été impossible de trouver aucun rapport entre les conditions d'établissement et le service que chaque égout est appelé à faire.

Jusqu'en 1831, la section des égouts a été formée de deux murs (1) perpendiculaires, supportant une voûte de plein-cintre, et d'un radier légèrement creusé. La largeur uniforme était ordinairement de 1 mètre ; la hauteur, de 2 mètres au maximum, variait dans une proportion considérable, et souvent pour le même égout, suivant les ondulations du sol.

De 1831 à 1837, on a maintenu le radier plus étroit que la voûte, de telle sorte que les parois montassent obliquement en s'écartant l'une de l'autre. La hauteur a été fixée invariablement à $1^m 75$, et la largeur, à la naissance de la voûte, limitée entre un minimum de $0^m 70$ et un maximum de $1^m 10$.

Depuis 1837, la largeur du radier a été fixée à $0^m 50$; celle de la galerie à la naissance de la voûte est demeurée variable ; la hauteur a été souvent portée à 2 mètres et au delà.

Il semble que, jusqu'alors, on ne se soit préoccupé que de rendre praticables la visite et le curage de ces galeries souterraines, et qu'on ait pris la taille ordinaire d'un ouvrier pour seule donnée du problème.

Trois grandes galeries ont été récemment construites dans des conditions exceptionnelles : celle de la rue de Rivoli, dont la section

---

(1) Les galeries d'égout diffèrent par les matériaux de construction aussi bien que par la forme et les dimensions. Les plus anciennes sont construites en moellons avec chaînes en pierre de taille. Celle de l'ancienne rue Barre-du-Bec est en briques. Les nouvelles sont en pierre meulière. Pour un petit nombre cependant, et dans la longueur de quelques centaines de mètres seulement, où l'on avait à traverser des terrains fréquemment inondés, on a préféré le béton ou le ciment hydraulique.

est décrite plus haut; celle de la rue des Écoles qui a la forme ovoïdale parfaite, et dont voici les dimensions : hauteur sous clef, 2 mètres; largeur du radier, 0^m 70; largeur, à la naissance des voûtes, 1^m 50; enfin, celle du Boulevard de Strasbourg, qui n'a pas moins de 3^m 30 dans sa plus grande élévation et 3^m 60 dans la plus grande largeur de sa voûte. Entre deux banquettes, dont l'une a 1^m 70, et l'autre 0^m 50, se trouve une cunette de 1^m 20 sur 0^m 50 de profondeur seulement. La plus grande banquette supporte, au moyen de colonnettes en fonte, la grosse conduite d'un mètre de diamètre, dont j'ai déjà parlé. Le long de la paroi opposée est suspendue une autre conduite de 0^m 25.

La hauteur de l'eau qui tombe à Paris est de 577 millimètres par année, et de 4 millimètres en moyenne par jour de pluie. Mais l'eau pluviale veut être reçue quand elle tombe. Ce n'est donc pas une pluie moyenne qui peut faire déterminer la capacité de chaque égout; c'est la plus grande pluie observée. Or, il est tombé 45 millimètres d'eau, *en une heure*, le 8 juin 1849 (1). Ce facteur produit 450 mètres

---

(1) Je ne puis mieux faire que de rapporter textuellement ici la note que le savant directeur de l'Observatoire impérial m'a envoyée, avec un obligeant empressement, sur ce sujet :

« Il tombe annuellement, à Paris, 577 millimètres de pluie et, par jour de pluie, moyennement, 4 milli-« mètres. Mais la quantité d'eau qui tombe dans un jour s'écarte souvent beaucoup de cette moyenne et « atteint très-fréquemment 1 centimètre. Elle dépasse même de temps en temps cette valeur et, en 1854, on « en peut citer plusieurs exemples.

« La chute d'eau la plus remarquable de l'année est celle de la journée du 2 juin : il a plu environ la moi-« tié du temps, en plusieurs ondées, pendant cette journée et la nuit suivante, et la quantité d'eau recueillie, « le matin du 3, était de 70^{mm} 15.

« Dans deux orages remarquables, qui ont duré chacun trois heures, et qui ont eu lieu, le premier, le « 15 juillet de midi à 3 heures, et le second, le 26 du même mois, de 6 à 9 heures du soir, il est tombé « plus de 3 centimètres d'eau et, en tenant compte de la durée du maximum de chute, relativement à celle « de l'orage (le tiers environ), il y a lieu de croire qu'il est tombé bien près de 20 millimètres en une « heure.

« Ce sont là les grandes ondées de Paris, celles que l'on observe annuellement. Mais il y a quelquefois « des chutes exceptionnelles, entre lesquelles, pour une localité donnée, il s'écoule souvent plusieurs vies « d'homme. Un exemple de ces chutes remarquables a eu lieu à Paris le 8 juin 1849. De 3 heures 50 minutes « à 4 heures 50 minutes, il est tombé, pendant un orage, 45 millimètres de pluie.

« Une chute de 45 millimètres en une heure est un exemple que l'on peut comparer aux plus grandes « qu'il ait été donné à la science d'observer dans diverses localités. Toutefois, on a observé à Marseille, le

cubes par hectare, et 1,479,600 pour la superficie de la ville entière, savoir :

Bassin principal...	Rive droite de la Seine. 553,050 m.		
	— gauche.......... 402,750	970,200 m.	
	Ile Saint-Louis........ 4,500		
	— de la Cité........ 9,900		
Bassins secondaires.	Grand égout de ceinture. 369,000	509,400	
	Rivière de Bièvre...... 140,400		

$$\text{Ensemble........ } 1,479,600 \text{ m.}$$

Telles sont les quantités auxquelles les galeries d'égout doivent pouvoir livrer passage (1), *en une heure*, indépendamment des eaux publiques et privées provenant de la distribution. Je ne parle pas des eaux extérieures dont l'enceinte de la ville n'a pas encore pu se préserver complétement, et qui envahissent, par intervalles, certains quartiers. On le voit : ce n'est pas sans motifs que je crois essentiel de faire entrer l'eau pluviale comme principal élément dans le calcul de la section de ces galeries, et que je prévois l'obligation de reprendre ou d'élargir un très-grand nombre de celles qui ont été construites avec des dimensions adoptées empiriquement.

« 15 septembre 1772, une chute d'eau de 24 centimètres en 2 heures ; à Genève, on en a vu une de 160 « millimètres en 3 heures. La chute d'eau la plus remarquable que l'on puisse citer ensuite, sous le rapport « de la vitesse, est celle qui a eu lieu à Bruxelles le 4 juin 1839, et pendant laquelle on a recueilli 112^{mm} 8 « de pluie en 3 heures ; c'est à peu près la vitesse observée à Paris.

« On a quelquefois observé des pluies qui se sont maintenues très-fortes pendant un temps assez long, et « qui, alors, ont fourni des masses d'eau considérables. Ainsi, à Joyeuse, les 8 et 9 octobre 1827, il est tombé « 792 millimètres en 24 heures ; à Gênes, le 25 octobre 1822, 812 millimètres dans la même durée. Mais, en « tenant compte du temps écoulé, ces chutes ne sont pas plus remarquables que celles du 8 juin 1849 à « Paris. »

(1) Sans doute, chaque égout ne reçoit pas tout entière la masse d'eau tombée dans le périmètre du bassin qu'il dessert. Une partie en est bue par le sol. Mais la puissance absorbante des surfaces même les plus perméables trouve promptement sa limite quand la pluie est forte ou continue, et il suffit que, par cette cause ou par une autre, la presque totalité de l'eau pluviale puisse être, à un moment donné, rejetée sur un point quelconque de l'ensemble des galeries, pour que l'inondation du quartier et souvent la rupture de l'égout en soient la conséquence. La prévoyance commande donc, ainsi qu'on l'a précédemment remarqué, de prendre pour base de tout calcul, non pas les moyennes ou les cas ordinaires, mais les maxima et les exceptions.

DES VIDANGES.

Les modifications profondes qu'une large distribution d'eau à domicile doit faire apporter inévitablement au système employé pour les vidanges, sont de nouvelles causes de changements radicaux dans le régime des égouts de Paris.

J'aurais désiré, Messieurs, vous épargner les explications dans lesquelles je suis contraint d'entrer à ce sujet. Mais vous avez compris déjà qu'il m'était impossible de les éviter en traitant de l'assainissement de Paris. Comment, en effet, songer à débarrasser chaque maison de ses eaux ménagères, sans pourvoir aussi à l'évacuation des éléments d'insalubrité que chacune d'elles conserve maintenant dans des réceptacles pestilentiels. Veuillez donc, en considération de l'utilité du but, ne pas vous arrêter devant l'abjection des détails, et vous souvenir que, chargé aussi de toucher bien des plaies, l'administrateur, comme le médecin, comme la sœur de charité, doit y être aguerri, et s'élever par le sentiment du devoir au-dessus de toute répugnance.

Les règlements veulent que les fosses d'aisance soient étanches; elles ne perdent donc rien des liquides qu'on y jette. Il est facile de prévoir que, du jour où l'eau sera fournie abondamment à tous les étages des maisons, les fosses d'aisance se rempliront avec une extrême rapidité.

Déjà, la vidange est une grave incommodité pour les habitants de Paris. Les procédés de désinfection qu'on emploie n'empêchent pas une odeur fétide de se répandre dans les rues; les liquides, plus ou moins saturés de substances neutralisantes, dont on croit pouvoir tolérer l'écoulement dans les ruisseaux, sous la foi de cette opération préliminaire, promènent au loin leurs émanations nauséabondes, et vont ensuite exciter, par leur mélange avec les résidus de toute espèce qu'entraînent les égouts souterrains, une fermentation dont l'effet est de rendre plus intenses et plus délétères les vapeurs qui s'en échappent. L'arrivée de 200 voitures descendant chaque nuit dans la ville pour enlever le surplus des matières extraites des fosses, le travail nocturne des vidangeurs, le chargement des tonneaux, le retour de ces foyers ambulants de miasmes insalubres à La Villette, où se trouve le dépotoir (1), emplissent Paris de bruit et vicient l'air qu'on y respire. Si le service devient plus fréquent, sans se modifier, les inconvénients en seront bientôt intolérables.

A cette objection, tirée de l'intérêt public, contre l'élévation de l'eau à tous les étages, les propriétaires en ajoutent une, tirée de leur propre intérêt. Chaque mètre cube de matières que contiennent les fosses d'aisance coûte environ 8 fr. de vidange. Le volume total à extraire n'est pas moindre, en ce moment, de 200,000 mètres cubes par an, et il augmente suivant une progression constante. La cause principale de ce rapide et onéreux accroissement est l'habitude, qui se répand de plus en plus, de jeter dans les fosses de notables quantités d'eau. On conçoit que les propriétaires soient peu disposés à des dépenses quelconques pour faire parvenir l'eau à chaque étage de leurs maisons, lorsqu'ils prévoient qu'ils auront ensuite de grosses sommes à payer pour la faire sortir des fosses par des machines d'épuisement et à bras d'ouvriers.

Aussi, sur 6,229 maisons d'habitation abonnées aux eaux de laVille, n'en est-il que 140 les recevant aux étages supérieurs. Beaucoup de propriétaires, qui se déterminent d'abord à faire monter l'eau dans tous les appartements de leurs maisons, y renoncent ordinairement, après quelques années d'expérience, pour se contenter d'un service à rez-de-chaussée.

On voit combien la question de la distribution des eaux à domicile se lie étroitement à celle des vidanges. On ne saurait aborder la

---

(1) On nomme *dépotoir*, un vaste établissement municipal, fondé, lors de la suppression de la voirie de Montfaucon, en face de la gare circulaire du canal de l'Ourcq, à La Villette. Les tonneaux de vidange viennent y déverser, dans des réservoirs voûtés, leur contenu qui est repris par une pompe à vapeur et refoulé, au moyen d'une conduite en fonte de 0^m28 de diamètre, jusqu'aux bassins de la nouvelle voirie placée dans la forêt de Bondy, à 10 kilomètres de distance. Un embranchement du canal facilite l'embarquement et l'envoi à Bondy, par eau, des tinettes qui ne contiennent que des résidus solides.

première sans résoudre la seconde, c'est-à-dire sans ménager aux fosses d'aisance un écoulement naturel et à peu près gratuit.

Deux systèmes sont proposés :

Le premier consiste à projeter directement toutes les matières dans les égouts, en transformant les fosses en simples conduites. C'est le système anglais dans sa simplicité, avec les inconvénients qu'on y reconnaît aujourd'hui (1).

On pourrait sans doute y apporter une notable amélioration dans l'intérêt des populations riveraines de la Seine au-dessous de Paris. A la sortie de chaque égout-collecteur, les eaux chargées de la boue des ruisseaux et des matières provenant des fosses d'aisance seraient poussées par des pompes foulantes vers des points divers de la campagne, comme le sont les vidanges, du dépotoir de La Villette aux bassins de la forêt de Bondy, pour y être transformées en engrais. Des essais de ce genre ont lieu en Angleterre sur une grande échelle (2).

_____

(1) En Angleterre, avant l'établissement du service des compagnies d'eau, il était interdit, sous des peines sévères, de faire écouler les vidanges dans les égouts; comme ici, chaque maison devait avoir une fosse étanche. A mesure qu'avec l'usage de l'eau, le *water-closet* s'est généralisé, les prescriptions qui fermaient les égouts sont tombées, et aujourd'hui les fosses sont considérées comme des foyers d'infection à supprimer.

Voici la formule d'interdiction qu'emploie la commission spéciale de la Cité, investie par des actes de 1848 et 1851 d'attributions très-étendues en matière d'assainissement et de viabilité :

« Ordonne la Commission....... que M......, propriétaire, rue...... n°....., ait à exécuter, dans le « délai de......, la jonction souterraine de sa maison avec l'égout public. Les privés ou *water-closets* « seront munis de fermetures hermétiques et pourvus de l'eau nécessaire pour emporter les vidanges. Les « cours, écuries, cuisines et toitures, perdront aussi souterrainement leurs eaux. Une citerne et un appareil « convenable seront établis, pour assurer aux occupants un approvisionnement suffisant de belle et bonne « eau; enfin, les fosses actuellement existantes seront vidées, puis comblées avec des remblais de bonne « qualité. »

Suivant le rapport du *Board-of-health*, déposé en 1850, la salubrité interdit de garder, près du logement qu'on occupe, des matières susceptibles d'en vicier l'air ; c'est un moyen prompt et économique de s'en débarrasser que de les noyer d'eau et de les perdre à l'égout : le *water-closet* est donc la condition essentielle d'une habitation saine; mais, en même temps, le *Board* déclare qu'envoyer ces matières par l'égout à la rivière, c'est infecter celle-ci et se priver du plus énergique des moyens de fertiliser la terre. « Toute « mauvaise odeur dans l'habitation, dans la rue, dans la ville, signale, dit-il, une atteinte à la santé publique, « et dans la campagne, une perte d'engrais. »

(2) En Angleterre, le projet de travailler les eaux d'égouts, pour en faire des engrais solides, a été non-

Même, ainsi corrigé, ce système aurait encore pour résultat inévitable l'infection des galeries d'égout, dont la pente ne peut être
que très-faible, d'après le relief du sol de Paris, et qu'aucune
chasse d'eau, si forte qu'elle soit, ne lave et n'assainit jamais complétement. D'ailleurs, délayées à certains jours par l'eau pluviale dont les
galeries d'égout sont inondées parfois et, dans tous les temps, par les
quantités d'eau considérables qui s'écoulent incessamment des fontaines
monumentales, des bornes-fontaines et des bouches sous trottoirs, les
vidanges conserveraient-elles quelque puissance fécondante? Les frais
à faire pour obtenir l'engrais englouti dans ces masses d'eau, ne
seraient-ils pas hors de proportion avec le résultat?

Suivant le second système, on placerait dans chaque fosse un appareil séparateur, conservant les matières denses et laissant couler les
liquides dans l'égout. L'extraction des matières denses se ferait par un
moyen quelconque.

Une double considération doit faire repousser cette combinaison qui
paraît tout d'abord très-ingénieuse. C'est précisément dans la partie
liquide des vidanges que se trouvent, en plus grande proportion, des
causes de fermentation putride et, en même temps, les éléments
ammoniacaux qui fertilisent les champs. D'ailleurs, les matières
denses équivalent à peine au vingtième de la masse totale, et si, par

---

seulement mis en avant par la *Compagnie générale des engrais*, mais régulièrement autorisé pour une ville
de 70,000 habitants, Leicester, qui a traité avec une compagnie dont le procédé consiste à précipiter les matières organiques par la chaux, à reprendre le précipité par une vis d'Archimède, à le dessécher et à le
découper en mottes susceptibles d'être portées au loin.

Depuis longtemps, on applique les eaux d'égout à l'irrigation des prairies des environs d'Edimbourg, et
l'on en obtient d'excellents résultats. Mais, comme l'irrigation se fait par immersion, les odeurs qui se
répandent aux alentours sont parfois insupportables.

Le procédé Kennedy, qui est fort en faveur, consiste à étendre ces eaux par un mélange avec des eaux
pures, ce qui atténue tout au moins leur infection, et à les employer en arrosements à la lance, au moyen
d'une machine à vapeur, de conduites en fonte ou en grès, et de tuyaux en *gutta-percha*.

L'expérience qui va se faire à Leicester offre un grand intérêt pour nous. On peut douter de sa réussite
au point de vue pratique et industriel; mais on ne saurait s'empêcher de reconnaître qu'elle trancherait
beaucoup de questions.

Quant aux engrais liquides répandus par aspersion avec l'aide de machines, sans mettre en doute leur
efficacité, je crois qu'une révolution radicale est nécessaire pour les faire adopter en France, et que maintenant, ils ont peu de chance d'emploi.

8

cela même, l'extraction, réduite à leur enlèvement, devenait une opération très-simplifiée, il faut reconnaître que son produit, au point de
vue de la fabrication des engrais, serait tout à fait insignifiant.

J'avais pensé à une combinaison radicale, qui supprimerait toutes
les fosses et ferait aboutir les tuyaux de descente à des conduites spéciales de dimension assez forte pour qu'elles ne fussent jamais engor-
gées. Ces conduites trouveraient place dans les galeries d'égout, et
leur réseau serait soumis à l'action de machines aspirantes et foulantes qui rassembleraient les matières dans des réservoirs lointains,
comme celui de Bondy, pour qu'elles y fussent traitées par les procédés
en usage.

Ainsi, la crainte d'infecter les égouts et la Seine serait absolument
écartée ; mais on aurait à faire une énorme dépense pour le premier
établissement des conduites spéciales. Le produit de l'engrais fabriqué
répondrait-il à une si grande mise de fonds ? C'est douteux. Dès aujour-
d'hui, en effet, quoique l'eau n'arrive qu'à bras dans la plupart des
maisons, la quantité qu'on en projette dans les fosses est déjà tellement considérable que l'exploitation des dépôts de Bondy n'est plus
aussi avantageuse que par le passé. Si l'eau est amenée en abondance
dans chaque demeure, les vidanges n'en seront-elles pas étendues au
point de rendre encore moins favorables les résultats de leur transformation en engrais ? C'est à craindre.

Le problème serait bien simplifié, si l'on pouvait faire opérer cette
transformation, dans les fosses mêmes, par des appareils ou filtres
qui ne se borneraient pas à séparer les liquides des matières denses,
mais qui retiendraient avec celles-ci toutes les substances chargées de
miasmes, tous les principes fertilisants de ceux-là, et ne verseraient
dans l'égout qu'une eau désormais inoffensive et inutile. Le départ
des résidus s'opérerait au moyen de tinettes amenées souterrainement par la communication ouverte entre la fosse et l'égout, placées,
une fois remplies, dans des waggons spéciaux, et transportées sur des
rails adhérant aux banquettes de la galerie, comme dans l'égout-
collecteur de la rue de Rivoli, jusqu'à l'extrémité de la ville, où elles
seraient dirigées vers des fabriques d'engrais.

L'invention de tels appareils, d'une application facile et d'une dépense modérée, ne paraît pas improbable dans l'état actuel de la science. Il suffira peut-être d'avoir précisé les termes du programme pour qu'elle se produise et vienne concilier les résultats, inconciliables en apparence, qu'il faut atteindre et que je résume ainsi : procurer l'écoulement libre des eaux vannes sans infecter les égouts ; retenir dans les fosses, sans aucun déchet, et y concentrer, sous un faible volume d'un facile transport, l'engrais puissant qu'elles renferment.

Quoi qu'il en soit, il importe de faire une étude complète des divers systèmes, afin de se prononcer, en pleine assurance, entre tous ceux qui seront reconnus praticables ; et après avoir remédié, autant que possible, aux inconvénients de la combinaison jugée la moins défectueuse, de la prendre pour base des projets ultérieurs. Mais, dès à présent, deux points me semblent évidents :

1° La distribution de l'eau à domicile, exclusive des procédés de vidange, aussi onéreux que barbares, auxquels on a recours aujourd'hui, commande une évacuation économique et immédiate du contenu des fosses ;

2° Pour atteindre ce but, quelque système qu'on adopte, il est rigoureusement nécessaire de donner aux galeries d'égout de Paris le développement et les dimensions convenables pour substituer partout la vidange souterraine à la vidange à ciel ouvert.

DE LA CANALISATION COMPLÈTE DE PARIS.

Les obligations qui résultent pour la Ville de Paris, comme pour les particuliers, du décret du 26 mars 1852, concordent avec celles que leur imposera le changement du régime des fosses d'aisance. Elles impliquent également une canalisation complète de Paris. La galerie par laquelle s'écouleront les eaux domestiques (pluviales, industrielles et ménagères), sera aussi la communication naturelle de la fosse avec l'égout.

Voici comment je conçois l'ensemble du service.

Chaque ligne d'égout principal serait pourvue d'une galerie de grande section, ayant un chemin de fer, au moyen de rails posés sur les angles saillants des banquettes latérales, comme la galerie de la rue de Rivoli.

Les galeries de moindres dimensions, mais garnies également de rails et pouvant encore permettre la circulation facile des ouvriers et des waggons, suivraient les lignes secondaires.

Une galerie de petite section, assez large néanmoins pour le passage de brouettes ou tinettes, envelopperait chaque îlot de maisons, de tous les côtés, qui ne pourraient être desservis directement par une des galeries principales ou secondaires.

De deux en deux maisons, en face du mur mitoyen, s'ouvrirait une courte galerie transversale, mettant chacune de ces maisons en communication avec le petit égout de ceinture de l'îlot, ou directement avec l'égout secondaire ou principal.

Dans cette galerie transversale, se déverseraient, selon le décret du 26 mars 1852, les eaux domestiques; on y ferait écouler les eaux épurées des fosses. Par le même chemin, des tinettes ou des brouettes seraient approchées de celles-ci et en recevraient les matières denses.

Mais ce ne seraient pas les seuls avantages d'une canalisation bien entendue, ou, pour employer le terme anglais, du *drainage* de Paris.

On l'a vu : les eaux des bornes-fontaines ont, entre autres missions, celle de laver la boue des rues. A mesure que s'étend le *macadam*, les quantités de matières terreuses ou sablonneuses, qui sont ainsi jetées dans les bouches d'égout, s'accroissent et encombrent les galeries souterraines. Ce mode d'expulsion sommaire tendant à se généraliser, pourquoi ne le régulariserait-on pas en organisant un puissant service de chasse par l'eau dans les égouts?

Aujourd'hui, à certaines heures, on dépose les ordures et immondices des maisons sur la voie publique. Trop souvent, les pieds des chevaux et les roues des voitures les dispersent; il faut les balayer pour les remettre en tas et les charger sur des tombereaux. Afin de mieux assurer la propreté et l'assainissement de la ville, ne pourrait-on pas ouvrir, dans les cours des maisons, des trémies par lesquelles toutes ces saletés seraient descendues dans les galeries, où l'on recueillerait, pour le transporter au loin, sans offenser la vue et l'odorat du public, ce que les chasses d'eau ne suffiraient pas à enlever ? On ne rencontrerait plus alors ces tombereaux sordides et infects qui s'arrêtent à chaque pas dans les rues, interrompent la course des autres voitures et répandent, sur leur route, les débris sans nom qu'ils contiennent et les émanations révoltantes qui s'en exhalent.

Poursuivons cet examen des applications d'une idée simple.

Il n'est pas bon que les conduites d'eau, leurs clefs d'arrêt, leurs branches nombreuses se trouvent enterrées dans le sol, comme elles le sont encore presque toutes aujourd'hui. Chaque pose, modification, déplacement, réparation de conduite, d'embranchement ou de robinet, exige une tranchée dans la voie publique et l'interruption momentanée de la circulation. Une fuite d'eau peut être assez longtemps ignorée et ne se révéler que par l'inondation d'une cave ou la destruction d'une muraille. On n'y remédie souvent qu'à la suite de recherches et de sondages multipliés. Désormais, toutes les conduites se trouveraient placées dans les galeries d'égout, comme plusieurs le sont aujourd'hui le long des parois des galeries de dimension suffisante ; les embranchements destinés aux maisons suivraient les galeries particulières. Ainsi, le tout serait posé, visité et réparé sans qu'il fallût déplacer aucun pavé, par conséquent sans que le mouvement des voitures et des piétons pût jamais être intercepté sur aucun point. La même voie invisible servirait à l'arrivée des eaux pures et au départ des eaux troublées ou infectées par l'usage.

Ajoutons, pour ne rien omettre de ce qui se rattache au projet d'une large réforme de la canalisation de Paris, que les conduites de gaz elles-mêmes, au moyen de certaines précautions dont la science entrevoit dès aujourd'hui l'efficacité, pourraient également circuler dans le réseau des égouts.

En prévision de ce résultat, Messieurs, vous avez approuvé l'insertion de la clause suivante dans le cahier des charges de la nouvelle entreprise d'éclairage :

« S'il convient à l'administration municipale, pendant le cours du
« marché, d'affranchir la voie publique des fouilles relatives aux con-
« duites de gaz, et de disposer les égouts pour recevoir ces conduites,
« les concessionnaires seront tenus de les y faire poser à leurs frais,
« sur tous les points où la Ville aura pris des dispositions pour ce
« nouveau mode de canalisation. »

Si l'on calculait le temps et l'argent qu'absorbent, chaque année,
l'extraction, la désinfection, le transport des vidanges, le charroi des
immondices, le déplacement, le replacement des pavés ou des dalles
de trottoirs, l'excavation et le remblai des rues, à l'occasion de l'eau
et du gaz, on reconnaîtrait peut-être qu'il en coûte plus pour maintenir un régime que la civilisation désavoue, pour remplir la ville de
lourdes et odieuses voitures, d'embarras sans cesse renouvelés, de
bruits nocturnes, d'odeurs méphitiques, qu'il n'en coûterait pour perfectionner, construire, achever une bonne canalisation de Paris, per-
mettant d'accomplir sous terre des opérations répugnantes, de faire
disparaître ces odeurs, ce bruit, ces voitures, par lesquels le séjour de
la ville devient incommode et insalubre, sous prétexte de propreté.

Les galeries souterraines, organes de la grande cité, fonctionneraient
comme ceux du corps humain, sans se montrer au jour; l'eau pure et
fraîche, la lumière et la chaleur y circuleraient comme les fluides
divers dont le mouvement et l'entretien servent à la vie. Les sécrétions
s'y exécuteraient mystérieusement, et maintiendraient la santé publique sans troubler la bonne ordonnance de la ville et sans gâter sa
beauté extérieure.

RÉSUMÉ.

Du point où m'a conduit, par voie de conséquences, l'examen approfondi de tout ce qui se rapporte au régime des eaux de Paris, on
peut mesurer la grandeur de la question et en saisir d'un coup d'œil
les faces diverses. L'intime solidarité de la plupart des grands services
municipaux est mise à découvert. Il apparaît clairement qu'on ne peut
réformer l'un sans être amené à modifier les autres; que plus on veut

les améliorer tous, plus leur mutuelle dépendance devient étroite, et que dès lors il est impossible, sans dommage pour la chose publique, de séparer les parties de cet ensemble, soit dans la conception d'une organisation nouvelle, soit dans l'exécution des ouvrages qu'elle nécessite, soit dans la marche des services régénérés.

L'opération comprend trois ordres de travaux :

Dérivation sur Paris, par un aqueduc fermé, des sources de la Somme et de la Soude ;

Établissement de distributions complètes et distinctes des eaux affectées aux usages publics et privés ;

Assainissement général de la ville, par une canalisation normale.

L'étude du premier système est assez engagée pour que je désire, Messieurs, ne pas la mener plus loin sans votre concours. Le moment est venu, d'ailleurs, d'instituer un service spécial d'ingénieurs, pour la conduire à fin.

Les recherches relatives à la distribution des eaux et à l'assainissement de la ville ne sont pas arrivées au même degré d'avancement. Le plan n'en est encore qu'à l'état d'ébauche ; mais j'en poursuivrai sans relâche les développements, si votre assentiment m'y encourage.

Quant aux moyens d'exécution, vous ne doutez pas, Messieurs, que je ne m'en sois déjà très-sérieusement occupé ; mais c'est un sujet qui mérite à lui seul tout un mémoire. Il serait, d'ailleurs, prématuré de vous en saisir, lorsqu'il n'existe aucune étude définitive, et qu'il n'est pas possible de préciser la quotité de la dépense.

Dès aujourd'hui, cependant, il est permis d'augurer que ce vaste projet, s'étendant à toutes les rues et à toutes les habitations de Paris, dont le bienfait se fera sentir non-seulement dans le présent, mais dans l'avenir le plus reculé, n'imposera pas à la Ville de plus lourdes charges que l'une des grandes opérations de voirie qu'elle décide avec une si libérale hardiesse pour satisfaire les besoins d'un seul quartier. Selon toute probabilité, le décompte du prolongement de la rue de Rivoli et de ses abords, ou celui des boulevards de Strasbourg et du Centre, ne se montera pas moins haut que la somme nécessaire pour amener une véritable rivière à Paris, faire circuler l'eau jusqu'au sommet des maisons, lui procurer un facile écoulement sous le pavé de toutes les rues, et effectuer une révolution salutaire dans toutes les parties de l'assainissement public.

D'ailleurs, l'ouverture d'une grande voie de communication, avantageuse pour les habitants, est un sacrifice sans compensation pour le trésor municipal. Au contraire, la distribution de l'eau à domicile assure à la Ville un revenu croissant avec son importance.

Aujourd'hui, pour moins de 18,000 mètres cubes que le service des maisons d'habitation et des établissements industriels en consomme, la Ville retire un produit qui s'élèvera, cette année, à près de 1,400,000fr. Il est vrai que 250,000 fr. environ seront absorbés par les traitements du personnel spécial et par les frais de simple entretien des appareils; mais il n'en restera pas moins une recette nette de 1,150,000 fr.

D'après cette base, le produit futur des eaux de l'aqueduc de Somme-Soude pourrait être de près de 8 millions. On arriverait à 10 millions, par l'application rigoureuse du tarif actuel de l'eau d'Ourcq, et à 20 millions, en prenant celui de l'eau de Seine !

Jusqu'à plus ample examen, j'incline à préférer le mode généralement suivi en Angleterre, qui proportionne le prix d'abonnement aux loyers d'habitation, parce qu'il est plus favorable aux classes peu fortunées et qu'il tend, par ce motif, à propager l'usage des eaux. Or, en adoptant le moins élevé des tarifs en vigueur chez nos voisins, je trouve qu'il serait dû pour l'ensemble des habitations actuelles de Paris et pour les établissements industriels, environ 6 millions et demi. Déduction faite de tous frais, le revenu des eaux pourrait donc s'élever à 6 millions, soit 4 millions et demi de plus qu'aujourd'hui, ce qui justifierait l'emploi d'un capital de 90 millions.

Une simple observation révèlerait, à défaut de tout calcul, l'importance du produit d'une distribution d'eau bien organisée. Chacune des cinq compagnies qui ont soumissionné concurremment le service de Paris, acceptait d'avance des charges très-onéreuses : prises d'eau lointaines, machines puissantes, filtres immenses, réseaux distincts de conduites, fontaines monumentales, bains, lavoirs, etc., enfin, subvention à la Ville, fixe ou proportionnelle aux bénéfices, rien ne leur

coûtait; et, assurément, aucune d'elles ne croyait, par cette espèce
d'enchère, solliciter sa propre ruine. Je tiens ces compagnies pour fort
éclairées, et je conclus de leurs offres que, soit par l'intermédiaire de
l'industrie privée, soit directement, la Ville trouvera, dans les concessions d'eau, assez de ressources pour faire face, tout à la fois, aux
dépenses qu'entraînera sa distribution et à celles de la canalisation
complète de Paris.

Il ne faut pas oublier que, déjà, la Ville consacre, tous les ans,
d'importantes allocations à l'extension de ses conduites d'eau et du
réseau de ses égouts. Dans la supposition d'une organisation normale
des deux services, ces allocations, de 600,000 fr. en moyenne, qui re-
présentent l'intérêt de 12 millions, deviendraient superflues.

Enfin, l'extraction annuelle de 200,000 mètres cubes de vidanges,
à raison de 8 fr. par mètre, coûte maintenant aux propriétaires
1,600,000 fr. Ces frais, très-considérables, seraient réduits par l'un ou
l'autre des procédés utilisant les galeries d'égout. Bien que la Ville n'en
dût retirer aucun avantage direct, si l'on faisait profiter les propriétaires de la différence, il n'est pas douteux que les abonnements d'eau
n'en fussent multipliés.

Malgré tout, je le sais, le nombre des abonnements volontaires (1)
n'atteindrait pas de longtemps celui des maisons. Mais la dépense de
la dérivation une fois faite, celles beaucoup plus fortes de la distribution et de la canalisation complémentaires ne s'effectueraient que peu
à peu, et selon les nécessités de la consommation.

Je me borne, quant à présent, Messieurs, à ces considérations som-
maires. Vous penserez, comme moi, qu'il serait hors de propos de discuter les questions très-délicates et très-ardues se rattachant à leur
objet, et qu'il convient de consacrer toute votre attention à la valeur
même du plan que j'ai déroulé sous vos yeux.

---

(1) Plusieurs compagnies ont demandé que les abonnements fussent rendus obligatoires. En Angleterre,
ce pays classique du respect de la propriété, les commissaires de la Cité prescrivent en effet aux propriétaires,
comme l'une des mesures essentielles de l'assainissement des habitations, *d'assurer aux occupants un approvisionnement suffisant de belle et bonne eau* (voir la note antérieure). Mes calculs sont faits, néanmoins, sur
l'hypothèse du régime volontaire actuellement en vigueur à Paris.

En d'autres temps, alors que les esprits s'épuisaient dans de stériles débats, et que l'objection avait toujours le dernier mot, on eût hésité certainement à l'exposer dans toute son étendue; mais nous vivons à une époque où de nombreux projets, que naguère encore on eût qualifiés de rêves, sont miraculeusement réalisés par un Gouvernement qui sait vouloir tout ce qui est bien et accomplir tout ce qu'il décide.

Après tout, pourrait-on ne voir que des utopies dans des améliorations mises en pratique depuis longtemps chez d'autres peuples? N'est-ce pas trop déjà, pour la ville de Paris, que de s'être laissé devancer? Lui suffit-il de l'emporter sur ses rivales par la splendeur des monuments, la culture des arts, les merveilles de l'élégance et du goût? Doit-elle faire bon marché de tout ce qui intéresse la salubrité de ses demeures et le bien-être de ses habitants et accepter, pour son édilité, une infériorité déplorable? Tout le luxe de la civilisation couvrira-t-il plus longtemps de honteuses misères, et, par notre incurie, la statue d'or gardera-t-elle ses pieds d'argile?

Je suis loin de me le dissimuler, Messieurs, la transformation qu'il s'agit d'opérer dans toutes les rues et dans toutes les maisons de la ville, n'est pas l'œuvre d'un jour; de si grands travaux à faire, tant d'habitudes à modifier et d'intérêts à convaincre, useront certainement plusieurs générations d'administrateurs. Aucun préfet n'aura l'honneur de cette entreprise; mais, pour ma part, je croirai avoir fidèlement servi les desseins qu'une auguste et infatigable sollicitude conçoit incessamment dans l'intérêt de la population parisienne, si, chargé de formuler un tel ensemble de projets, je sais vous y rendre favorables, et, plus tard, quand ils auront subi l'épreuve d'une étude consciencieuse et détaillée, en obtenir l'adoption définitive.

« Paris est le cœur de la France, » vous disait, dans une circonstance solennelle, le chef même de l'État (1); « mettons tous nos efforts « à embellir cette grande cité, à améliorer le sort de ses habitants.... « Ouvrons des rues nouvelles; assainissons les quartiers populeux qui

---

(1) Discours prononcé à l'Hôtel de Ville le 10 décembre 1850.

« manquent d'air et de jour, et que la lumière bienfaisante du soleil
« pénètre partout dans nos murs..... » Ces promesses, que le percement de la rue de Rivoli commençait à réaliser, reçoivent chaque
jour un nouvel accomplissement. Déjà, l'air et la lumière pénètrent,
par de larges voies, jusqu'au centre du vieux Paris. Vivifier la ville
entière par des eaux abondantes, ce n'est que faire un pas de plus
vers le double but marqué depuis quatre ans par l'Empereur : « assainir
« et embellir la grande cité. »

Paris, le 4 août 1854.

Le *Préfet de la Seine,*

G.-E. HAUSSMANN.

DÉLIBÉRATION.

Extrait du Registre des Procès-Verbaux des Séances du Conseil municipal de la Ville de Paris.

Séance du 12 Janvier 1855.

Présents : MM. BAYVET, BILLAUD, BOISSEL, comte DE BRETEUIL, CHEVALIER, DELANGLE, DEVINCK, A.-Firmin DIDOT, DUMAS, ECK, FOUCHÉ-LEPELLETIER, V. FOUCHER, FRÉMYN, HERMAN, Eugène-LAMY, LE DAGRE, LEGENDRE, MOREAU (de la Seine), Ernest MOREAU, NOEL, PÉCOURT, PELOUZE, PÉRIER, PEUPIN, DE RIBEROLLES, DE ROYER, SÉGALAS, Édouard THAYER, G. THIBAUT, THIERRY et TRONCHON.

LA COMMISSION MUNICIPALE,

Vu le mémoire de M. le Préfet de la Seine sur les eaux de Paris, en date du 4 août 1854;

Vu le travail de M. Belgrand, ingénieur des Ponts et Chaussées, ayant pour titre : *Recherches statistiques sur les sources du bassin de la Seine qu'il est possible de conduire à Paris;*

Vu le rapport de M. Mille, ingénieur des Ponts et Chaussées, sur le mode d'assainissement des villes en Angleterre et en Écosse;

Vu l'ordonnance de police du 29 novembre 1854, concernant la désinfection des matières contenues dans les fosses d'aisances et l'écoulement des eaux vannes aux égouts;

Considérant que, dans le régime actuel, les eaux de Paris ne satisfont point aux besoins de ses habitants;

Considérant que, d'après les recherches entreprises par M. Belgrand, sur l'invitation de M. le Préfet de la Seine, il serait possible de conduire des plateaux de la Champagne à Paris, par un système d'aqueducs en maçonnerie et de conduites métalliques, et moyennant une dépense qui ne dépasserait pas 25 millions, une eau pure, claire, fraîche et abondante, à une altitude de 80 mètres au-dessus du niveau de la mer, qui permettrait la distribution de cette eau dans tous les quartiers de la ville et à tous les étages des maisons;

Considérant que, dans la double hypothèse de la dérivation et de la distribution complète projetées, le système actuel des galeries d'égouts de Paris doit être modifié et étendu, et qu'il importe fort d'arriver à des conditions meilleures sous le rapport du régime des fosses d'aisances et des divers modes employés pour les vidanges;

Considérant que la disposition de l'ordonnance de police du 29 novembre 1854, qui oblige les propriétaires à conduire dans l'égout le plus voisin les liquides contenus dans les fosses d'aisances pour les faire couler à l'état libre, constitue une mesure qui peut être nuisible aux égouts, en même temps qu'à la santé publique, et qui sera, dans tous les cas, très-préjudiciable aux finances municipales aussi bien qu'à l'agriculture;

Qu'en effet, la projection à l'état libre dans les égouts des liquides provenant des vidanges, entraînerait la perte de l'engrais puissant que ces liquides renferment et du produit que la Ville en retire aujourd'hui;

Considérant qu'aux termes d'un arrêt du conseil du roi, en date du 22 janvier 1785, publié de nouveau en vertu d'une ordonnance du 30 septembre 1814, il est défendu à tout propriétaire de maisons dans Paris de pratiquer aucune ouverture ou communication avec les égouts pour l'écoulement des eaux des latrines de leurs maisons;

Qu'aux termes de l'ordonnance du 30 septembre 1814 et du décret du 26 mars 1852, il n'a été fait d'exception à cette défense que pour les eaux ménagères et pluviales, et que les liquides provenant des fosses d'aisances y restent soumis ;

Considérant qu'aux termes de l'art. 19 de la loi du 18 juillet 1837, l'affectation d'aucune propriété communale à un service public ne peut être faite qu'après avoir été délibérée par le Conseil Municipal ;

Que la délibération du 20 décembre 1850, visée dans l'ordonnance de M. le Préfet de Police, n'a autorisé l'écoulement, dans les égouts, des liquides désinfectés provenant des vidanges, qu'à titre provisoire et d'essai ;

Que l'exécution de l'ordonnance dont il s'agit aurait cependant pour effet de rendre permanent un état de choses que la Commission n'a pas voulu permettre d'une manière définitive ;

Délibère :

ART. 1er.

Le système général de travaux, développé dans le mémoire susvisé de M. le Préfet de la Seine, en date du 4 août 1854, et ayant pour but tout à la fois d'amener à Paris, à l'altitude de 80 mètres au-dessus du niveau de la mer, des eaux de sources dérivées en quantité suffisante pour le service de toutes les habitations, d'assurer la distribution de ces eaux dans toute la ville, de compléter et d'améliorer le régime des égouts et celui des vidanges, est pris en considération.

ART. 2.

M. le Préfet de la Seine est autorisé :

1° A faire dresser un projet complet et un devis détaillé de la dérivation des sources indiquées dans le rapport de M. Belgrand, et à diriger les études définitives de manière à ne plus permettre de doute sur les sources à prendre tout d'abord, ni sur celles qu'il conviendrait d'y ajouter en cas d'insuffisance ;

2° A faire marcher parallèlement avec ces études celle du projet de distribution des eaux dans Paris, du projet d'extension et de perfectionnement du réseau des galeries d'égout, du meilleur mode d'établissement des fosses d'aisances et du meilleur système d'évacuation souterraine du produit des vidanges.

Art. 3.

M. le Préfet de la Seine est invité :

1° A ne jamais accorder l'autorisation définitive de verser directement et à l'état libre, dans les égouts, les liquides provenant des fosses d'aisances ;

2° A se pourvoir auprès de M. le Ministre de l'Intérieur à l'effet d'obtenir que l'exécution de l'ordonnance de M. le Préfet de Police soit suspendue jusqu'à ce que la Commission Municipale ait adopté une combinaison propre à concilier l'évacuation souterraine du produit des vidanges, avec la conservation des égouts, le maintien de la salubrité et en même temps avec l'exploitation des matières extraites dans le double intérêt des finances municipales et des produits agricoles.

Art. 4.

Le Comité spécial chargé de l'examen des questions soulevées par le mémoire de M. le Préfet est maintenu.

Signé au registre :

DELANGLE, *Président.*

G. THIBAUT, *Secrétaire.*

SECOND MÉMOIRE

SUR LES

EAUX DE PARIS

PRÉSENTÉ PAR

LE PRÉFET DE LA SEINE

AU

CONSEIL MUNICIPAL.

(16 JUILLET 1858.)

PARIS.

TYPOGRAPHIE DE CHARLES DE MOURGUES FRÈRES,

RUE J.-J. ROUSSEAU, 8.

—

1858.

SOMMAIRE.

SECOND MÉMOIRE

SUR LES

EAUX DE PARIS

PRÉSENTÉ PAR

LE PRÉFET DE LA SEINE

AU

CONSEIL MUNICIPAL.

(16 Juillet 1858.)

Messieurs,

Le premier mémoire sur les Eaux de Paris, que j'ai eu l'honneur
de soumettre au Conseil Municipal, le 4 août 1854, concluait à la
prise en considération d'un avant-projet de dérivation d'eaux de
sources, préparé, sur ma demande, par un savant et habile ingénieur, M. Belgrand, attaché aujourd'hui au service municipal des
travaux publics de Paris.

J'avais été naturellement conduit, par l'analyse et la discussion de
ce travail, à rechercher quel serait le meilleur système à suivre pour
la distribution, dans la ville, tant des eaux à provenir de la dérivation projetée, que de celles dont l'administration municipale dispose
dès à présent ; quelles issues devraient être ménagées à ces eaux une
fois corrompues par le lavage des rues ou par les usages domestiques ; de
quelle manière les galeries d'égout seraient mises utilement en communication avec les maisons ; et quelles dimensions il faudrait donner
à ces voies souterraines, pour qu'elles pussent, tout à la fois, servir

1

de passage commun à la distribution de l'eau pure, à l'écoulement parallèle des eaux troublées, à la circulation du gaz (aussitôt que la science aurait précisé des précautions efficaces contre tout accident), enfin, à la vidange des fosses des habitations, qui s'opère aujourd'hui à ciel ouvert, avec tant d'inconvénients pour la santé publique et si peu de profit pour l'agriculture, et assurer l'évacuation toujours facile et rapide des eaux pluviales, même à la suite des plus violents orages.

Après un examen approfondi de toutes ces questions, la conviction du Conseil Municipal a été de tous points conforme à la mienne, et, par une délibération du 12 janvier 1855, il a constaté « que, dans « le régime actuel, les eaux de Paris ne satisfont pas aux besoins « de ses habitants ; que, d'après les recherches entreprises par « M. l'ingénieur Belgrand, il serait possible de conduire, des plateaux « de la Champagne à Paris, par un système d'aqueducs en maçonnerie « et de conduites métalliques, et moyennant une dépense qui ne « dépasserait pas 25 millions, une eau pure, claire, fraîche et abon- « dante, à une altitude de 80 mètres au-dessus du niveau de la mer, « qui permettrait la distribution de cette eau dans tous les quartiers « de la ville et à tous les étages des maisons. »

Il a paru au Conseil « que, dans la double hypothèse de la dériva- « tion et de la distribution complète projetées, le système actuel des « galeries d'égout de Paris devait être modifié et étendu, et qu'il « importait fort d'arriver à des conditions meilleures, sous le rap- « port des fosses d'aisance et des divers modes employés pour les « vidanges. »

En conséquence, après avoir pris en considération l'ensemble de travaux exposé dans mon mémoire, le Conseil m'a donné mission : « 1° de faire dresser un projet complet et un devis détaillé de « la dérivation des sources indiquées, et de diriger les études défi- « nitives de manière à ne plus permettre de doute sur les sources à « prendre tout d'abord, ni sur celles qu'il conviendrait d'y ajouter « en cas d'insuffisance ; 2° de faire marcher, parallèlement avec ces « études, celles de la distribution des eaux dans Paris, de l'extension

« et du perfectionnement du réseau des galeries d'égout, du meilleur
« mode d'établissement des fosses d'aisance, et du meilleur système
« d'évacuation souterraine du produit des vidanges. »

Les études ainsi autorisées ont été faites, et j'apporte aujourd'hui
au Conseil Municipal :

1° Deux projets définitifs : l'un, pour la dérivation d'eaux de sources
vers Paris; l'autre, pour la distribution de ces eaux ;

2° Des propositions précises et complètes, en ce qui concerne la
canalisation et l'assainissement de la ville.

I. OBSERVATIONS PRÉLIMINAIRES.

Fournir en abondance de l'eau salubre aux diverses parties d'une
grande ville et l'y distribuer avec régularité jusque sur les points
culminants, est un si inappréciable bienfait, que les travaux accomplis
dans ce dessein comptent parmi les actes considérables des souverains les plus glorieux, et tiennent une place durable dans la mémoire
des hommes.

La plupart des grandes villes sont nées sur le bord d'un fleuve. Les
premiers habitants puisaient, dans le courant même, l'eau qui leur
était nécessaire. Ceux qui, venus plus tard, durent construire leurs
maisons loin des rives, ont, à défaut de sources locales, ouvert par
des puits les nappes souterraines qui s'épanchent presque toujours
dans le fond des vallées, à peu de distance du sol. Mais bientôt, la
ville grandissant encore, les derniers arrivants n'ont pu bâtir qu'à
la circonférence, sur des points de plus en plus élevés, où la couche
aquifère ne se rencontrait qu'à des profondeurs croissantes. D'ailleurs,
l'agglomération même des habitations corrompait les puits et souillait
le fleuve, tandis que les progrès de la civilisation multipliaient les
usages de l'eau. On a recherché alors, pour les détourner vers la
cité puissante, les sources des environs, et, de proche en proche, les
eaux lointaines. Telle est l'histoire des villes les plus anciennes et les
plus célèbres.

Sans parler des aqueducs de l'Égypte, de la Palestine, de la Grèce (1), dont le souvenir est conservé par les historiens, et dont les vestiges subsistent encore, il est impossible de ne pas rappeler ici les grands travaux de ce genre accomplis par le génie des Romains. L'Europe, une partie de l'Asie et de l'Afrique sont couvertes de leurs aqueducs. Les uns sont encore debout et n'ont cessé, à travers les révolutions et les âges, de verser, sur des points constamment habités, le bienfait gratuit de leurs eaux; les autres embellissent diverses contrées de ruines sublimes, et témoignent, par leurs majestueuses proportions et leurs restes impérissables, de la grandeur du peuple qui les a construits.

Si le degré de perfection atteint par une nation dans ses habitudes et ses mœurs pouvait se mesurer d'après la masse d'eau qu'elle a dû appliquer à ses besoins, d'après le savoir et la puissance qu'elle a déployés pour s'en procurer, et l'usage varié qu'elle en a fait, il faudrait incontestablement placer la nation romaine au-dessus, non-seulement des peuples de l'antiquité, mais aussi de tous les peuples modernes; car, à tous ces points de vue, l'ancienne Rome peut exciter pour longtemps l'émulation des capitales qui sont aujourd'hui les plus orgueilleuses du nombre et du bien-être de leurs habitants, de l'ordre qui règne dans leur enceinte, du raffinement de leurs mœurs et de la splendeur de leurs monuments (2).

Assise au bord du Tibre, un peu au-dessous du confluent de ce fleuve,

---

(1) *Acad. R. des inscrip. et belles-lettres ; mém. de l'abbé* DE FONTANU. XVI. 110. — *Descrip. de l'Égypte : Antiq. d'Alexandrie, par* SAINT-GENIS, ingénieur en chef des Ponts et Chaussées. II.

(2) « Depuis la fondation de Rome jusqu'à l'an 441, les Romains se contentèrent, pour leur usage, des « eaux qu'ils tiraient du Tibre, des puits ou des fontaines..........; maintenant, viennent à Rome les « dérivations Appia, Anio vetus, etc. » *Commentaire de S. J. Frontin sur les aqueducs de Rome, traduit par* RONDELET. 1820. IV.

« .... Les Romains ont été chercher au loin des fontaines et les ont amenées à grands frais dans leur « ville, privée d'eaux abondantes, pures et fraîches; en effet, le Tibre est souvent troublé : la couleur na-« turelle de ses eaux est blanchâtre, tirant un peu sur le vert; mais, dès qu'il pleut, elles deviennent « rousses, et presque immédiatement jaunes. De plus, elles sont presque tièdes en été. Pendant près de quatre « siècles, les Romains se contentèrent néanmoins des eaux de ce fleuve, de celles des puits, des citernes et « de quelques sources domestiques, telles que la fontaine de Juturne sur le Forum, celle de Servilius à l'en-« trée du Vicus Jugarius, et celle de Mercure près de la porte Capène. Mais, l'an 442, les censeurs Appius

qui coule du nord au sud, avec l'Anio, qui descend de l'est, Rome occupe les derniers monticules d'une chaîne de hauteurs qui borde, au sud-est, le bassin de l'Anio. Dès la fin du premier siècle de notre ère, sous les empereurs Nerva et Trajan, neuf dérivations apportaient dans Rome un immense volume d'eau, et desservaient les quartiers de la ville, à des niveaux différents. Six de ces dérivations, appelées *Appia, Marcia, Aqua Virgo, Claudia, Anio vetus, Anio novus*, avaient leurs prises d'eau dans la vallée de l'Anio; deux autres, nommées *Tepula* et *Julia*, détournaient les sources de petits affluents de la rive gauche du Tibre inférieur; enfin, la dernière sortait du lac Alsietinus, situé sur la rive droite du Tibre, au nord-ouest de Rome, et lui empruntait la désignation d'*Alsietina* (1).

Les aqueducs, construits en maçonnerie, marchaient, tantôt sous terre, tantôt en remblai, à travers les montagnes, au penchant des coteaux; puis, sans perdre de leur pente régulière, et dédaignant les siphons (2) qui réalisent l'économie aux dépens de l'altitude, ils fran-

---

« Claudius et C. Plautius conçurent le projet de conduire à Rome une source qui en était éloignée de plus « de onze milles, et devait suffire abondamment aux besoins ainsi qu'à la salubrité de la ville, où l'on appe- « lait infâme l'air qu'on y respirait, tant il était vicié par la chaleur, etc. » DESOBRY. *Rome au siècle d'Auguste.* III. 90.

(1) Le nombre des dérivations qui existaient du temps de Frontin doit être porté à dix, si l'on tient compte à part de celle qu'on appelait *Augusta*, créée par l'empereur Auguste pour recueillir quelques sources excellentes et pour verser dans l'aqueduc de l'eau Marcia un supplément nécessaire pendant les mois de sécheresse. FRONTIN. *Comm.* XII.

Plusieurs aqueducs furent construits après Trajan, entre autres, ceux qui furent désignés sous les noms de *Antonina, Severiana, Septimiana, Alexandrina*, etc. Il n'y en avait pas moins de quatorze sous Justinien, alimentant, au dire de l'historien Procope, 815 bains publics et particuliers, 1,352 grands bassins ou réser- voirs, 15 nymphées, 6 naumachies, etc. *Acad. R. des insc. et belles-lettres.* XVI. 120.

(2) Les ingénieurs romains connaissaient la théorie du siphon et en ont fait souvent l'application. Les trois anciens aqueducs de Lyon, et surtout celui du mont Pila, en offraient des exemples remarquables. Ce dernier aqueduc avait été construit par ordre de l'empereur Claude, qui était né à Lyon, pour alimenter les jardins du palais impérial situé sur le point le plus élevé de la montagne dite aujourd'hui de Fourvières. Les eaux du mont Pila, recueillies non loin de Saint-Étienne en Forez, au sud-ouest de Lyon, à 50 kilomètres environ, devaient franchir, avant d'arriver à la ville, un certain nombre de vallées plus ou moins profondes. L'aqueduc passait treize de ces dépressions sur des arcades assez hautes pour laisser couler l'eau en conduite libre avec une faible pente. Mais, pour trois vallons, dont l'un, celui de l'Izeron, ne s'abaissait pas à moins de 100 mètres au-dessous du niveau de l'aqueduc, la dépense avait sans doute paru trop considérable et l'on avait eu recours aux siphons. Douze tuyaux de plomb, de 8 pouces de diamètre, partaient du fond

chissaient les vallées sur des arcades magnifiques, dont la hauteur atteignait parfois 33 mètres, et l'ouverture, plus de 8 mètres. Plusieurs, ceux des dérivations Julia, Tepula, Marcia, par exemple, se superposaient en se rencontrant, afin de ne rien perdre de leurs niveaux respectifs, et cheminaient sur les mêmes arcades. La plupart (tous ceux des dérivations de la rive gauche du Tibre, à l'exception de l'Aqua Virgo) suivaient, en approchant de Rome, un long coteau parallèle à la voie Appia, et y trouvaient de vastes réservoirs, où l'eau se clarifiait plus ou moins complétement par le repos, avant d'entrer dans la cité reine du monde. Ceux qui puisaient aux sources les moins pures, l'Anio vetus et l'Anio novus, avaient en outre un semblable réservoir à leur tête (1).

La longueur de ces aqueducs variait de 23,000 à 91,000 mètres; ils mesuraient ensemble 417,722 mètres, soit 418 kilomètres, dont plus de 364 en souterrains, 4 1/2 en remblais, et 49 environ, soit plus de 12 de nos lieues, sur arcades.

A leur entrée dans Rome, le plan d'eau du plus bas dépassait encore le quai du Tibre de 8 mètres, et le niveau de la mer de 22 mètres environ; les plus élevés arrivaient à 38, 39, 47 mètres au-dessus du quai du Tibre, à 52, 53, 61 mètres au-dessus du niveau de la mer; le dernier était à 3 mètres plus haut que la plus haute colline de Rome (2).

d'un réservoir dans lequel l'aqueduc versait son produit en arrivant au val de l'Izeron, puis descendaient sur le flanc de la montagne, portés tantôt par des arceaux rampants, tantôt par un massif de maçonnerie, traversaient ensuite le fond de la vallée sur des arcades de 12 mètres de haut, et remontaient enfin la pente opposée, pour aboutir à un second réservoir formant la tête de l'aqueduc continué. Les deux autres passages étaient pratiqués par des travaux analogues. Un certain nombre de ces tuyaux de plomb, retrouvés sur place, portaient cette inscription : TI. CL. CAES. (Tiberius, Claudius, Cæsar). DELORME. *Recherches sur les aqueducs de Lyon construits par les Romains.* — LE PÈRE DE COLONIA. *Inst. litt. de la ville de Lyon.* — FLACHERON. *Mémoire sur trois anciens aqueducs de Lyon.*

L'aqueduc de Coutances, de construction romaine, franchissait aussi une vallée en siphon. *Acad. R. des insc. et belles-lettres: Mém. de l'abbé DE FONTANU. XVI. 122.*

(1) Le peu d'efficacité de ce mode de clarification est dénoncé par la mesure que prit, au témoignage de Frontin, l'empereur Trajan, d'exclure de l'alimentation publique et de réserver aux usages secondaires les eaux qui n'étaient pas puisées à des sources. FRONTIN. §§ 89 à 92. Voir plus loin, p. 8.

(2) RONDELET. 166.

A l'intérieur, un système de conduites, tantôt enfouies, tantôt portées sur des arcades, distribuait l'eau de colline en colline, de quartier en quartier. Elle s'y répartissait entre 247 réservoirs ou châteaux d'eau, pour se répandre de là, par une foule de tuyaux, dont chacun, soigneusement mesuré, s'embranchait directement sur un réservoir, et n'avait qu'un seul orifice d'écoulement, dans les palais, les jardins, les viviers des souverains et des riches particuliers, dans les camps des soldats, dans les bains, les thermes, les naumachies, les théâtres, dans les fontaines publiques et dans les égouts.

La masse des eaux ainsi dérivées était énorme. Le curateur des eaux, sous Nerva et Trajan (de 98 à 100), Sextus-Julius-Frontinus, personnage consulaire, administrateur consommé, écrivain plein de savoir, en a donné la mesure dans un de ses *Commentaires*, auxquels les renseignements qui précèdent ont été empruntés. 1,488,300 mètres cubes coulaient, par vingt-quatre heures, des fleuves aériens qui se donnaient rendez-vous sur les sept collines. Cette masse d'eau équivaut près de neuf fois au débit total du canal de l'Ourcq ; elle est à peu près égale à celle que la Marne verse dans la Seine, en été.

Il n'est pas aisé de connaître exactement la population de la ville de Rome à cette époque ou dans les temps voisins. En l'absence de documents précis émanés de l'antiquité, la science moderne a hasardé des conjectures très-diverses. Gibbon, s'appuyant sur des calculs hypothétiques, l'évalue à 1,200,000 habitants (1). M. Moreau de Jonnès, dans la *Statistique des peuples anciens,* adopte la même supposition (2). M. Letarouilly, auteur d'un livre sur les *Édifices de Rome,* réduit, par d'autres calculs, son appréciation à 820,000 âmes (3). M. Dureau de la Malle discute la question avec beaucoup de soin, en traitant de l'*Économie politique des Romains*, et ne croit pas que Rome contînt plus de 562,000 personnes, en y comprenant les soldats sédentaires casernés dans les camps et les étrangers (4).

(1) *Décad. de l'Emp. Rom.* VI. 43.
(2) II, 545.
(3) 117.
(4) I, 403. L'auteur de *Rome au siècle d'Auguste*, M. Desobry, juge l'opinion de Gibbon beaucoup mieux

Du rapprochement de chacune de ces évaluations et du chiffre de 1,488,300 mètres cubes énoncé plus haut, il résulte que les anciens aqueducs romains apportaient aux habitants de la ville 1,240 litres par tête, dans l'hypothèse de la population la plus considérable, 1,815 litres, selon le calcul moyen, et 2,648 litres, d'après la supputation la plus restreinte.

Ces eaux, amenées avec tant de magnificence, étaient administrées avec des soins vigilants et une remarquable sagacité. Chaque réservoir considérable recevait le produit de deux conduites, afin que, l'une venant à faire défaut, l'autre maintînt la permanence du service. Trajan fit classer les eaux d'après leur degré relatif de pureté. La plus limpide, celle qu'amenait l'aqueduc Marcia, fut exclusivement réservée pour l'alimentation ; les autres furent consacrées à des usages divers, selon leur valeur, leur abondance et leur altitude. Celle qui était prise dans le cours de l'Anio, presque toujours limoneuse, servait à l'arrosement des jardins, au curage des cloaques, etc. L'Alsietina, peu salubre et souvent troublée, avait pour destination principale la naumachie d'Auguste ; elle paraît n'avoir été employée, pendant longtemps, que comme supplément à la quantité insuffisante des eaux meilleures, que la rive droite du Tibre recevait de la rive gauche.

Une zone d'isolement protégeait, de chaque côté, les aqueducs, contre la destruction et la fraude. Des amendes, qui s'élevaient parfois à 23,000 fr. de notre monnaie, frappaient les fraudeurs. La propriété de l'eau destinée à l'usage général des citoyens était regardée comme imprescriptible (1), et l'empereur Zénon, devançant les anciennes ordonnances de nos rois, déclarait nuls et non avenus tout rescrit impérial, toute concession, obtenus par des particuliers

fondée que celle de M. Dureau de la Malle, et estime que, dans le premier siècle de notre ère, Rome et ses faubourgs ne comptaient pas moins de 1,300,000 habitants. III. 176. *Notes*. 533.

(1) « Le droit de concession d'eau ne peut être transmis ni à l'héritier ni à l'acquéreur, ni enfin à aucun « nouveau propriétaire des domaines......... Encore aujourd'hui, le titre de concession est renouvelé « avec le possesseur. » Frontin. *Comm*. § 107.

aux dépens du domaine public « sans que la possession la plus longue « pût établir aucune prescription contre les droits de la Ville (1). » On croirait lire l'édit de Charles VI, du 9 octobre 1392.

Sous Trajan, Pline décrivait avec admiration ces magnifiques ouvrages, ces longues suites d'arcades conduisant vers Rome une quantité d'eau incroyable, les montagnes coupées, les roches percées, les vallées franchies, et il ne trouvait rien de plus merveilleux dans l'univers (2). Quatre siècles plus tard, au temps de Théodoric, pour donner aux surveillants des eaux une haute idée de leurs fonctions, Cassiodore, gouverneur de Rome, écrivait : « A comparer entre eux les « édifices de Rome, on hésiterait à donner la préférence; il faut distin- « guer pourtant ceux dont l'utilité fait le prix, de ceux que leur seule « beauté recommande. Le Forum de Trajan est un prodige, même pour « des yeux accoutumés à le voir chaque jour. Le Capitole porte les chefs- « d'œuvre du génie de l'homme. Mais, ce n'est point là qu'est la source « de la santé, du bien-être et de la vie. Les aqueducs sont remarquables « et par leur admirable structure et par la salubrité de leurs eaux. « Les fleuves qui coulent sur ces montagnes artificielles, semblent « avoir un lit creusé naturellement dans les plus durs rochers, puis- « qu'il résiste depuis tant de siècles à l'impétuosité du courant. Les « flancs des monts s'écroulent; le lit des torrents s'efface; mais ces « ouvrages des anciens ne périront pas, tant qu'un peu d'industrie « et de vigilance sera employé à leur conservation (3). »

Ce langage de forme déclamatoire, selon l'usage du Bas-Empire, n'était pourtant que l'expression vraie de la reconnaissance publique.

Aujourd'hui encore, après tant de vicissitudes, la ville de Rome use de quelques-uns des vieux aqueducs, restaurés, exhaussés ou complétés par le soin des souverains pontifes. L'antique *Eau Vierge* subsiste sous son nom; l'*Eau Felice*, due à Sixte V, chemine sur les arcades des aqueducs Claudia et Marcia; l'*Eau Paola*, dérivée par ordre du pape

---

(1) Imp. Zeno. A. Sporatio.
(2) Plin. XXXVI. 15.
(3) Cassiod. Varior. VII, 6.

2.

Paul V, vient du lac Bracciano et de quelques sources de la rive droite du Tibre ; elle emprunte une partie de l'ancien aqueduc Alsietina, convenablement appropriée. Ces trois dérivations donnent ensemble plus de 180,000 mètres cubes, pour une population qui ne dépasse point 170,000 habitants, soit, 1,060 litres environ par tête.

La longueur totale des trois aqueducs est de 101 kilomètres ; l'altitude d'arrivée dans Rome est de 22 mètres au-dessus du niveau de la mer, pour l'Eau Vierge ; de 58 mètres, pour l'Eau Felice ; de 76 mètres, pour l'Eau Paola. Onze châteaux d'eau, où s'embranchent, comme au temps de l'ancienne Rome, les tuyaux des concessions privées ; 50 fontaines monumentales, parmi lesquelles sont, au premier rang, la belle nappe de Trévi et les splendides gerbes Sextine et Pauline ; enfin, 37 fontaines publiques sont alimentées par les trois aqueducs et coulent incessamment jour et nuit. Il est, en outre, peu de maisons de quelque importance qui n'aient une abondante concession : partout, dans les cours, à l'entrée des vestibules, dans les jardins, un véritable ruisseau d'eau fraîche jaillit en jet, ou tombe de quelque bouche de bronze dans un sarcophage antique de marbre servant de bassin, ou s'ouvre passage par le simple orifice d'un tuyau qui n'est jamais fermé. Plusieurs autres conduites des anciens aqueducs, cachées sous terre, aux environs de Rome et dans la ville même, tirent encore, de sources oubliées, une eau courante et limpide, qui finit par se perdre dans la nappe souterraine. Les heureux riverains en font la découverte, y percent des puits, et jouissent en paix de ce trésor intarissable enfoui par les vieux Romains et conservé jusqu'à nos jours, malgré les bouleversements du sol (1).

Sans doute, l'administration des grandes villes modernes ne devrait pas prendre, en tous points, pour modèle, celle de l'ancienne Rome, ou celle de la Rome d'aujourd'hui. Du temps du curateur Frontin, le produit des aqueducs était diminué, avant d'entrer dans Rome, par d'assez larges concessions, et dépensé, en partie, dans

---

(1) Ces détails sont extraits d'une note due à l'obligeance de M. Oudry, ingénieur des Ponts et Chaussées, occupé à Rome de travaux de chemins de fer.

la ville, pour ajouter à la splendeur des immenses palais impériaux et des 1,830 résidences somptueuses qui tenaient une si grande place dans son enceinte ; mais la masse de la population, servie par un nombre considérable de fontaines, de thermes, d'établissements de toute sorte appropriés à ses besoins, à ses habitudes et à ses plaisirs, avait encore la jouissance d'une quantité d'eau, dont l'énorme profusion fait honte aux distributions parcimonieuses des villes actuelles les mieux pourvues. La Rome de notre temps donne aussi une très-grande part de ses eaux à la magnificence; mais elle n'en pourvoit pas moins à tous les besoins privés avec abondance, avec prodigalité.

Tout compte fait, ni la capitale de la France, ni celle de l'Angleterre, ne peuvent comparer, même de loin, leurs richesses en eaux publiques à celles qu'avaient réunies les anciens Romains, à celles même qui ont été recueillies, comme des débris d'héritage, par leurs successeurs.

Paris, qui a la prétention d'être la tête de la civilisation moderne, le siége principal des sciences et des arts, le chef-d'œuvre des architectes et des ingénieurs, le modèle de la bonne administration populaire, la véritable Rome du siècle présent, Paris en est encore aux expédients, pour fournir à toutes les branches du service de ses eaux les quantités rigoureusement nécessaires. Ses fontaines monumentales ne coulent que pendant le jour, et laissent voir trop souvent encore leurs vasques et leurs statues desséchées; ses bornes-fontaines sont rationnées : quand elles s'ouvrent, les conduites des maisons particulières se tarissent. D'ailleurs, la rive gauche ne peut approvisionner ses réservoirs que la nuit, quand la rive droite a cessé de puiser aux sources communes.

Le perfectionnement apporté récemment au réseau des conduites, la vigilance et le savoir avec lesquels la masse de l'eau, comme une armée trop peu nombreuse, mais habilement commandée, est successivement dirigée par les ingénieurs municipaux sur tous les points où elle est nécessaire, ont permis de traverser, sans souffrance publique, deux années de sécheresse exceptionnelle; mais ce n'est point avec cette périlleuse économie que la capitale d'un grand empire doit être pourvue.

A Rome, les services publics et privés, qui, chez nous, se gênent par leur mutuelle solidarité, étaient soigneusement distincts depuis l'organisation réglée par Trajan, et chacun était satisfait au moyen de conduites spéciales versant l'eau sans intermittence, sur tous les points et dans toutes les parties de la ville.

Paris reçoit de la dérivation de l'Ourcq, ouvrage d'ailleurs tout à fait digne des anciens par la grandeur de l'exécution, 170,000 mètres cubes d'une eau de qualité médiocre et bien souvent troublée, dont 110,000 seulement peuvent être employés aux usages municipaux. Les 60,000 mètres de surplus sont réservés aux besoins de la navigation, et alimentent les écluses des canaux Saint-Denis et Saint-Martin. La Ville élève, par une dépense quotidienne de charbon, à Chaillot, au Gros-Caillou et au pont d'Austerlitz, environ 20,000 mètres cubes d'eau de Seine, meilleure, mais bien plus limoneuse encore que l'eau d'Ourcq. Ces deux ressources, sur lesquelles repose à peu près tout le service, ne forment cependant qu'un total de 130,000 mètres cubes d'eau par jour.

Dans l'ancienne Rome, les eaux du vieil Anio et celles de l'Alsietina, dont les deux aqueducs débitaient ensemble 287,000 mètres cubes, n'avaient pas non plus le mérite de la limpidité : les eaux de l'Anio surtout étaient fréquemment troubles, malgré les moyens employés pour les clarifier, comme toutes celles qui sont prises dans le cours d'un fleuve ; l'Alsietina, puisée dans un lac, était rendue peu salubre par des détritus végétaux. Mais il ne faut pas oublier que les Romains ne se servaient des unes et des autres que pour des usages secondaires ou infimes. L'Alsietina n'était guère employée, comme je l'ai dit plus haut, que pour les spectacles nautiques. Les usages domestiques étaient surabondamment assurés par sept ou huit aqueducs gigantesques, fournissant chaque jour plus de 1,200,000 mètres cubes d'eau claire et salubre, tandis que Paris n'a pas en ce moment au delà de 3,000 mètres cubes par jour d'eau de sources, remplissant plus ou moins bien ces deux conditions, savoir :

1° 500 mètres provenant de quelques faibles sources recueillies aux environs de Belleville et des prés Saint-Gervais, dans des conduites ou pierrées souterraines ; 2° 1,600 mètres, des sources de Rungis, dérivées par l'aqueduc d'Arcueil, imitation réduite d'un ancien aqueduc de construction romaine, qui, double en largeur et en débit, desservait jadis le palais des Thermes de l'empereur Julien et les environs du village de Lutèce ; 3° 900 mètres, du puits de Grenelle.

Les Parisiens d'aujourd'hui, au nombre d'un million deux cent mille, ont chacun, pour contingent moyen, 123 litres d'eau, dont 2 1/2 seulement d'eau de source. Les anciens Romains, quelque supposition qu'on adopte, quant à leur nombre, avaient chacun au moins dix fois autant d'une eau généralement excellente. Il faudrait dire vingt fois, si l'on admettait l'hypothèse de M. Dureau de la Malle.

Est-il nécessaire d'insister davantage sur ce parallèle ? Semble-t-il maintenant qu'il y ait excès d'orgueil municipal et prodigalité superflue dans le projet d'amener à Paris 100,000 mètres cubes d'eau saine, pure et fraîche, pour porter de 123 à 215 litres le contingent moyen de chacun des habitants de cette grande cité ? Les exemples qui viennent d'être rappelés nous accuseraient bien plutôt de timidité parcimonieuse.

Il y en a d'autres encore, moins grandioses, mais plus voisins, pour exciter notre émulation. Dans Londres, l'eau est mise à la disposition de toutes les maisons particulières, et y monte à toutes les hauteurs.

Le Conseil Municipal de Paris a pensé que les habitants de cette ville devaient jouir du même avantage. Or, l'eau d'Ourcq ne peut arriver à l'étage supérieur des maisons que dans les parties basses de la ville ; le plus souvent, elle n'arrive qu'au rez-de-chaussée ; la portion la plus haute de Paris n'a, pour approvisionnement quotidien, que le produit des machines élévatoires de Chaillot, des conduites d'Arcueil et de Belleville et du puits artésien, ressource deux fois insuffisante, et par la quantité, puisqu'elle n'est guère que de 23,000 mètres cubes, lorsqu'il en faudrait plus de cinq fois autant, et par l'altitude, puisque l'eau refoulée par les machines de Chaillot, celle qui arrive à la plus grande hauteur, dépasse à peine 75 mètres au-dessus du niveau de la mer, lorsqu'il serait utile qu'elle pût monter à 80 mètres au moins.

On peut, du reste, considérer comme admise à peu près par tout le monde, la nécessité de procurer à la ville de Paris un très-notable accroissement de la somme des eaux dont elle dispose, et de faire parvenir cette eau à une élévation supérieure au niveau maximum qu'on peut atteindre aujourd'hui. C'est seulement contre le moyen proposé d'une dérivation, que les objections s'élèvent, malgré l'autorité des exemples anciens et récents, malgré les fortes et solides raisons qui le recommandent et qui ont été déjà amplement exposées. Mais il est bien difficile de vaincre, même par la démonstration la plus péremptoire, les erreurs généralement admises. On les écarte un moment par l'évidence ; bientôt elles reprennent le terrain perdu et vous assiégent de toutes parts. Il faut, pour faire prévaloir la vérité, une énergie patiente, une active conviction ; il faut opposer aux objections vivaces une réfutation persévérante.

L'opinion commune veut que les procédés d'invention moderne, machines à vapeur ou turbines, soient les plus efficaces et les plus économiques pour fournir aux habitants des villes l'eau qui leur est nécessaire. La Seine, dit-on, coule au milieu de Paris ; pourquoi n'y pas puiser, à l'aide des inventions récentes de la science, l'eau que Paris doit consommer ? N'est-il pas bien dispendieux, bien suranné, d'aller à 40 lieues chercher des sources dont le lit du fleuve amène les produits par sa seule pente, et d'emprunter aux Romains le système vieilli des aqueducs ?

Les turbines, sortes de roues portées sur un axe vertical, qui utilisent une chute d'eau dans laquelle elles sont noyées, passent pour le plus ingénieux et le plus efficace des mécanismes hydrauliques connus. M. Arago, alors qu'il siégeait au Conseil Municipal, avait proposé de créer, par un barrage en Seine, une chute de trois ou quatre mètres au-dessus de l'étiage, d'y établir des turbines mettant en mouvement des corps de pompe, et d'alimenter ainsi les réservoirs de Chaillot. Plus tard, des ingénieurs de mérite, guidés par un programme émané du ministère des Travaux Publics, ont restreint à 1 mètre 20 centimètres la hauteur du barrage proposé ; d'après leur projet, 50 mètres cubes d'eau par seconde, coulant dans le bras méridional de la Seine, devaient être employés pour les turbines. Enfin, depuis que le petit bras a été aménagé pour la navigation dans des conditions différentes, on a songé à faire usage, pour l'élévation des eaux, de la chute que produit le barrage établi en face de la Monnaie.

L'application du système de M. Arago, qui maintenait le niveau de la Seine à trois ou quatre mètres au-dessus de l'étiage, aurait eu pour effet de couvrir d'eau, même dans les circonstances les plus favorables à la navigation, tous les bas ports d'amont, et de submerger des terrains ordinairement exploitables. En outre, les nappes souterraines des deux rives qui se déchargent, chaque été, dans le lit de la Seine, pendant les basses eaux, auraient été tenues désormais en état de constante plénitude par l'exhaussement du fleuve, et l'inondation périodique des caves, à laquelle nous nous efforçons de remédier, serait devenue inévitable et permanente.

La seconde combinaison mise en avant n'était pas moins inadmissible : 50 mètres cubes par seconde, passant, pour la consommation de l'usine hydraulique, dans le petit bras de la Seine, y auraient produit un courant tellement rapide que la navigation y fût devenue très-difficile, si ce n'est impossible, et dans tous les cas, périlleuse.

Le troisième projet est également impraticable. D'abord, les turbines qu'il permettrait d'établir ne donneraient, comme produit maximum, que 60,000 mètres cubes d'eau par 24 heures, c'est-à-dire un peu plus de la moitié seulement des 100,000 mètres jugés dès aujourd'hui nécessaires. Ensuite, une considération applicable également aux deux autres et à toutes les propositions du même genre qui pourraient naître, suffit pour la condamner d'une manière absolue.

La consommation de l'eau à Paris est quotidienne et continue ; elle est moindre, sans doute, s'il pleut que si le soleil brille, s'il gèle que s'il fait chaud ; mais le minimum en est très-considérable en tout temps et en toute saison. On ne peut donc modifier arbitrairement, d'une manière notable, les quantités disponibles, ni interrompre une partie du service, sans qu'il en résulte une souffrance publique. Or, la force motrice produite par les turbines est, toutes choses égales d'ailleurs, proportionnelle à la hauteur de la chute dont elles reçoivent l'impulsion. Cette hauteur, qui se mesure par la différence de niveau du plan d'eau d'amont et de celui d'aval, est, par conséquent, la plus grande possible en temps d'étiage; mais elle diminue en raison des crues, et se trouve complétement nulle dans les plus grandes eaux, lorsque le courant s'élève assez pour submerger le barrage. Il s'ensuit que des turbines faisant monter, par exemple, en temps d'étiage, 60,000 mètres cubes d'eau, comme celles qu'on établirait au barrage de la Monnaie, n'en donneraient que 40,000, 20,000, 10,000, ou même cesseraient de fonctionner, à mesure que la Seine viendrait à grossir. Plus il coulerait d'eau dans la rivière, moins il en monterait dans les réservoirs! Le printemps, chaque année, après la fonte des neiges, tarirait nos conduites! Toute longue pluie tombée, l'été, en Bourgogne, en Champagne, mettrait Paris à sec, et la Capitale serait condamnée à gémir, comme d'un fléau, de ce que le reste du pays compterait pour un bienfait de la Providence!

J'ajoute que, dans les temps d'étiage, ceux qui sont le plus favorables aux turbines, l'eau de la Seine est relativement moins salubre que dans tous autres, puisque la masse des matières organiques en suspension, que le fleuve charrie toujours, s'y trouve alors délayée par la moindre quantité de liquide.

Quoi qu'on pense à cet égard, il faut reconnaître que la satisfaction de l'un des besoins les plus essentiels d'une population de 1,200,000 âmes ne peut pas être abandonnée aux chances des variations atmosphériques. On ne saurait régler la somme des eaux à livrer aux abonnés de la Ville, ni l'écoulement des bornes-fontaines ou des bouches d'incendie, d'après une échelle inverse de celle du pont Royal. Il y aurait donc nécessité absolue de compléter tout système de turbines, par un système parallèle de machines à vapeur qui chômeraient en temps d'étiage, et qui, mesurant leur activité sur le niveau du courant, combleraient le déficit plus ou moins grand résultant des crues du fleuve.

Ainsi, dans l'hypothèse d'un établissement hydraulique construit au pont Neuf, et produisant par 24 heures 60,000 mètres cubes d'eau, la Ville devrait, en outre, organiser un service de machines à vapeur pouvant monter la masse totale des eaux demandées au fleuve, soit 100,000 mètres cubes. En temps d'étiage, ces machines ne fonctionneraient que pour aspirer 40,000 mètres, les turbines donnant le reste; en temps de crues, la vapeur fournirait 60,000, 80,000, 90,000 et même 100,000 mètres cubes d'eau, selon la décroissance du travail des turbines ou leur repos absolu.

Que l'on ait recours aux turbines ou que l'on s'en passe, il faudra donc se pourvoir de machines à vapeur d'une égale puissance. Pourquoi, disent alors les partisans des pompes à feu, ne pas s'en tenir purement et simplement à ces engins? On leur répond que les turbines ne brûlent point de charbon, et qu'en dispensant les machines à vapeur d'une certaine somme de travail, elles procureraient à la Ville une très-notable économie. Mais cette économie annuelle n'est pas évaluée au delà de 140,000 fr., et elle serait au moins balancée : 1° par l'intérêt et l'amortissement du capital de plusieurs millions qu'il y aurait à dépenser pour construire l'usine hydraulique et modifier l'appareil souterrain des galeries et des conduites; 2° par les frais d'entretien, de réparations et de personnel spécial qu'entraînerait une telle création.

J'ajoute que cette usine, pleinement inutile, bâtie à la suite du terre-plein du pont Neuf, dont elle alourdirait gauchement l'élégante disposition, occuperait, d'une manière disgracieuse, le milieu du fleuve, entre les plus beaux quais de Paris, entre le Louvre et la suite remarquable des monuments qui bordent, sur ce point, la rive gauche (1).

Les turbines écartées, les pompes à feu viennent s'offrir.

Sans faire le procès à la machine à vapeur, un des plus merveilleux auxiliaires que se soit donnés jusqu'à présent l'industrie humaine,

---

(1) Au nombre des projets enfantés dans la pensée séduisante, mais chimérique, d'utiliser le courant même de la Seine pour subvenir, en élevant l'eau du fleuve, aux besoins de l'alimentation de Paris, il en est un qui

il importe cependant d'avoir une idée juste des inconvénients comme des avantages de l'emploi qu'on en peut faire pour l'élévation et la distribution des eaux.

Nous pouvons d'abord consulter ici notre propre expérience.

De vieilles machines élévatoires, d'un modèle antique, usées par un long service, existaient depuis longtemps, sans fonctionner d'une manière vraiment utile, à Chaillot, au Gros-Caillou, et près du pont d'Austerlitz. Il y a peu d'années, celles de Chaillot, qui dataient de 1782, ont été remplacées par deux magnifiques machines du système Cornwall, de la force de 145 chevaux chacune, établies par un des constructeurs les plus habiles, sur le dessin d'un très-savant ingénieur : l'une, à laquelle on a donné le nom d'*Iéna*, s'est mise en mouvement à la fin de 1853 ; l'autre, l'*Alma*, n'a été posée qu'à la fin de 1854.

---

s'est si vaguement formulé, et dont l'application est si clairement impossible, qu'on pourrait omettre d'en faire mention. Toutefois, pour ne laisser sans examen rien de ce qui s'est produit sur la matière, je crois devoir joindre ici une note dans laquelle le projet dont il s'agit est précisé autant qu'il est possible, et discuté en peu de mots avec une grande netteté, par M. Michal, ancien ingénieur en chef de la navigation, aujourd'hui inspecteur général des Ponts et Chaussées, qui est chargé de diriger le service municipal des travaux publics de Paris, et qui remplit ces fonctions supérieures avec une si rare intelligence et un si profond savoir :

« Quelques personnes, qui ont compris les inconvénients et l'insuffisance, pour l'alimentation de Paris, « d'une usine accolée à un barrage construit dans la Seine, qui élèverait les eaux du fleuve dans les réser- « voirs de distribution, ont pensé que cette usine pourrait être placée à Grenelle, à l'extrémité d'un canal de « dérivation qui prendrait à Ivry les eaux du fleuve.

« Pendant les basses eaux, le niveau pourrait être maintenu à 1^m 50 au-dessus de l'étiage, au moyen d'un « barrage mobile (1) dont le seuil serait établi à 0^m 50 en contre-bas de cet étiage. Le canal de dérivation « aurait une longueur de 12,250^m (2), une profondeur d'eau de 2^m 00 et une pente de 0^m 1,224 par ki- « lomètre ; la chute de l'usine serait égale à la pente du fleuve entre Ivry et Grenelle, savoir 1^m 90.

« Pour élever 100,000 m. c. d'eau en 24 heures (ou 1,157 litres en une seconde) dans les réservoirs, à une « hauteur de 58^m 80, il faut que les machines hydrauliques produisent, par seconde, un travail utile « équivalant à celui de 907 chevaux. La quantité d'eau que devrait fournir le canal de dérivation, si « toute sa force était utilisée, serait égale à 35^m 80 ; mais, en supposant que l'effet utile ne soit que les « deux tiers de la force brute, il faudrait dépenser par les vannes motrices 53^m 70.

« Pendant quatre mois de l'année au moins, le produit de la Seine, par seconde, au pont d'Ivry, n'est pas « de 53^m 70. D'ailleurs, si la quantité d'eau qui coule dans Paris en étiage diminuait d'une manière no- « table, on serait obligé, pour ne pas laisser à sec les berges de la rivière et pour conserver à la navigation « le tirant d'eau dont elle a besoin, de construire un barrage à Grenelle à la hauteur de l'usine hydraulique.

(1) Jusqu'ici, on n'a construit que des barrages mobiles dans le lit de la Seine.
(2) C'est la distance qui existe entre Ivry et le pont de Grenelle.

Elles pourraient, par un travail de 24 heures, faire monter ensemble 34,000 mètres cubes d'eau à l'un des réservoirs actuels de Passy, soit à 75 mètres 50 centimètres au-dessus du niveau de la mer; mais, jusqu'à ce moment, leur action simultanée n'a point encore été obtenue. Au moment de la commande, il n'était pas question de les voir fonctionner à la fois. Dans l'espoir de ce résultat, que faisaient désirer les exigences croissantes de la consommation, on a opéré des modifications considérables aux appareils annexes. Ces travaux sont à peine terminés, et l'effet en est encore incertain. Jusqu'à ce jour, les machines de Chaillot n'ont guère agi qu'isolément. Toutefois, de très-nombreux accidents ont failli compromettre le service : chapelles de refoulement brisées, balancier cassé, soupapes rebelles, prise d'eau insuffisante pour deux machines, inefficace même pour une seule en temps d'étiage, nous avons eu, depuis cinq ans, une suite non inter-

---

« Ces eaux, ainsi retenues, auraient une vitesse presque nulle et pourraient être une cause d'infection
« pendant les grandes chaleurs.

« Il nous reste à déterminer les dimensions du canal de dérivation : sa pente de fond serait, comme nous
« l'avons vu, de 0^m 1,224 par kilomètre; en admettant que la profondeur de l'eau fût de 2^m 00 (1), il
« devrait avoir une largeur de 36^m 25 pour débiter 53^m 70. Cette largeur, suffisante en étiage, peut
« être considérée comme un minimum; car, à mesure que les eaux s'élèveraient sans avoir atteint la crête du
« barrage, leur niveau serait constant à l'origine du canal de dérivation, tandis qu'il y aurait accroissement
« de hauteur à l'aval de l'usine, dont la chute serait par conséquent diminuée. D'un autre côté, lorsque les
« eaux dépasseraient la crête du barrage et que ce barrage aurait été couché, l'augmentation de la profon-
« deur de l'eau, dans le canal de dérivation, serait plus que compensée par la perte d'une portion de la
« chute absorbée pour produire la vitesse du courant. La largeur du canal de dérivation déterminée
« pour l'étiage doit donc être augmentée, si l'on veut que la force motrice de l'usine ne diminue pas, à
« mesure que les eaux s'élèvent, et ce ne serait pas exagérer que de porter cette largeur à 40^m environ.

« Il est évident, à priori, qu'il n'est pas possible de construire entre Ivry et Grenelle un canal de 40^m
« de largeur, dont le plafond serait placé en moyenne au niveau de l'étiage de la partie correspondante de
« la Seine. »

Ainsi, un canal de 40^m de large et de plus de 12 kilomètres de long, à creuser presque tout entier en
tunnel sous les hauteurs de Bicêtre, de Montrouge, de Vanves, d'Issy, dans une contrée traversée par la
Bièvre et trois chemins de fer, excavée en tous sens par des carrières et couverte d'habitations; la Seine,
laissée complètement à sec dans la traversée de Paris, ou remplie d'une eau dormante et infecte pendant
les mois d'été; le tout pour donner à boire aux Parisiens une eau tantôt chaude, tantôt glacée, presque
toujours trouble et chargée de matières organiques recueillies par le fleuve, dans son passage à travers
les champs et les villes : voilà, en deux mots, le projet produit en dernier lieu. Il me paraît superflu d'en
évaluer l'énorme dépense.

(1) En plaçant le fond du canal à son origine au niveau du seuil du barrage.

rompue d'embarras de toute sorte. Les moindres ont motivé des réparations d'autant plus laborieuses que les pièces employées sont énormes : plusieurs ne pèsent pas moins de 8,000 kilogrammes. On ne peut démonter et remonter de tels engins qu'avec beaucoup de temps et d'efforts. Tout dernièrement encore, au moment où l'on se croyait au but, après trois ans de réfections et de perfectionnements, un immense corps de pompe, celui de l'*Alma*, s'est rompu, et la machine s'est trouvée paralysée pour plus de six semaines. L'*Iéna* seul continuait le service ; mais, un matin, l'ingénieur en chef a été tout à coup averti qu'elle ne fonctionnait plus. Heureusement, le mal a pu être réparé dans la journée. Peu s'en est fallu, cependant, que l'eau de Seine ne fît complétement défaut, et que les quartiers hauts de la ville ne fussent privés, pour un temps plus ou moins prolongé, de toute alimentation.

On voit dans quelles anxiétés est tenue, par les machines à vapeur, une administration préoccupée de ses devoirs, qui est chargée de fournir de l'eau à une immense population. La présence même de deux machines, dont l'une agit pendant que l'autre se répare, ne suffit pas à rendre le service infaillible. Aussi, une compagnie de Londres, celle de Chelsea, n'a point hésité à tripler le nombre des appareils dont le jeu incessant lui est indispensable, de telle sorte que, si une machine en activité vient à se briser tandis que son auxiliaire est en réparation, il y en ait une troisième toute prête à prendre la suppléance. A ce compte, pour assurer la marche non interrompue de deux machines, l'usine de Chaillot devrait en avoir six. Ce serait un luxe excessif, peut-être ; mais quatre n'auraient rien de superflu, si l'on voulait donner au service une suffisante sécurité.

Dans l'hypothèse où les 100,000 mètres cubes aujourd'hui nécessaires seraient demandés à la vapeur seule, comme on a calculé qu'il faudrait un groupe de 9 machines de 100 chevaux utiles chacune, ou l'équivalent, pour monter une telle masse d'eau à la hauteur exigée par les besoins de distribution, il y aurait lieu de soutenir cette première ligne par un groupe égal de machines supplémentaires. La Compagnie de Chelsea exigerait un second renfort, ce qui formerait un total de

27 machines; une sévère prudence en demanderait au moins 18; l'économie la plus hardie ne descendrait guère au-dessous de 15.

Les hommes compétents diffèrent d'opinion sur la préférence à donner, pour l'élévation de l'eau, soit aux machines à simple effet, dites de Cornwall, comme celles qui viennent d'être placées à Chaillot, soit aux machines à double effet, dont les organes ont moins de volume, et qui sont, en cas d'avarie, plus faciles à réparer. Toujours est-il que, lorsqu'il s'agit du service permanent d'exigences quotidiennes, qui ne veut point de variation ni d'incertitude, la fragilité des machines est le premier défaut de cette création compliquée du génie de l'homme. En comparaison, les aqueducs ont le privilége de l'éternelle durée. Plusieurs de ceux qu'a laissés l'antiquité ont vaincu et le temps, et la guerre, et la barbarie. Une solide construction et un peu de vigilance préservent de toute rupture, pour de longues années, les simples conduites en maçonnerie ou en métal (1).

Le second inconvénient des appareils élévatoires à vapeur, c'est de ne pouvoir fonctionner qu'au moyen d'une coûteuse combustion et sous la main d'ouvriers d'élite, c'est-à-dire au prix d'une dépense journalière très-considérable. Lorsqu'une nation, une grande cité, veut pourvoir à l'un de ces besoins publics qui sont également impérieux dans toutes les vicissitudes de sa destinée, dans la prospérité comme dans les revers, s'il se présente deux moyens praticables : l'un, réclamant tout d'abord des frais élevés et un puissant effort, mais ne chargeant l'avenir lointain que d'une faible dépense d'entretien et d'une médiocre sollicitude; l'autre, moins dispendieux au début, mais grevant chaque année, chaque jour, d'un lourd fardeau financier et de soins multipliés et attentifs, cette nation ou cette cité ne peut hésiter à préférer le premier moyen, pour peu qu'elle ait la conviction de sa propre durée, le souci de sa gloire, et le sentiment de ses devoirs envers les générations à venir.

(1) Lorsqu'au milieu du siècle dernier, Deparcieux proposait de dériver sur Paris les eaux de l'Yvette, il posait en principe que l'eau destinée à l'alimentation d'une grande ville devait être non-seulement de bonne qualité, et en quantité surabondante, mais encore amenée sans obstacles, ni interruptions, ni suspensions; sans d'autres soins que l'entretien des conduites, inévitable dans tous les cas. *Acad. des Sciences*. 1762. 337 à 340.

Dans le sixième siècle, au temps des rois goths, Théodoric, Athalaric, Vitigès, Rome était encore en pleine jouissance du produit de ses aqueducs! En eût-il été de même, si Auguste ou Trajan eussent connu et choisi la vapeur, et confié à 200 machines le soin de tirer du Tibre les 1,400,000 mètres cubes qui se répandaient dans la ville? Aujourd'hui, les fontaines de Trevi, Sixtine et Pauline couleraient-elles dans la Rome moderne avec une splendide abondance, si les anciens papes, alors qu'ils étaient puissants et riches, en avaient demandé l'alimentation à des machines exigeant un entretien constant et une dépense journalière?

Le Conseil Municipal de Paris, qui, par un premier vote, a donné la préférence au système des dérivations sur celui des procédés élévatoires, ne voudra certainement pas, lors de son choix définitif, que la quantité d'eau mise, d'année en année, à la disposition du public, dépende, même pour le plus lointain avenir, des mobiles destinées de la nation, ni des oscillations de la fortune municipale. Il trouvera, d'ailleurs, dans le premier de ces deux systèmes, l'inappréciable avantage d'assurer au budget de la Ville, après une première dépense qui peut être répartie sur un nombre plus ou moins grand d'exercices, non-seulement l'affranchissement presque entier de toute charge ultérieure à l'occasion de la distribution des eaux, mais encore un surcroît très-important du revenu durable des concessions annuelles.

Supposons cependant que, détournant les yeux de toute pensée prévoyante, et reniant ainsi l'esprit qui a jusqu'à ce jour animé ses actes, l'administration parisienne se résigne à puiser au jour le jour dans la Seine, l'eau nécessaire à la consommation de la cité populeuse confiée à sa vigilance, aura-t-elle résolu, du moins pour le présent, le problème qui lui est posé? L'eau de la Seine, même au-dessus du confluent de la Marne, réunit-elle les conditions de la meilleure alimentation possible?

J'ai établi, dans mon premier mémoire, et la délibération du Conseil Municipal du 12 janvier 1855 admet, avec moi, que trois qualités sont essentielles aux eaux publiques. Elles doivent être irréprochables au double point de vue de la salubrité et des usages ménagers ou industriels, fraîches en été, sans devenir trop froides en hiver, limpides en toute saison.

L'eau de la Seine ne contient aucune susbtance minérale insalubre ou incommode; mais elle est toujours chargée, même au-dessus de Paris, de matières organiques, végétales ou animales, dans une assez forte proportion. Durant l'été, elle est chaude, et, l'hiver, elle entre presque glacée dans les conduites, sur lesquelles ces changements de température exercent une nuisible influence. Pendant les trois quarts de l'année, elle est trouble ou louche, et elle ne peut être bue sans filtrage préalable, même lorsqu'elle paraît limpide.

En thèse générale, l'eau d'une rivière qui reçoit dans son cours des débris de toutes natures, des immondices accumulées, des substances malfaisantes charriées par les torrents et les ruisseaux, et qui subit, à travers les saisons, toutes les vicissitudes du thermomètre, n'est acceptable, pour les habitants d'une grande ville, que s'ils ne peuvent en avoir de meilleure (1).

Le filtrage rend à l'eau sa limpidité; mais il ne la dégage pas des substances hétérogènes qui y sont dissoutes, et il n'en peut changer la température. D'ailleurs, la pratique en grand du filtrage, appliquée à l'eau d'un fleuve aussi limoneux que la Seine, est d'un succès au moins douteux. Dans tous les cas, il exigerait une série de bassins, qui, pour 100,000 mètres cubes d'eau, n'occuperaient pas une super-

---

(1) Déjà, dans mon mémoire de 1854, j'ai fait remarquer la tendance de plusieurs villes de la Grande-Bretagne, à renoncer aux prises d'eau en rivière, et à s'approvisionner au moyen de dérivations. Le corps municipal de Glasgow, dont j'indiquais à cet égard les projets, est à l'œuvre depuis dix-huit mois, pour amener les eaux du lac Katrin sur un point qui domine la ville entière. Ce n'était certainement pas par la quantité que l'eau faisait défaut; car deux compagnies en fournissaient chaque jour 77,000 mètres cubes, soit plus de 183 litres par tête, pour une population de 420,000 âmes. Mais la plus grande partie de cette eau était puisée dans la Clyde, dont la limpidité est altérée par les immondices qu'y projettent les usines et les habitations riveraines, et par des torrents bourbeux descendus des montagnes du comté de Lanarck. La dérivation des eaux claires et très-pures du lac Katrin aura 60 kilomètres, coûtera plus de 33 millions, et, les eaux de la Clyde écartées, portera l'approvisionnement quotidien à 108,000 mètres cubes, soit 257 litres par tête. Pour couvrir la dépense première et tous les frais ultérieurs du service, la ville de Glascow est autorisée, par un acte du parlement, à surélever, selon le besoin, la taxe actuelle dite *water-rates*.

ficie de moins de 5 hectares, et qui devraient, en conséquence, être
établis en dehors de la ville. Un premier étage de machines à vapeur
y verserait l'eau qui serait reprise, une fois épurée, par une seconde
série de machines, et portée, par de très-longues conduites, à la hauteur voulue. L'opération demanderait beaucoup de soins : elle serait
au moins très-dispendieuse.

Le rafraîchissement de l'eau destinée à la consommation de Paris n'est
pas possible. On a proposé de la faire séjourner dans des bassins voûtés,
sous les hauteurs de Montmartre ou de Belleville, pour l'y amener à
une température moyenne constante ; mais l'effet inverse se produirait :
les parois des réservoirs se mettraient peu à peu en équilibre avec la
température du dehors, au moyen de la masse énorme d'eau qui y
serait journellement accumulée (1).

Ainsi, deux services de machines avec leurs auxiliaires, d'immenses
appareils de filtrage, un nombre considérable d'ouvriers et d'employés,
c'est-à-dire des premiers frais plus grands qu'on ne le suppose et une
très-forte dépense quotidienne, pour donner à Paris une eau médiocrement pure et claire, toujours chaude en été et glaciale en hiver : voilà
les conditions du système d'élévation par la vapeur de l'eau de Seine,
prise au-dessus du confluent de la Marne, tant préconisé comme dernier mot du savoir moderne.

Mais expérience passe science, et l'expérience, d'accord avec le bon

---

(1) Pour échapper à cette objection, un des nombreux projets qu'a fait éclore mon premier travail, comprend un système de réservoirs voûtés, assez grands pour contenir la quantité d'eau nécessaire à Paris durant
plusieurs mois. L'auteur propose de prendre cette eau dans la Loire, au moyen d'un canal d'alimentation (navigable comme celui de l'Ourcq), approvisionnant les réservoirs qu'il établirait dans quelqu'un des vallons
élevés qui coupent les bois de Meudon. C'est seulement au printemps et à l'automne, lorsque la température
n'est ni chaude ni froide, que l'eau serait emmagasinée dans ces réservoirs. Elle s'y maintiendrait à 11 ou 12
degrés, et y déposerait, par un séjour plus ou moins prolongé, toute espèce de limon.

Quelle serait la capacité de ces lacs souterrains ? L'auteur les emplit en mars et en octobre, ce qui suppose un
approvisionnement de cinq mois consécutifs. J'admets que le thermomètre permette de le réduire à quatre
mois seulement. Il s'agit, dans le projet, de 260,000 mille mètres cubes au minimum par 24 heures, soit, pour
quatre mois, 31,200,000 mètres cubes, ce qui commande un réservoir de plus de 300 hectares de superficie,
avec une profondeur moyenne de dix mètres !

Comme l'eau ne pourrait s'y clarifier sans déposer au fond d'épaisses couches de vase, il faudrait établir des
bassins de supplément pour les temps de curage.

sens, nous enseigne que, pour l'usage d'une grande cité, le moyen préférable et le moins dispendieux en définitive, c'est la dérivation de sources salubres, abondantes et suffisamment élevées, par un aqueduc qui, une fois construit, ne demande pour fonctionner ni appareil filtrant, ni mécanisme en mouvement, ni charbon en flamme, ni main-d'œuvre quotidienne, et qui fournisse à profusion d'excellente eau, toujours claire et fraîche, portée par son propre poids dans tous les quartiers, à tous les étages des maisons de la ville : c'est ce que le Conseil Municipal de Paris a reconnu et constaté, dans sa délibération du 12 janvier 1855.

II. ÉTUDES DÉFINITIVES.

Dès le 1er mars 1855, M. le Ministre des Travaux Publics a bien voulu mettre à ma disposition M. l'ingénieur en chef Belgrand, et deux ingénieurs ordinaires expérimentés, MM. Rozat de Mandres et Collignon, pour être attachés au service des études de dérivation d'eaux de sources vers Paris.

Quinze à seize mois ont été consacrés à ces travaux, que l'intempérie des saisons venait souvent compliquer, qui embrassaient d'ailleurs

---

Sans en tenir compte, il suffit de remarquer que les frais de construction de la voûte et du radier du principal ouvrage, à 25 fr. au moins par mètre carré, dépasseraient 78 millions de francs. Qu'on ajoute à cette somme, d'une part, la dépense des murs d'enceinte et de refend pour établir les compartiments nécessaires, des piliers pour soutenir les voûtes, des conduites pour amener l'eau à Paris; d'autre part, la valeur des terrains à exproprier sur des points couverts de maisons de campagne, comme toutes les hauteurs voisines de la ville, l'on arrivera à un total énorme, que nulle combinaison ne saurait réduire à des proportions raisonnables.

Le canal de dérivation de la Loire aux rives de la Seine ayant à traverser, avec d'immenses travaux, les vallées de plusieurs affluents du premier des deux fleuves, aussi bien que celles de l'Orge, de la Renarde, de l'Yvette, de la Bièvre, etc., coûterait probablement plus que celui de la Somme-Soude.

L'eau d'une rivière se charge toujours en courant de détritus organiques, et se corrompt plus ou moins dans une stagnation prolongée : il y a donc lieu de penser qu'on ne donnerait à Paris, surtout vers la fin de l'été, qu'une boisson aussi nauséabonde que coûteuse.

On voit, par ce simple aperçu, avec quelle légèreté et quelle absence d'études préliminaires, sont dressés de tels projets, que l'ardeur de contredire oppose chaque jour aux travaux longtemps médités des ingénieurs les plus éminents et les plus expérimentés.

3

une grande étendue de terrain et des opérations multipliées et délicates. Le surplus du temps écoulé jusqu'à ce jour a été employé à la préparation des projets relatifs à la distribution des eaux dans Paris, et à la canalisation du sol de la ville. Ces améliorations diverses forment un tout indivisible, sinon dans l'exécution, du moins dans le dessein général et dans la décision première dont elles peuvent être l'objet. Voter la dérivation, c'est s'engager sur le système de distribution ; tracer le réseau des conduites, c'est faire en même temps le plan des égouts ; déterminer la direction, la coupe, la disposition intérieure des galeries nécessaires au passage des eaux, c'est préjuger toutes les autres destinations de ces galeries.

La mission confiée à M. Belgrand ne consistait pas simplement à prendre pour point de départ ses recherches de 1854, tout ingénieuses et concluantes qu'elles semblaient être, et à dresser le projet d'un aqueduc destiné à conduire certaines sources des vallées de la Somme et de la Soude à Paris ; il devait poursuivre, à nouveau, la meilleure solution de ce problème : dériver sur Paris, à la hauteur de 80 mètres au moins au-dessus du niveau de la mer, 100,000 mètres cubes, par 24 heures, d'eau de source de bonne qualité, en faisant la moindre dépense possible, dans une limite de 25 millions.

Si, en effet, il existait, à l'altitude nécessaire, des sources suffisamment abondantes, aussi pures ou plus pures que celles des vallées de la Somme et de la Soude, plus près de Paris, il les faudrait préférer à coup sûr, puisque, l'aqueduc à construire étant moins long, la somme à dépenser s'atténuerait d'autant.

L'ingénieur en chef s'est réservé le soin de cette vérification générale des sources du bassin de la Seine ; mais, comme les probabilités paraissaient être en faveur de ses premières conclusions, il a chargé MM. Rozat de Mandres et Collignon de dresser, en même temps, sous sa direction, le plan et le devis de la dérivation de Somme-Soude. Ainsi, d'une part, ce travail, qui devait être définitif, selon toute apparence, ne se trouvait pas ajourné par le contrôle de l'avant-projet ; de l'autre, il pouvait être arrêté à chaque instant, si la découverte de sources préférables en rendait la poursuite inutile.

Quelques données précises ont guidé **M.** Belgrand dans l'accomplissement de la tâche qu'il s'était imposée.

En premier lieu, la recherche à faire ne devait point s'étendre en dehors du périmètre du bassin de la Seine, c'est-à-dire de la ligne de hauteurs d'où descendent, vers le fleuve, les rivières ou les ruisseaux qui l'alimentent. Au delà de cette frontière de sommets plus ou moins élevés, commencent des pentes en sens inverse, qui épanchent leurs eaux dans d'autres vallées; mais, vouloir retourner vers Paris ces cours d'eau s'éloignant de la Seine, ce serait compliquer le problème de difficultés nouvelles, résultant presque toujours de la distance plus grande à parcourir et, dans tous les cas, d'obstacles de terrain à surmonter.

En second lieu, il ne pouvait être question que de sources proprement dites, et non de ruisseaux déjà distants de leur point de départ. L'eau d'un ruisseau change de température selon les saisons; mille causes en altèrent la limpidité, la saveur, la qualité. Il est vrai que lorsque, en sortant de terre, elle est chargée outre mesure de sels calcaires, elle en dépose une partie dans son lit et sur ses bords, et devient moins dure en courant; mais une telle eau est presque toujours médiocre et ne doit être prise ni à sa source ni dans son cours. Si, au contraire, la source est pure et ne contient que la quantité de sels en dissolution favorable à la santé, l'eau perdra bien vite quelque chose de sa valeur en route; elle pourra même devenir désagréable ou malsaine, en roulant au milieu des tourbes, en se grossissant d'eaux de pluie tout imprégnées des engrais du voisinage, en traversant des fosses à chanvre, des tanneries, des blanchisseries, enfin des hameaux et des villes, dont les égouts sont des causes d'infection aussi redoutables que les usines les plus insalubres (1).

---

(1) Voici en quels termes s'exprimait Parmentier, vers la fin du dernier siècle, à propos du projet mis en avant par Deparcieux, d'emprunter l'eau de Paris au cours de l'Yvette :

« A la fin de la belle saison, la plupart des petites rivières sont couvertes des dépouilles des arbres, qui pendant l'hiver se pourrissent et se changent en limon; les digues, les déversoirs, les batardeaux, les vannes, les chanvres, les lins que l'on fait macérer et rouir dans les ruisseaux ou fosses pratiquées à côté, toutes les immondices, les lavages, les égouts, les eaux pluviales des villes, des bourgs, des villages,

Il fallait donc choisir quelques-unes des sources, apparentes ou cachées, du bassin de la Seine, et en conduire à Paris les eaux dérivées, par un aqueduc sous terre, afin d'en conserver la limpidité et la fraîcheur premières.

L'élévation du point de départ devait être telle qu'on pût atteindre dans Paris, non pas seulement 80 mètres au-dessus du niveau de la mer, mais un point d'arrivée plus haut encore, s'il était possible, afin d'assurer d'autant mieux le service.

On ne devait négliger aucune des conditions essentielles d'une moindre dépense : l'abondance de l'eau, la plus courte distance de Paris, la modération des indemnités à payer, l'omission d'une seule de ces conditions pouvant suffire à compenser et au delà l'économie produite par la réalisation des deux autres.

Mais la raison principale et déterminante du choix à faire devait être la qualité de l'eau, qui peut être appréciée d'après l'analyse chimique, le goût, et certaines données de la géologie.

Les matières contenues ordinairement à l'état de dissolution, dans l'eau des sources du bassin de la Seine, sont principalement des sels de chaux ou de magnésie, des carbonates, sulfates ou chlorures.

La présence de sulfates terreux en quantité notable rend l'eau dure, malsaine ou tout au moins de digestion pénible; elle s'oppose à la cuisson des légumes; elle empêche le savon de se dissoudre; enfin, les dépôts qu'elle occasionne, à une certaine température, incrus-

---

des hameaux et des fermes qui y aboutissent, sont encore autant de causes qui infectent l'eau, occasionnent des dépôts qui ralentissent son courant, et empêchent qu'elle ne puisse en détruire la source ou les entraîner, même dans les plus grandes crues..... Faut-il s'étonner si l'eau qui a séjourné de cette manière dans les écluses malpropres des moulins, qui a lavé des prairies marécageuses, qui a pour fond, rarement du sable, mais toujours un limon et des végétaux qui se décomposent, contracte un goût de vase plus ou moins sensible, à raison des circonstances locales et des saisons?

« Ce sont néanmoins ces eaux, originairement le réceptacle des immondices de tous les endroits qu'elles ont baignés, qui charrient longtemps les résultats des dégraisseurs, des bouchers, des tanneurs, des blanchisseuses, des teinturiers, des fabriques de colle-forte; ce sont, dis-je, ces eaux qu'on estime tant, qui composent par leur réunion les grandes et les moyennes rivières en s'y déchargeant.

« ... L'eau de l'Yvette, à sa source, ne m'a point paru avoir le goût de marais qu'on lui reproche; elle ne le contracte qu'à quelques pas de la fontaine. » *Dissertation sur la nature des eaux de la Seine.* 61 et 67.

tent les chaudières des machines à vapeur, au grand danger des explosions.

Toute eau qui contient des sulfates terreux en quantité notable doit donc être proscrite.

Le carbonate de chaux en dissolution dans l'eau est favorable à la santé, et communique à la boisson une saveur agréable, pourvu que la quantité n'en soit pas trop considérable. Il ne nuit point à la cuisson des légumes; mais il agit sur le savon comme les sulfates. S'il est en excès, il incruste à froid les conduites de fonte et les double peu à peu d'un cylindre de pierre, dont l'épaisseur s'accroît progressivement et restreint d'autant la section restée libre pour le passage de l'eau.

Les carbonates de magnésie et les chlorures sont presque toujours en trop faible dose dans les eaux du bassin de la Seine pour en altérer la qualité.

Il importait donc de constater avec soin quelles quantités de sels de chaux et spécialement de sulfate ou de carbonate renferment les sources du bassin de la Seine; quelle proportion de carbonate rend l'eau agréable, salubre, sans incruster les conduites et sans faire obstacle aux usages industriels, et à quelle limite l'excès nuisible commence.

L'emploi d'un appareil ingénieux, récemment inventé par MM. Boutron et Boudet, et nommé par eux *hydrotimètre* (mesure de la valeur de l'eau), a singulièrement facilité ces recherches, en substituant, dans la plupart des cas, une expérience très-simple et très-sûre aux longues et délicates opérations de l'analyse ordinaire.

On a vu que l'eau chargée en excès de sels terreux dissout mal le savon. C'est pour cette cause que les eaux de Belleville et des Prés-Saint-Gervais, rebelles à toute blanchisserie, ont fait donner à la principale fontaine par laquelle elles sont versées dans Paris, le nom caractéristique de fontaine *Maubuée* (mauvaise lessive). Sur cette propriété des eaux dures, les deux chimistes distingués dont il vient d'être question ont fondé leur procédé pratique.

L'eau pure, dans laquelle on dissout une quantité quelconque de savon, s'empare, dès qu'on l'agite, de parcelles d'air, les enveloppe et les conserve à sa surface en petits globules accumulés, dont la réunion constitue de la mousse : c'est un phénomène bien connu. Un décigramme de savon par litre d'eau distillée, ou, ce qui revient au même, un hectogramme par mètre cube, suffit pour que la mousse se forme et persiste ; mais, si l'eau contient un sel à base terreuse, le savon est détruit et remplacé par un précipité insoluble. Voici comment : le savon est composé d'un acide gras, stéarique, margarique ou oléique, et de soude ; le sel terreux est composé, par exemple, d'acide carbonique et de chaux. Lorsque les deux combinaisons sont en présence, l'acide carbonique s'unit à la soude, pour former un carbonate de soude qui demeure en dissolution dans l'eau ; l'acide gras et la chaux se marient parallèlement, et deviennent ce que la science nomme un stéarate, margarate ou oléate de chaux, que l'eau ne peut dissoudre. Ce dernier composé apparaît alors sous l'aspect de flocons ou de grumeaux, qui tombent au fond du vase. Tant qu'il reste une parcelle du sel terreux en dissolution, l'eau ne mousse pas ; c'est seulement quand toute la chaux que l'eau contenait a été neutralisée, que, par l'addition d'un excès de savon, dans la proportion d'un hectogramme par mètre cube, l'eau convenablement agitée se couronne d'une mousse persistante.

L'appareil dont il s'agit, l'hydrotimètre, est composé de deux pièces principales : un flacon gradué de telle sorte qu'on y puisse mesurer exactement le volume de l'eau soumise à l'expérience, et une burette tubulaire, également graduée, contenant la liqueur savonneuse, dont on verse plus ou moins dans le flacon, selon la quantité de sels terreux à décomposer, avant d'obtenir la mousse indicative de l'excès de savon. Le volume d'eau étant supposé constamment d'un mètre cube, chaque degré de la burette tubulaire qui se vide pour l'expérience indique la neutralisation d'un hectogramme de savon. Des opérations de détail, qu'il serait sans intérêt de décrire ici, permettent de doser séparément chacun des produits de l'analyse.

Par une curieuse coïncidence, le poids des sels terreux dissous dans une quantité d'eau déterminée est à peu près égal au dixième du poids du savon nécessaire pour la décomposition des mêmes sels. Le degré hydrotimétrique d'une eau chargée de carbonate de chaux étant 25, par exemple, la double conséquence en est que cette eau contient environ 25 décagrammes ou 2 hectogrammes 50 grammes de sels calcaires par mètre cube, et qu'il y faut mêler, en pure perte, 2 kilogrammes 500 grammes de savon, avant de la rendre mousseuse.

L'épreuve faite des eaux actuelles de Paris donne les résultats suivants, variables dans certaines limites :

Eau de Grenelle...... de 9 à 11 degrés de l'hydrotimètre.
— de Seine.........   17 à 20   —   —
— d'Ourcq...........   31   —   —
— d'Arcueil........   37. 50   —   —
— des Prés St-Gervais   76   —   —
— de Belleville......   155   —   —

C'est-à-dire qu'avant d'obtenir le mélange d'eau et de savon produisant la mousse, qui est nécessaire au blanchissage, et qu'on n'obtient qu'après le précipité des sels de chaux, il faut d'abord faire fondre et neutraliser, dans un mètre cube d'eau de Grenelle, de 9 à 11 hectogrammes de savon ; dans une quantité égale d'eau de Seine, 1 kilogramme 7 hectogrammes ou 2 kilogrammes ; dans un pareil volume d'eau d'Ourcq, 3 kilogrammes 1 hectogramme, etc., et qu'enfin, un mètre cube d'eau de Belleville absorberait, avant de pouvoir servir au blanchissage, l'énorme quantité de 15 kilogrammes 5 hectogrammes de savon.

Non-seulement, l'économie défend l'emploi d'eaux trop chargées de sels terreux pour le savonnage, mais encore les réactions diverses de ces sels dans la plupart des emplois industriels et domestiques, rendent de telles eaux impropres à tout usage.

On a vu que l'eau est salubre et agréable, si elle ne contient qu'une certaine proportion de carbonate de chaux ; mais qu'elle devient dure, malsaine ou indigeste, et qu'elle incruste les conduites, si la proportion s'accroît notablement. Peut-on fixer d'une manière absolue la limite qu'on ne saurait dépasser ? Jusqu'à quel degré de l'hydrotimètre l'eau contenant des carbonates de chaux peut-elle être considérée comme bonne? Au-dessus de quels degrés devient-elle médiocre ou mauvaise?

Un très-grand nombre d'expériences ont été faites par M. Belgrand sur des ruisseaux et des rivières, dont l'eau a été essayée à leurs sources, et ensuite à divers points de leur cours. Il en est résulté que l'eau qui, au point de départ, marque 18 degrés ou moins à l'hydrotimètre, ne perd, dans sa marche, aucune partie des sels calcaires qu'elle contient; que si, au contraire, l'indication hydrotimétrique de la source dépasse 18 degrés, l'eau abandonne à ses rives, aux canaux qu'elle parcourt ou aux conduites qui la distribuent, une certaine quantité des carbonates de chaux dont elle est chargée au-dessus de cette limite. Entre 18 et 20 degrés, les dépôts sont presque insensibles. Au-dessus de 21 degrés, ils deviennent considérables; l'incrustation des conduites est rapide (1) et diminue bientôt notablement la capacité intérieure des tuyaux de fonte d'un petit diamètre.

D'autre part, les observations faites sur la santé publique semblent mesurer de même le degré de salubrité des eaux.

Le goût des populations ne s'y trompe guère. Sans doute, la limpidité et la fraîcheur sont recherchées avant tout ; c'est pour cette cause que l'eau d'Arcueil, eau médiocre et peu propre aux usages domestiques et industriels, a été longtemps en faveur. Mais, toutes choses égales d'ailleurs, l'eau la moins saturée de sels calcaires est ordinairement celle que le public préfère. L'eau de Seine, par exemple, dont le degré moyen est 17 ou 18, au pont d'Ivry, jouit d'une juste célébrité : elle est aujourd'hui mise au premier rang des eaux de Paris, soit par les consommateurs, soit par les industriels; et en effet, il n'en faudrait

---

(1) L'épreuve hydrotimétrique de l'eau d'Arcueil, restreinte au carbonate de chaux, n'accuse que 21 degrés : cette eau est cependant très-incrustante.

L'eau d'Ourcq, qui obstrue tout aussi rapidement les conduites, ne marque, dans les mêmes conditions, que 22° 75.

L'eau de la source du Rosoir, dérivée à Dijon, qui est également incrustante, ne donne que 23°.

La grande source de Chailly (vallée du Grand-Morin), qui forme des dépôts calcaires considérables sur les roues des usines qu'elle fait marcher, donne 25°.

La source de Busagny, dérivée à Pontoise, qui est plus incrustante encore, marque 31°.

pas chercher d'autre pour l'alimentation de cette ville, si elle n'était presque toujours trouble, trop chaude ou trop froide, et altérée, dans sa qualité même, par des détritus organiques.

Il y a donc lieu de conclure que le maximum hydrotimétrique des eaux de sources à dériver vers Paris ne devra pas excéder 18 degrés.

L'étendue superficielle du bassin de la Seine se mesure par plus de 400 kilomètres de longueur, depuis la source la plus éloignée du fleuve jusqu'à son embouchure, et 250 à 275 kilomètres au moins de largeur, des sources du Loing à celles de la Marne, des sources de l'Essonne à celles de l'Aisne, des sources de l'Eure à celles de l'Oise. Dans ce vaste bassin, l'eau se montre à la surface du sol par des milliers de points.

Il n'était guère possible d'entreprendre l'étude successive des eaux de chacune de ces sources, petites ou grandes, pour en noter la composition chimique, la saveur, la quantité, la température, la hauteur au-dessus du niveau de la mer, et la distance de Paris; mais la science fournissait le moyen de les grouper par régions et par catégories ; d'en éliminer un grand nombre à coup sûr ; d'apprécier, par l'essai de quelques-unes, la valeur de toutes celles du même groupe, et de restreindre, dans des proportions admissibles, le nombre des observations à faire.

Le bassin hydrographique de la Seine n'a pas tout à fait la même étendue que le bassin géologique dont Paris est le centre.

Celui-ci, de forme à peu près circulaire, a pour limite au nord-ouest la Manche, du Calvados au Pas-de-Calais ; au nord, à l'est, au sud, une ligne de faîtes circonscrivant les sources de l'Oise, de l'Aisne, de la Marne, de l'Aube, de la Seine, de l'Yonne ; à l'ouest, le prolongement de cette ligne, dans la direction de Bourges, Château-roux, Poitiers, Angers, le Mans, Alençon et Caen. Trois ordres de terrains superposés forment, au-dessus du granite, cette vaste et riche partie du sol français : le terrain appelé jurassique en est la base ; au-dessus, s'étend le terrain crayeux ou crétacé ; plus haut encore, le terrain tertiaire.

Les assises des deux premiers se relèvent à la circonférence, particulièrement au nord-est, à l'est et au sud-est, et forment, en montrant

leurs roches à nu, des arêtes circulaires, concentriques, de moins en
moins hautes, à mesure qu'on approche du centre. On dirait, selon
l'ingénieuse comparaison d'un savant illustre, M. Élie de Beaumont,
autant de vases immenses de forme semblable, placés l'un dans l'autre (1). La capacité intérieure du dernier est recouverte et remplie
par les couches tertiaires plus récentes. Paris est à peu près au milieu
de toute la surface.

Si, de ce point, on dirige, par la pensée, vers le centre de la terre,
une ligne verticale, comme serait celle d'un puits artésien prolongée, on franchit d'abord les couches tertiaires; puis, celles de la
craie; puis, les couches jurassiques. L'épaisseur totale, ainsi perforée,
serait au moins d'un millier de mètres. Si, du même point, de Paris,
on tire une ligne horizontale vers la circonférence du bassin, principalement dans la direction de l'est, on traverse, dans le même ordre,
les mêmes terrains apparaissant l'un après l'autre à la superficie du
sol. Le chemin qu'on aura ainsi parcouru, ou, en d'autres termes, la
longueur du rayon tracé dans ce sens sera de 200 à 250 kilomètres.

Il est tout à fait superflu ici de subdiviser, par étages successifs,
chacun des systèmes jurassique, crétacé ou tertiaire; il suffit de dire
qu'en formant les séries très-variées de couches sédimentaires qui les
composent, la nature a procédé, à certains égards, d'une manière
uniforme. Des sables, débris de roches entraînés par les courants,
s'étendent ordinairement à la base de chaque groupe géologique; au-
dessus, des argiles, matières lourdes, compactes, boueuses, des
marnes, mélanges d'argile et de calcaire, ont été délaissées par les
eaux; puis, le calme travail de longs siècles a construit les assises
purement calcaires, résidus accumulés de coquillages souvent micros-
copiques, prodigieuse agglomération d'imperceptibles animaux, que
la mer ou les eaux douces ont déposés lentement, après leur avoir
donné l'existence. Cet ordre dans les formations sédimentaires n'est
pas toujours régulier; mais, le plus souvent, les sables, les argiles, les
couches marneuses, les roches calcaires se succèdent par bandes

---

(1) Explication de la carte géologique de la France. I. 23.

alternatives, concentriques ou juxtaposées, dans l'épaisseur du système géologique de Paris.

Qu'arrive-t-il des eaux qui tombent sur ce vaste ensemble ? Dans quelles conditions les sources y naissent-elles ?

Les sables, à l'état divisé, sont d'autant plus pénétrables par l'eau, que les grains dont ils sont composés ont plus de volume et laissent entre eux de plus larges interstices. Les sables réunis par un ciment siliceux ou calcaire se transforment en grès, dont les uns ne livrent à l'eau qu'un passage lent et difficile, et les autres sont presque absolument imperméables.

Les bancs d'argile ou de marne argileuse continus, sans fissure, opposent à l'eau un obstacle insurmontable.

Au contraire, parmi les roches calcaires, les unes sont à la fois plus ou moins spongieuses et divisées par des fissures multipliées, comme le calcaire grossier, la craie, etc. ; les autres, plus dures, comme certains calcaires jurassiques, s'ouvrent d'étage en étage par mille brisures, où l'eau s'insinue aisément.

On peut donc classer ces diverses natures de terrains en perméables et imperméables.

Quand l'eau arrive sur les premiers, elle ne demeure point à la superficie ; elle gagne les couches inférieures, y circule de crevasse en crevasse, y forme des nappes souterraines, en suit la pente, en remplit la masse, comprise d'ordinaire entre deux couches imperméables, et arrive ainsi, par exemple, de l'extrémité des plaines de la Champagne jusqu'au-dessous de Paris, à 550 mètres de profondeur, d'où peuvent la faire jaillir des puits artésiens.

Si l'eau tombe, au contraire, sur des terrains imperméables, elle séjourne en marécages sur les plateaux sans pente : elle ruisselle dans tous les plis, dans tous les ravins ; elle roule en torrent ou disparaît par évaporation, selon l'état de l'atmosphère.

Les sources des terrains imperméables se forment sous la terre végétale, dans la mousse des forêts, dans quelque fente ; si le sol n'est pas complétement impénétrable, elles suintent, au penchant du premier vallon, en minces filets ; le nombre en est considérable ; le volume, petit; la moindre pluie les gonfle et les trouble; le moindre soleil les fait tarir.

Les sources des terrains perméables sont toujours plus rares et n'apparaissent que dans les vallées relativement profondes. Il faut que le sol s'abaisse au-dessous du niveau de la nappe intérieure, pour que l'eau se fasse jour et prenne son écoulement à la superficie.

Les sources sont alors plus ou moins abondantes, plus ou moins tarissables, selon l'importance de la couche au sein de laquelle elles puisent leurs eaux.

Si le banc de sable ou de calcaire est de peu d'épaisseur, la source qui en sort est faible et de débit variable. Il arrive aussi, parfois, qu'une vallée coupe la couche perméable tout entière, et fait apparaître au-dessous la tranche d'une couche imperméable; alors, au point de contact des deux couches, l'eau dont la première est pénétrée et qui coule en nappe sur la seconde, s'épanche en petites sources multipliées.

La couche perméable est-elle, au contraire, puissante : alors, toute source qui s'y montre coule abondamment, ne tarit point, subit faiblement, dans ses crues, les variations atmosphériques, alimentée qu'elle est par l'immense et inépuisable réservoir souterrain dont elle est comme la décharge. La rivière qui naît ainsi toute formée se grossit ordinairement très-vite de sources nouvelles, toutes issues de la même origine, et qui se manifestent au fond même de son lit ou à peu de distance de ses bords.

Une loi constante a été observée par M. Belgrand, et c'est une des plus curieuses de celles qui forment sa théorie des sources. Les vallées peu profondes des terrains perméables ne contiennent aucun cours d'eau, leur thalweg étant plus élevé que la superficie de la nappe souterraine; mais c'est ordinairement au point où elles débouchent dans une vallée principale, arrosée par une rivière, que naissent les sources qui alimentent ce cours d'eau. On en doit conclure que la disposition intérieure du sol a une analogie naturelle avec le profil de la surface, et que le mouvement des eaux qui pénètrent une couche perméable, suit, même sous terre, le cours des vallées. Toute tranchée creusée au fond d'une vallée sèche d'un tel terrain, rencontrera donc nécessairement l'eau à plus ou moins de profondeur, mais en plus grande abondance que sous les autres parties du sol. Ainsi la géologie divulgue les secrets de la baguette de coudrier.

Quoi qu'il en soit, l'ensemble des observations qui précèdent aurait pu déterminer le choix des sources à dériver pour la consommation de Paris. Évidemment, pour une telle ville et un tel usage, il serait à la fois très-dispendieux et peu sûr de recueillir un grand nombre de petites sources de qualités très-diverses et de débit très-variable. Tout conseillait de préférer quelques grandes sources, de qualité homogène, de volume constant.

Or, les étages du terrain tertiaire, depuis le sol le plus élevé jusqu'à la plus grande profondeur, ne forment pas un groupe très-considérable, et le calcaire grossier, qui en est la couche perméable la plus importante, ne compte guère au delà de 20 mètres dans sa plus grande épaisseur.

La couche de craie perméable, qui est de 400 mètres, sous Paris, mesure encore 100 mètres au moins, en Champagne. La masse perméable du calcaire jurassique n'est pas moins imposante.

C'était donc surtout dans la craie, dont la zone extérieure est bien moins éloignée de Paris que celle du calcaire jurassique, qu'il y avait lieu de rechercher le fleuve d'eau pure et fraîche que nous voulons amener sur les hauteurs voisines de la grande cité, pour le distribuer, sans danger d'interruption ou d'insuffisance, à ses 1,200,000 habitants. La craie blanche étant un composé de chaux et d'acide carbonique, il y avait toute probabilité que les eaux qui en sortent ne contiendraient en quantité notable que du carbonate de chaux, principe salubre, dont l'excès seul est un inconvénient. D'ailleurs, on était fondé à croire, d'après les expériences déjà faites, que les sources des terrains crétacés étaient au nombre des plus saines, des plus pures et des meilleures du bassin de la Seine.

Un examen plus détaillé a confirmé pleinement ces premières inductions.

Je l'ai dit plus haut : le bassin hydrographique de la Seine n'a pas tout à fait la même étendue que le bassin géologique de Paris. Au nord, la Somme et quelques cours d'eau de peu d'importance arrosant une étroite bande de terrain, se frayent un passage indépendant vers la mer. Au sud-ouest, un pli du sol, au delà des sources du Loing et de l'Eure, détourne la Loire qui courait vers la Seine, et la rejette à l'ouest, en abandonnant à son domaine une partie du bassin géologique parisien. La Seine et ses affluents occupent tout le surplus.

Leurs sources les plus lointaines, mais non les moins riches et les moins pures, sont dans la large zone des terrains jurassiques, formant un demi-cercle au nord, à l'est et au sud.

Je ne mentionne, en effet, que pour mémoire, quelques points plus éloignés, tels que : 1° les roches granitiques imperméables du Morvan, où l'Yonne prend sa première origine, à plus de 200 kilomètres de Paris, de la réunion de milliers de petites sources d'eau très-peu calcaires, marquant de 2 à 7 degrés seulement à l'hydrotimètre, mais altérées quelquefois, dans leur saveur, par la tourbe, et dans leur qualité, par des principes qui produisent, dans les conduites de fonte, ces singulières concrétions ferrugineuses, connues sous le nom de tubercules ; 2° le lias, terrain également imperméable des environs de Semur, où prennent naissance d'autres sources tributaires de l'Yonne, que leur classement hydrotimétrique (26 à 32 degrés), leur faible volume et leur éloignement mettent hors de cause.

Dans la région des calcaires jurassiques, près de 40 sources, dont 26 très-considérables, ont été analysées par M. Belgrand. Les sommets et les plateaux y sont arides ; mais de nombreuses déchirures ouvrent la roche, et celles qui forment les flancs de vallées profondes atteignent la nappe souterraine. Alors, s'épanchent, sans intermittence, les eaux toujours abondantes, toujours limpides, de magnifiques sources qui ont depuis longtemps fixé l'attention des géologues. Ce sont, dans le groupe de la rivière de l'Yonne, les sources admirables de Soulangy, de Fosse-d'Yonne, d'Ancy-le-Franc, d'Arlot, de Sainte-Barbe, etc., qui bordent et grandissent le cours de l'Armançon ; les sources qui alimentent le Serain ; celles d'Asquins, du Vau de Bouche, de Saint-Moré, de Moulinot, etc., qui descendent vers la Cure ; celles de Rechimey, de Châtel-Censoir, de Bazarnes, de Belombre, qui appartiennent au cours même de l'Yonne ; celles du Beuvron, etc.

Dans le groupe de la Seine, proprement dite, se trouvent les grandes sources de la Douix, à Châtillon, de Courcelles, etc., versant leurs eaux directement dans la Seine; celles de Verpillières, de Mores, de Brion, de Thoire, de Belan, de Préabbé, de Riel, etc., qui forment l'Ource.

Puis, viennent le groupe de l'Aube, le groupe de la Marne, où se remarquent les sources de l'abbaye de Condes, de Bué, etc., celles qui grossissent le Rognon, la Saulx, l'Ornain, le groupe de l'Aisne, et enfin, au nord, quelques-unes des têtes de l'Oise.

Comme on le voit, presque toutes les rivières considérables qui se perdent dans la Seine, prennent leur origine, leur importance et leur nom même, dans la région du calcaire jurassique. La plupart, et surtout la Marne et l'Aisne, en contournent d'abord les arêtes, et se dirigent vers le nord, puis, trouvant passage dans quelques défilés, se retournent vers l'ouest, et, traversant la zone de craie, se rapprochent toutes de Paris, c'est-à-dire du centre déprimé du bassin géologique dont elles sillonnent la surface.

Les eaux des sources qui viennent d'être énumérées sont, pour la plupart, assez bonnes; leur mesure hydrotimétrique varie entre 17 et 24 degrés; quelques-unes seulement sont dures, et marquent de 25 à 28 degrés à l'hydrotimètre. Aucune ne renferme de sulfates terreux.

Elles apparaissent toutes à une grande élévation au-dessus du niveau de la mer. Il serait donc possible de dériver sur Paris les meilleures : celles dont l'indication hydrotimétrique ne dépasse pas 20 degrés, et le problème serait en partie résolu. Mais la distance à franchir, de 175 à 225 kilomètres, en ligne directe, qui s'augmenterait d'un tiers par le développement du tracé, et par suite, la dépense à effectuer, seraient bien considérables.

Il y avait donc lieu de poursuivre la recherche dans une zone moins éloignée.

Le bassin de Paris est comme un vaste amphithéâtre; le redressement des terrains jurassiques en forme les gradins circulaires les plus élevés. Descendons, ainsi que les rivières, sur les gradins immédiatement inférieurs. Le premier fait partie des terrains crétacés; mais ce sont des argiles, des sables imperméables, couverts de marais, de petits cours d'eau innombrables et sans durée. Au-dessous, commence la craie perméable, dont la superficie est d'une extrême aridité, mais qui s'entr'ouvre en vallées moins abruptes que celles des terrains jurassiques; c'est une nouvelle région de grandes sources, qui ajoutent de puissants rameaux à chacune des branches maîtresses du fleuve : l'Yonne, la Seine, proprement dite, l'Aube, la Marne, l'Aisne et l'Oise.

Du groupe de l'Yonne, il faut mentionner, sur la rive gauche, les sources de Maugerin, de Bracy, de Colmiers, d'Ermans, dont la mesure hydrotimétrique est de 20 à 22 degrés; sur la rive droite, celle de l'Échevêtre, de la Duée, de Chigy, de Vareilles, de Theil, de Laclos, de Noé, etc., etc., marquant de 18 à 20 degrés, qui joignent leurs flots dans un même lit, prennent le nom de la Vanne, et pourraient donner à Paris, 100,000 mètres cubes d'eau fraîche, mais seulement à l'altitude de 70 mètres.

Le groupe de la Seine s'accroît de l'Ardusson et de l'Orvin, qui ne dépassent pas 17 degrés hydrotimétriques, et dont les eaux sont abondantes et très-salubres.

Au groupe de l'Aube, viennent se joindre, dans cette zone, à gauche, la Barbuisse, dont les deux principales sources, celle du Saule et celle des Grands-Crots, ne marquent que 15 degrés; à droite, le Meldançon, le Puits, l'Huitrelle, le Ruisseau des Auges, la Vaure et la Maurienne, dont les sources, soumises à l'épreuve, ont accusé 15 à 16 degrés.

Le groupe de la Marne s'enrichit également en traversant le terrain de la craie. On y remarque la Moivre et la Coole, dont l'indication hydrotimétrique reste limitée entre 12 et 14 degrés; enfin, la Somme et la Soude, qui n'en marquent pas davantage.

Le groupe de l'Aisne s'augmente de grands cours d'eau, la Vesle, la Suippe, la Retourne; le groupe de l'Oise, de la Serre avec ses affluents, etc., etc.

Telles sont les sources importantes que la craie produit au fond des rares vallées qui la coupent. Un grand nombre fournissent des eaux assez abondantes et assez pures pour satisfaire aux conditions de la dérivation projetée. Presque toutes sont préférables aux plus belles sources des terrains jurassiques, qui marquent, en moyenne, à l'hydrotimètre, 4 ou 5 degrés de plus, et sont de 50 à 100 kilomètres plus éloignées de Paris.

Le choix a été déterminé, entre toutes les sources de la craie, par une considération importante : l'aqueduc de dérivation doit suivre, en marchant à son but, le chemin le plus direct, le plus régulier dans sa pente, le moins accidenté par les inégalités du sol, le moins souvent coupé par de grandes vallées, le plus commode pour arriver sans interruption au sommet des hauteurs qui touchent Paris de plus près.

Il semble que la nature ait elle-même indiqué cette direction, en ouvrant le lit des deux seules rivières, la Seine et la Marne, qui, au sortir du terrain crétacé, se dirigent presque en droite ligne sur Paris.

L'Yonne et l'Aube se perdent dans la Seine avant de quitter la craie ; l'Aisne court vers le nord rejoindre par un long détour l'Oise, qui fuit elle-même pour se jeter dans la Basse-Seine au-dessous de Paris.

L'aqueduc pourra marcher au penchant des coteaux qui bordent la Seine ou la Marne : il prendra la pente qui convient, sans grands travaux de tranchées ; il franchira, sans trop de difficultés et de perte de charge, les vallons qu'arrosent des affluents relativement peu considérables ; il débouchera sur les hauteurs du midi de Paris par le chemin de la Seine, ou sur celles de l'est par le chemin de la Marne. Toute autre route serait plus longue, peu praticable, et n'aboutirait au même point qu'après être descendue dans de larges plaines.

Cette seule observation, en présence de la carte, suffisait pour conduire le regard vers les sources qui ont attiré, dès l'abord, le choix de l'ingénieur : celles de la Vanne, dont les eaux pourraient être dirigées par la vallée de l'Yonne et la vallée de la Seine ; celles des vallées de la Somme et de la Soude, dont la dérivation peut suivre la vallée de la Marne.

Entre les deux groupes, une dernière comparaison a fait pencher la balance en faveur de celui de la Somme et de la Soude, qui donnent

6

les eaux les plus pures, non-seulement du terrain de la craie, mais du bassin entier de Paris, à l'exception des eaux du granite lointain du Morvan et des sources trop peu abondantes de Fontainebleau. La conduite de dérivation peut arriver au point le plus élevé, le plus proche de l'enceinte parisienne et le plus convenable pour la distribution (1).

Toutefois, avant de s'arrêter d'une manière définitive aux sources apparentes ou cachées des vallées de la Somme et de la Soude, il convenait de constater que les terrains tertiaires, plus voisins de Paris, ne

---

(1) On a dit : « Puisque la puissante couche de craie qui affleure en Champagne se prolonge sous Paris, pourquoi l'aller chercher à 200 kilomètres, par un aqueduc, lorsqu'on peut la joindre à cinquante mètres environ au-dessous du sol, par quelques trous de sonde? L'eau qu'elle renferme sera aussi bonne, aussi pure, aspirée du fond d'un puits, que recueillie dans les vallées de la Somme et de la Soude. » On a donc proposé de creuser dans Paris quatre puits de large diamètre, soigneusement tubés, d'une profondeur suffisante pour pénétrer au cœur de la couche de craie, et d'en élever l'eau par des moyens mécaniques.

C'est, d'abord, une erreur de croire que l'eau de puits forés dans la craie, sous Paris, serait pareille en qualité à celle que donnent les sources de la craie apparaissant, en Champagne, à la surface du sol. Si le banc crayeux qui plonge sous le bassin de Paris était séparé, dans toute son étendue, des assises tertiaires qui le surmontent, par une couche imperméable, il est probable qu'en forant un puits à travers cette enveloppe, on arriverait à une nappe formée exclusivement par la pluie tombée sur les points où la craie est à découvert, et qu'on obtiendrait de l'eau de qualité semblable à celle des sources de Champagne. Mais tel n'est pas l'état des choses. La couche de craie n'est point isolée des couches tertiaires perméables ; elle en reçoit incessamment des eaux altérées par le mélange de substances diverses que, selon toute apparence, les puits forés retrouveraient même à une assez grande profondeur.

Une expérience a été faite récemment dans l'établissement de la boulangerie centrale de l'Assistance publique, dont le puits, qui ne donnait que de l'eau détestable, a été creusé et soigneusement tubé jusqu'à 63ᵐ 25 au-dessous de l'étiage de la Seine, ou 37 mètres au-dessous du niveau de la mer. L'eau recueillie dans cette région souterraine accuse encore 92 degrés à l'hydrotimètre, et ne peut être utilisée, même pour le service des machines de l'établissement, qu'après avoir été coupée avec de l'eau d'Ourcq. M. Delesse, un des ingénieurs les plus distingués du Corps des Mines, a constaté des faits analogues, par l'étude des nappes profondes qu'atteignent un grand nombre de puits forés dans Paris.

Mais, alors même qu'on irait puiser l'eau plus bas encore, et qu'on en trouverait de bonne qualité, il est fort douteux que les quatre puits proposés pussent en fournir une quantité suffisante. L'affluence de l'eau qui traverse une matière poreuse comme la craie, n'est pas en raison de la puissance des machines d'aspiration, ni en raison de la surface du fond des puits. L'opération serait tout-à-fait aléatoire.

D'ailleurs, on a oublié que la température du sol, et partant, de l'eau qui l'imprègne, s'accroît avec la profondeur, et que, plus on pousserait le sondage, dans l'espoir de trouver l'eau meilleure, moins on pourrait l'obtenir fraîche. Enfin, chaque mètre d'eau monté par des machines, de cette profondeur à 83ᵐ 1/2 au-dessus du niveau de la mer, coûterait évidemment beaucoup plus cher que le mètre d'eau de Seine, qu'il faudrait élever seulement de 57ᵐ 25, pour atteindre la même altitude. Or, il est établi que, dans ce dernier cas, la dépense serait au moins égale au prix de revient d'une pareille quantité d'eau dérivée.

recélaient point de sources équivalentes, qu'une sage économie conseillât de préférer.

La Seine, sur sa rive gauche, reçoit d'abord, en descendant du terrain crayeux, le Loing venu de plateaux formés par une couche de limon argileux, imperméable et presque sans pente, où dorment de nombreux étangs, où des ruisseaux, lentement acheminés aux environs de Montargis, forment un cours d'eau de médiocre importance. Dans sa partie inférieure, peu de kilomètres avant de se verser dans la Seine, le Loing rencontre de plus creuses vallées, où la craie reparaît audessous de l'argile plastique. De grandes sources ne manquent pas de s'y montrer, celles du Lunain, de l'Orvanne, celles dites de l'Abîme, de Villemer, de Fontaine-Carrée, de Chaintreauville, du Gouffre de la Prairie, dont la mesure hydrotimétrique est comprise entre 22 et 23 degrés, et qui eussent pu fournir à la dérivation de la Vanne un notable accroissement de volume, sans diminution sensible de qualité.

Après le Loing, la Seine recueille l'Essonne, la Juine et l'Orge, qui composent un ensemble assez homogène, et ne devaient point être négligées dans cette étude. Les sources de ces rivières sortent du calcaire de la Beauce et des sables perméables dits de Fontainebleau, que supporte une couche d'argile. Plusieurs sont considérables, et l'indication hydrotimétrique, descendant exceptionnellement, pour quelques-unes, jusqu'à 10 degrés, se tient, pour le plus grand nombre, entre 17 et 20, sans dépasser 23.

L'attention la plus sérieuse et peut-être les projets de l'administration municipale auraient dû se fixer sur cette région hydrographique, si les plus belles eaux n'y contractaient dans la tourbe, au milieu de laquelle on les voit jaillir, une saveur désagréable, et si, d'ailleurs, les usines actives et riches qui en exploitent les courants et les chutes, n'avaient menacé tout essai de dérivation d'une énorme dépense pour indemnités préalables.

Aux environs de Paris, sur la rive gauche de la Seine, se dessinent, entre des coteaux célèbres par le gracieux aspect de leurs contours, des bois qui les couronnent, des villas qui les décorent, plusieurs petites vallées : celle de l'Yvette, de la Bièvre, de Sèvres, de Châville, etc.

Les sables de Fontainebleau y recouvrent les marnes vertes si connues qui surmontent les bancs de gypse des buttes Montmartre et Chaumont. Le sulfate de chaux altère donc plus ou moins toutes les eaux qui proviennent de ces terrains; d'ailleurs, la marne abandonne presque toujours à l'eau une grande quantité des parcelles du calcaire dont elle est composée. Presque toutes les sources de ces lieux charmants sont non-seulement petites, capricieuses dans leur débit, souvent taries, mais encore détestables.

Les plus renommées donnent les eaux les plus mauvaises. Les fontaines de Longjumeau, de Palaiseau, de Haute-Roche, des prés de Chevreuse, etc. (val de l'Yvette), marquent à l'hydrotimètre de 24 à 44 degrés; l'aqueduc d'Arcueil, alimenté par la vallée de la Bièvre, porte à Paris une eau chargée de carbonates et de sulfates de chaux, à 38 degrés hydrotimétriques; des sources du Val-Fleury donnent 48 et 68 degrés ; celle du lavoir de Meudon, près du viaduc, en accuse 52; celles de Châville, 36; celles de Garches, de 29 à 42; celle de Montretout, 60; la plus célèbre, enfin, celle dont plusieurs rois de France réservaient l'eau fraîche et claire pour leur propre boisson et celle de la Cour, la fontaine du Roi, à Ville d'Avray, accuse 50 degrés.

Avant de rendre cette eau savonneuse, il y faut donc livrer par mètre cube, à la neutralisation des sels calcaires, 5 kilogrammes pesant de savon !

On en dépenserait 6 kilogrammes pour l'eau de Montretout; 7, pour celle du Val-Fleury, et ainsi du reste. Il est évident que de telles eaux ne cuisent pas les légumes, et qu'elles doivent être considérées comme peu salubres.

Quelques faibles sources des mêmes localités sortent de sables inoffensifs et sont, les unes, agréables, mais médiocres, comme celles qui entourent Fontainebleau, et dont l'indication hydrotimétrique est de 26 à 28 degrés; les autres, excellentes. Mais les minces filets qu'elles fournissent au printemps, et que l'été appauvrit ou supprime, ne méritent point qu'on s'y arrête.

Sur sa rive droite, après son entrée dans les terrains tertiaires, la Seine trouve également de frais et gracieux vallons, découpés dans l'argile à meulière et dans la marne gypsifère. Les mêmes causes produisent les mêmes effets : les eaux y sont peu abondantes et très-calcaires.

Si la vallée d'Yères fournit d'assez grandes sources, celles de Briant, la mesure hydrotimétrique n'en est pas inférieure à 23 degrés 1/2 (1); la présence de sulfates y est certaine; le niveau en est trop bas.

La Marne, en entrant dans la zone tertiaire, trouve dès l'abord, au bas de quelques vallées, les terrains éocènes, qui lui donnent des eaux très-bonnes encore, dont le volume n'est point à dédaigner. C'est d'abord le Sourdon, l'une des sources du Cubry, à 20 ou 21 degrés hydrotimétriques, à la température de 10 degrés 1/2 centigrades, pouvant verser, par 24 heures, 8,640 mètres cubes dans l'aqueduc venant des vallées de la Somme et de la Soude; c'est, plus loin, la Dhuis, affluent que le Surmelin porte avec lui dans la Marne, et dont les eaux, agréables à boire, plus fraîches encore que celles du Sourdon, mais mesurant 23 degrés à l'hydrotimètre, ne jetteraient pas moins de 28,000 mètres cubes dans le canal de dérivation, sans que le mélange total atteignît 18 degrés, c'est-à-dire le maximum au-dessus duquel les eaux cesseraient d'être excellentes.

Au delà, sur la rive gauche de la Marne, c'est la vallée du Petit-Morin, où l'on rencontre une multitude de petites sources qui pourraient se relier à la dérivation, mais qui sont trop dures, et celle du Grand-Morin, où l'on remarque la belle source du Moulin-au-Comte, qui donne de bonne eau, à 21 degrés 1/2 hydrotimétriques, et la source de Chailly, une des plus abondantes du bassin de la Seine, située trop bas et marquant 25 degrés hydrotimétriques.

A sa droite, la Marne trouve, dans le calcaire grossier, l'Ourcq, avec ses principaux affluents, la Savière, le Clignon, la Thérouenne, etc., qui sont déjà consacrés au service de Paris, et dont j'ai démontré plus haut l'insuffisance.

Dans toute la région comprise au nord et à l'est de Paris, entre la Marne et l'Oise, règne le calcaire grossier, au milieu duquel surgissent

_____

(1) La grande fontaine qui se trouve à l'origine de la rivière d'Yères donne 30 degrés.

çà et là des collines de sable, de marne, de gypse et d'argile. Les sources des cours d'eau qui naissent dans ces terrains et qui se perdent, soit dans la Marne, comme la Beuvronne, soit dans la Seine, comme les ruisseaux de la banlieue de Saint-Denis, soit dans l'Oise, comme l'Autonne, la Nonnette, la Thève, donnent des eaux abondantes, mais dures, imprégnées de sulfates terreux, prenant à l'hydrotimètre 26, 29, 33, 42, 46 degrés, et, par conséquent, très-médiocres ou tout à fait mauvaises.

Restent, enfin, pour compléter cet aperçu du bassin de la Seine :

1° La partie la plus occidentale de ce bassin, où coulent l'Eure et ses affluents ; 2° le territoire compris entre la basse Seine et l'Oise.

A la surface de la vallée de l'Eure, est une couche tertiaire d'argile et de sable, peu perméable, au-dessous de laquelle vient immédiatement la craie, qui se montre à découvert dans les déclivités du sol. Les plus lointaines sources de l'Eure ne sont que la décharge d'étangs et de marais épars sur une bande d'argile imperméable, qui donnent aux eaux de la rivière, dans une assez grande partie de son cours, une saveur désagréable ; mais bientôt l'Eure, arrivant sur des terrains perméables, s'alimente de grandes sources, telles que celles de Verneuil, de l'Avre, de l'Iton, de la Blaise, etc., qui, à l'exemple de toutes celles que les puissantes nappes de la craie laissent échapper, naissent au fond des vallées, au bord ou dans le lit même du courant, et ne marquent à l'hydrotimètre que de 17 à 19 degrés. Il y a lieu de craindre, toutefois, que, sur plusieurs points, elles ne soient environnées de tourbes. Celles de la partie supérieure de la vallée, les seules qu'on pût dériver facilement vers Paris, fourniraient peut-être de 35 à 45,000 mètres cubes, qu'on grossirait de 25,000 mètres, au moyen d'un choix parmi les sources des coteaux de la rive gauche de la Rimarde, affluent de l'Orge, qui, de la source de Claire-Fontaine à Montlhéry, ne contiennent pas de gypse. Un aqueduc de 240 mètres de developpement amènerait le tout au sud de Paris, à 80 mètres au-dessus du niveau de la mer, près de Bicêtre ; mais la conduite forcée, nécessaire, pour arriver jusque dans Paris et en traverser l'étendue, diminuerait cette hauteur de plusieurs mètres, ce qui rendrait impossible l'alimentation des quartiers les plus élevés de la rive droite. D'ailleurs, on n'aurait encore que 70,000 mètres cubes au lieu de 100,000 que demande la consommation. La dérivation des sources qui bouillonnent au fond même du lit de la rivière serait très-difficile; les eaux courantes se mêleraient inévitablement, dans une certaine proportion, aux eaux des sources, et ne manqueraient pas d'en altérer la qualité, la fraîcheur et la limpidité; les travaux seraient plus considérables et plus dispendieux que ceux qu'exigera la dérivation de la Somme-Soude; enfin, les usines importantes, les industries de toute espèce, les propriétés considérables qui se pressent aux bords de l'Eure et de ses affluents, et même de l'Orge et de la Rimarde, ajoute-raient à la dépense un appoint dépassant de beaucoup peut-être la somme principale. Il ne faut donc point songer à ce projet.

Entre la basse Seine et l'Oise, le calcaire grossier et surtout la craie couronnée de limon et d'argile jettent dans l'un ou l'autre fleuve des cours d'eau assez importants : la Brèche, le Thérain, le ruisseau de Méru, le Sausseron, etc., affluents de l'Oise, l'Epte, l'Andelle, les ruis-seaux de la banlieue de Rouen, qui se perdent dans la Seine; mais le peu d'élévation des sources au-dessus du niveau de la mer n'en per-met pas l'emploi pour l'approvisionnement de Paris.

Ainsi, pour résumer cette revue des sources du bassin de la Seine, il paraît évident qu'il y a lieu d'éliminer :

1° D'une part, les eaux plus éloignées de Paris que celles de la craie, parce qu'elles sont, ou moins pures, comme la plupart des eaux des terrains jurassiques, ou divisées en un trop grand nombre de filets peu considérables, comme celles du Morvan;

2° D'autre part, les eaux des terrains tertiaires, parce que plu-sieurs se chargent de sulfates en traversant le gypse, ou prennent une saveur désagréable au contact de la tourbe; parce que d'autres sont disséminées en petites sources et ne pourraient être réunies dans un aqueduc-collecteur, qu'au moyen de branchements trop nombreux et de frais proportionnels, dont l'addition excéderait le total des dépenses de dérivation d'une quantité plus considérable des eaux de la craie; parce qu'elles sont d'ailleurs, pour la plupart, très-variables dans leur débit, abondantes sans utilité, pendant l'hiver, appauvries outre mesure, quand l'été décuple les besoins de la consommation ; enfin, parce qu'en général, elles sortent de terre à un niveau trop bas, et que celles, en petit nombre, qui seraient à peu près dans les conditions nécessaires de qualité, d'abondance et d'altitude, ne pourraient être détournées sur Paris qu'au détriment de riches maisons de plaisance, de villas utilisant dans leurs murs chaque filet d'eau, d'usines que rend productives la proximité de Paris, et, par suite, au prix d'énormes indemnités.

Parmi les eaux de la craie, celles des vallées de la Somme et de la Soude, que l'hydrotimètre, d'accord avec le goût, désigne comme les meilleures, sont aussi les plus abondantes. La position topographique de leurs sources permet de les conduire à Paris par le chemin le plus facile, la vallée de la Marne, à la hauteur de 83^m 50^c au-dessus du niveau de la mer, au point le plus favorable, les coteaux de Belleville, avec la dépense relative la moins forte.

La préférence donnée, il y a deux ans, au groupe de la Somme-Soude, dans l'avant-projet que le Conseil Municipal a bien voulu prendre en considération, en même temps que les autres conclusions de mon premier mémoire sur les EAUX DE PARIS, se trouve donc pleinement justifiée par l'étude la plus minutieuse et la plus approfondie.

III. PROJET DE L'AQUEDUC DE DÉRIVATION.

La Somme-Soude (1), qui se jette dans la Marne, sur la rive gauche, entre Châlons et Épernay, est formée de la réunion de deux cours d'eau, la Somme et la Soude, dont le premier prend son origine près de Somme-Sous, petit village situé à la rencontre des routes de Paris

---

(1) On suppose que le nom de *Somme* vient de *summa* et que le nom de *Soude* dérive de *sourdre*. Les villages de *Somme-Sous, Soudé, Soudron* et le ruisseau du *Sourdon* auraient tiré leurs noms de l'une ou de l'autre étymologie.

à Vitry-le-Français et de Troyes à Châlons; le second, à Soudé, hameau distant de 8 ou 9 kilomètres environ de Somme-Sous, dans le prolongement de la route de Paris à Vitry.

La Somme court d'abord à l'ouest, jusqu'à Écury-le-Repos, y reçoit en passant les eaux de la belle source du Popelet, se tourne ensuite à l'est, se grossit d'autres sources abondantes qui naissent au fond même de la vallée, recueille, entre Chamange et Villeseneux, le ruisseau du Mont, et rencontre, non loin d'une ferme nommée Conflans, la Soude, qui a traversé plusieurs villages, notamment ceux de Bussy-Lettré, de Vatry, de Soudron, et qui s'est enrichie de nombreuses sources bouillonnant dans son propre lit ou tout près de ses bords.

Avant d'exposer comment les ingénieurs de la Ville comptent opérer la dérivation d'une partie des eaux de ces contrées, il est nécessaire de dire qu'il ne s'agit point, comme plusieurs personnes se l'imaginent, de détourner la rivière de la Somme-Soude ni les ruisseaux de la Somme et de la Soude, avant leur jonction, pour les jeter dans un aqueduc et les conduire à Paris. Ces cours d'eau, pas plus que l'Ourcq ou la Seine, ne sont exempts des inconvénients qui doivent faire écarter de la consommation publique les eaux coulant à ciel ouvert. Les pluies les troublent; les végétaux les corrompent; les cultures ou les maisons riveraines les chargent d'immondices; l'été les échauffe, et l'hiver les glace.

Ce ne sont même pas, à proprement parler, les sources de la Somme-Soude ou de ses affluents que la dérivation devra recueillir. L'opération serait souvent difficile. Presque toutes ces sources naissent, en effet, dans le lit même de la rivière(1). L'existence en est démontrée par les variations du volume du cours d'eau, rigoureusement constatées de distance en distance. On remarque tantôt que ce volume diminue, tantôt qu'il augmente sans cause visible. La diminution s'explique aisément par la nature même du sol crayeux qui forme le fond du lit, et qui, sur plusieurs points, boit l'eau à mesure qu'elle avance,

(1) Un groupe important de sources apparentes, qu'on remarque près de Bussy-Lettré, et dans lequel ou n'en compte pas moins de cinquante, ne domine que de quelques centimètres le lit de la Soude.

7

de telle sorte que la rivière serait bientôt tarie, si elle ne réparait pas latéralement ses pertes en recevant sans cesse le produit de nouvelles sources. Mais l'accroissement soudain de ses eaux, observé ailleurs, ne peut s'expliquer autrement que par l'abondance extraordinaire de quelques-unes de ces sources cachées. Des jaugeages pratiqués en amont et en aval du confluent de la Somme et de la Soude, ont montré que, dans un espace de 75 ou 100 mètres au plus, la rivière, née de la réunion de ces ruisseaux, acquiert deux ou trois cents litres d'eau par seconde.

Comment capter des sources dans le lit d'une rivière ou d'un ruisseau? Ne prendrait-on pas du même coup une partie de l'eau courante, dont le limon et la température élevée altéreraient les qualités de la masse totale?

D'ailleurs, pourquoi porter atteinte aux intérêts privés que cette rivière ou ce ruisseau dessert, lorsque tout démontre qu'on peut puiser ailleurs plus largement et avec moins de peine?

Ainsi qu'on l'a vu par l'analyse des remarquables travaux de M. Belgrand, la région très-perméable et partant très-aride, que sillonnent les vallées de la Somme et de la Soude, recouvre une nappe d'eau continue. Toute dépression de terrain assez profonde pour affleurer ou entamer le niveau de cette nappe, en fait jaillir des sources plus ou moins abondantes et crée un courant. Souvent, il suffit de pratiquer dans le sol des tranchées de quelques mètres, pour que l'eau apparaisse et s'épanche, comme une source nouvelle, si on lui ménage quelque issue. Le camp de Châlons a été alimenté par ce procédé fort simple. Le canal de Saint-Quentin l'est, en grande partie, par les sources qu'on a rencontrées en perçant dans la craie le grand souterrain du point de partage. On a retrouvé récemment, à 1 mètre 90 centimètres au-dessous de leur niveau habituel, des sources de la Somme picarde, qui étaient taries en amont de Saint-Quentin. Plus près de la Somme-Soude, en exécutant le canal de la Marne à l'Aisne, on a atteint la nappe d'eau de la craie, et constaté qu'on aurait pu alimenter le point de partage au moyen de cette nappe, en se tenant à un ou deux mètres plus bas que le projet adopté.

Pour se procurer des eaux aussi pures qu'abondantes dans les vallées de la Somme et de la Soude, il ne sera donc pas nécessaire de recueillir les sources qui alimentent ces petites rivières au-dessus ou au-dessous de leur confluent. Il sera plus sûr et plus expédient de creuser, à quelque distance, des tranchées ou des tunnels jusqu'au sein de la nappe qui s'étend sous le pays entier, et de susciter artificiellement, par ce drainage énergique, des sources nouvelles que les têtes de l'aqueduc de dérivation recevront sans peine.

Sans doute, il est possible que ces travaux appauvrissent ou détournent même en entier les sources actuelles les plus voisines ; mais, alors que ce résultat se produirait, il est loin d'être certain que le régime de la rivière, au-dessous des prises d'eau, en fût très-notablement affecté.

L'état de choses que je viens d'essayer de décrire prouve, en effet, que l'ensemble du système de la Somme-Soude se compose d'une suite non interrompue de sources qui naissent et disparaissent tour à tour, de telle façon que les eaux de cette rivière se renouvellent pour ainsi dire constamment. Il est donc aisé de comprendre que la suppression, même totale, d'un certain nombre de sources de la partie supérieure, devançant seulement l'absorption que le lit de la rivière fait aujourd'hui de leurs eaux, pourrait ne causer aucun dommage aux usagers du cours inférieur, qui n'en ont probablement jamais reçu le produit, et qui sont exclusivement desservis, en réalité, par des sources plus rapprochées d'eux.

Nulle prise d'eau ne devant être pratiquée plus bas que Conflans, il est très-présumable qu'en aval de ce point, c'est-à-dire le long du cours entier de la rivière proprement dite de Somme-Soude, l'irrigation d'aucune prairie, le service d'aucune usine, en un mot, aucun intérêt ne sera compromis.

Les quantités d'eau que recueilleront les tranchées ouvertes dans les petites vallées où naissent, avant leur réunion, la Somme et la Soude, ne peuvent être mesurées d'avance ; mais il y a toute probabilité que ces contrées, si sèches à la surface, alors qu'elles renferment en leurs flancs un lac inépuisable d'eau excellente, fourniront, sans qu'on voie diminuer sensiblement les rivières, tout ce qu'exige la consommation parisienne.

Les ruisseaux de la Somme et de la Soude ne sont donc, à proprement parler, que les révélateurs des points où la précieuse nappe est voisine de la surface et peut être atteinte sans un grand travail. Si, dans divers documents qui ont fait mention du projet de la Ville, on a pu le désigner sous le titre de : *Dérivation des eaux de la Somme-Soude*, ou *des sources de la Somme-Soude*, comme plus bref et plus commode que celui de : *Dérivation d'une partie des eaux de la nappe souterraine des vallées de la Somme et de la Soude*, je dois constater ici que le premier prête à l'erreur et que l'autre est seul complétement exact.

Les sources de la Somme et de la Soude ne sauraient même donner, en aucune façon, la mesure de la puissance du réservoir commun. Elles n'épanchent, en effet, que les filets supérieurs qui s'en échappent, et leur débit n'est qu'un indice bien insuffisant des quantités d'eau très-considérables qu'un drainage profond peut en faire écouler.

Néanmoins, un tel renseignement a sa valeur, et l'on ne pouvait négliger de le recueillir.

Quoiqu'on n'ait pas mesuré les diverses hauteurs de la Somme-Soude, dans les temps antérieurs aux recherches présentes, on peut néanmoins affirmer avec une parfaite certitude, d'après les observations faites sur l'ensemble du bassin de Paris, que les eaux de cette rivière ont été, en 1857, au point le plus bas qu'elles aient atteint depuis un siècle.

Il y a, en effet, une solidarité naturelle entre les cours d'eau d'un même bassin, lorsque sa superficie n'embrasse pas plusieurs climats. Les crues et les décroissances des sources et des rivières peuvent être plus ou moins rapides, plus ou moins multipliées ; mais une même cause, les grandes pluies, les fontes de neige ou la sécheresse, régit l'ensemble du système, et y produit, sur tous les points, avec une promptitude et une intensité variables, les mêmes phénomènes.

Les mouvements alternatifs du fleuve peuvent servir de mesure commune et moyenne pour tous les cours d'eau qu'il reçoit.

Quand la Seine grossit d'une manière notable et permanente sur un point donné, on est en droit d'en conclure que partout s'est déclaré une augmentation dans le produit des sources et dans le volume des rivières d'amont. Quand la Seine subit une baisse considérable et continue, on en peut induire que, dans presque tout le pays supérieur, les sources sont avares, les ruisseaux sont appauvris, les torrents sont à sec.

Toutefois, il y a de curieuses différences de détail à noter.

S'il tombe une ondée passagère, les cours d'eau enflent tout à coup dans la région des terrains imperméables, et ne subissent aucune influence dans la région perméable. Il faut, dans ces dernières contrées, que de larges et durables pluies aient pénétré le sol et gagné les nappes intérieures, pour que la crue se manifeste. Mais, en revanche, que le beau temps revienne et persiste, la crue des eaux cesse bien vite dans les terrains imperméables et se prolonge dans les terrains perméables.

La Seine tient une sorte de milieu entre les deux ordres de rivières qui lui versent leurs eaux.

Des tableaux graphiques dressés par M. Belgrand, pour une période de quatre années, du 1ᵉʳ mai 1854 au 30 avril 1858, montrent aux yeux ces différences et ces rapports. Sur une échelle, dont chaque degré marque un mètre et dont chaque division correspond à un jour, sont figurées, par des courbes, les hauteurs successives de la Seine et de seize de ses petits affluents appartenant, six, aux terrains imperméables, dix, aux terrains perméables.

Pendant que les ruisseaux de la première catégorie grandissent ou s'abaissent subitement, que la hauteur de leurs eaux devient, en un jour, deux fois, trois fois, dix fois plus grande ou plus petite, on voit les cours d'eau de la seconde catégorie s'accroître ou décroître avec lenteur ou dans des proportions modérées.

D'autres tableaux font voir que les grands affluents de la Seine, l'Yonne, la Marne, le Loing, combinaisons d'eaux fort diverses, changent de caractère en passant d'une région géologique à une autre. Enfin, la haute Seine, tranquille en sortant de la craie, variable d'un jour à l'autre après avoir reçu l'Yonne, rivière torrentielle du granite et du lias, modifiée dans ses mouvements par ceux de la Marne, moins subitement inégale, résume à Paris toutes ces influences contraires, et accuse une sorte de moyenne entre la mobilité capricieuse et la calme uniformité.

Dans les tableaux comparatifs des crues et des décroissances de la Seine et de ses affluents, les images de la Somme et de la Soude ressemblent à des rubans dont la largeur varie très-peu sous l'influence des saisons. Les mouvements généraux de ces deux rivières correspondent cependant à ceux de la Seine; mais ils se succèdent avec infiniment plus de régularité et de lenteur.

Chacun sait qu'on appelle étiage le point le plus bas auquel soit descendu le niveau d'un cours d'eau, d'après les observations faites pendant une longue série d'années. L'étiage sert de point de départ ou de zéro à la mesure des crues.

Deux échelles ont été tracées pour la Seine, à Paris : l'une, au pont de la Tournelle ; l'autre, au pont Royal.

La première est ancienne et n'a plus d'usage depuis 1850, où le petit bras du fleuve a été barré au pont Neuf. Elle avait pour base l'étiage atteint par le fleuve en 1719 (1). Il ne paraît pas que, de cette époque à 1777, année depuis laquelle les observations se poursuivent avec une complète régularité, la Seine se soit abaissée notablement au-dessous de l'étiage, si ce n'est de 13 centimètres en 1731, et de 27 centimètres en 1768 (2).

Durant la période de 72 années qui s'est écoulée de 1777 à 1850, elle est descendue quinze fois au-dessous de cette ligne; mais, sept fois, elle ne l'a fait que par des soubresauts d'un petit nombre de centimètres et de très-peu de durée, qui doivent être négligés dans l'observation du niveau véritable du fleuve. Il faut noter, en effet, que l'Yonne, un des cours d'eau les plus considérables parmi les

---

(1) *Mémoire sur les inondations de Paris.* ÉRAULT, ingénieur des Ponts et Chaussées, 1814.

(2) Idem.

tributaires de la Seine, ne se prête utilement à la navigation qu'au moyen de barrages à pertuis, dont la fermeture produit en aval un épuisement de la rivière qu'on appelle *affameure ?* et dont l'ouverture, donnant, au contraire, un rapide passage à la masse d'eau accumulée, produit une crue factice qu'on nomme *éclusée.* La Seine éprouve naturellement comme le contre-coup de ces perturbations successives; quand on la voit mouiller, découvrir, affleurer tour à tour le zéro, onduler pour ainsi dire autour de la ligne d'étiage, comme dans les années 1778, 1807, 1814, 1823, 1842, 1848 et 1849, il faut conclure que cette ligne marque son véritable niveau.

Pendant les 72 années dont il s'agit, l'étiage de la Seine n'a été réellement inférieur au zéro du pont de la Tournelle que huit fois : de 10 à 17 centimètres pendant les années 1800, 1815, 1822, 1825, 1826, 1832, 1842, et de 27 centimètres, comme en 1768, pendant la sécheresse extraordinaire de 1803 (1).

La seconde échelle, celle du pont Royal, a été dressée par les soins d'un célèbre ingénieur, M. Prony, non plus d'après l'observation des variations accidentelles du niveau du fleuve, mais d'après l'étude des hauts fonds de son lit et du minimum des besoins de la navigation d'aval. Le zéro de cette échelle est à 57 centimètres au-dessous de

---

(1) Voici le tableau de ces abaissements :

ANNÉES.	NIVEAU LE PLUS BAS.	DURÉE DE L'ÉTIAGE au-dessous du zéro de la Tournelle.
1800	0 mètre 17 centimètres	29 jours.
1803	0 — 27 —	113 —
1815	0 — 09 —	44 —
1822	0 — 15 —	31 —
1825	0 — 10 —	15 —
1826	0 — 10 —	32 —
1832	0 — 10 —	18 —
1842	0 — 10 —	10 —

celui du pont de la Tournelle (1). D'après les observations recueillies de 1719 à 1857, le fleuve n'a pas touché cette limite. Il la dépassait encore de 30 centimètres en 1803 (2).

L'étiage du pont Royal ne se trouve donc pas véritable, même une fois par siècle.

Maintenant, quelle était la hauteur de la Seine en octobre 1855, au moment où la Somme et la Soude ont été jaugées pour la première fois? Elle marquait 7 centimètres au-dessous du zéro du pont de la Tournelle, 50 au-dessus de celui du pont Royal : elle se trouvait donc à 20 centimètres seulement au-dessus du niveau de 1768 et de 1803 : c'était de très-basses eaux. On peut objecter, il est vrai, que le fleuve n'est pas demeuré très-longtemps à cette cote; mais les ingénieurs ont remarqué que, pendant le cours de la même année, la Marne et ses affluents, au nombre desquels figure la Somme-Soude, avaient été plus frappés par la sécheresse que les autres rivières du bassin de la Seine. Dès lors, il y a tout lieu de présumer que les eaux de la Somme-Soude, en octobre 1855, étaient à peu près au point le plus bas qu'elles atteignent, si ce n'est une fois ou deux par siècle.

---

(1) Cette relation, comme les données mêmes du calcul de M. Prony, a été modifiée par les travaux divers exécutés dans la Seine, spécialement par la canalisation du petit bras et la destruction de la pompe Notre-Dame.

(2) C'est en 1858 que, pour la première fois, le zéro de l'échelle du pont Royal a été mis à découvert. Mais nous sommes témoins d'un phénomène dont il n'y a pas d'exemple. La sécheresse intense, persistante, inouïe dans ce climat, des années 1857 et 1858, a mis à nu le lit des rivières, tari la plupart des sources, privé d'eau un grand nombre de contrées, qui en souffrent comme d'un véritable fléau.

La Seine, en 1857, est demeurée au-dessous du zéro du pont de la Tournelle pendant 120 jours; elle y est descendue jusqu'à — 0^{m}47, soit, à + 0^{m}10 de l'échelle du Pont-Royal.

En 1858, l'abaissement maximum a été de — 0,83, soit de — 0,26 à l'échelle du pont Royal.

Le fleuve a été exactement jaugé au pont Royal ; son débit, qui est évalué en temps d'étiage ordinaire à 75 mètres cubes par seconde, n'a plus été trouvé que de 44 mètres. La Marne, au passage de laquelle suffit amplement aujourd'hui une seule arche du pont de Charenton, ne débite pas 13 mètres cubes par seconde.

Pendant toute la saison sèche, les eaux de la Seine, au lieu d'affecter, comme dans les étés ordinaires, une couleur bleu-verdâtre, ont pris une teinte grise, due à la proportion plus considérable, relativement à son volume, de matières étrangères qu'elle emporte avec elle. Même en amont du pont d'Ivry, quoiqu'elle y soit moins trouble, elle a ce goût fade que donnent aux rivières la vase et les matières organiques qu'elles contiennent.

Les jaugeages faits à cette date peuvent, en conséquence, être pris comme accusant, ou peu s'en faut, le minimum normal, puisque l'exception n'apparaît qu'à de longs intervalles.

Or, isolément jaugées, les seules sources éparses le long du cours des deux rivières, depuis Somme-Sous et Soudé jusqu'auprès de Conflans, débitaient, au total, 1,166 litres d'eau par seconde, soit 100,742 mètres cubes par 24 heures, c'est-à-dire plus que n'en réclament les besoins du service de Paris. Certainement, si l'on avait pu pénétrer, par un profond drainage, au sein même de la nappe souterraine, on eût obtenu des quantités d'eau bien plus considérables et constaté la possibilité d'emprunter l'alimentation de Paris à cette nappe, non-seulement sans l'épuiser, mais encore sans l'atténuer très-sensiblement (1).

Mais, alors même qu'on voudrait limiter la puissance du réservoir commun, au débit des sources des deux ruisseaux dont la réunion à Conflans forme la Somme-Soude, il s'ensuivrait seulement que, la totalité de l'eau de ces sources ne pouvant être confisquée au détriment des petites localités qu'elles desservent, on devrait se contenter de dériver une portion, la moitié, par exemple, de ce qu'elles débitent à l'étiage, et il n'en resterait pas moins démontré que les seules vallées de la Somme et de la Soude suffiraient pour livrer à Paris une grande

---

(1) Les sources de la Somme et de la Soude, qui s'étaient maintenues en 1857, se sont mal défendues contre la continuation de la sécheresse en 1858. Les plus hautes sont taries ; celles d'aval sont considérablement appauvries.

Les sources qui ont cessé de couler montrent l'eau à fleur de terre. Elles accusent ainsi exactement en plusieurs points le niveau de la nappe, qui a baissé sous l'action d'un phénomène général et prolongé, mais de 80 centimètres seulement. En comparant l'altitude de ces affleurements d'eau avec celle des sources qui coulent encore, et avec le niveau des puits de toute la région, on est arrivé à connaître la surface de la nappe entière que contient la couche spongieuse de la craie. Elle s'étend de la vallée de l'Aube à celle de la Marne, s'abaissant avec le sol vers les thalwegs de l'une et de l'autre rivière, et se relevant au contraire au point de partage de leurs affluents.

L'ensemble de ces faits prouve qu'en pratiquant dans les vallées de la Somme et de la Soude, pour les prises d'eau de la dérivation, des tranchées dont la profondeur sera facilement calculée d'après l'expérience de 1857 et de 1858, on pénétrera dans la nappe en un point peu éloigné du sol, où nulle sécheresse ne la pourra tarir, alors même que, par des circonstances atmosphériques, qui ne se reproduisent pas tous les siècles, les sources supérieures auraient tout à fait cessé de couler.

partie de l'eau qui lui est nécessaire, sans être épuisées, même dans les plus grandes sécheresses.

Pour cette hypothèse, évidemment excessive, des auxiliaires sont ménagés par le projet de dérivation, dans d'autres sources, reconnues aux environs ou sur le passage de l'aqueduc marchant vers Paris.

A six ou sept kilomètres à l'est de Soudé, toujours dans le prolongement de la route de Paris à Vitry, naît, près du village de Coole, la rivière du même nom, qui court parallèlement à la Somme-Soude, vers la Marne, où elle se jette non loin de Châlons. La Coole, jaugée à Cernon, le plus près possible de Bussy-Lettré, où commencera la dérivation principale de la vallée de la Soude, débitait, en 1854, de 510 à 680 litres par seconde, c'est-à-dire de 44,000 à 59,000 mètres cubes environ par vingt-quatre heures. Ses eaux, excellentes à boire, accusent seulement 13 degrés à l'hydrotimètre.

Mais une objection s'élève : des usines importantes sont établies sur cette rivière.

Au midi de la Somme, non loin du ruisseau du Popelet, se rencontrent la Vaure, et un peu plus bas la Maurienne, qui se joignent au ruisseau des Auges, et forment un des affluents de l'Aube. Les deux sources sont abondantes; l'indication hydrotimétrique est, pour la première, 16°,7, pour la seconde, 15 degrés.

Mais la prise des eaux de ces sources nécessiterait un développement de conduites dérivatrices assez considérable, et, partant, un fort surcroît de dépenses.

Sur le chemin que suivra l'aqueduc, se présente d'abord la Berle, qui rejoint la Somme-Soude au moment de tomber dans la Marne. La Berle commence près du village de Vertus, au pied d'un coteau de craie que surmontent des terrains tertiaires. Deux sources principales, l'une dite Mère-du-Roi, et l'autre de l'Eglise, sont l'origine de cette rivière. L'indication hydrotimétrique de ses eaux oscille entre 21 et 23 degrés; leur débit est de 159 litres par seconde, ou d'environ 14,000 mètres cubes par vingt-quatre heures (1). L'aqueduc en pour-

---

(1) Le jaugeage a eu lieu en 1857.

rait emprunter utilement une partie sans porter préjudice aux riverains, et sans trop élever le degré hydrotimétrique accusé par la masse des eaux dirigées sur Paris.

Le Sourdon, qui donne naissance au Cubry, l'un des petits affluents de la Marne, vient ensuite, aux environs d'Épernay, à 7 kilomètres de la dérivation. Cette belle source jaillit, près de Saint-Martin-d'Ablois, d'un amas de meulières, que supportent des couches d'argile et de marne verte où n'apparaît pas le gypse; ses eaux marquent 20 à 23 degrés à l'hydrotimètre, et coulent avec une abondance de 8 à 9,000 mètres cubes par 24 heures.

Plus loin, vers Dormans, se montrent, aux flancs de la vallée de la Marne, quelques sources qui peuvent donner 5,000 mètres cubes par 24 heures, et qu'on peut absorber ou négliger, sans que la pureté des eaux de dérivation en soit notablement modifiée.

Bientôt, on arrive au vallon du Surmelin, que plusieurs belles sources alimentent. Les moins éloignées et les meilleures sont celles de la Dhuis, qui roule, en basses eaux, de 28,000 à 35,000 mètres par 24 heures (1); qui atteint, il est vrai, 23 degrés à l'hydrotimètre, mais qui peut encore former, avec les eaux de la vallée de la Somme-Soude, un mélange convenable.

Au delà, c'est-à-dire entre Château-Thierry et Paris, règne le gypse qui imprègne les eaux de sulfates de chaux, et les rend inacceptables.

Le débit total des sources de la Berle, du Sourdon et de la Dhuis varie de 50,000 à 56,000 mètres cubes. Tout ce que produisent les sources de la Dhuis et celles du Sourdon, soit de 36,000 à 44,000 mètres cubes, serait dérivé sans inconvénients; la Berle, qui alimente le bourg de Vertus, ne pourrait abandonner qu'une partie de ses 14,000 mètres cubes.

L'indication hydrotimétrique moyenne du mélange des eaux dont

_____

(1) Les sources de la Dhuis et du Sourdon, qui naissent dans des terrains tertiaires, n'ont vu fléchir leur débit ni en 1857 ni en 1858. Sans prétendre expliquer le fait, on peut supposer que, par la disposition du sol, elles sont comme le déversoir de fond des nappes qui les alimentent, tandis que les sources de la Somme et de la Soude n'apparaissent qu'à la superficie de la nappe plus vaste et plus puissante à laquelle elles servent de trop plein.

l'énumération précède, et de celles des vallées de la Somme et de la Soude, oscillerait entre 17 et 18 degrés (1).

On a vu plus haut que l'eau, ainsi cotée, est excellente pour la consommation et bonne pour tous les usages domestiques, si, d'ailleurs, elle ne contient ni sulfates, ni autres substances minérales en quantité notable, ni matières organiques en dissolution.

Quant à la température, elle serait constamment comprise entre dix et douze degrés centigrades.

La carte où figure le tracé de l'aqueduc de dérivation indique d'autres groupes de sources auxquels on pourrait avoir recours; mais il serait inutile de pousser plus loin cette étude, lorsqu'il est évident que, dans l'hypothèse la plus défavorable, le service de la dérivation peut être complétement fait par les deux premiers groupes, et que le drainage des petites vallées de la Somme et de la Soude rendra superflue toute autre prise d'eau, même aux temps des étiages séculaires, si les espérances basées sur la puissance présumée de la nappe souterraine qu'affleure le fond de ces vallées ne sont point démenties.

(1) Il me paraît à propos de rappeler ici les résultats des analyses comparatives de l'eau de Seine et des eaux des sources de la Somme, de la Soude, des ruisseaux du Mont et de Vertus, et enfin du Sourdon, tels qu'ils sont constatés au rapport présenté en 1854 par M. Belgrand.

	EAU de la Seine.	SOURCES					OBSERVATIONS.
		de la Somme.	de la Soude.	du ruisseau du Mont	du ruisseau de Vertus.	du Sourdon	
	millig. par litre	millig. par litre	millig. par litre	millig. par litre	millig. par litre	millig. par litre	
Carbonate de chaux..............	155	100	86	106	234	160	Tous ces résultats concordent très-bien avec ceux qui ont été obtenus au moyen de l'hydrotimètre. Les eaux de la Dhuis donneraient des résultats compris entre ceux de la source de Vertus et ceux du Sourdon.
— de magnésie............	51	»	»	»	»	»	
Sulfate de chaux..................	40	»	»	»	»	»	
— de magnésie.	30	»	»	»	»	»	
Chlorures.....................	32	40	32	20	30	46	
Sels de potasse....................	traces.	»	»	»	»	»	
Silice, alumine, oxide de fer........	25	traces sensibl.	»	»	traces	traces sensibl.	
Matières organiques...............	traces sensibl.	»	»	»	»	traces à peine sensibl.	
Totaux..........	334	140	118	126	264	206	

L'ordre naturel du travail sera donc de construire, avant tout, l'aqueduc principal, d'ouvrir ensuite les tranchées qui opéreront le drainage des eaux des vallées supérieures du système de la Somme-Soude, de vérifier si le produit en peut suffire pour alimenter l'aqueduc, et, dans le cas contraire, mais dans ce cas seulement, de s'adresser successivement aux sources du second groupe et, au besoin, des autres groupes explorés, dans l'ordre déterminé par leur valeur respective, pour en obtenir la quantité d'eau manquante.

Mais, à quelque parti qu'on s'arrête, faire arriver quotidiennement une masse de 100,000 mètres cubes d'eau à Paris, à la hauteur convenable, sans qu'après un aussi long trajet elle ait rien perdu de sa limpidité ou de sa fraîcheur, est une œuvre des plus délicates.

D'abord, les prises d'eau, même les moins difficiles, exigeront des précautions nombreuses. Les tranchées à faire ne pourront demeurer ouvertes, si l'on veut que l'eau y conserve sa pureté et sa température. Il y faudra construire une sorte de canal enveloppé, au besoin, d'enrochements en pierres sèches.

Par ce filtre ou drain, l'eau sera recueillie et dirigée sans mélange et sans perte vers l'aqueduc.

Lorsque les tranchées seront faites à une certaine hauteur au-dessus du fond des vallées, le produit en sera d'abord versé dans un puisard en maçonnerie ouvrant sur l'aqueduc au moyen d'un tuyau de fond, et sur la rivière, au moyen d'une conduite de décharge, de telle façon que l'excédant de la prise d'eau profite à la rivière.

Ainsi, la dérivation n'entraînera que l'eau nécessaire aux besoins qu'elle est appelée à desservir.

Des aqueducs de prise d'eau seront construits en maçonnerie latéralement à la Somme, à la Soude, au ruisseau du Mont, à celui du Popelet, puis, au ruisseau de Vertus, au Sourdon et à la Dhuis, et enfin, selon le besoin, à la Coole et à la Vaure.

L'établissement de ces conduites, presque toujours au milieu de la couche aquifère, demandera beaucoup d'art et d'attention. Elles n'auront pas moins de 70,000 mètres de développement.

L'aqueduc-collecteur, de son point de départ, c'est-à-dire du point où se réuniront les conduites de prise d'eau des vallées de la Somme et de la Soude, jusqu'à son point d'arrivée à Paris, sur les hauteurs de Belleville, devra franchir 183,294 mètres.

Il consistera, dans la presque totalité de son parcours, en une galerie laissant couler l'eau librement entre ses parois, comme fait le lit d'un fleuve à pente régulière, sans lui imposer ni chute, ni ascension forcée. Cette galerie, en maçonnerie, sera de forme cylindrique ; elle cheminera sous terre à une profondeur variable, d'un mètre au minimum, afin de conserver l'eau à une température constante. Sa voie sera ouverte en tranchée, dans les plaines ou sur le flanc des coteaux, en souterrain, lorsqu'il faudra s'engager sous quelque contre-fort ou colline. A la traversée des vallées, la galerie sera portée sur des arcades, toutes les fois que la profondeur du vallon au-dessous du radier de l'aqueduc n'excédera pas 10 mètres.

Si le sol s'abaisse davantage, on aura recours aux conduites forcées ou siphons, c'est-à-dire que la galerie interrompue se continuera par deux tuyaux en fonte posés côte à côte, suivant sous terre la déclivité du terrain, franchissant les ruisseaux ou les rivières sur des ponts construits à cet effet, et remontant, toujours sous terre, par l'autre versant de la vallée, jusqu'à un nouveau prolongement de la galerie. Au passage des ponts, les conduites en fonte seront soigneusement préservées, par une sorte d'enveloppe en maçonnerie, des variations de la température extérieure.

Les données du tracé étaient complexes et les difficultés nombreuses. Le désir de restreindre la dépense, et le besoin, plus impérieux encore, de ménager l'élévation du plan d'eau, ne s'accordaient pas toujours.

Les travaux exécutés en souterrain coûteront à peu près deux fois autant que ceux qui seront faits en tranchée, à ciel ouvert. La différence est considérable, et il semble, au premier abord, que le circuit autour d'un contre-fort doive toujours être préféré au percement de l'obstacle.

Mais sur tous les points où l'on a projeté le passage en souterrain, qui coûte seulement deux fois plus cher que la construction en tranchée, le tracé direct est à peine égal à la moitié ou même au tiers du tracé développé qu'on évite.

Au passage des profondes vallées, au lieu de recourir aux siphons, qui font perdre à l'eau dérivée 66 centimètres de hauteur par kilomètre, il eût été mieux d'ouvrir à l'aqueduc une route sur des arcades construites au besoin à double ou à triple étage, selon le procédé le plus usité des Romains. Mais la Ville de Paris peut être, sans inconvénient, plus modeste et plus économe : elle emploiera un système mixte, suffisant pour atteindre le but proposé. Des arcades s'avanceront sur les deux versants opposés d'une vallée à franchir, jusqu'à ce que la dépression du sol, au-dessous de la conduite, excède 10 mètres. L'intervalle entre ces deux tronçons d'aqueduc sera seul abandonné aux siphons, dont la longueur se trouvera ainsi, dans la plupart des cas, notablement réduite.

Par des moyens termes analogues, on pourra donner satisfaction et aux exigences de l'économie et aux conditions du problème. Quelques inflexions du tracé, faites à propos, permettront, par exemple, de passer un ravin sous le lit du torrent et, par conséquent, sans pont et sans arcades, ou d'éviter des habitations dont l'expropriation serait coûteuse.

L'examen attentif des plans peut seul faire comprendre avec quel succès ont été résolues toutes les difficultés que présentait cet immense travail.

Après s'être chargé des eaux dérivées des vallées de la Somme et de la Soude, l'aqueduc se dirige, au nord-ouest, à travers les plateaux crayeux de la Champagne, dont il perce en souterrain les longues collines, pour aller joindre, le plus tôt possible, les coteaux tertiaires de la Brie, qui forment le versant gauche de la vallée de la Marne, aux environs d'Épernay.

L'approche de cette ville est défendue, pour ainsi dire, d'abord, par un large contre-fort, sur lequel s'élève, en un point plus étroit ou col, le village de Cramant, ensuite par la vallée du Cubry, petite rivière qui reçoit le ruisseau du Sourdon, et, après avoir baigné les anciens fossés de la ville d'Épernay, va se jeter elle-même dans la Marne.

L'aqueduc traverse résolûment, par un tunnel de 4,405 mètres, le col de Cramant en pleine craie très-solide et très-perméable, c'est-à-dire ne contenant à cette hauteur aucune nappe d'eau; il franchit ensuite à Pierry, au-dessus d'Épernay, le vallon du Cubry, par un siphon de 765 mètres, et reçoit, sur l'autre versant, le tribut de la vallée du Sourdon.

De ce point, il suit la rive gauche de la Marne, à mi-côte, au-dessus du chemin de fer de Strasbourg.

Les vallées des ruisseaux descendant vers la Marne, le Flagot, le Surmelin, le Fulloir, près Chezy, dans le département de l'Aisne, le Vergès, près Nogent-l'Artaud, peuvent être coupées par des siphons de médiocre étendue. Mais, peu après l'entrée de l'aqueduc dans le département de Seine-et-Marne, les obstacles s'agrandissent et se multiplient. Au delà du village de Saacy, la Marne se dirige brusquement au nord, contourne un large promontoire, et revient au sud pour baigner la Ferté-sous-Jouarre, et recevoir plus bas le Petit-Morin, affluent assez considérable. Afin d'éviter les longueurs du détour et de traverser le val du Petit-Morin dans l'un des points de sa moindre largeur, l'aqueduc pénètre sous le coteau dans un tunnel de 2,200 mètres, et passe la vallée avec un siphon de 700 mètres. Le contour du promontoire aurait nécessité plus de 4,000 mètres de tranchée et 1,200 mètres de siphon.

Des considérations analogues conseillent de percer un souterrain sous les bois de Meaux et un autre près de Quincy-Ségy.

La ville de Meaux est assise à la pointe de l'un des replis de la Marne. Un peu au-dessous, le Grand-Morin porte ses eaux vers la rivière; mais il en déverse une partie dans un canal latéral appartenant à un système de canalisation qui abrége la navigation de la Marne, aux environs de Meaux.

Le Grand-Morin et son canal exigent un siphon de 1,728 mètres 80 centimètres et deux ponts. Après avoir échappé, par un souterrain de très-peu d'étendue, à l'expropriation du beau parc de Couvray, l'aqueduc se rapproche du bord de la Marne, à Chalifert. C'est près de ce village que le tracé passe de l'autre côté de la vallée.

Si l'on embrasse d'un coup d'œil la carte du cours de la Marne, on voit que l'aqueduc a dû nécessairement se tenir, jusqu'à ce point, sur la rive gauche de la rivière. A droite, depuis la vallée de l'Ourcq, le terrain est moins élevé ; les coteaux s'éloignent : on n'atteindrait la hauteur nécessaire pour arriver à Belleville dans les conditions données, qu'en allongeant le parcours.

Au contraire, en face de Chalifert, sur la rive droite, s'avance un contre-fort élevé, extrémité d'un long coteau formé de marne gypsifère et d'argile, et surmontant le vaste banc de calcaire d'eau douce qui s'étend au nord de la Marne et de la Seine. Ce coteau, dont le sommet onduleux est couvert des bois de Dampmard, de Chaalis, de Bondy, du Raincy, etc., et qui porte des villages bien connus, comprend les buttes Chaumont et aboutit à Belleville, pour se relever à Montmartre, après une assez forte dépression. C'est comme un pont entre la vallée de la Marne et le nord de Paris. L'aqueduc ne pouvait choisir une autre voie.

Le siphon, qui descend de Chalifert, traverse la Marne, et remonte vers le bois de Dampmard, n'a pas plus de 1,350 mètres ; il passe sous le chemin de fer de Strasbourg, qui, moins élevé que la conduite libre de l'aqueduc, peut suivre une direction différente. Des carrières de plâtre à tourner, des parcs splendides et d'une valeur énorme à fuir, les dépressions de Villemonble et de Rosny à franchir en siphon ou sur arcades, le chemin de Strasbourg à couper de nouveau, et plus loin, celui de Mulhouse, les habitations de Noisy-le-Sec à éviter, le fort de Romainville à respecter, compliquaient le problème que l'habileté de MM. Belgrand et Rozat de Mandres a su pourtant résoudre.

Enfin, la galerie chemine au pied des immenses carrières de Pantin, sur une série d'arcades, se développe autour du village des Prés-Saint-Gervais, perce en ligne droite les fortifications et la butte de Belleville, puis, débouche en réservoir au-dessus de la tranchée du chemin de fer de ceinture.

La longueur du tracé, en y comprenant les prises d'eau, n'est pas moindre de 253,292 mètres 85 c.

9

Elle se décompose ainsi :

Conduites de prises d'eau, en maçonnerie. .   70,000 m. » c.

Aqueduc de dérivation :

En tranchée.	141,316	15
En souterrain.	28,547	60
Sur arcades.	6,123	90
En siphons..	7,306	20

Total égal . . . .   253,293 m. 85 c.

Le nombre des passages en souterrain sera de. . . .   30.

—   —   sur arcades, de . . . . . .   13.

—   —   en siphons, de. . . . . .   11.

Le nombre des ponts sera de . . . .   17.

La section de l'aqueduc ira grandissant, à mesure que la quantité d'eau à débiter sera plus considérable.

De son origine, à Conflans, jusqu'à l'embouchure de la conduite de la Dhuis, dans la vallée du Surmelin, la galerie aura 1^m 50 de largeur et 2^m 10 de hauteur; du Surmelin à Paris, elle aura une section circulaire de 2^m 10 de diamètre. Les siphons à établir, de Conflans au Surmelin, auront 1^m de diamètre intérieur, et du Surmelin à Paris, 1^m 06.

La pente du radier des conduites de prise d'eau, au-dessus de Conflans, calculée d'après celle du sol, dépasse 1 mètre par kilomètre ; mais la profondeur plus ou moins grande des tranchées modifiera cette évaluation.

De Conflans à Paris, la pente de l'aqueduc sera de 0^m 10 seulement par kilomètre ; mais la section de la galerie a été mesurée en raison de cette faible pente, de telle sorte que le débit de l'aqueduc ne demeure jamais inférieur aux 1,160 litres par seconde qui doivent donner, par vingt-quatre heures, les 100,000 mètres cubes jugés nécessaires aux besoins prévus de la consommation.

La perte de hauteur qui résultera de l'emploi des siphons est évaluée, comme je l'ai déjà dit, à 0^m 66 par kilomètre.

Il suit de là, que le plan d'eau, qui sera à la cote 106^m 38 au-dessus du niveau de la mer, près du confluent de la Somme et de la Soude, à Conflans, descendra de 18^m 06 dans les 175,987^m 65 de conduites libres (en tranchée, en souterrain ou sur arcades) et de 4^m 82 dans les 7,306^m 20 de conduites forcées, qui formeront l'aqueduc de Conflans à Paris; ce qui donne, pour résultat, une perte totale de hauteur de 22^m 88 entre ces deux points, et une altitude finale, à l'arrivée en réservoir, de 83^m 50 au-dessus du niveau de la mer, dépassant ainsi de 57^m 25 l'étiage de la Seine, de 32^m le plan d'eau du canal de l'Ourcq, et de 8^m 20 les bassins les plus élevés dans lesquels les machines de Chaillot puissent porter l'eau de la Seine (les réservoirs supérieurs de Passy).

La dépense à faire pour accomplir cette grande entreprise est moins élevée qu'on ne le pourrait supposer, quand on songe qu'il s'agit d'une construction continue de 253 kilomètres, dans laquelle il faut comprendre plus de 28 kilomètres de souterrains, plus de 6 kilomètres d'arcades, 17 ponts, etc. Elle était évaluée approximativement, dans mon premier mémoire, de 22 à 24 millions.

L'obligation que se sont imposée les ingénieurs, d'amener l'eau à la plus grande élévation possible au-dessus de la cote 80^m, qui avait d'abord été adoptée, et par conséquent de diminuer la pente et d'augmenter la section de l'aqueduc, la rectification du tracé sur plusieurs points, et une plus grande précision dans les calculs estimatifs, ont fait monter le devis définitif à 26,000,000 fr. : c'est, à peu près, 104,700 fr. par kilomètre.

L'exposé qui précède fait voir avec quel soin l'aqueduc se tient à l'écart des habitations, se détourne pour éviter les châteaux, passe sous les parcs, recherche les coteaux incultes, et n'aborde une propriété de quelque valeur que si toute autre voie lui est interdite. Il se contente, d'ailleurs, d'une bande étroite de terrain sous terre, n'apparaît que par un modeste talus, par un ou deux regards, de kilomètre en kilomètre. S'il lance ses arcades à travers un vallon, il n'intercepte aucune communication.

J'ajoute que la plus sévère économie paraît avoir dicté le projet,

qui n'accorde rien, même aux travaux d'art, que ce qu'exigent la solidité et la durée.

Les dépenses seront de deux sortes : les unes s'appliqueront aux
travaux mêmes ; les autres auront pour objet les indemnités d'expropriation ou de dommage.

Il y a deux ans, au moment où les ingénieurs poursuivaient leurs
études, le Conseil général de la Marne crut devoir prendre l'alarme.
Dans une délibération expresse, il exposa que la dérivation de la
Somme et de la Soude priverait d'irrigation 600 hectares de prés naturels et, de force motrice, un grand nombre d'usines. Le vœu émis par
ce conseil fut, entre Son Excellence le Ministre de l'Intérieur et moi,
l'objet d'une courte correspondance.

Depuis lors, j'ai lu dans les journaux une adresse par laquelle le
même conseil représentait, l'an dernier, à S. M. l'Empereur, que la
dérivation projetée porterait un préjudice considérable à l'agriculture
et à l'industrie du département de la Marne, en déshéritant complètement d'eau les localités traversées par la Somme et la Soude, et que, sous
la menace d'une telle ruine, plusieurs communes, celles sans doute qui
comprennent les 600 hectares de prés mentionnés en 1855, suspen-
daient leurs travaux d'irrigation.

Il y a bien des erreurs et de grosses exagérations dans tout cela.

D'abord, comme on l'a vu plus haut, il ne s'agit point de déshériter
les localités riveraines de la Somme et de la Soude, puisqu'il n'est pas
question de détourner l'eau, soit de ces rivières, soit de leurs sources.
Les prises d'eau pratiquées par des tranchées ouvertes dans les vallées
dont ces cours d'eau suivent le thalweg, en diminueront-elles le débit
normal ? C'est un point qui ne peut être complétement éclairci que
par l'expérience. Mais, selon toute probabilité, d'après les raisons
que j'ai données, les tranchées ouvertes, soit parallèlement aux rivières, soit au fond des vallées sèches débouchant dans les vallées
qu'elles arrosent, mettront au jour des sources nouvelles qui enrichi-
ront la dérivation sans appauvrir les cours d'eau, de telle sorte que
la nappe souterraine pourra servir l'aqueduc parisien sans qu'il en
résulte de perte réelle appréciable pour la Somme ni pour la Soude.

J'ajoute que, si le Conseil Municipal adopte définitivement le projet, dont il a déjà consacré le principe et ordonné l'étude, et si l'autorité supérieure en approuve l'exécution, il y aura lieu d'ouvrir une enquête dans le département de la Marne, comme dans ceux de l'Aisne, de Seine-et-Marne, de Seine-et-Oise et de la Seine ; que chacun pourra, suivant les formes de la loi, produire ses observations et ses craintes ; que le plan sera connu de tous avec précision, et que personne ne se trouvera exposé, comme aujourd'hui, à dépasser le but, à mêler à la question, par exemple, des rivières qui n'y seront probablement pas intéressées, et à grossir étrangement la réalité, faute d'informations suffisantes.

Mais il n'est pas hors de propos de mesurer exactement l'étendue des intérêts au nom desquels des réclamations se sont élevées à l'avance.

Il existe sur la Somme, sur la Soude et sur la Somme-Soude, 25 usines, dont 24 moulins et une papeterie.

Quatre moulins sont établis au-dessus de la dérivation et n'auront à en souffrir dans aucune hypothèse.

Sur les vingt autres, deux seulement paraissent avoir quelque importance. Il serait difficile d'apprécier avec certitude aujourd'hui la valeur de tous. Plusieurs, cependant, sont en location, et la valeur locative totale paraît être de 29,100 fr.

Quant à la papeterie, c'est un établissement assez considérable ; mais il a pour moteur principal une machine à vapeur.

On voit que l'indemnité à payer aux usines pour le préjudice, fort problématique, d'ailleurs, que peut leur causer la diminution du volume des eaux de la Somme et de la Soude, et partant, de la Somme-Soude, ne saurait être très-élevée. Dût-on aller, dans la pire supposition, jusqu'à l'expropriation même de tous les moulins, ce ne serait pas encore une opération inabordable.

Les 600 hectares de prés naturels, qui sont menacés, dit-on, de manquer d'eau, continueront, selon toute apparence, à en recevoir la même quantité qu'aujourd'hui, c'est-à-dire plus qu'ils n'en ont besoin ; car les ingénieurs rapportent que ces prés sont marécageux, en général, par excès d'inondation. Quoi qu'il en soit, pour ces prés, dont, au reste, on paraît avoir singulièrement exagéré la superficie ainsi que la valeur, comme pour les usines, telles indemnités de dommages que de droit seront payées, s'il y a lieu. La Ville les acquerrait, au besoin, pour couper court à toutes difficultés.

Je crois devoir faire ici cette déclaration nette et précise. En effet, tout intérêt privé, si mince qu'il puisse paraître en présence d'un grand projet d'utilité publique, est éminemment respectable. Non-seulement il doit être sauvegardé; mais il faut encore aller au-devant des appréhensions, même mal fondées, qu'il peut exciter. D'ailleurs, si la Ville de Paris était conduite à faire l'acquisition des moulins et des prés dont les propriétaires se croiraient lésés par son projet, cette dépense ne serait pas en pure perte. Les usines, bien réglées, pourraient se contenter de beaucoup moins d'eau qu'elles n'en consomment aujourd'hui, et les prés, une fois assainis par un meilleur agencement des barrages, doublearient de valeur.

Quant à l'intérêt public, au nom duquel on s'est adressé au Chef de l'État, faut-il demander, en cette circonstance, de quel côté il pèse? Lorsqu'il s'agit d'alimenter d'eau la Capitale, c'est-à-dire de satisfaire un besoin de premier ordre des douze cent mille habitants qui s'y pressent, peut-on mettre en comparaison quelques moulins, de mince valeur, et quelques prés noyés, dont la superficie totale, en l'acceptant telle qu'on la donne, n'égale même pas la surface de certain des arrondissements de Paris (1)?

La prise d'eau du Sourdon, si elle était nécessaire, motiverait des indemnités un peu plus considérables, qui ne sont pourtant pas l'objet de réclamations aussi prématurées et aussi vives. Le Sourdon naît au sommet d'un vallon agreste, au milieu de beaux arbres, dans une propriété de M. le marquis de Talhouet. Le ruisseau qu'il alimente entretient vingt-cinq usines, dont les principales sont la papeterie d'Ablois et les six moulins d'Épernay.

La Dhuis n'a que huit moulins de peu d'importance (deux tombent en ruines). Quatre usines existent sur le Surmelin, en aval du confluent de la Dhuis.

_____

(1) La surface du 8e arrondissement, par exemple, n'est pas moindre de 610 hectares.

Les prises d'eau peuvent seules donner lieu à des questions délicates d'indemnité. Pour la construction des conduites, il s'agit simplement d'acquérir, par expropriation, une bande suffisante de terrain. On
pourrait ne conserver que la nue propriété du sol, et après les fouilles
et les constructions faites, livrer de nouveau la surface à la culture ;
mais, dans ce système, la visite de l'aqueduc serait difficile, et chaque
réparation pourrait soulever des difficultés sans nombre entre le nu
propriétaire et l'usufruitier. Il vaut mieux avoir recours à l'expropriation complète. On aura, d'ailleurs, l'avantage de changer, selon le
besoin, la place des regards et des déversoirs, et, sur les points où la
voûte de l'aqueduc sera le plus voisine du sol, de surélever la surface
en talus au moyen des excédants de déblais, afin de mieux préserver
l'eau des variations de la température extérieure. La largeur du terrain nécessaire est de 10 mètres, ce qui donne 1 hectare par kilomètre.
Il faudra donc acquérir 253 hectares pour le parcours total des conduites de prise d'eau et de l'aqueduc.

Dans certains cas, la largeur indiquée pourra être réduite : la dépense en sera proportionnellement diminuée ; mais on ne saurait à
l'avance tenir compte de ces éventualités.

Quel sera le montant des indemnités d'expropriation et de dommages? Il ne serait guère possible de le déterminer, même approximativement, dès aujourd'hui, et il ne serait pas prudent de rendre
publics les éléments de mes appréciations. D'ailleurs, il est évident
que les indemnités pour dommages ne peuvent être fixées d'avance,
puisque le préjudice résultant des prises d'eau, pour les propriétaires ou
les industriels, ne sera clairement constaté et mesuré que par l'expérience. Les prévisions des ingénieurs, dont le Conseil prendra connaissance dans les pièces annexées à ce mémoire, comprennent la
dépense des indemnités d'expropriations et de dommages dans une
somme à valoir dont il sera parlé plus loin.

Les travaux de terrassement et de construction, la fourniture et la
pose des conduites, etc., sont l'objet de calculs détaillés qui figurent
aux devis estimatifs, et qu'il serait superflu de reproduire. La somme
à consacrer à cet emploi est de 18,824,700 fr. Les évaluations sont

basées, avec un soin minutieux, sur l'étude géologique du sol ; sur le métré des terres à déplacer, des souterrains à ouvrir, des murs et des voûtes, des piliers, des arcades et des ponts à construire, des tuyaux à poser ; sur le prix connu des matériaux, du transport, de la main-d'œuvre, dans chaque localité ; sur l'expérience déjà faite, dans les mêmes contrées, par les chemins de fer, et sur les offres de divers entrepreneurs. Mais, quelque soin qu'on apporte aux estimations, tout ne peut pas être prévu dans un travail de cette nature.

Les conduites de prise d'eau seront établies, selon toute probabilité, dans des tranchées entamant la nappe souterraine, dont l'épuisement pénible et dispendieux sera inévitable avant toute construction.

L'aqueduc rencontrera l'argile plastique, sur une longueur de 17,694 mètres, au sortir des terrains crayeux de la Champagne. Là, le percement des souterrains, la fondation des ponts et des arcades, la construction même de l'aqueduc rencontreront parfois quelques difficultés. La nappe d'eau, que supporte la couche d'argile, devra être drainée ou épuisée ; les talus des tranchées et les parois des puits forés pour l'ouverture des tunnels, devront être fortement garnis de planches et de madriers, pour la défense des ouvriers et des travaux.

Ailleurs, il faudra bâtir sur des pilotis, sur des massifs de béton artificiel, au fond de vallées tourbeuses et mobiles ; parfois, l'excès de dureté des grès opposera des lenteurs au cheminement de l'aqueduc.

On ne peut apprécier d'avance, mais on doit prévoir les frais exceptionnels et considérables que nécessiteront ces causes diverses. Le devis met en réserve, pour cette nature de dépense, un important crédit qui, joint au montant maximum des indemnités pour expropriation ou dommages, compose une somme à valoir de..... 7,175,300 fr.

En l'ajoutant à l'évaluation des travaux métrés.... 18,824,700

On a le total indiqué ci-dessus de............. 26,000,000 fr.

Avant de soumettre à l'examen du Conseil Municipal les détails d'exécution d'une telle entreprise, j'ai cru devoir prier S. Exc. le Ministre de l'Agriculture, du Commerce et des Travaux Publics, de vouloir bien provoquer l'avis du Conseil général des Ponts et Chaussées sur les questions de science pratique qui s'y rattachent.

Il importait beaucoup, à mon sens, que la délibération du Conseil Municipal fût dégagée, par l'opinion préalable des juges les plus compétents dans la matière, de toute difficulté purement technique. Il ne fallait pas qu'au moment de se prononcer sur une affaire considérable, les représentants de la Ville eussent à craindre de voir des objections d'art rendre nécessaire la modification ultérieure des plans et des devis, et bouleverser les combinaisons financières qui auraient servi de base à leur vote.

Son Excellence, donnant suite à ma demande, a consulté successivement une commission composée d'inspecteurs généraux, et ensuite le Conseil général des Ponts et Chaussées. Dans l'une comme dans l'autre assemblée, le projet a été trouvé bien conçu et digne d'être approuvé pour la partie technique. Seulement, afin de mieux assurer encore la solidité des ouvrages d'art, et de parer à toutes les éventualités résultant de la nature des terrains traversés, la Commission et le Conseil ont émis l'avis qu'il y avait lieu de porter les prévisions de dépense au chiffre de 30 millions.

Cette évaluation sommaire n'est appuyée d'aucune indication de détail qui permette de reconnaître l'application à faire des 4 millions qu'elle ajoute à celle des ingénieurs de la Ville. Je crois donc qu'elle peut être considérée comme un maximum au delà duquel la prudence la plus circonspecte ne saurait plus rien prévoir. Par ce motif même, elle me paraît devoir être adoptée comme élément de calcul, lorsqu'il s'agira, soit d'apprécier la portée du projet, soit d'en assurer les moyens d'exécution.

Le Conseil Municipal ne peut, d'ailleurs, manquer de penser, comme moi, que l'approbation donnée à tous les détails techniques de ce projet, après un examen attentif et approfondi de toutes les pièces qui le composent, par un corps aussi savant et aussi illustre que le Conseil général des Ponts et Chaussées, est non-seulement une précieuse garantie, mais encore un puissant encouragement pour l'administration de la Ville.

10

IV. DISTRIBUTION DES EAUX ANCIENNES ET NOUVELLES.

Il est à peine besoin de le dire, le projet que je viens d'analyser a pour but unique de desservir l'enceinte présente de Paris. Un supplément considérable d'alimentation, à une tout autre altitude, deviendrait évidemment nécessaire, du jour où la ville s'étendrait jusqu'aux fortifications, en doublant sa surface, en ajoutant à sa population 400,000 âmes dès aujourd'hui, un million peut-être avant la fin du siècle, en comprenant dans son vaste périmètre des collines comme celles de Montmartre et de Belleville, qui dominent de soixante mètres les points culminants du Paris actuel.

L'éventualité de l'extension de Paris, dont on entrevoit, d'ailleurs, la réalisation comme prochaine, ne pouvait cependant être négligée dans les études des ingénieurs. Le projet a donc été conçu de manière à pouvoir se modifier et se développer comme la ville elle-même.

J'ai dit que la vallée de la Vanne, si riche en sources émanées de la couche crayeuse, fournirait aisément 100,000 mètres cubes d'eau comparable à celle des vallées de la Champagne, mais seulement à l'altitude de 68 à 70 mètres. Il est clair que, si l'une des deux dérivations est seule nécessaire, il faut préférer celle qui peut atteindre à Paris l'altitude de 83 mètres 50 centimètres. Mais que la ville à venir exige 200,000 mètres cubes par jour, la dérivation des sources de la vallée de la Vanne deviendra indispensable. Ses eaux se distribueraient dans tous les quartiers bas, dont les maisons peuvent être desservies jusqu'au faîte, au moyen de réservoirs ayant leur plan d'eau à 68 mètres d'altitude. La moitié du Paris actuel et une partie assez considérable des communes suburbaines seraient ainsi largement pourvues. On réserverait les eaux de la Champagne aux quartiers élevés de l'ancienne et de la nouvelle ville.

Cette distribution supérieure laisserait encore à sec quelques sommets de la zone excentrique, notamment celui de la butte Montmartre, qui s'élève à 129 mètres au-dessus du niveau de la mer, celui du plateau de Belleville, qui monte à 128 mètres, celui du contre-fort de Gentilly, qui arrive à 76. Sans doute, l'altitude de 129 ou de 128 mètres est tout exceptionnelle, et n'est atteinte que par des terrains de très-peu d'étendue, autour desquels le sol s'abaisse rapidement; les surfaces construites ne dépassent pas 100 mètres : elles n'en sont pas moins inaccessibles aux eaux épanchées par des réservoirs situés à 83 mètres 50 centimètres.

Mais les études déjà faites indiquent plus d'un moyen de desservir abondamment ces hauteurs. La Dhuis a sa source à 130 mètres d'altitude, et ses eaux pourraient arriver à Paris, par un aqueduc spécial, à 108 mètres; les eaux du Sourdon, qui sont à 189 mètres, y parviendraient à 130, c'est-à-dire au-dessus du sommet de Montmartre.

A défaut de la Dhuis et du Sourdon, les sources plus lointaines du système jurassique, celles qui apparaissent à plus de 200 mètres d'altitude, répondraient, par leur qualité comme par leur abondance, à toutes les exigences du service.

Il serait prématuré et hors de propos de décrire ici le tracé de chacune de ces dérivations auxiliaires, et d'en exposer le devis. Les aqueducs de la Vanne, de la Dhuis, du Sourdon, ne demanderaient qu'une dépense relativement modérée ; ceux qui partiraient des affleurements de la couche jurassique seraient plus coûteux, sans que, toutefois, le prix de revient de chaque mètre cube dérivé excédât celui de chaque mètre cube monté à une altitude égale, au moyen de machines élévatoires. Mais ce qui vient d'être dit suffit pour répondre aux prévisions les plus étendues. Dans l'état présent des choses, les grandes communes suburbaines sont approvisionnées en eau de Seine par des compagnies industrielles. On peut laisser, sans péril, à l'avenir, le soin de choisir entre les divers moyens d'étendre à ces territoires le bienfait d'une distribution meilleure et plus complète. Le seul objet possible des études dont j'ai maintenant à rendre compte au Conseil Municipal, est la répartition dans Paris, tel qu'il existe, des eaux de diverses provenances dont il a déjà la disposition, et de celles que lui amènera la dérivation projetée.

Après l'exécution des travaux de cette dérivation, Paris sera desservi par deux organes principaux : le canal de l'Ourcq et le nouvel aqueduc.

Celui-ci apportera chaque jour au réservoir de Belleville, à 83 m. 50 c. d'altitude, des eaux de sources, très-pures et de température constante, dont la quantité ne sera pas moindre de.................................... **100,000 m. c.**

Celui-là continuera de donner, en eaux de rivière, de qualité inférieure et de température variable, arrivant à l'altitude de 51 mètres, un contingent quotidien de................. **105,000 —**

A ces chiffres, il faut joindre, comme appoint, le débit des sources de Belleville et des Prés-Saint-Gervais, de l'aqueduc d'Arcueil et du puits de Grenelle, dont le total n'excède pas....... **3,000 [1] —**

La distribution de Paris pourra donc comprendre, en somme..................... **208,000 m. c.**

J'omets, pour le moment, le produit des machines de Chaillot, du Gros-Caillou et du pont d'Austerlitz.

Les eaux de la nouvelle dérivation seront consacrées aux usages domestiques et industriels, jusqu'à concurrence des besoins, et pour le surplus seulement, au service public des quartiers élevés, inaccessibles aux eaux des autres provenances.

Les eaux d'Ourcq, de Belleville, des Prés-Saint-Gervais, d'Arcueil et de Grenelle seront exclusivement attribuées au service public, sur tous les points qu'elles peuvent atteindre.

L'emploi des machines qui élèvent l'eau de Seine sera réglé selon l'importance des besoins qui ne pourront être desservis par les eaux des anciennes dérivations, et auxquels on ne croirait pas devoir affecter une portion des eaux de la nouvelle.

Le produit en pourrait être principalement réservé à l'alimentation des lacs supérieurs et à l'arrosage de la partie haute du bois de Boulogne, où l'eau d'Ourcq ne peut être amenée.

---

(1) En ce moment, le volume de ces eaux est réduit par la sécheresse à 1,700 mètres cubes.

On utiliserait exceptionnellement les machines élévatoires au service de la distribution intérieure de Paris, dans le cas où, pour une cause quelconque, les eaux soit du nouvel aqueduc, soit du canal de l'Ourcq, viendraient à faire momentanément défaut en tout ou en partie.

D'après ces dispositions, deux réseaux parallèles de conduites seraient nécessaires sous le sol de Paris : l'un, pour la circulation des nouvelles eaux de sources ; l'autre, pour le parcours des eaux d'Ourcq. Je ne parle plus des eaux de Belleville, des Prés-Saint-Gervais, d'Arcueil et de Grenelle, parce qu'elles ne feront jamais que des services fort restreints, et qu'on peut négliger de tenir compte des conduites qui seront employées à les distribuer.

La différence d'altitude, de qualité et de température des nouvelles eaux et de celles de l'Ourcq exige impérieusement l'indépendance entière des deux systèmes d'appareils qui en feront la distribution dans la ville. L'intérêt du service public et celui du service particulier veulent également une organisation distincte de l'un et de l'autre.

Faut-il cependant que l'ensemble des deux systèmes d'appareils soit établi tout d'abord ? Oui, quant aux réservoirs, et je crois inutile d'en déduire les raisons ; non, quant aux conduites, car il s'écoulera probablement un temps considérable avant que la consommation publique et privée, aujourd'hui satisfaite par moins de 127,000 mètres cubes, atteigne le maximum de 208,000 mètres cubes.

Mais, comme il importe d'assurer le plus tôt possible aux nouvelles eaux de sources un réseau complet de circulation, on les mettra tout de suite en possession de la plus grande partie du réseau des conduites actuelles, qui est beaucoup plus développé que ne le comporterait le seul service public, et qui étend déjà ses ramifications dans plusieurs milliers de maisons d'habitation et d'établissements industriels. Ainsi, d'une part, on sera prêt à desservir partout les habitations, jusqu'aux étages supérieurs, et les industries de toute espèce, selon leurs demandes ; d'autre part, on pourra consacrer au service public la quantité des nouvelles eaux qui se trouvera provisoirement superflue.

jusqu'à ce que le développement du service particulier en réclame l'affectation totale aux usages privés.

Il suffira pendant longtemps de conserver à l'eau d'Ourcq un nombre de grandes artères et de ramifications de second ordre assez considérable et assez bien entendu pour que le service public, déjà doté, comme il vient d'être dit, d'un certain volume d'eau de sources, reçoive le complément qui lui sera nécessaire en eau du canal.

Peu à peu, le second réseau se complétera par la pose de conduites spéciales sur tous les points où l'eau de sources devra délaisser le service public, pour satisfaire les demandes progressives du service particulier. La dépense en sera d'autant moins onéreuse qu'elle ne croîtra qu'en proportion de recettes nouvelles procurées à la Ville par une consommation privée plus abondante.

Trois vastes réservoirs recevront les eaux de sources.

Le premier va bientôt se construire à Belleville, sur la croupe des buttes Chaumont la plus rapprochée de Paris, au point d'arrivée de l'aqueduc de dérivation. Comme de grands bassins étaient indispensables en cet endroit, dans tous les systèmes proposés pour l'amélioration de la distribution d'eau de Paris ; comme le seul emplacement qui réalisât d'ailleurs les conditions d'altitude au-dessus du niveau de la mer, de contenance, de fermeté du sol, et de voisinage de l'enceinte de la ville, allait être envahi par les exploitations de carrières qui détruisent peu à peu les buttes Chaumont, le Conseil Municipal m'a autorisé, le 24 juillet 1857, à poursuivre la déclaration d'utilité publique du projet d'y construire un réservoir destiné au service de Paris.

Ce projet a été sanctionné par un décret du 24 janvier 1858.

Les fonds nécessaires à l'acquisition du terrain m'ayant été alloués, je me suis hâté d'en assurer la propriété à la Ville. Un jugement du 5 juin 1858 a donné acte des cessions amiables consenties par la plupart des détenteurs, et prononcé l'expropriation des autres.

L'acquisition s'étend à une superficie totale de 3 hectares 28 ares 95 centiares, comprise entre le chemin dit la Chaudière d'Enfer et la rue des Ballettes, près de l'entrée du tunnel du chemin de fer de ceinture.

Les bassins projetés, qui couvriront plus de deux hectares de terrain, auront une contenance totale de 100,000 mètres cubes, et maintiendront leur plan d'eau supérieur à 83 mètres 50 centimètres au-
dessus du niveau de la mer.

Le second réservoir sera placé à Montrouge, sur la pointe de l'éminence qu'on rencontre à peu de distance de la barrière Saint-Jacques.
Il aura aussi une contenance de 100,000 mètres cubes. Le terrain est
à une hauteur suffisante pour que le plan d'eau supérieur des bassins
soit à 80 mètres au-dessus du niveau de la mer, soit à 3 mètres 50 centimètres au-dessous du premier réservoir, à cause de la perte de
charge qu'il faut compter pour la conduite qui réunira l'un à l'autre.

Les réservoirs de Belleville et de Montrouge seront voûtés dans
toute leur étendue, afin de conserver l'eau fraîche et de la préserver
de cette végétation qui se développe si rapidement dans toute masse
d'eau accessible à l'air extérieur et aux rayons du soleil.

Le troisième réservoir existe déjà. C'est celui qui vient d'être terminé à Passy, sur le point culminant de la colline, non loin du mur
d'octroi, entre les rues des Bassins, du Bel Air et de Villejust, et qui reçoit maintenant des eaux de Seine élevées par les machines de Chaillot.

Le Conseil Municipal a pensé comme moi (délibération du 29 février 1856), qu'en attendant l'entreprise et l'achèvement de la dérivation projetée des eaux souterraines des vallées de la Somme et de
la Soude, il était urgent d'assurer une alimentation régulière aux
quartiers hauts du nord de Paris, où se bâtissent chaque jour des
maisons nouvelles, qui sont abonnées immédiatement aux eaux de la
Ville, et qu'auraient desservis très-imparfaitement des conduites portant la charge insuffisante des anciens bassins. C'est là le motif de
l'entreprise immédiate du réservoir de Passy, qui a été déclarée d'utilité publique, par un décret du 21 juin 1856.

Aucune construction de ce genre n'a plus de grandeur et de hardiesse. Un mur épais et impénétrable, bâti sur un terrain dont le fond
est un tuf marneux et compacte, enveloppe un radier de près de
6,000 mètres de superficie, divisé en trois bassins ayant une capacité
totale de 25,000 mètres cubes, et tenant leur plan d'eau à 72 mètres

d'altitude. Des piliers, élevés en quinconce sur le radier des deux compartiments principaux, portent, au moyen d'arcs de $3^m 20$ d'ouverture, une voûte en meulière et ciment de Vassy, de $0^m 33$ d'épaisseur. Au-dessus, s'élèvent deux bassins, dont l'un est couvert par une voûte en briques légères, épaisse seulement de 7 centimètres à la clef, et pourtant aussi solide qu'imperméable; ils contiennent ensemble 12,000 mètres cubes. Leur plan d'eau est à 75 mètres 33 centimètres d'altitude.

Celui des compartiments inférieurs qui n'est pas couvert, doit demeurer toujours plein, comme réserve en cas d'incendies; les réservoirs supérieurs, auxquels on aura le plus souvent recours pour alimenter les pompes, peuvent, en effet, se trouver vides au moment des sinistres.

Celui des bassins de l'étage élevé qui n'est pas couvert, dessert exclusivement le bois de Boulogne; il pourra être alimenté par le puits artésien qui se fore en ce moment à Passy (1), et subsidiairement, par les machines de Chaillot.

Les quatre autres bassins recevront de l'eau du nouvel aqueduc, et en pourront emmagasiner 32,000 mètres cubes, qui, joints aux 200,000 mètres que donnent les capacités réunies des réservoirs des buttes Chaumont et de Montrouge, ménageront chaque jour à Paris un approvisionnement de 232,000 mètres cubes en eau de sources (2).

Voici de quelle manière s'effectuera la distribution des eaux de la dérivation nouvelle:

Du réservoir de Belleville, partiront deux énormes conduites en fonte, de 1 mètre 10 centimètres de diamètre. La première traversera Paris du nord-est au sud-ouest, dans la direction du boulevard de Sébastopol, et ne se terminera qu'au réservoir de Montrouge. La seconde, parallèle à la première jusqu'aux abords de la gare du chemin

---

(1) Les accidents successifs qui ont suspendu le forage du puits artésien de Passy, sont en grande partie réparés; dans peu, il sera possible de dégager le puits des débris dont l'avait comblé l'éboulement partiel des couches supérieures, et le sondage, qui avait été poussé jusqu'à 530 mètres de profondeur, à 20 mètres seulement de la couche aquifère, sera repris avec activité.

(2) La contenance des anciens réservoirs, alimentés en eaux de toute provenance, n'atteint pas 50,000 mètres.

de fer de Strasbourg, se divisera sur ce point en deux branches, dirigées, l'une et l'autre, par des voies diverses, sur le réservoir de
Passy. L'une, de 50 centimètres, existe déjà. Elle porte la désignation
de conduite de *La Riboisière*, parce qu'elle dessert l'hôpital de ce nom.
Elle suit les rues Lafayette et de Dunkerque, l'avenue Trudaine, les rues
Laval, Pigale, Boursault, Moncey et de Berlin, passe à la place de
l'Europe, et va joindre, par les rues de Constantinople, de Hambourg,
de Valois-du-Roule, de Monceau et de l'Oratoire, l'avenue des Champs-
Élysées qu'elle traverse, pour aboutir au réservoir par la rue du
Chemin de Versailles et la barrière des Bassins. L'autre, qui n'aura
pas moins de 90 centimètres, longera les rues de la Fidélité, de Paradis, Papillon, Montholon, Lamartine, Saint-Lazare, de la Pépinière et
d'Angoulême, l'avenue des Champs-Élysées et, après avoir croisé la
première à la hauteur de la rue de l'Oratoire, traversera la place de
l'Étoile et suivra jusqu'au réservoir la rue du Bel-Air. Elle est cons-
truite, dès à présent, à ses deux extrémités.

Comme d'immenses bras jetés à travers Paris, les conduites principales, partant du réservoir de Belleville, rencontreront les conduites-
maîtresses qui distribuent maintenant l'eau du canal de l'Ourcq, et
pourront s'emparer aisément de toutes les parties de l'ancien système de
distribution qu'on croira devoir attribuer aux nouvelles eaux, en res-
pectant celles qui seront réservées pour faire partie du réseau spécial
du service public.

J'ai signalé ailleurs (1) les lacunes du système actuel, et en particulier, l'insuffisance des dimensions de la plupart des conduites qui fonctionnent aujourd'hui. Sans doute, cette dernière imperfection sera fort
atténuée par l'augmentation de charge que doit procurer aux conduites
l'élévation des nouveaux réservoirs, qui se trouveront, l'un, à 32 mètres,
le second, à 28^m 50, et le dernier, à 23^m 83 au plus, et 20^m 50 au moins,
plus haut que le bassin de la Villette. En effet, le débit d'une conduite
est proportionnel à la racine carrée de sa charge, et croît, par conséquent, suivant une progression géométrique, à mesure que le réser-

_____

(1) Mémoire de 1854, pages 16 et suivantes.

voir est rehaussé. Beaucoup de conduites, insuffisantes pour faire un service régulier, parce qu'elles s'alimentent dans l'aqueduc de ceinture, qui reçoit les eaux du bassin de La Villette, distribueront donc tout à coup, sans difficulté, des quantités d'eau beaucoup plus considérables, lorsqu'elles seront mises en communication avec les réservoirs de la nouvelle dérivation. Ce phénomène a déjà été observé pour les conduites d'eau de Seine, depuis que les bassins de Passy ont pris le service que faisaient antérieurement les bassins de Chaillot. Quoi qu'il en soit, on ne saurait se dispenser, tant pour améliorer la distribution actuelle que pour combler les lacunes qu'elle présente, et aussi pour réserver à l'eau d'Ourcq son indispensable apanage, non-seulement de poser de nombreux tronçons de raccord, mais encore d'établir plusieurs conduites neuves, même de fort calibre, dans les divers quartiers de Paris.

Toutes les grandes conduites nouvelles seront, comme les anciennes, greffées sur l'une des conduites principales que j'ai décrites plus haut.

Ces conduites nouvelles seront au nombre de six, savoir : trois, sur la rive droite de la Seine ; trois, sur la rive gauche. En voici la désignation :

Sur la rive droite, à la hauteur de la barrière de Pantin, commencera une conduite de 80 centimètres, qui suivra le quai de Jemmapes, franchira le canal Saint-Martin, abaissé et couvert, au passage de la rue de Ménilmontant, et, réduite à un diamètre de 60 centimètres, ira, par cette rue et par la ligne des boulevards intérieurs, jusqu'au pont d'Austerlitz.

A partir du point où la rue des Buttes-Chaumont rencontre celle du Faubourg-Saint-Martin, une conduite de 50 centimètres, qui croisera la précédente, cheminera jusqu'à la barrière du Trône, par les boulevards extérieurs. On l'établit en ce moment, comme prolongement de la conduite de La Riboisière.

Au point d'intersection du boulevard de Sébastopol et des boulevards intérieurs, naîtra une conduite de 60 centimètres, qui se dirigera vers la Madeleine, par ces derniers boulevards.

Sur la rive gauche, on établira une conduite de 50 centimètres, qui s'éloignera du boulevard de Sébastopol par les boulevards Saint-Marcel et de l'Hôpital, pour aller rejoindre, au pont d'Austerlitz, la conduite de la rive droite qui doit y aboutir. Une conduite de 60 centimètres, puis de 50 centimètres, se rendra, du même point, par les rues Notre-Dame-des-Champs, Sainte-Placide et de Sèvres, et par le boulevard de l'Alma, au pont de ce nom, et sera continuée, de là, par une des conduites ascensionnelles des machines de Chaillot, qui, changeant de rôle, servira au passage, non plus de l'eau de Seine, mais des eaux de sources du réservoir de Passy.

Enfin, une conduite de 60 centimètres, coupant à angle droit celle de Sébastopol, près du pont Saint-Michel, longera les quais, d'un côté, jusqu'au pont de l'Alma, de l'autre, jusqu'à celui d'Austerlitz.

Quand on examine attentivement la manière dont ces nouvelles artères sont reliées entre elles et avec les conduites-maîtresses de l'ancienne distribution, on ne peut manquer d'être frappé de la solidarité complète qu'elles auront pour effet d'établir entre les diverses parties du service de Paris.

D'une part, les trois nouveaux réservoirs, placés aux sommets d'un immense triangle embrassant la ville entière, seront mis en communication constante par de grandes conduites, anciennes et nouvelles, qui formeront comme les côtés de ce triangle, aussi bien que par les conduites principales, au moyen desquelles celui de Belleville versera largement aux deux autres leur part des eaux que lui apportera le nouvel aqueduc.

D'autre part, ces grandes conduites, sorties des conduites principales, comme des rameaux vigoureux, porteront aux branches secondaires l'abondance et la vie.

Toute perte de charge calculée, l'eau arrivera partout, même sur les points culminants de la ville, jusqu'au cinquième étage des maisons.

Sur le plateau du Panthéon et aux barrières d'Italie, de Belleville, de Montmartre et des Bassins, il restera quelques points élevés où le service de l'étage supérieur ne pourra se faire, d'une manière constante, qu'au moyen de réservoirs qui se rempliront la nuit, alors que sommeilleront la plupart des orifices d'écoulement dont toute conduite de distribution est criblée; mais les dix-neuf vingtièmes de la ville pourront être affranchis de tout réservoir réglementaire, et l'eau y éprouvera une charge assez grande, pour être lancée de plein jet au-dessus du toit des maisons, sans le secours d'aucune pompe, en cas d'incendie.

Toutes les conduites, sans exception, seront placées dans les galeries d'égout, afin de délivrer la voie publique des remaniements incessants de pavés que nécessitent encore, dans presque toute la ville, les moindres travaux de réparation et de renouvellement de ces conduites et la pose des tuyaux des branchements privés.

On isolera, d'ailleurs, ces divers organes, s'il en est besoin, en vue de maintenir constante la température de l'eau, condition bien précieuse pour la conservation des joints des conduites, dont le phénomène alternatif de dilatation et de rétraction du métal est l'ennemi le plus redoutable, mais condition bien autrement précieuse encore pour l'hygiène publique. Les mêmes précautions seront indiquées aux particuliers, afin qu'ils puissent défendre les distributions d'eau dans l'intérieur de leurs maisons, contre l'influence des changements de température. Au reste, il suffira presque toujours que ces distributions soient mises à l'abri de la gelée; car, après quelques secondes d'ouverture d'un robinet, pendant lesquelles l'eau des tuyaux aura pu se renouveler, on obtiendra certainement, l'hiver comme l'été, le degré de température régnant dans les conduites générales. Grâce aux dispositions prévues avec soin dans les diverses parties du projet, ce degré ne différera pas sensiblement de celui des sources mêmes (1).

---

(1) L'extrait suivant d'instructions données au Service des Eaux indique les principales précautions à prendre pour l'établissement des distributions particulières :

Précautions contre la gelée.

Presque toutes les conduites des abonnés portent un robinet d'arrêt à leur entrée dans la propriété.

Ce robinet doit être placé sous bouche à clef et être muni d'une décharge, de telle sorte que, lorsqu'on le ferme, il laisse écouler toute l'eau renfermée dans la conduite intérieure.

Les cent mille mètres cubes qu'apportera chaque jour la nouvelle dérivation, trouveront, dans cet ensemble de travaux, un écoulement facile. D'après les évaluations que j'ai faites en 1854, 90,000 mètres en pourront être absorbés un jour par les usages privés; mais ce chiffre exprime le maximum des besoins de l'avenir, qu'il convient de prévoir dans une entreprise de cette nature ; il dépasse très-notablement les nécessités présentes.

La consommation actuelle du service particulier est approximativement, pour les 32,250 maisons d'habitation, de..... 25,887 m.

Pour les industries diverses, de.................. 8,704

Pour les établissements appartenant à l'État, au Département ou à la Ville, de........................ 11,743

Total......... 46,334 m.

Il est évident qu'avant d'avoir pris un accroissement très-considé-

---

En temps de grande gelée, il suffit que le concierge ferme cet appareil, pour que la maison soit préservée de tout accident.

Dans les gelées ordinaires, on pourrait l'ouvrir pendant le jour et se contenter de le fermer la nuit.

Dans l'intérieur des maisons, on doit placer les conduites de distribution aussi loin que possible des murs extérieurs.

Précautions contre les coups de bélier.

On doit n'employer que des plombs d'une grande épaisseur (pour les tuyaux de 0ᵐ 027 et 0ᵐ 04 de diamètre, l'épaisseur du plomb doit être de 7 millimètres); prendre, autant que possible, des robinets réglés à un faible débit.

Dans l'intérieur des appartements, le mieux est de se servir d'une cuvette de distribution.

Cet appareil se compose :

1° D'un petit réservoir contenant de 30 à 40 litres ;

2° D'un tuyau d'amenée fermé par un robinet à flotteur ;

3° D'un tuyau de service fermé par un robinet à repoussoir ;

4° D'un trop-plein mis en communication avec le tuyau d'évacuation des eaux ménagères.

Néanmoins, avec des plombs suffisamment forts, on peut se contenter, comme dans les cours et les jardins, de simples robinets à repoussoir.

Précautions contre la négligence des domestiques.

Beaucoup de propriétaires ne veulent pas d'abonnements d'appartement, parce qu'ils craignent les inondations que causent les robinets laissés ouverts pendant les interruptions du service.

Il est évident que ces accidents ne sont plus à craindre avec les cuvettes de distribution et les robinets à repoussoir. Une des cuvettes de distribution en usage porte un robinet qui ferme la conduite d'amenée, en même temps qu'il ouvre celle de dépense. Toute inondation devient impossible avec cet appareil.

rable et d'avoir modifié complétement ses habitudes, la population parisienne ne réclamera pas l'énorme quantité d'eau qui lui est offerte. On serait fondé à dire que, sur 100,000 mètres cubes d'eau de sources dérivées, il en restera d'abord au moins 50,000 disponibles pour le service public. Quelle que soit cette quantité, elle ne s'affaiblira que peu à peu, d'année en année, proportionnellement aux progrès de la consommation privée, pour se réduire enfin un jour à 10,000 mètres.

D'un autre côté, le service public, comprenant les fontaines monumentales, les bornes-fontaines, les bouches sous trottoirs, les poteaux et boîtes d'arrosement, les orifices à ouvrir en cas d'incendie, ne demande guère aujourd'hui que 55,000 mètres cubes. Mais, peu à peu, d'année en année, ces exigences s'accroîtront et finiront par atteindre 110,000 mètres, si mes conjectures de 1854 ne sont pas trompées. Il est bon de remarquer, d'ailleurs, que, pour cette partie surtout de la distribution des eaux, l'augmentation peut être mesurée et successive, puisqu'elle est réglée absolument par les décisions de l'autorité publique.

Il suit de là qu'à la rigueur, le lendemain de leur arrivée à Paris, les eaux de sources, au moyen de l'ensemble des appareils décrits plus haut, pourraient presque suffire aux deux natures de besoins, et que, dans les premiers temps, l'eau d'Ourcq serait à peu près superflue. Mais la Ville ne détourne pas à grands frais des rivières souterraines, pour en économiser le produit avec avarice. A peine en possession des nouvelles eaux, elle s'empressera, par tous les moyens qui sont en son pouvoir, de communiquer une salutaire impulsion aux habitudes, et de donner, en arrosant largement le sol, l'exemple d'une certaine profusion. Les ingénieurs estiment que 65,000 mètres devront très-promptement être consacrés à chacun des services, ce qui portera tout d'abord la consommation normale à 130,000 mètres cubes.

Cette masse d'eau, répandue effectivement chaque jour, dépassera de beaucoup celle qui est aujourd'hui employée. Il ne faut pas oublier, en effet, que, dans l'évaluation qui porte la consommation privée à 46,334 mètres cubes, et l'arrosement public à 55,000, il y a un certain double emploi, puisque, le puisage aux bornes-fontaines étant toléré, un quart environ de ce qu'elles versent, c'est-à-dire 9,000 mètres cubes, comptés dans le total de l'arrosement public, sont enlevés de fait à cet usage, et figurent, d'ailleurs, dans le chiffre de la consommation privée. La quantité d'eau de toute provenance que Paris dépense chaque jour en ce moment, n'atteint pas 100,000 mètres cubes : c'est donc l'accroître immédiatement dans une large mesure que d'y ajouter près d'un tiers en sus.

Mais, pour que la Ville puisse disposer de 130,000 mètres cubes par jour, il importe que les eaux anciennes, qui seront dépossédées par les eaux nouvelles d'une grande partie des conduites qu'elles alimentent aujourd'hui, trouvent aussitôt un débouché dans les lignes principales d'un nouveau réseau, parallèle au premier, susceptible d'additions faciles et régulières, assez développé déjà pour verser journellement sur la voie publique de 30 à 40,000 mètres cubes.

Voici les appareils existant ou à construire qui seront ménagés, dès le principe, aux anciennes eaux. D'une part, les bassins des réservoirs de Monceau, de Saint-Victor, de l'Estrapade, de l'Observatoire et des rues Racine et de Vaugirard deviendront complétement disponibles pour l'alimentation exclusive du service public, par l'établissement des trois immenses réservoirs de Belleville, de Montrouge et de Passy, qui suffiront amplement aux nouvelles eaux de sources; d'autre part, un assez grand nombre de rues sont déjà pourvues de deux conduites parallèles, qui permettent aux riverains de choisir entre l'eau d'Ourcq et l'eau de Seine. L'une des deux entrera dans le contingent des eaux nouvelles, l'autre sera réservée à l'eau d'Ourcq. Des additions peu considérables compléteront le système de distribution de celle-ci.

L'aqueduc de ceinture, principal organe de cette distribution, alimente directement huit grandes conduites, composées de tronçons de divers diamètres.

Celle *du Marais*, de 60 centimètres, partant de la galerie Saint-Laurent, suit le boulevard de Strasbourg et la rue du Château-d'Eau jusqu'au boulevard du Temple. Là, son diamètre se réduit à 50 centimètres, et elle continue sa marche vers les bassins de la rue Saint-

Victor, par les rues des Fossés-du-Temple, des Filles-du-Calvaire, Saint-Louis, Culture-Sainte-Catherine et Saint-Paul, le quai, les ponts Marie et de la Tournelle, et la rue du Cardinal-Lemoine.

Celle *des Quais*, conduite d'un mètre, ayant aussi son origine dans la galerie Saint-Laurent, suit le boulevard de Strasbourg, dans toute sa longueur; à partir de la croisée du boulevard Saint-Denis, où elle donne une partie de son eau à la conduite ci-après, son diamètre se réduit à 80 centimètres, et elle emprunte la galerie de Sébastopol jusqu'au pont au Change. Là, elle se bifurquera, pour longer, avec un diamètre de 60 centimètres, les quais d'aval jusqu'au pont de la Concorde, et avec un diamètre de 50 centimètres, les quais d'amont, d'où elle projettera deux branches sur la rive gauche : l'une, par le pont Notre-Dame, aboutissant au bassin de la rue Racine ; l'autre, allant se confondre au pont Marie, avec la conduite du Marais, qui se déverse dans les bassins de la rue Saint-Victor.

Celle *du Palais-Royal*, de 50 centimètres, greffée sur la précédente, au boulevard Saint-Denis, va de ce boulevard aux quais, où elle aboutit par les rues de Cléry, des Fossés-Montmartre, des Petits-Champs, de Richelieu, et par la place du Carrousel.

Celle *du Faubourg-Poissonnière*, de 33 centimètres, a pour objet de mettre en communication l'aqueduc de ceinture avec la conduite des boulevards, qui sera ci-après décrite.

Celle *des Martyrs*, de 40 centimètres, se divise, au carrefour de Notre-Dame-de-Lorette, en deux branches : l'une, de 25 centimètres, qui suit la rue du Faubourg-Montmartre et la rue Montmartre, où elle se confond avec la conduite du Palais-Royal; l'autre, de 35 centimètres, suit la rue Laffitte, le boulevard des Italiens, les rues de la Michodière, Gaillon, des Moineaux, Lévêque, des Frondeurs et de l'Échelle, traverse la place du Carrousel et aboutit à la conduite des quais.

Celle *de Clichy*, de 40 centimètres à son origine, se réduit à 35 centimètres dès le bas de la rue de Clichy, se dirige par la rue de la Chaussée-d'Antin, le boulevard des Capucines, les rues de la Paix, la place Vendôme et la rue Castiglione, vers la conduite de la rue de Rivoli, sur laquelle elle se soude.

Celle *de la Concorde*, de 50 centimètres, issue du bassin de Monceau, parcourt les rues du Rocher, de l'Arcade et des Champs-Élysées, traverse la place de la Concorde, franchit le pont, et, réduite à 35 centimètres, remonte par les rues de Bourgogne, de Grenelle, du Bac, Sainte-Placide, du Cherche-Midi et de Bagneux, jusqu'au bassin de la rue de Vaugirard.

Celle *des Champs-Élysées*, de 50 centimètres, également sortie du bassin de Monceau, passe sous le sol des rues de Valois, du Roule, de Miroménil et de l'avenue de Marigny, pour se diviser, aux Champs-Élysées, entre les fontaines de cette promenade et celles de la place de la Concorde.

Ces huit conduites sont reliées entre elles par trois conduites transversales, établies, l'une, dans l'égout de ceinture, la seconde, sous le sol des boulevards intérieurs, la troisième, dans la galerie de la rue de Rivoli, et formant, à partir de la place de la Concorde, une seule artère, qui longe les quais de la Conférence et de Billy, jusqu'à la barrière de Passy.

Indépendamment de l'aqueduc de ceinture et de ses rameaux, qui viennent d'être décrits, une conduite de 40 centimètres part directement du bassin de La Villette, parcourt le quai de Valmy jusqu'à la rue Saint-Maur, suit cette rue et celle de la Roquette, et s'arrête à la rue Basfroid. Elle doit être prolongée de ce point jusqu'au boulevard Mazas, qu'elle descendra pour franchir le pont d'Austerlitz, et se diriger, par le boulevard de l'Hôpital et la rue de Buffon, jusqu'au bassin de la rue Saint-Victor.

Un certain nombre de conduites de distribution, embranchées sur ces grandes conduites, permettront de desservir abondamment la presque totalité des bouches sous trottoirs, des bornes-fontaines, des poteaux d'arrosement, toutes les fontaines monumentales, les bassins des Tuileries, du Palais-Royal, du Luxembourg, du Jardin des Plantes; enfin, divers établissements considérables, tels que les Abattoirs, les Halles et Marchés, l'Entrepôt des Vins, etc., etc., sans préjudice des eaux de sources qui seront également fournies à quelques-uns de ces établissements.

12

L'aqueduc d'Arcueil continuera d'alimenter les bassins de l'Estrapade, et fournira ses eaux à 33 bornes-fontaines, aux abords du Panthéon.

Les sources du Nord continueront leur service aux bornes-fontaines qu'elles peuvent atteindre aujourd'hui.

Afin de ne pas perdre le bénéfice de l'altitude des eaux qui jaillissent du puits de Grenelle, on pourra les réunir à celles qui sont distribuées par le réservoir de Passy.

L'ensemble des conduites ainsi attribuées tout d'abord au service public, aura un développement de plus de 80,000 mètres et débitera 30,000 mètres cubes d'eau par jour.

Le surplus du service public, comprenant 1,400 orifices d'écoulement, recevra provisoirement 35,000 mètres cubes d'eau de la nouvelle dérivation.

Dès le premier jour, la distribution des eaux de sources sera complète, assez du moins pour atteindre toutes les maisons de Paris à la hauteur voulue. Il y aura lieu ultérieurement d'en perfectionner le système : 1° en ramenant peu à peu toutes les conduites, dont les diamètres varient aujourd'hui à l'infini, ce qui en complique la fabrication et l'entretien, à des types uniformes déterminés à l'avance, de telle sorte que la circulation de l'eau y soit plus facile, et que des tuyaux sans emploi sur un point puissent être utilisés sur un autre ; 2° en remplaçant successivement les conduites dont la capacité deviendra insuffisante, par d'autres conduites d'un calibre plus élevé ; 3° en faisant rentrer dans les galeries d'égout toutes les conduites qui sont encore aujourd'hui posées en terre ; 4° en ouvrant, enfin, de nouveaux embranchements et de nouveaux orifices, au fur et à mesure de l'extension de la population dans les quartiers déserts, ou de la multiplication des besoins dans les rues populeuses.

Après l'exécution de toutes les améliorations dont je viens de faire le résumé, l'ensemble de la distribution des nouvelles eaux de sources se composera :

De conduites principales et secondaires, ayant les diamètres suivants : $1^m 10$, $0^m 90$, $0^m 80$, $0^m 60$, $0^m 50$, $0^m 40$, $0^m 30$, et ayant une longueur totale de........................... 100,500 m. c.

De conduites de distribution, réparties en trois classes, mesurant par leur diamètre intérieur 0^m 20,
0^m 15, 0^m 10, et par leur développement.......... 429,500

En tout................................. 530,000 m. c.

C'est plus de 132 lieues.

La distribution des eaux d'Ourcq, d'Arcueil, des sources du Nord et
de Grenelle, sera perfectionnée peu à peu, dans la partie existant aujourd'hui, selon les règles tracées pour le réseau des eaux de sources :
types rendus uniformes; grosses conduites substituées aux conduites
insuffisantes; circulation dans les galeries d'égout. Elle s'achèvera
par la pose de nouvelles conduites secondaires et de conduites de distribution.

Lorsque les changements et additions prévus dans l'aperçu qui précède auront été accomplis, le système de distribution affecté au service
public comprendra, indépendamment de l'aqueduc de ceinture :

Des conduites principales et secondaires des diverses dimensions
normales indiquées plus haut, et d'une longueur de... 75,200 m. c.

Des conduites de distribution, de types réguliers,
d'une longueur de........................... 152,800

Total................................. 228,000 m. c.

C'est plus de 57 lieues.

Le réseau du service public aura 300,000 mètres de moins que le
réseau du service particulier. Mais l'eau d'Ourcq n'arrive dans Paris
qu'à l'altitude de 51 mètres 49 cent. au-dessus du niveau de la mer,
et ne peut desservir que quatre cinquièmes de la surface de Paris.
Les cent et quelques mille mètres cubes d'eau que donnent le canal
de l'Ourcq et les autres anciens ouvrages, y seront versés un jour
avec profusion, sur la voie publique, par les fontaines monumentales et
les bornes-fontaines. La quantité d'eau réservée pour le service public,
sur le produit de la nouvelle dérivation, assainira le dernier cinquième, formé des quartiers hauts de la ville, où les habitatons seront

toujours moins nombreuses, et où les fontaines monumentales, principale cause d'épuisement, seront toujours beaucoup plus rares.

Quelle dépense entraînera cette double distribution, soit pour l'exécution des travaux de première urgence, soit pour les compléments et les perfectionnements ultérieurs? C'est ce que j'ai maintenant à examiner.

Les nouveaux bassins de Passy terminés, deux réservoirs restent à construire, moins compliqués dans leur aménagement intérieur, puisqu'ils n'auront pas de double étage, mais d'une capacité beaucoup plus grande. La somme à dépenser sera de 2,600,000 francs pour celui des buttes Chaumont, et de 1,200,000 francs pour celui de Montrouge, soit, pour les deux......................... 3,800,000 fr.

Les travaux indiqués plus haut comme immédiatement nécessaires pour assurer aux nouvelles eaux de sources une distribution complète, et aux anciennes eaux, une distribution provisoirement suffisante, motiveront, d'après les devis, une dépense de   5,263,400

Il faut compter, pour frais imprévus..........   936,600

Ce qui donne, pour les travaux de première urgence.................................... 10,000,000 fr.

Les travaux ultérieurs sont ainsi évalués :

Remplacement successif d'anciennes conduites, et développement du réseau du service particulier................ 3,203,036 fr.

Mêmes travaux pour le réseau du service public.............. 2,939,240

Déplacement d'anciennes conduites posées en terre et à transporter dans les galeries d'égout........:... 1,359,640

Dépenses imprévues.......... 498,084

Total......... 8,000,000 fr. ci 8,000,000 fr.

A reporter.... 18,000,000 fr.

Report....... 18,000,000 fr.

La dépense totale à faire, dans le présent et dans
l'avenir, pour établir un double réseau de conduites
pouvant distribuer, sur tous les points de la ville,
une quantité d'eau supérieure à 200,000 mètres
cubes par jour, ne coûtera donc pas, en somme,
plus de.................................... 18,000,000 fr.

V. CANALISATION SOUTERRAINE DE LA VILLE.

Malgré les améliorations successivement apportées, depuis quelques
années, à la canalisation souterraine de Paris, des imperfections graves
et nombreuses existent encore dans cette partie trop peu connue des
services municipaux.

Voici les conditions d'un bon système d'égouts :

Il faut que les galeries construites sous les voies publiques soient
vastes : 1° pour assurer le départ immédiat de toutes les eaux incommodes : eaux pluviales, eaux d'arrosement, trop-plein des fontaines de
tout ordre, eaux ménagères, eaux industrielles, etc.; 2° pour recevoir
au moins une conduite de distribution, souvent deux et quelquefois
un plus grand nombre, sans que le passage des eaux évacuées en soit
obstrué en aucun temps, sans que la circulation des agents et le travail des ouvriers de service en soient gênés; 3° pour permettre l'application la plus large possible du système de nettoyage des cunettes
d'égout par des wagons-vannes, et le facile transport sur wagons ou
sur brouettes, suivant les cas, soit des matières provenant du curage
des galeries où ce système ne saurait être employé, soit des immondices de toute espèce dont on croira devoir débarrasser les habitations
et les rues par ces voies cachées.

Il importe que, loin d'entraver le mouvement de la nappe d'eau qui
règne sous le sol parisien et qui inonde parfois les caves de plusieurs
quartiers, les canaux souterrains servent, au contraire, à décharger
cette nappe et à en régulariser le niveau.

Il est désirable, enfin, que les eaux des égouts soient versées dans la Seine, non plus au milieu de la ville, mais fort au-dessous de ses derniers quartiers, et que, de son côté, l'eau du fleuve ne puisse, en temps de crues, envahir les galeries, en causer l'engorgement et y interrompre tout service.

Les ingénieurs du service municipal ont préparé, d'après ces données, un projet d'ensemble qui me paraît répondre à tous les besoins.

La plupart des anciens égouts de Paris sont de dimensions trop petites. Les moindres pluies en chassent les agents et ouvriers de l'administration ; une averse les engorge, et l'eau qu'ils ne peuvent recevoir et débiter avec la rapidité nécessaire, inonde la voie publique.

L'évacuation régulière des eaux pluviales est la grosse difficulté du service des égouts. Quand tous les canaux souterrains de Paris auront des dimensions telles que l'ensemble du réseau puisse livrer passage, sans embarras, à la plus grande masse d'eau qui tombe sur la ville en un jour d'orage, ils seront plus que suffisants pour tout le reste.

La pluie du 8 juin 1849, la plus forte, j'en conviens, qu'on ait observée de notre temps, a donné, en une heure, 45 millimètres de hauteur d'eau. J'ai calculé ailleurs (1) que, multiplié par la surface entière de la ville, ce facteur produit un volume de près de 1,500,000 mètres cubes.

Or, toute l'eau dont la ville disposera, en 24 heures, pour ses services public et particulier, après l'exécution du nouvel aqueduc projeté, ne donnera pas 240,000 mètres cubes. La quantité qui peut en être rejetée aux égouts, dans la durée d'une heure, à quelque moment de la journée qu'on veuille choisir, ne saurait donc entrer en comparaison avec la masse d'eau formidable qu'un orage y peut subitement précipiter pendant le même laps de temps.

L'énormité d'une telle masse ne permet pas de songer à maintenir sans interruption, durant les averses proprement dites, le service des agents et des ouvriers. Il faut, de toute nécessité, se résigner pour ces cas exceptionnels, à laisser l'eau déborder des cunettes, en-

_____

(1) Mémoire de 1854, page 53.

vahir les trottoirs de service, et monter dans les galeries jusqu'aux naissances des voûtes. Mais on peut disposer les choses de telle façon que, le reste du temps, les eaux soient contenues dans les cunettes, et que les trottoirs restent constamment libres.

Il est indispensable, d'ailleurs, que, dans aucun cas, l'eau ne puisse atteindre jusqu'aux voûtes, de manière à mettre les galeries en charge et à exercer ainsi contre leurs parois une pression qu'elles ne sont pas destinées à supporter.

Cette dernière condition met hors de cause le service de la distribution des eaux pures, dont les conduites seront toujours agrafées aux parois, au-dessus de la naissance des voûtes et, partant, ne gêneront jamais ni le passage des plus fortes eaux d'évacuation, ni la circulation des agents et ouvriers, des wagons ou des brouettes.

C'est l'égout-collecteur, dit *de Ceinture*, construit dans le lit de l'ancien ruisseau de Ménilmontant, au pied des hauteurs de Belleville et de Montmartre, qui paraît surtout insuffisant, un jour d'orage. Les rues de Ménilmontant et des faubourgs du Temple, Saint-Martin, Saint-Denis, Poissonnière et Montmartre, voient l'eau descendre des coteaux voisins en larges torrents, dépasser la hauteur des trottoirs et battre le pied des maisons. Aux points bas, sur le trajet de l'égout qui suit les rues du Château-d'Eau, des Petites-Écuries, Richer, de Provence, Saint-Nicolas, etc., se forment des lacs, dont le niveau s'élève, même après que la pluie a cessé. Alors, les boutiques se défendent tant bien que mal par des batardeaux mobiles; mais, en général, les cours et même les vestibules des maisons sont envahis; quant aux caves, elles sont entièrement inondées. Le fléau ne dure pas longtemps, il est vrai, mais il cause toujours des dégâts très-considérables.

Pour en prévenir à jamais le retour, deux mesures doivent être prises simultanément.

D'une part, il convient d'ouvrir des bouches d'égout plus larges ou plus nombreuses sous les trottoirs, aux points bas des rues inondables. En effet, l'eau y arrive avec une grande vitesse, par suite de la forte inclinaison des quartiers supérieurs et, à raison même de cette vitesse, dépasse les bouches qu'elle rencontre, après y avoir laissé tomber une partie seulement de son volume, pour former plus bas de véritables rivières, que nulle ouverture ordinaire ne saurait plus engloutir.

D'autre part, il est à propos de multiplier convenablement les égouts transversaux ou collecteurs, et de donner à ces galeries une section intérieure calculée d'après la surface qu'ils doivent desservir et la chute d'eau la plus grande qu'on ait observée.

Toute l'eau qui tombe du ciel n'arrive pas, il est vrai, jusqu'aux bouches d'égout : une partie s'évapore ; une autre partie s'infiltre dans les interstices des pavés ou s'imbibe dans les couches supérieures du macadam, séjourne en petites flaques dans les creux dont les meilleures chaussées ne sauraient être garanties sous la pression inégale d'une circulation composée d'éléments très-divers, ou est absorbée dans les espaces, encore assez considérables, qui ne sont couverts ni de pavé, ni de bitume, ni de macadam, ni de constructions, comme les promenades, les jardins, les chantiers, etc. Ce n'est que le surplus qui se jette dans les canaux souterrains.

D'ailleurs, le passage de cette quantité même n'y est que successif. On comprend de reste que l'eau dont la chute a eu lieu dans les quartiers éloignés du fleuve, y arrive moins vite, par une longue suite de galeries d'égout, que celle qui a touché le sol près du rivage ou même à portée d'un égout-collecteur. Enfin, les chéneaux des toits, les tuyaux de descente, les gargouilles, les ruisseaux des rues opposent à l'eau mille obstacles, l'égarent en mille détours, la subdivisent en d'innombrables filets, et l'empêchent d'affluer aux bouches d'absorption avec une égale promptitude. Il faut donc toujours, pour le départ des eaux pluviales, un temps beaucoup plus long que la durée de la pluie. Trois heures au moins paraissent nécessaires pour l'écoulement libre d'une averse d'une heure. Moins la pluie est longue, et plus le rapport entre la durée de sa chute et celle de l'écoulement de l'eau s'accroît.

Au surplus, les pluies torrentielles, qui peuvent seules causer des inondations momentanées, ne se déversent jamais avec la même intensité sur tous les points d'une surface considérable et pendant une heure consécutive. Elles marchent avec le nuage qui les produit, et ont des alternatives de violence et d'apaisement. Il y a donc lieu de penser que la chute d'eau de 45 millimètres par mètre carré, qui a été observée en une heure à Paris, le 8 juin 1849, et que M. le Directeur de l'Observatoire Impérial considère comme le maximum de ce qui peut tomber dans ce laps de temps sur un point donné (1), ne saurait fournir qu'une mesure exagérée de la chute effective qui a eu lieu alors sur l'ensemble des 32,880,000 mètres carrés de la surface de Paris.

Un fait observé, l'an dernier, vient à l'appui de cette appréciation. Le 21 mai 1857, un orage venu du sud-ouest a passé sur Paris. La pluie commençait à Chaillot vers 4 heures 40 minutes du soir, et cessait à 5 heures; dans la rue de Bercy, à l'autre extrémité de Paris, elle tombait de 5 heures 15 minutes à 5 heures et demie. La chute, mesurée à l'Observatoire, donnait, pour 20 minutes, sur la tour, 21 millimètres, dans la cour, 20 millimètres; mesurée au pluviomètre des Ponts et Chaussées, quai de Billy, elle n'était que de 9 millimètres environ.

Ainsi, l'averse ne tombait pas, dans le même moment, ni pendant un temps égal, sur tous les points de Paris, et variait notablement d'intensité, du simple au double, de l'Observatoire au quai de Billy.

Appliquant les formules de Prony à l'écoulement de l'eau pluviale dans les égouts de Paris, M. Belgrand a cru pouvoir en déduire que, pour 100 hectares desservis, tout égout à faible pente doit avoir de 2 à 3 mètres carrés de section mouillée.

Un bassin, par exemple, de 700 hectares de surface, comme celui qui n'a encore aujourd'hui d'autre moyen d'écoulement que l'égout de ceinture, veut un débouché d'au moins 14 mètres carrés. Or, la section de cet ancien égout-collecteur n'est que de 6 mètres.

Après l'averse du 21 mai 1857, l'écoulement de l'eau par l'orifice de l'égout de ceinture qui débouche en Seine, au pied de Chaillot, a duré jusqu'à 8 heures au moins. La chute et le passage des premières gouttes avaient commencé, ainsi que je l'ai déjà dit, à 4 heures 40 minutes. Voilà donc une pluie de 20 minutes, dont les effets se sont fait

---

(1) Mémoire de 1854, page 52.

13

ressentir pendant 3 heures 20 minutes, c'est-à-dire pendant un laps de temps dix fois aussi considérable que sa durée.

A 5 heures, lorsque cette pluie cessait au quai de Billy, le faubourg Montmartre était inondé comme d'habitude, et jusqu'à 5 heures 3/4, la galerie de l'égout de ceinture s'y est refusée à recevoir une quantité très-considérable de l'eau qu'elle aurait dû pouvoir débiter. Or, tandis que la partie supérieure de cette galerie, complétement pleine, était mise en charge par l'espèce d'étang qui submergeait la voie publique, la partie voisine de l'embouchure n'était pas remplie jusqu'à la voûte. Elle ne l'a même été à aucun moment de la journée. Le niveau de l'eau y a baissé de 10 centimètres dès 6 heures, et de 30 centimètres à 7 heures du soir, bien que le jet du torrent, dont la violence était extrême, traversât encore alors le courant du fleuve jusqu'au tiers de sa largeur, et fît flotter des pierres d'un décimètre cube, comme des corps légers. Mais il n'apparaît pas moins de l'ensemble de ces détails que, si les quantités d'eau tombées ce jour-là sur les divers points de Paris que dessert l'égout de ceinture, ont été visiblement inégales, les dimensions de cet exutoire sont tout-à-fait insuffisantes, et que sa section n'a que le tiers environ de l'ouverture qu'elle devrait avoir.

L'exactitude de la formule qui limite entre 2 et 3 mètres la section d'égout nécessaire par 100 hectares de bassin à desservir, est démontrée indirectement par le résultat d'observations que M. Belgrand a faites sur un grand nombre de cours d'eau.

Pendant les plus grandes crues, plusieurs ruisseaux qui traversent des terrains des moins perméables et qui suivent une pente à peu près semblable à celle des égouts de Paris, ont été mesurés au passage des ponts. La section mouillée, c'est-à-dire comprise entre le fond de la rivière et le plan supérieur de l'eau, n'a jamais dépassé un maximum de 1 mètre 50 centimètres carrés par 100 hectares de bassin. A la vérité, on a constaté que, dans les contrées où se faisaient les expériences, une moitié des eaux pluviales est absorbée par le sol ou dissipée par évaporation, et l'on ne saurait compter sur un pareil effet dans une ville dont la majeure partie de la surface est pavée, dallée ou bitumée, quand elle n'est pas couverte de constructions; mais, en supposant que, sur un point quelconque, il n'y ait aucune perte, ce qui est excessif, puisqu'on a vu plus haut que les surfaces les moins favorables à l'infiltration des eaux en absorbent encore beaucoup, et puisque l'évaporation agit d'autant plus efficacement dans un autre sens que ces surfaces sont moins perméables, la section de l'orifice d'écoulement devra être doublée, c'est-à-dire portée à 3 mètres par 100 hectares. On peut donc tenir pour suffisant, en toute circonstance, un débouché réglé entre 2 et 3 mètres.

Tout en acceptant cette théorie, qui me paraît fondée, j'incline, dans les projets que j'ai l'honneur de soumettre au Conseil Municipal, à dépasser plutôt la limite posée par les ingénieurs qu'à demeurer en deçà. Lorsqu'il s'agit de la canalisation normale et définitive de Paris, ne vaut-il pas mieux, en effet, donner un peu trop à la prévoyance, pour atteindre sûrement le but, que de risquer de le manquer par une économie mal entendue, et de léguer à l'avenir des erreurs ruineuses à réparer ? Des égouts un peu trop grands coûteraient certainement aujourd'hui un peu plus que le nécessaire; mais des égouts trop petits seraient bientôt à reconstruire, et la dépense faite serait presque absolument perdue.

Les quartiers situés au pied des collines du nord de Paris subissent une autre espèce d'inondation que celle qui s'explique par la disproportion de l'affluence des eaux superficielles avec les moyens préparés pour les évacuer : je veux parler de l'inondation souterraine et périodique des caves. Le mal se manifeste environ tous les quinze ans. Peut-être, est-il arrivé, une ou deux fois, que des fentes produites par des causes quelconques dans le radier du bassin de La Villette ou du canal Saint-Martin, aient amené accidentellement l'invasion d'un certain nombre de caves. C'est un fait à éclaircir. L'observation permanente du niveau des puits, dans le voisinage immédiat du canal, ordonnée par l'administration et pratiquée par les ingénieurs longtemps avant d'avoir été conseillée par personne, fournira désormais un moyen infaillible de constater la valeur des plaintes des riverains et, partant, des propriétaires et locataires de maisons éloignées des ouvrages hydrauliques incriminés. Mais il a été démontré, en mainte circonstance, et principalement en 1818, par l'ingénieur Girard, en 1837, par MM. Arago, Élie de Beaumont, Emmery et Dufrénoy, que l'inondation des caves de Paris a pour cause habituelle l'accroissement, après des saisons très-pluvieuses, de la nappe souterraine qui règne dans la couche de sables et de graviers dont est formé le sol de Paris sur la rive droite de la Seine, et qui alimente les puits (1). Le niveau en est ordinairement, au pied des coteaux du nord, de 3 mètres 50 centimètres à 5 mètres au-dessous du sol; il s'abaisse, à mesure que la nappe descend vers la Seine, à 6, 7 et même 8 mètres. Il est évident que cette masse d'eau, qui paraît provenir des hauteurs dominant Paris, s'infiltre à travers le terrain par un mouvement insensible, passe très-peu au-dessous des fondations des maisons des faubourgs, quand elle ne les baigne pas, et, retardée par la multiplicité des obstacles qu'elle rencontre, n'arrive que péniblement au lit du fleuve. Supposez que de longues pluies enflent le réservoir caché et l'élèvent d'un mètre, par exemple : le fond des caves des maisons situées au pied des coteaux de la rive droite donne aussitôt naissance à des multitudes de sources que, pendant plusieurs semaines, rien ne peut étancher. C'est ainsi que les choses se passent à des intervalles plus ou moins rapprochés, selon les variations des saisons.

L'établissement de grands égouts, principalement au nord de Paris, peut, suivant les dispositions adoptées, aggraver notablement ou supprimer à peu près les crues de la nappe souterraine.

Il est clair que si de grandes galeries, construites perpendiculairement à la pente de l'eau, coupent profondément la couche aquifère par des murs en maçonnerie, l'eau, contenue par ces sortes de digues, refluera vers l'amont et y rendra les inondations des caves plus abondantes et plus répétées.

Cependant, il est impossible que les principaux égouts-collecteurs ne soient pas dirigés de l'est à l'ouest, si l'on veut n'en livrer le pro-

---

(1) Une carte de la nappe qui alimente les puits a été dressée avec beaucoup de soin par M. Delesse, ingénieur des Mines.

duit à la Seine qu'en aval de Paris; il est également impossible qu'ils ne prennent pas des proportions considérables, pour les motifs exposés plus haut, et que, par conséquent, ils ne descendent pas dans le sol à une assez grande profondeur.

Heureusement, il est une disposition, déjà approuvée pour la construction de l'un des égouts-collecteurs de la rive droite, qui permettra de procurer aux eaux souterraines un écoulement facile, au moyen de l'obstacle même qu'on leur oppose, et d'en tenir le niveau à une élévation déterminée. Une conduite en maçonnerie et ciment sera pratiquée sous la banquette de l'égout, du côté d'amont; des tuyaux de drainage nombreux y porteront, comme autant de trop-pleins, la surabondance de la nappe. Ainsi les puits, sans rien perdre de leur alimentation normale, ne s'empliront jamais au delà d'une certaine mesure. La cunette de l'égout, absolument isolée de la conduite de drainage, ne versera jamais par les drains aucune partie de ses eaux sales dans le sol; les caves voisines, sans aucune communication directe ni indirecte avec cette cunette, auront un préservatif efficace, selon toute probabilité, contre les inondations dont elles sont périodiquement affligées, et un déversoir permanent, en cas d'inondation accidentelle, quelle qu'en soit la cause.

Il est, enfin, pour le bon établissement des égouts, une autre difficulté qui se présente au bord de la Seine, particulièrement sur la rive gauche : ce sont les crues du fleuve. Presque tous les hivers, un certain nombre de galeries sont envahies, et le service en est suspendu; les conduites d'eau pure qu'elles contiennent sont submergées, et se rompent quelquefois.

Il résulte d'observations qui embrassent une période de 80 ans, qu'en été, la Seine monte à 3 mètres 70 centimètres au plus au-dessus de l'étiage; qu'en hiver, elle atteint souvent 4 mètres 50 centimètres, s'y maintient pendant 15 jours en moyenne par année, et s'élève parfois jusqu'à 5, 6, 7, 8 mètres et au delà. Les crues exceptionnelles supérieures à 5 mètres 25 centimètres ne durent, en moyenne, qu'un jour deux tiers par an; on les a vues persister plusieurs fois dix jours, jamais plus de quatorze.

Or, l'étiage, à l'échelle du pont de la Tournelle, qui a été adoptée pour ces observations, est de 26 mètres 25 centimètres au-dessus du niveau de la mer, ce qui donne, pour la hauteur des eaux du fleuve, en été, un maximum de 29 mètres 95 centimètres, et en hiver, de 30 mètres 75 centimètres ; dans les crues moyennes, de 31 mètres 50 centimètres; de 33 mètres et même de 35 mètres, dans les crues exceptionnelles.

La comparaison de ces hauteurs et de celle des divers points de la galerie de la rue de Rivoli, qui est en communication par plusieurs autres avec la Seine, et qui y débouche maintenant au pont de la Concorde, montre que cet égout-collecteur et, par conséquent, une partie considérable du réseau des égouts existants, doivent être envahis, non-seulement pendant les crues exceptionnelles, mais encore pendant les crues ordinaires.

Toutes les communications latérales de la galerie de la rue de Rivoli avec la Seine peuvent être interceptées, en temps de crues, par des portes de flot, se fermant d'elles-mêmes sous la pression des eaux gonflées du fleuve. Celles-ci n'auraient d'entrée dans la galerie et dans les égouts y aboutissant, que par l'embouchure ouverte, au-dessous du pont de la Concorde. Ce serait déjà une notable amélioration, puisque, à ce point, la Seine a perdu plus d'un mètre de la hauteur qu'elle marque au pont de la Tournelle. Mais, ces dispositions prises, les crues d'été refouleraient encore l'eau dans l'égout de Rivoli jusqu'à la place du Palais-Royal, en couvrant les banquettes de service jusqu'à la rue de Castiglione; les crues d'hiver, de 4 mètres 50 centimètres, couvriraient les banquettes de service jusqu'à la place du Palais-Royal, et celles de 5 mètres 25 centimètres, jusqu'à la rue Saint-Denis et au delà.

Deux modifications doivent donc être apportées au système des égouts de Paris. Premièrement, les profondeurs des galeries seront les moindres qu'exigeront les dimensions nécessaires de ces ouvrages, la disposition des lieux, la pente du sol. Secondement, le débouché en rivière des égouts-collecteurs sera reporté le plus loin possible, en aval de Paris, c'est-à-dire au point le plus bas de la Seine qu'il sera permis d'atteindre. Troisièmement, des portes de flot fermeront les communications actuelles de ces égouts avec le fleuve, de telle sorte que désormais les trottoirs des galeries soient partout à l'abri des crues, et que leurs radiers mêmes ne soient accessibles aux grandes eaux d'hiver que très-peu de jours par année. Les ouvertures en Seine seront maintenues cependant, pour servir de déversoirs aux égouts, lorsque des pluies torrentielles risqueraient d'y élever le niveau des eaux d'évacuation au-dessus de la naissance des voûtes ; mais, sauf ce cas, elles resteront sans usage.

On obtiendra ainsi un résultat bien désirable, celui d'écarter de la traversée de Paris les ruisseaux infects d'eaux ménagères et industrielles que les égouts versent dans le fleuve au pied des quais. Sans doute, après l'exécution de la nouvelle dérivation d'eaux de sources, la pureté de l'eau de Seine, qui ne servira plus de boisson, intéressera moins directement qu'aujourd'hui la santé publique ; mais il est toujours utile de préserver la ville de miasmes délétères, d'épargner aux promeneurs un spectacle repoussant, aux baigneurs un milieu malsain.

Ces conditions fondamentales d'un bon système de canalisation posées, il reste à déterminer le tracé des égouts principaux, d'après le relief du sol de Paris, et à résumer le complément des travaux à faire.

La rive droite ne descend pas des coteaux du nord à la Seine, avec une pente uniforme. Plusieurs exhaussements de terrain, naturels ou artificiels, plusieurs dépressions en accidentent la surface et en rendent l'assainissement parfois difficile. Les hauteurs de Belleville projettent, entre les faubourgs Saint-Antoine et du Temple, une sorte de contre-fort de peu de relief, qui, de la barrière des Amandiers, s'étend jus-qu'au delà du boulevard du Temple, et se termine au bas de la rue Meslay. Les buttes Bonne-Nouvelle et des Moulins, que M. l'ingénieur Egault (1) prétend être le produit de décharges publiques, en forment cependant comme les derniers mamelons. Au sud-est de cette ondu-lation, s'étend vers le fleuve une sorte de plaine, anciennement maré-cageuse, divisée aujourd'hui par le canal Saint-Martin en deux parties,

(1) *Mémoire sur les inondations de Paris*, 1814.

dont l'une forme le faubourg Saint-Antoine, et l'autre, le Marais proprement dit. Au nord-ouest, au pied des buttes Chaumont et de la butte Montmartre, s'ouvre une vallée, obliquement coupée par le remblai des boulevards, qui aboutit à la Seine, en s'élargissant. Le fond en était jadis occupé par le ruisseau de Ménilmontant, transformé, depuis, en égout, et appelé maintenant *Égout de Ceinture*. A l'ouest, cette vallée est fermée par les coteaux de Beaujon et de Chaillot, qui ne sont, en réalité, que des prolongements de la butte Montmartre, mais qui s'en séparent néanmoins, vers la barrière de Monceau, par un col très-nettement accusé.

La rive gauche, environnée également de hauteurs, est partagée en trois vallons par la montagne Sainte-Geneviève, et par une sorte de colline sur laquelle s'élève l'église Saint-Germain-des-Prés. La Bièvre suit le plus profond, entre la montagne Sainte-Geneviève et le promontoire de la barrière d'Italie.

Cette courte description des inégalités du sol parisien indique d'avance le système suivant lequel a été dressé le plan d'ensemble du réseau des égouts.

Sur la rive droite, de l'entrée du boulevard Mazas, en amont du pont d'Austerlitz, partira un égout-collecteur qui passera en siphon sous la dernière écluse du canal Saint-Martin, à l'extrémité du bassin de la Bastille, et qui suivra les quais jusqu'à la place de la Concorde. Il asséchera d'abord complétement toute la dépression du faubourg Saint-Antoine, dont les eaux ne peuvent être écartées du fleuve et dirigées en aval par aucun autre égout existant ou possible. La même galerie recueillera, le long de son parcours, le produit des égouts situés entre la rue de Rivoli et la Seine, et le trop-plein de l'égout-collecteur de la rue de Rivoli, qui a été construit dans des dimensions jugées excessives, et dont l'insuffisance est aujourd'hui démontrée.

Celui-ci dessert le Marais proprement dit, et le versant méridional des buttes Bonne-Nouvelle et des Moulins.

Pour le service spécial des quartiers compris entre ces deux élévations et les boulevards intérieurs, un collecteur, de moindre étendue que les deux précédents, qui prendra son point de départ aux Halles, suivra les rues Coquillière, de la Banque, Neuve-des-Petits-Champs, des Capucines, et gagnera la rue Royale, en longeant le boulevard de la Madeleine.

L'ancien égout de ceinture est conservé jusqu'à la rue de l'Arcade, c'est-à-dire jusqu'au point où il cesse de cheminer sous la voie publique, pour s'engager sous des propriétés particulières.

Une longue galerie partant des environs de l'église Sainte-Marguerite, près de la rue de Charonne, longera les rues Basfroid et de Popincourt, le quai Jemmapes, passera sous le canal, aux écluses des Récollets, et se continuera, par la rue des Vinaigriers, le boulevard du Nord, les rues de la Fidélité, Paradis, Papillon, Montholon, Lamartine, Saint-Lazare, de la Pépinière, jusqu'à la place Laborde.

Enfin, deux égouts-collecteurs de moindre importance descendront, en sens inverse, des pentes de Beaujon et de Chaillot, l'un, en suivant les rues d'Angoulême et de la Pépinière, jusqu'à la place Laborde, l'autre, en parcourant les quais, de la Pompe-à-Feu à la place de la Concorde.

Sur la rive gauche, un égout-collecteur prendra la Bièvre et toutes les eaux de la vallée qu'elle traverse près du Jardin des Plantes, à la rue Geoffroy-Saint-Hilaire. Il se dirigera ensuite, par les rues Saint-Victor et de Poissy, vers les quais, dont il suivra la ligne jusqu'au pont de la Concorde. Ainsi, le ruisseau infect de la Bièvre, supprimé avant son embouchure, ne versera plus ses flots fangeux dans la Seine, en amont de Paris.

Le collecteur des quais recevra, en même temps, les eaux des pentes de la montagne Sainte-Geneviève et celles du versant septentrional de la butte Saint-Germain-des-Prés. Il se continuera, au delà du pont de la Concorde, mais avec une pente en sens inverse, afin de ramener vers ce pont les eaux du Gros-Caillou.

Enfin, l'assainissement de la rive gauche sera complété par un collecteur qui contournera la butte Saint-Germain-des-Prés, par la rue de Sèvres, le boulevard de l'Alma, l'avenue de la Mothe-Piquet, la place des Invalides, les rues de Grenelle et de Bourgogne.

Comme on le voit, toutes ces galeries sont guidées, de l'est à l'ouest, par le seul relief du sol et se terminent les unes, au pont de la Con-

14

corde, les autres, sur une ligne qu'on pourrait tracer de ce pont à la place Laborde. L'étude des mouvements de la surface de Paris et l'économie bien entendue conseillent également de les réunir sur cette ligne dans un collecteur général, afin de verser tous leurs produits en basse Seine, par une seule issue.

On ne pouvait songer à jeter ce torrent d'eaux noires et infectes dans le fleuve, entre le pont de la Concorde et le pont d'Iéna.

Était-il possible de le conduire souterrainement le long de la berge, jusqu'en aval de la barrière de Passy, par une galerie qu'on aurait fait déboucher en Seine, plus ou moins loin de la ville? Évidemment non.

La pente kilométrique de la Seine ne dépasse pas 85 millimètres. Celle d'un égout, même de la plus grande dimension, ne peut être moindre de 50 centimètres. Il suit de là qu'un égout, marchant parallèlement à la Seine, perd 415 millimètres de hauteur, par kilomètre parcouru, relativement au niveau du fleuve. Or, l'élévation du radier de la galerie de Rivoli, au-dessus de l'étiage de la Seine, pris au pont de la Concorde, est de 2 mètres 50 centimètres, à l'entrée de la rue Royale, et de 2 mètres, au commencement du quai de la Conférence. A 2 kilomètres et demi de distance, vers la barrière de Passy, la différence des niveaux ne serait plus que d'un mètre; elle serait à peu près nulle, si la décharge du collecteur général devait être reportée seulement au delà des fortifications, vers le Point-du-Jour. Dans ce cas, dès que la Seine dépasserait l'étiage, ses eaux envahiraient du même coup la galerie, qui serait inondée une grande partie de l'année.

L'établissement du collecteur général, parallèlement à la rivière, n'était donc pas praticable.

Le Conseil Municipal sait déjà comment on a résolu le problème.

Pour trouver le tracé naturel du collecteur général, il a suffi de remarquer, à la simple inspection de la carte du département, d'abord, que la Seine, après avoir fui à l'ouest, en quittant Paris, revient à l'est par un long détour, et se rapproche notablement, vers Asnières, de l'enceinte de Paris; ensuite, que les sommets qui forment cette enceinte au nord, s'abaissent, entre Montmartre et l'arc de triomphe de l'Étoile, par une assez forte dépression qui forme un col à la barrière de Monceau. Sans aucun doute, ce grand égout devait partir de la place de la Concorde, marcher, par la rue Royale et le boulevard Malesherbes, jusqu'à la place Laborde, et, de là, par un tunnel pratiqué sous le col de la barrière de Monceau, joindre la Seine, au point le plus rapproché, en aval du pont d'Asnières. La rue Lévi, à Monceau, et la route d'Asnières, qui passe sous le chemin de fer de l'Ouest, marquaient la meilleure direction du trajet. La distance à franchir n'était guère que de 5 kilomètres, et n'exigeait, en conséquence, qu'une perte de hauteur de 2 mètres 50 centimètres, égale à la différence de niveau qui existe entre le radier de l'égout de Rivoli, à l'entrée de la rue Royale, et l'étiage de la Seine, pris au pont de la Concorde. Mais, entre ce pont et celui d'Asnières, la Seine, en contournant le large promontoire couvert, en partie, par le bois de Boulogne, parcourt 20 kilomètres, et abaisse son niveau de 1 mètre 70 centimètres. Le débouché en Seine, à Asnières, de la nouvelle galerie, devait donc se trouver de 1 mètre 70 centimètres au-dessus de l'étiage, tandis que le prolongement de l'égout de Rivoli n'aurait pu, comme on l'a vu plus haut, se dégorger qu'à une hauteur de 1 mètre à la barrière de Passy, et qu'au niveau de l'étiage ou à peu près au Point-du-Jour. Le réseau des égouts, loin de rien perdre de son élévation relative, gagnera, au contraire, à rejeter l'issue commune de ses galeries au-dessous des populations agglomérées de Passy, de Grenelle, de Sèvres, de Boulogne, de Saint-Cloud, de Suresnes, de Puteaux, de Courbevoie, de Neuilly, et, en même temps, de la promenade parisienne du bois de Boulogne.

La construction de cette *Cloaca Maxima* de la Rome moderne, commencée à la fin de juin 1857, est aujourd'hui complétement exécutée entre la place Laborde et le pont d'Asnières; 1,800 mètres ont été construits en tunnel, et le reste, en tranchée.

On exécute, en ce moment, la partie comprise entre la place Laborde et la rue Lavoisier, où passe l'égout de ceinture, et l'on va se-mettre à l'œuvre entre ce point et la place de la Concorde.

C'est le plus grand ouvrage de ce genre qui existe au monde (1). La largeur n'en est pas moindre de 5 mètres 60 centimètres, et la hauteur de 4 mètres 40 centimètres. Avant la fin de l'année, l'égout de ceinture et l'égout de Rivoli s'y déverseront. Après l'accomplissement du projet dans son ensemble, les sept collecteurs de la rive droite y aboutiront naturellement ; les deux collecteurs de la rive gauche y communiqueront par un double siphon en forte tôle de 1 mètre de diamètre intérieur, passant, d'une rive à l'autre, dans le lit du fleuve, à 2 mètres au-dessous des basses eaux, près du pont de la Concorde. Des chasses d'eau, puissantes et régulières, dégageront ces conduits de toute immondice, et en maintiendront le libre jeu.

Ainsi, le réseau entier des égouts établis ou à établir sur l'une et l'autre rive, traversé de l'est à l'ouest par les lignes maîtresses des collecteurs, trouvera dans la galerie d'Asnières un immense exutoire. Les égouts du quartier du Marais-Saint-Antoine, ceux des parties basses du XIIe arrondissement, et la Bièvre, qui devaient, selon les

---

(1) La *Cloaca Maxima* (de *cluo*, nettoyer, purger), grand égout-collecteur de Rome ancienne, qui subsiste encore aujourd'hui, a 5 mètres 20 centimètres de hauteur et 4 mètres 20 centimètres de large. C'était le plus vaste qui eût jamais été bâti avant celui d'Asnières.

Les premiers égouts de Rome furent construits par Tarquin l'Ancien et continués par ses successeurs, pour assainir la vallée du Velabrum, située entre le Capitolin et le Palatin. La cloaca maxima, déversoir commun du réseau, allait du Forum au Tibre. La voûte est à triple rang de voussoirs ; des banquettes règnent sur plusieurs points, le long des murs ; la cunette est au milieu. Des tasseaux de pierres, destinés sans doute à supporter des conduites d'eau pour les fontaines, se remarquent encore d'intervalle en intervalle. A mesure que Rome grandit, le nombre des égouts se multiplia ; 400 ans après Tarquin l'Ancien, il fallut dépenser, pour les nettoyer et les réparer, mille talents (5,216,600 fr.). Aussi, les empereurs créèrent-ils un impôt spécial pour cet objet. Les principaux administrateurs, qui veillaient à l'entretien des égouts, en même temps qu'au bon état du lit du Tibre, étaient des personnages considérables, qui sont nommés dans les inscriptions : *Curatores alvei Tiberis et cloacarum sacræ Urbis.*

Agrippa, qui fit construire, sous Auguste, un grand nombre d'égouts, y avait ménagé des ouvertures pour y verser les eaux de tous les aqueducs ; il s'embarqua lui-même un jour sur ces ruisseaux souterrains et descendit par la cloaca maxima jusqu'au Tibre.

Voici comment s'exprime Pline le Jeune (xxxvi, 13 et suiv.), au sujet des travaux d'Agrippa : « Il rassem- « bla les canaux de sept fleuves, dont l'impétuosité, comparable à celle d'un torrent, emporte et nettoie « tout ce qui s'y rencontre (dans les égouts). Ce volume d'eau prodigieux, accru encore des pluies qui y « tombent et des débordements du Tibre qui y reflue, bat éternellement les murs de ce canal, sans que le « choc des masses d'eaux qui s'y heurtent sans cesse en ait altéré la solidité et la beauté. Le poids des « décombres des édifices en ruines, les maisons qui s'écroulent sous l'effort de l'incendie, les secousses des « tremblements de terre, rien, depuis 700 ans, n'a pu ébranler ces voûtes indestructibles ». LETAROUILLY. *Édifices de Rome.* 153. ALEXANDRE ADAM. *Antiquités romaines.* II. 502.

projets antérieurs, verser leurs eaux immédiatement dans le fleuve, ne seront plus exceptés de la mesure générale, grâce aux deux collecteurs des quais.

Restent les îles de la Cité et Saint-Louis, la première surtout, qui porte l'Hôtel-Dieu. Mais l'assainissement en sera désormais facile au moyen de siphons semblables à ceux du pont de la Concorde, servant d'issue au groupe des égouts de chaque île, et aboutissant au collecteur du quai de la rive droite.

Les deux collecteurs des quais demeureront en communication avec le fleuve par des déversoirs ménagés, ainsi que je l'ai dit plus haut, pour les cas de grandes averses. Mais, d'une part, des portes de flot, dont la mobilité sera soigneusement entretenue, défendront les galeries contre l'invasion des crues; d'autre part, l'élévation des déversoirs sur lesquels ces portes seront posées, empêchera le contenu de la cunette des égouts de s'épancher dans la rivière. Pendant les pluies d'orage seulement, c'est-à-dire, pendant quelques heures par année, les portes s'ouvriront sous le poids des eaux, momentanément gonflées jusqu'au-dessus du niveau des déversoirs.

La fonction principale de la galerie de Sébastopol, qui court du nord au sud vers le fleuve, contrairement à la règle suivie dans la construction des collecteurs, et qui traverse la plupart de ceux-ci perpendiculairement, sera de dégager, en pareil cas, la partie supérieure du réseau de la rive droite, pour en conduire les eaux vers le plus important des déversoirs, en aval du pont au Change. Il en sera de même de chaque galerie perpendiculaire à la Seine. Enfin, les prolongements des collecteurs des quais, en aval du pont de la Concorde, rempliront un semblable office.

De la sorte, la plus grande averse sera débitée avec une extrême promptitude; les égouts, n'étant jamais remplis, ne refuseront plus l'eau, qui s'y jettera, d'ailleurs, par des bouches multipliées, et toute inondation superficielle sera désormais impossible.

On a déterminé différents types de galeries, auxquels toutes les constructions nouvelles devront être conformes, et toutes les constructions anciennes, successivement ramenées.

Une feuille gravée, annexée à ce mémoire, représente ces types et donne les diamètres des conduites qui y seront posées.

Enfin, diverses dispositions permettront d'effectuer souterrainement les vidanges, selon le système recommandé par la délibération du Conseil Municipal, du 12 février 1856, et de délivrer ainsi la ville des bruits incommodes et des émanations fétides que le procédé aujourd'hui en usage y répand chaque nuit.

Pour l'application complète de ce système, il est d'abord nécessaire que toute maison soit mise en communication facile avec un égout voisin. Mais, aux termes du décret du 26 mars 1852, art. 6, « toute « construction nouvelle dans une rue pourvue d'égout, doit être dis-« posée de manière à y conduire les eaux pluviales et ménagères. » La même disposition est applicable à toute maison ancienne, en cas de grosses réparations, et, en tout cas, dans un délai qui expirera en 1862.

En conséquence de ces prescriptions, les propriétaires des maisons construites ou réparées depuis six ans, ont établi, du pied de la façade de leurs bâtiments à l'égout voisin, des galeries transversales de 2 mètres 30 centimètres de haut sur 1 mètre 30 centimètres de large, pour y déverser les eaux pluviales et ménagères. Rien de plus facile que de prolonger ces galeries sous les maisons mêmes, et de les utiliser pour le départ des matières des fosses d'aisance. Quelque parti qu'on adopte pour le régime de ces fosses, il est hors de doute que la vidange souterraine en sera moins coûteuse pour les propriétaires que la méthode d'extraction actuellement suivie, et qu'elle affranchira la population d'une sujétion véritablement odieuse ; 1,324 maisons de Paris sont déjà pourvues de semblables galeries, dont la construction sera universellement obligatoire avant quatre ans. Chaque ouverture dans l'égout municipal sera marquée du numéro de la maison et fermée d'une grille en fer, à deux clefs dissemblables, dont l'une restera entre les mains du propriétaire, et l'autre sera remise aux agents du service.

Depuis 1854, la recherche du meilleur système de vidange a été poursuivie par l'administration, comme par la science et l'industrie, et de grands pas ont été faits vers une bonne solution. L'une des combinaisons indiquées alors consistait dans la suppression des fosses et la mise en communication directe des tuyaux de descente avec des conduites spéciales posées dans les égouts. Des pompes à vapeur, agissant par aspiration sur l'ensemble de ces conduites, devaient refouler les matières débitées par elles dans des réservoirs éloignés, pour qu'elles y fussent traitées et offertes à l'agriculture.

Deux objections s'élevaient :

La première était la dépense, supposée très-considérable, des conduites spéciales à poser; mais les ingénieurs savent aujourd'hui pratiquer, sous les banquettes des égouts, dans l'épaisseur même de la maçonnerie, des tubes en ciment d'un assez grand diamètre, très-solides, imperméables, et dont les frais, ajoutés à ceux qu'entraîne la construction de l'égout même, sont très-peu élevés ;

La seconde objection était la quantité d'eau jetée dans les fosses, quantité déjà très-grande, qui le sera bien plus encore , lorsque chaque maison et chaque étage seront approvisionnés avec abondance par les nouvelles eaux de distribution. Les vidanges, disait-on, en seront trop étendues, pour être transformées en engrais utile et productif. Or, les expériences faites au nom d'une compagnie que la Ville a subventionnée, dans la ferme de Vaujours, sur l'usage de l'engrais liquide, par M. l'ingénieur en chef Mille, et par M. Moll, professeur au Conservatoire des Arts et Métiers, ont constaté que, pour féconder le sol, cette sorte d'engrais doit être très-largement étendu d'eau ; qu'employé sans cette précaution, il brûle, en quelque sorte, les récoltes ; qu'un arrosage fréquent, abondant, à la lance, comme celui qu'on emploie pour l'eau pure, au bois de Boulogne, constitue le procédé le plus efficace en même temps que le moins incommode.

S'il en est ainsi , plus la propreté domestique mêlera d'eau aux vidanges, plus la préparation de l'engrais sera économique et rapide. Dans un rayon assez prolongé autour de Paris, les agriculteurs comprendront bien vite le parti qu'ils peuvent tirer de ce *guano*, beaucoup moins cher et tout aussi précieux que celui qu'on va chercher à travers l'Océan, et le problème sera bien près d'être résolu.

Mais, une sérieuse difficulté subsiste encore : on doute que l'emploi des engrais liquides que débiteront quotidiennement les tuyaux d'évacuation des fosses de Paris, puisse avoir lieu avec une suffisante régularité ; on craint que les intermittences de l'arrosage des prés et des champs, forcément suspendu pendant les froids et pendant les récoltes, ne rende nécessaire la construction de bassins de réserve bien autrement grands et tout aussi désagréables pour le voisinage que ceux de Bondy.

Une autre combinaison de vidange souterraine, celle qui me paraissait la plus désirable, reposait sur la conviction que l'on découvrirait un moyen de séparer, à peu de frais, dans les fosses mêmes, les éléments constitutifs de l'engrais, qui sont des causes d'infection pour ces réceptacles, des liquides qui les tiennent en suspension ou en dissolution, et que ceux-ci, devenus aussi inoffensifs qu'inutiles, pourraient être rejetés, soit dans des conduites spéciales, soit même dans les cunettes des égouts, sans qu'on eût à s'en préoccuper autrement, tandis que les principes fertilisants, concentrés sous un faible volume, seraient aisément recueillis dans les appareils séparateurs et transportés au loin pour recevoir une destination profitable.

Des essais ont été pratiqués. L'eau de chaux, dont l'emploi avait tout d'abord fait naître beaucoup d'espoir, paraît n'avoir qu'une efficacité incomplète pour précipiter les matières dont on veut se saisir. Les vidanges des Halles sont traitées depuis quelque temps par une dissolution de sels de magnésie. Les frais sont très-peu considérables. Il semble jusqu'ici que la désinfection s'opère constamment, et que les liquides peuvent impunément s'écouler dans l'égout. Le résidu de l'opération est enlevé par des tinettes. La condensation des éléments d'infection utilisables comme engrais, est-elle complète et satisfaisante ? C'est ce qu'il y a lieu d'examiner avec beaucoup de soin. Mais je crois que nous sommes sur la bonne voie, et que les prévisions que m'inspirait, en 1854, ma confiance dans les progrès de la science et de l'industrie, finiront par être pleinement justifiées.

En l'état des études, il importe de disposer les égouts pour l'un ou l'autre système, et cela se peut faire presque sans dépense.

Dans l'épaisseur de l'un des pieds-droits ou sous l'une des banquettes, des conduites en ciment seront partout établies. Les fosses d'aisance des maisons riveraines communiqueront, d'une part, avec ces conduites au moyen de tuyaux, d'autre part, avec la galerie d'égout, par l'embranchement exécuté conformément au décret de 1852.

Ainsi, les galeries d'égout seront appropriées à toutes les hypothèses.

Si le système de l'emploi direct par l'agriculture des matières étendues d'eau est un jour adopté, les conduites spéciales seront préparées et n'attendront plus que l'action des machines.

Les matières denses seront évacuées, dans tous les cas, à l'aide de brouettes ou tinettes, par la galerie souterraine de chaque maison, jusqu'à l'égout voisin, et de là, si l'égout est de petite ou de moyenne section, vers le collecteur le plus proche. Les galeries de dimension considérable seront pourvues de banquettes, qui pourront porter des rails pour le passage de wagons. Les tinettes, chargées sur les wagons, seront transportées à tel point déterminé qu'il appartiendra, pour être dirigées sur les dépotoirs ou sur les établissements d'engrais (1).

Les avant-projets dressés par les ingénieurs du service municipal, pour la canalisation normale de Paris, comportent la construction de 56,442 mètres courants d'égouts de grande et de moyenne section, de divers types, et 232,890 mètres d'égouts de petite section, soit en tout, 289,332 mètres. Ne sont pas compris dans cette évaluation, d'une part, 11,100 mètres d'égouts existants, dont le radier devra être relevé pour qu'ils se puissent déverser dans les collecteurs ; d'autre part, 80,000 mètres de petits égouts que demanderont, un jour, à me-

---

(1) Déjà, un certain nombre de mesures en pleine vigueur et de travaux dûment autorisés préparent l'application, sur une certaine échelle, des procédés qui viennent d'être décrits.

Comme pour donner le modèle complet du drainage d'une vaste habitation, on a entouré, il y a un an, l'Hôtel de Ville, d'une galerie dont les diverses branches, tracées selon les courbes convenables pour la circulation de wagons ou de brouettes, pénètrent dans les anciennes fosses d'aisances des diverses parties de l'édifice, et desservent les appareils séparateurs qu'on y a placés. Au pied de l'une des parois de cette galerie, court une conduite spéciale pour les eaux vannes, et le service des tinettes est d'ailleurs régulièrement établi. Près de la voûte de l'égout, sont suspendues les conduites d'eau à l'usage de l'Hôtel de Ville. Cet ensemble de constructions, qui fonctionne en ce moment, aboutit à l'égout-collecteur de la rue de Rivoli.

15

sure de l'accroissement de la population, des parties de la ville aujour-
d'hui presque désertes.

A quelques exceptions près, les égouts existants seront provisoirement maintenus, quoique la plupart n'aient pas été construits dans
les conditions d'un complet service ; mais l'immense entreprise de les
remplacer tous ne se peut accomplir que peu à peu, au fur et à
mesure des besoins et des ressources ordinaires annuellement disponibles.

Le développement total de ces égouts est d'environ 170,000 mètres,
qui, ajoutés aux 290,000 mètres à construire, et aux 80,000 mètres
qui s'ouvriront peut-être dans l'avenir, formeraient une longueur de
540,000 mètres, soit 135 lieues.

Celle des voies publiques actuelles n'est que de 423,000 mètres.
Mais plusieurs des égouts projetés doivent desservir des voies publiques
non encore ouvertes. D'ailleurs, les plus larges seront pourvues de deux
lignes d'égouts.

J'ai à peine besoin de dire que les 289,332 mètres de galeries dont
le projet sommaire est joint à ce mémoire, ne doivent, dans aucun cas,
être exécutés d'une manière immédiate et simultanée. C'est un travail
qui ne s'achèvera qu'après de longues années et par les soins de plusieurs générations administratives. Essayer de faire, en quatre ou cinq
années, 290 kilomètres ou 72 lieues 1/2 de tranchées et de voûtes
sous les rues de Paris, ce serait non-seulement s'engager dans une
forte dépense, mais interrompre toute circulation pour une grande
partie de la ville, et troubler profondément les intérêts, les usages,
les plaisirs des habitants.

Le plan général de la canalisation de Paris, comme celui de la distribution des eaux, comporte des travaux de première urgence et
d'autres qui ne s'accompliront qu'avec le temps. Il embrasse, d'ailleurs, certaines opérations en cours d'exécution, dont les fonds sont
faits ou assurés, et d'autres qui figurent déjà dans des projets de travaux autorisés, et qui feraient ici double emploi.

L'exécution complète de toutes les parties de ce plan général ne
coûterait guère moins de 50 millions ; mais il faut déduire tout d'a- ·

bord de cette somme, 9,600,000 fr. qui sont applicables aux galeries souterraines des nouvelles voies publiques à ouvrir dans Paris, conformément au traité entre l'État et la Ville, sanctionné par la loi du 19 mai dernier. La dépense de construction de ces galeries est comprise, en effet, dans l'évaluation des travaux dont on a tenu compte, lorsqu'on a fixé le montant de la dépense des voies nouvelles projetées.

La Ville, sans avoir le concours de l'État pour les 40,400,000 fr. restants, devra-t-elle en supporter seule la charge ? Ne convient-il pas d'en mettre une portion au compte des propriétés riveraines ? Je crois que cette mesure serait facile à motiver en droit comme en fait.

Il est de toute évidence qu'il s'agit ici de travaux d'assainissement, de salubrité, intéressant, au plus haut point, la propriété privée. L'une des fonctions des égouts est de recevoir les eaux ménagères ou pluviales qui s'écoulent des maisons voisines ; ils doivent ouvrir aux vidanges qui en proviennent, une issue souterraine, sans bruit, sans émanation insalubre ou incommode ; enfin, ils préserveront même certaines caves des inondations résultant de l'accroissement périodique de la nappe des puits.

D'ailleurs, les propriétaires de ces maisons se trouveront exonérés d'une part très-considérable de la dépense que les procédés actuels de vidange leur imposent.

Dans l'état présent des choses, le dépotoir de La Villette reçoit de matières solides ou liquides cubant............ 223,158 m.

On calcule que les entreprises de vidange en transportent sur d'autres points 20,000

Et on écoule directement dans les égouts, après désinfection plus ou moins efficace............ 190,470

Total........ 433,628 m.

Or, les propriétaires payent de 7 fr. 50 c. à 8 fr. 50 c. soit 8, fr. en moyenne, par mètre cube projeté dans l'égout ou transporté au dépotoir, ce qui met à leur charge, par année, une somme totale de. .... 3,468,984 fr.

D'après l'expérience qui se fait en ce moment à l'Hôtel de Ville et aux Halles, on est en droit de penser que les liquides forment les dix-neuf vingtièmes du contenu des fosses. Dans la moins favorable hypothèse, les frais de vidange seraient donc réduits, dans une proportion très-importante, au moyen de l'application des procédés d'évacuation constante et spontanée de ces liquides par les galeries souterraines; ils deviendraient presque nuls, si la projection directe et totale des matières, dans des conduites spéciales, pouvait, un jour, être généralisée.

Le titre VII de la loi du 16 septembre 1807 pose les principes généraux selon lesquels doivent être ordonnés et accomplis les travaux de salubrité dans les communes: « Tout ce qui est relatif à ces travaux » dit l'art. 36 « est réglé par l'administration publique, qui aura égard., « lors de la rédaction du rôle des dépenses de ce genre de travaux, « aux avantages immédiats qu'acquerraient telles ou telles pro- « priétés privées, pour les faire contribuer, à la décharge de la « commune, dans des proportions variées et justifiées par les circon- « stances. »

Une très-grande partie des galeries comprises dans les prévisions de dépenses des ingénieurs, ne sont que d'un faible intérêt, au point de vue municipal. Lorsqu'elles ne doivent jouer à aucun degré le rôle d'égouts-collecteurs, et qu'aucune conduite-maîtresse de distribution ne doit y prendre place, le seul avantage qu'en puisse retirer la Ville, est l'égouttement immédiat de la voie publique sous le sol de laquelle on les construira. Toutes ont, au contraire, un caractère incontestable d'utilité privée, qui paraît pouvoir être exprimé, pour la généralité des propriétés, par un facteur commun, applicable à chacune, proportionellement à sa surface totale, ou à la longueur de sa façade sur la voie publique.

A quelque parti qu'on s'arrête, je ne fais pas doute qu'on n'arrive à reconnaître que la contribution des propriétaires dans l'ensemble de la dépense ne doive se monter à 20 millions.

Dans tous les cas, il y a lieu de faire deux parts des travaux d'égouts qui restent à prévoir : ceux dont l'exécution est urgente, et qui ont

un caractère plus spécialement municipal, ne coûteront pas plus de .... 10,000,000 fr.
Les autres, qui sont plutôt des égouts privés
que des égouts publics, exigeront une dépense évaluée à.................................... 30,400,000

Ensemble.......... 40,400,000 fr.

VI. VOIES ET MOYENS.

Si l'on rapproche les chiffres qui précèdent de ceux qui résument
les dépenses nécessaires tant pour la dérivation de nouvelles eaux de
sources, que pour la construction des réservoirs et la pose des conduites de distribution de ces eaux dans Paris, on trouve les résultats
suivants :

Dépenses de première urgence.

Aqueduc de dérivation :
    Travaux................................. 18,000,000 fr.
    Somme à valoir demandée par les ingénieurs
      pour indemnités et cas imprévus......... 8,000,000
    Supplément de somme à valoir proposé par le
      Conseil général des Ponts et Chaussées..... 4,000,000
    Réservoirs et conduites.................. 10,000,000
Galeries d'égout................ 10,000,000 fr.
    A déduire, la contribution présu-
    mée des propriétaires riverains
    dans les galeries principales.. 2,000,000

Reste........ 8,000,000 fr. 8,000,000

Ensemble................. 48,000,000 fr.

Dépenses ultérieures.

Achèvement successif de la distribution des eaux..		8,000,000 fr.
Achèvement du réseau d'égouts....	30,400,000 fr.	
A déduire, la contribution présumée des riverains..........	18,000,000	
Reste.........	12,400,000 fr.	12,400,000
Ensemble...................		20,400,000 fr.

Il importe d'abord de remarquer que cette dépense, à la différence de celles qui s'appliquent à la plupart des travaux entrepris par la Ville de Paris, n'aura pas pour seul résultat la satisfaction d'un grand intérêt public, mais assurera une recette au trésor municipal, en raison de la distribution des eaux nouvelles. Le capital à débourser n'est qu'une sorte d'avance à faire ; il naîtra, au besoin, de l'accroissement du revenu qu'on peut prévoir ; il s'offrait déjà de lui-même, il y a quatre ans, par l'organe de plusieurs compagnies respectables. La Ville aura donc le choix des combinaisons financières, et, pour en asseoir une quelconque, la première base à poser, c'est l'évaluation du produit de la vente des eaux amenées par la dérivation future.

Dans l'état actuel des choses, les eaux de Paris, malgré l'infériorité de leur qualité et l'insuffisance de la distribution, donnent, chaque année, un revenu croissant. Pour 1857, il s'est élevé à 1,673,397 fr. 11 c.; en 1858, il dépassera 1,800,000 fr.

Voici la décomposition du produit définitivement constaté au compte de 1857 :

1° D'après la nature des eaux :

Eau d'Ourcq...........................	991,224	fr.	65 c.
— de Seine...........................	587,929		81
— de Grenelle.......................	65,284		30
— d'Arcueil.........................	12,446		65
— des sources du Nord................	16,511		70
Total...........	1,673,397	fr.	11 c.

2° D'après les catégories de consommateurs :

État, Département, Ville, Assistance publique..	120,715 fr.	60 c.
Bains et lavoirs............................	169,167	20
Industries................................	360,276	90
Maisons particulières......................	636,343	01
Fontaines marchandes......................	386,894	40
Total.........	1,673,397 fr.	11 c.

Mais les redevances payées à la Ville ne constituent que la moindre partie de la somme payée, chaque année, par le public, pour sa consommation d'eau.

Sur 32,250 maisons qui existent aujourd'hui dans l'enceinte de Paris, 7,086 seulement ont une concession d'eau. Les 25,164 autres sont ordinairement pourvues de puits et de pompes. Mais l'eau puisée dans la nappe souterraine est séléniteuse au plus haut degré, et infectée par des infiltrations de toute nature. Elle ne peut servir ni à la boisson, ni à la cuisson des aliments, ni aux usages qui nécessitent le mélange du savon. Les habitants de la plupart des maisons de Paris sont donc contraints de se fournir d'eau de meilleure qualité, soit en allant péniblement remplir des vases à quelque fontaine publique du voisinage, soit en employant l'intermédiaire des porteurs d'eau. Ce dernier moyen est le plus généralement en usage.

L'eau se vend à la voie de deux seaux, contenant chacun environ 10 litres, au prix de 10 centimes la voie. Les ménages consommant trente voies obtiennent des porteurs d'eau un abonnement mensuel, qui ne descend pas ordinairement au-dessous de 2 fr., et qui s'élève quelquefois, selon les quartiers et les étages, à 2 fr. 50 c. Quarante-cinq voies par mois (une voie et demie, en moyenne, par jour), se payent ordinairement 3 fr. ; chaque voie, fournie en sus de la quantité stipulée, vaut 10 centimes.

Les porteurs d'eau munis d'un tonneau à bras ou traîné par un cheval ne peuvent s'approvisionner qu'aux fontaines marchandes, et y payent l'eau filtrée, à raison de 9 centimes l'hectolitre. Les porteurs d'eau dits *à la bretelle* emplissent leurs seaux gratuitement aux fontaines de puisage, qui ne sont point pourvues d'appareils à filtrer, et qui sont généralement alimentées en eau d'Ourcq.

Plusieurs marchands de charbon possèdent de petits réservoirs à filtre, et font le commerce de l'eau en détail, aux conditions indiquées plus haut.

On peut admettre que la moitié des quantités distribuées par les porteurs de l'une et l'autre catégorie, se vend au tarif de 10 centimes la voie, et l'autre moitié, au prix d'abonnement.

Les fontaines marchandes ont débité, en 1857, 4,275,115 hectolitres, ce qui est à peu près la vente moyenne annuelle.

Les fontaines de puisage, au nombre de 63, sont, à l'exception de 4, armées d'un robinet à repoussoir, qui ne laisse couler l'eau que sous la pression de la main. De cette amélioration, récemment opérée, il est résulté une notable économie dans la dépense de l'eau.

L'écoulement total de ces sortes d'orifices, qui était, en 1854, de 4,630 mètres cubes par jour, est désormais réduit, en moyenne, à 3,150 mètres environ. On a cherché à se rendre compte de la part qui en est prise par les porteurs d'eau. Des hommes du service municipal, postés auprès de plusieurs fontaines des plus fréquentées, et se relevant après deux heures de surveillance, ont constaté que neuf dixièmes du volume de l'eau versée par 24 heures étaient absorbés par des porteurs d'eau, et un dixième seulement par des personnes étrangères à cette industrie. La proportion peut varier selon les quartiers. On demeure certainement au-dessous de la vérité en évaluant aux quatre-cinquièmes, soit, en chiffres ronds, à 2,500 mètres cubes par jour, ou à 950,000 mètres cubes par an, les quantités que les porteurs d'eau puisent gratuitement aux fontaines publiques.

En somme, ils prennent, par an, aux fontaines
marchandes .... 427,511 m. c.

Aux fontaines de puisage.................. 950,000
                                          _____
Soit....................... 1,377,511
                                          _____
Ou, en somme ronde....... 1,380,000 m. c.

La moitié de cette eau, vendue au taux de 10 centimes les 20 litres,
ou de 5 francs le mètre cube, coûte au public...... **3,450,000 fr.**

L'autre moitié, vendue à raison de 2 fr. les 30 voies
équivalant à 600 litres, ou de 3 fr. 33 c. le mètre cube,
est payée........... .... **2,297,700**

Total........ **5,747,700 fr.**

Enfin, une compagnie industrielle a établi, au quai des Célestins, des appareils de filtrage, qu'elle alimente au moyen d'une prise d'eau faite directement dans la Seine, pour laquelle la Ville perçoit une redevance annuelle peu considérable. L'eau, ainsi clarifiée, est portée à domicile par un service quotidien de tonneaux, jaugeant de 8 à 9 hectolitres chacun; elle se paye uniformément 10 centimes la voie. Il est sans intérêt de chercher à se rendre un compte exact des recettes brutes de cette exploitation ; mais on ne risque pas de les exagérer en disant que, réunies à celles des porteurs d'eau, elles forment un total de plus de six millions.

Voici donc ce que payent annuellement les habitants de Paris pour leur consommation d'eau :

A la Ville (non comprises les redevances des porteurs d'eau perçues par les fontaines marchandes) :

Établissements publics................. .... **120,000 fr.**

—   industriels.................. **530,000**

Maisons particulières...................... **640,000**

Ensemble..... **1,290,000 fr.**

Aux porteurs d'eau ou à l'usine des Célestins.... **6,000,000**

Total........ **7,290,000 fr.**

La quantité d'eau consommée à Paris s'accroît d'année en année, malgré l'imperfection de la distribution publique, ainsi qu'il est facile de s'en convaincre par de simples rapprochements.

En 1854, 6,229 maisons recevaient les eaux de la Ville ; au 31 décembre 1857, 7,085 maisons étaient abonnées.

En 1854, les fontaines marchandes débitaient par jour 1,170 mètres cubes ; en 1857, elles en ont livré 1,472.

Si l'on cherche à se rendre compte du volume d'eau employé, en 1857, aux usages domestiques, par un calcul semblable à celui qui était appliqué, dans mon premier mémoire, à l'année 1854, on trouve un total de 25,887 mètres cubes, ainsi composé :

Abonnements du service municipal...........	12,365 m. c.
Fontaines marchandes.......................	1,472
Fontaines de puisage.......................	3,150
1/4 du produit des bornes-fontaines.........	8,900
Total égal........	25,887 m. c.

Ce qui donne 800 litres environ pour chacune des 32,250 maisons existant aujourd'hui, tandis que l'année 1854 ne présentait qu'un total de 23,570 mètres cubes, soit 750 litres pour chacune des 31,500 maisons que l'on comptait alors.

Ces chiffres montrent avec quelle rapidité se développent les besoins privés. Comme les usages publics ont pris un développement parallèle, la masse des eaux fournies chaque jour à Paris par le canal de l'Ourcq, les machines élévatoires, et les autres sources d'approvisionnement, considérablement accrue, depuis quatre ans, par le perfectionnement du réseau des conduites et l'amélioration du service des machines, est à peine suffisante. Dans peu d'années, il y aurait pénurie.

Les exigences du service privé s'augmenteront inévitablement, du jour où elles pourront être amplement satisfaites par les 100,000 mètres cubes d'eau parfaitement salubre, claire et fraîche, qu'apportera la dérivation projetée.

La Ville, en substituant à ses fontaines marchandes et à ses fontaines de puisage, un mode de distribution qui fera monter d'excellente eau à chaque étage, verra doubler probablement la consommation actuelle, dans un temps rapproché.

365 mètres cubes d'eau de Seine pris par abonnement à la Ville de Paris, ne coûtent aujourd'hui que 100 fr. (c'est 27 centimes 1/3 par mètre cube).

Une pareille quantité, débitée par les porteurs d'eau, se vend 1,215 fr. 45 c. par abonnement, et 1,825 fr. au détail.

Il suit de là : 1° que les habitants des maisons pourvues de concessions municipales payent très-bon marché leur eau; mais cette eau est toujours trouble, souvent bourbeuse, et il est nécessaire de la clarifier à domicile; 2° que les habitants des maisons privées de concessions achètent très-cher une très-petite quantité d'eau filtrée, et presque aussi cher une très-grande quantité d'eau complétement identique à celle que les concessions fournissent, en recourant, pour le surplus de leurs besoins, à l'eau détestable des puits, ou au puisage public.

Lorsque l'administration municipale remplacera l'eau trouble actuellement distribuée, par l'eau limpide des sources, dans les maisons de la première catégorie, elle sera sans doute en droit de rehausser, dans une certaine mesure, le prix plus que modéré de ses abonnements; mais lorsqu'elle offrira l'eau de source en abondance aux maisons de la seconde catégorie, au lieu d'un certain nombre de voies chèrement achetées, elle ne pourra demander à leurs habitants, dont la majeure partie est pauvre, une somme annuelle plus élevée que le tribut qu'ils payent aujourd'hui aux porteurs d'eau. Il faudrait, au contraire, qu'elle les fît profiter d'un triple bienfait, en leur donnant de meilleure eau, en plus grande quantité, et à moindre prix.

Je crois qu'il serait tout à fait prématuré de régler aujourd'hui les conditions futures du service privé. On peut admettre, toutefois, comme une simple hypothèse raisonnable, que la Ville pourrait, sans exagération, demander, pour un mètre cube ou mille litres d'eau de source équivalant à 50 voies ordinaires, un prix qui varierait de 30 à 50 centimes, selon les cas. Ce ne serait, en effet, que le dixième de ce qu'on paye aujourd'hui aux porteurs d'eau. Les maisons actuellement abonnées n'auraient qu'un léger sacrifice à faire, pour être approvisionnées en eau limpide au lieu d'eau trouble, puisque les 365 mètres cubes d'eau de Seine, qui se payent à la Ville 100 fr. seulement, c'est-à-dire 27 centimes 1/3 par mètre cube, ne coûteraient, au prix moyen de 40 centimes, que 146 fr. ; mais les petits ménages, qui occupent le plus grand nombre des autres maisons, jouiraient d'un énorme approvisionnement d'eau excellente, au lieu d'être strictement rationnés d'eau plus ou moins pure par une économie vigilante; loin de dépenser davantage, ils trouveraient, pour la plupart, une certaine exonération dans l'établissement du nouveau régime.

La population municipale de Paris, qui était de 1,174,346 habitants, lors du dernier recensement quinquennal (et qui s'est déjà beaucoup accrue depuis lors), répartie entre les 32,259 maisons, donne une moyenne un peu supérieure à 36 personnes pour chacune (1).

La statistique fournit, d'ailleurs, pour la composition moyenne de chaque ménage, un chiffre qui n'est pas pratique, et que je dois exprimer en disant que 1,000 ménages font un total de 2,649 personnes. Il y en a donc communément 13 par maison.

En évaluant la consommation, non pas d'après les résultats de 1857 que je viens de donner, mais d'après les supputations contenues dans mon mémoire de 1854, en vue d'un changement des habitudes de la population; en admettant qu'il faille moyennement, non pas 800 litres, comme aujourd'hui, mais 1,500 litres par jour, pour satisfaire les besoins des locataires de chaque maison, je trouve qu'au prix moyen de 40 centimes le mètre, qui donne 219 fr. pour l'abonnement total, la dépense annuelle de chaque ménage ne représente que 16 fr. 84 c., somme sensiblement inférieure au montant du moindre abonnement de porteur d'eau, qui est de 2 fr. par mois, soit de 24 fr. par année.

Quant à la Ville, la distribution quotidienne, au prix moyen de 40 centimes, des 50,000 mètres cubes d'eau qui suffiront tout d'abord, selon les calculs faits ci-dessus, aux besoins des habitations particulières, produira une recette de 20,000 fr., soit un revenu annuel de 7,300,000 fr.

On ne peut manquer d'être frappé de la coïncidence de ce chiffre avec celui que j'ai trouvé comme expression de la dépense totale que la population supporte aujourd'hui pour une consommation de 16,987 mètres cubes seulement.

_____

(1) En 1854, cette moyenne était de 32 personnes seulement.

Si, d'ailleurs, on se rappelle que les maisons abonnées aujourd'hui, généralement occupées par la portion aisée de cette population, subiront une juste augmentation de prix, on se rend compte du dégrèvement notable que je prévois pour les classes nécessiteuses.

Au reste, il faut ajouter aux 7,300,000 fr. énoncés plus haut, le prix des fournitures à faire, soit aux établissements publics, soit aux diverses industries, qui traitent, ou selon les règles communes ou à forfait, avec l'administration municipale, et qui sont comptées pour plus de 650,000 fr. dans la recette de 1857. Le développement que la dérivation d'eau de sources ne peut manquer de donner à cette branche du service, permet, à coup sûr, d'en espérer pour l'avenir au moins 1,200,000 fr.

Huit millions et demi peuvent donc être considérés comme le produit très-probable du revenu presque immédiat qu'il est permis d'attendre du futur service des eaux, et comme la base acceptable de toute combinaison financière ayant pour but l'exécution du projet qui m'occupe.

Si la Ville de Paris n'était pas engagée dans une série d'opérations qui absorberont, pour dix ans, la très-grande part, sinon la totalité de ses ressources disponibles, elle pourrait aisément comprendre, dans les dépenses extraordinaires de son budget annuel, celles qu'entraineront la dérivation, la distribution nouvelle, et les modifications urgentes du système d'assainissement. Cinq ou six exercices supporteraient sans difficulté la charge des 48 millions que demandera tout d'abord, comme on l'a vu, l'ensemble des travaux. Après ce temps, une recette très-considérable viendrait accroître les ressources de son budget, sans autre dépense correspondante qu'un accroissement insignifiant du personnel spécial et de l'entretien des travaux du service hydraulique.

Mais la réserve qu'il sera possible de faire, d'ici à dix ans, pour l'amélioration de ce service, sur la part de revenu que la Ville consacre à des travaux hydrauliques extraordinaires, réserve qui pourrait être de la somme allouée au budget 1858 pour ces travaux, soit de 3 millions, ne suffirait pas à mener à bonne fin, avec la promptitude désirable, l'œuvre qu'il s'agit d'entreprendre.

Il conviendra sans doute de conserver à la charge des ressources annuelles du budget, les travaux d'égouts, dont il n'est pas possible, par des raisons que j'ai déjà déduites, de précipiter l'exécution, et les travaux d'extension successive du réseau des conduites de distribution dans la ville. Mais, afin de répondre à l'urgence des besoins publics, il faudra nécessairement ou agréer les offres d'une compagnie, ou procurer directement à la Ville, par un emprunt qui ne serait jamais mieux justifié, les 40 millions à dépenser immédiatement.

Un traité avec une compagnie industrielle, basé, non sur les calculs exagérés qu'ont mis en avant quelques personnes incomplétement renseignées, mais sur l'espoir très-solide d'un produit prochain de plus de huit millions par an, ne serait certainement point difficile à conclure.

On peut réduire à trois formules principales les diverses propositions d'arrangement qui ont été faites à la Ville au sujet de ses eaux.

Premier système. — Substitution pure et simple, pendant un temps déterminé, d'une compagnie à l'administration municipale, pour le service public comme pour le service privé.

La compagnie établirait à ses frais l'aqueduc de la dérivation nouvelle, les réservoirs et les conduites du double système de distribution ; elle fournirait l'eau des fontaines monumentales, des bornes-fontaines, des poteaux d'arrosement, d'incendie, et de tous les orifices publics, auxquels, d'ailleurs, ni les particuliers, ni les porteurs d'eau ne pourraient plus faire de puisage.

Elle vendrait l'eau selon un tarif réglé par l'autorité publique, et prélèverait, sur le produit de son exploitation, une certaine redevance pour la Ville, qui se trouverait déchargée de tout soin, si ce n'est de la direction des travaux et de la surveillance à exercer sur la gestion de la compagnie.

Une telle convention ne me paraît point admissible. L'administration municipale ne peut, sous aucun prétexte, et sans déserter l'un de ses plus impérieux devoirs, remettre à une compagnie le service public des eaux, qui se lie étroitement à ceux des égouts, des vidanges, du pavé, des promenades et plantations. Mille dangers et mille contestations naîtraient inévitablement d'une semblable mesure.

Second système. — Partage du service entre l'administration municipale et une compagnie. La Ville demeurerait chargée de compléter,
d'entretenir et d'alimenter, au moyen des eaux actuelles, tout le réseau du service public, en s'interdisant de livrer aux particuliers aucune quantité d'eau, ni à prix d'argent, ni à titre gratuit. La compagnie ferait les dépenses nécessaires à la dérivation des sources et à
l'installation du service privé, et exploiterait les eaux nouvelles pour
un temps fixé, conformément à un tarif réglé par la Ville, moyennant
une certaine redevance.

Ce système, qui paraît plus simple et plus praticable que l'autre, est
encore d'une assez difficile exécution. D'abord, la construction d'un
aqueduc et de réservoirs tels que ceux qui sont projetés, peut-elle être
abandonnée à des intérêts industriels, même sous l'inspection des
ingénieurs municipaux? Ce n'est pas pour la durée limitée d'une concession, mais pour le plus long avenir, que de tels travaux s'accom-
plissent. Ensuite, les conduites des deux distributions doivent marcher
presque toujours côte à côte; elles circuleront dans les mêmes égouts
et chemineront sous les mêmes pavés, sous les mêmes trottoirs. Serait-il
sage de mettre en contact deux armées parallèles d'agents, les uns pour
le compte d'une industrie, les autres pour le compte d'une administration publique? Que de conflits et d'accusations réciproques? Combien
de fois le pavé que ceux-ci auraient soulevé, puis replacé, serait-il pres-
qu'aussitôt soulevé par ceux-là, faute d'unité dans la direction supérieure? L'économie bien entendue ne conseille-t-elle pas, d'ailleurs,
de faire l'épargne d'un de ces deux personnels, puisqu'un seul peut
suffire pour les deux réseaux? Enfin, il ne faut pas oublier que les
100,000 mètres cubes que produiront les eaux de sources à dériver,
n'ont pas pour unique destination le service particulier; que, pendant un temps assez long, près de la moitié de ces eaux sera employée pour le service public, et que, même dans les prévisions
extrêmes de l'avenir, une quantité notable en est réservée à l'arrosement des quartiers élevés que l'eau d'Ourcq ne peut atteindre.
Dès lors, est-il admissible que les mêmes appareils soient manœu-
vrés à la fois par les employés d'une compagnie et par ceux de la

Ville? Comment se répartiraient les quantités d'eau disponibles, entre deux services parallèles, dont les besoins ne demeureraient point dans un rapport constant? Ne faut-il pas que la même main, la même autorité, règle et dirige un tel partage, et fasse céder, mais seulement dans la mesure nécessaire, le service public, devant les progrès du service privé?

Troisième système. — Exécution par la Ville elle-même de tous les travaux de la dérivation, des deux distributions, comme des galeries à établir en conséquence; administration et libre disposition des eaux, soit de sources, soit de l'Ourcq, maintenues entre les mains de l'autorité municipale et de ses agents; exploitation par une compagnie purement commerciale, acquérant de la Ville de Paris, en masse, à un prix modéré fixé d'avance, l'eau dont elle aurait assuré le placement par son intervention intelligente et active, comme l'est toujours l'action de l'intérêt privé, et qu'elle serait autorisée à concéder aux particuliers dans les limites d'un tarif convenu.

Comme il importe, non pas seulement aux finances municipales, mais à la santé publique, que l'usage abondant de l'eau s'étende et se généralise, l'activité de l'entreprise serait stimulée par la détermination d'un volume minimum d'eau tenu chaque jour à sa disposition, dont le prix serait régulièrement exigible par la Ville, alors même qu'une partie n'en aurait pas été employée.

Cette dernière combinaison me semble de beaucoup préférable aux deux autres : elle écarte absolument les conflits, et ménage convenablement les intérêts de tout ordre dont il faut tenir compte dans un arrangement de cette nature.

D'un côté, la Ville ne se décharge sur personne de l'accomplissement de ses devoirs publics; elle ne mêle point, dans le parcours des galeries d'égout, dans la pose et l'entretien des appareils, dans l'usage direct des réservoirs, des conduites et des robinets, un nombre considérable d'agents étrangers aux siens propres; elle se rend un compte exact de ce qu'elle abandonne à la consommation privée; elle en perçoit le produit, sauf la part légitime réservée à la compagnie d'exploitation, comme rémunération de ses soins, et elle se dégage, à ce prix, de tout contact avec le consommateur.

D'un autre côté, la compagnie s'assure, d'abord, le rare avantage de ne pas avoir à répondre des erreurs possibles du devis des travaux et de l'évaluation des indemnités. Les mécomptes qui sont à craindre, sur ce dernier point surtout, pouvant jeter une perturbation profonde dans les calculs les mieux conçus, l'obligation d'en courir la chance serait, en effet, de nature à éloigner de l'entreprise les capitaux sérieux, tandis que la certitude d'être à l'abri de tout risque de cet ordre doit lui concilier la faveur des personnes les plus prudentes.

En ne payant, au delà du minimum d'eau qu'elle doit toujours prendre, que la quantité dont elle a trouvé le placement, la compagnie échappe aussi, d'ailleurs, en grande partie, à l'aléa que présente l'extension plus ou moins rapide de la consommation privée.

Sans doute, la Ville devrait lui imposer l'avance de tout ou partie des fonds nécessaires à la construction de l'aqueduc et à l'exécution des autres travaux de première urgence; mais ce ne serait qu'une opération de trésorerie, dont toutes les conditions seraient préalablement débattues. A la fin de chaque exercice, un compte distinct serait dressé de ce que la Ville devrait à la compagnie, pour l'intérêt et l'amortissement du capital ainsi déboursé, et de ce que la compagnie devrait aussi, de son côté, à la Ville, pour fourniture d'eau. Les deux résultats compensés, le solde serait payé par qui de droit.

Tout ce qui vient d'être dit est fondé sur la supposition que l'abonnement aux eaux de la Ville continuera d'être facultatif pour les consommateurs. Le maintien du régime actuel, qui laisse toute liberté à chacun de profiter de cet avantage ou de le délaisser, est, en effet, un puissant motif de recourir à l'intermédiaire d'une compagnie d'exploitation. Vaincre les résistances du préjugé, lever l'obstacle d'une première dépense pour la distribution de l'eau dans l'intérieur des maisons, faire fléchir les incertitudes par l'insistance et la diversité des offres de service est un rôle que l'industrie privée peut seule remplir.

Si l'abonnement devenait obligatoire, l'intervention d'une compagnie serait bien moins nécessaire. Mais, dans l'état de nos mœurs, le public n'accepte pas volontiers les prescriptions de l'autorité, même les plus raisonnables et les plus salutaires.

17

Le jour où l'on en serait dépouillé, on estimerait plus que jamais le droit de payer trop cher de petites quantités d'eau prises au détail, de se servir du produit détestable des puits ou des pompes, de se priver même de toute espèce d'eau, dans la mesure du possible.

Sans doute, dans plusieurs pays d'Europe, dont les habitants se tiennent pour fort libres, l'abonnement aux eaux publiques est obligatoire, aussi bien que la participation des enfants à l'instruction publique. En France, si la loi contraignait les parents d'envoyer leurs enfants à l'école, et les propriétaires de procurer de bonne eau avec abondance aux locataires de leurs maisons et à leurs familles même, si grand que fût le bienfait, la loi serait probablement jugée vexatoire et tyrannique. .

Certes, nous aimons beaucoup le progrès ; mais nous l'aimons à notre manière. C'est une passion fort ardente en paroles et très-calme dans les actes. Nous ne sommes jamais pressés d'en finir avec nos vieilles habitudes.

Pour introduire promptement et sans exception les eaux de sources dans les maisons de Paris, un seul moyen paraît être efficace, sans blesser les opinions et les préjugés de notre pays : ce serait de les livrer gratuitement à tout le monde, sauf à couvrir la Ville de ses dépenses premières et de ses déboursés de chaque jour, par une taxe municipale perçue dans la même forme que les impôts directs, qui aurait au fond une certaine analogie avec la contribution des portes et fenêtres. On est généralement disposé chez nous à tout attendre de l'autorité centrale, à se décharger sur elle de toute initiative, de toute prévoyance et de tout soin ; on apprécie hautement les avantages dont chacun peut jouir aux frais du trésor public ou municipal; mais comme évidemment, en fin de cause, toute dépense doit être couverte, on tombe aisément d'accord sur la nécessité des taxes, et tout le monde les paye, plus ou moins volontiers, mais sans objection, quand elles sont décrétées d'une manière générale.

Si un équivalent de l'abonnement des eaux devait être recouvré sous cette forme, les bases de la taxe seraient faciles à établir. On pourrait la composer de deux éléments, comme l'est déjà la contribution personnelle et mobilière : l'un, portant sur le revenu des maisons ; l'autre, sur le nombre des consommateurs. Propriétaires et locataires payeraient ainsi chacun sa part; les maisons habitées par un petit nombre de personnes aisées, aussi bien que les maisons peuplées d'un grand nombre de ménages pauvres, auraient un contingent équitable; la répartition serait favorable aux pauvres, mais sans excès.

Dans cette hypothèse, la Ville aurait inévitablement à contracter un emprunt spécial, dont le service serait fondé sur le produit de la taxe.

Je croirais hors de propos de porter plus loin ces aperçus. Il sera temps de faire un choix parmi les combinaisons admissibles et de proposer un plan détaillé d'exécution, quand l'ensemble du projet, appuyé de l'approbation définitive du Conseil Municipal et revêtu de toutes les formalités légales, aura reçu la sanction du Gouvernement. Jusque-là,. il y aurait imprudence à engager l'avenir. Lorsque la Ville de Paris, obéissant à une auguste et généreuse impulsion, s'engage, sans embarras comme sans hésitation aucune, dans de vastes opérations, dont la moindre se résume en chiffres formidables, pour ouvrir largement la voie publique et faire pénétrer à flots dans les quartiers populeux l'air et la lumière, pourrait-elle être arrêtée par une dépense relativement modérée et directement productive , dans le dessein de répandre l'eau avec abondance sur tous les points de la ville, c'est-à-dire d'y porter partout le bien-être et la santé ?

L'entreprise a été conçue d'en haut, comme toutes celles que commande le bien public, et elle comptera parmi les actes qui feront la gloire de ce règne. Chaque filet d'eau qui s'épanchera pur et salutaire dans une habitation, comme une source domestique auprès du foyer de la famille, y fera bénir le Souverain, auteur d'un tel bienfait; et ce ne sera pas seulement de nos jours, mais aussi dans les temps les plus éloignés, que le nom de l'Empereur recevra un nouveau lustre de cette grande mesure d'édilité, trop peu comprise, trop dédaignée peut-être en ce moment.

Un immense aqueduc, deux réseaux de conduites circulant sous la ville entière, des galeries souvent gigantesques , des rues souterraines suivant chaque voie publique; l'eau jaillissant, au besoin, sur tous les toits; les habitants, le sol, le fleuve même, affranchis de servitudes dégoûtantes, ce sont là, sans doute, des avantages publics de premier ordre; mais ce sont aussi des résultats qui doivent contribuer à maintenir notre pays à la tête des peuples civilisés.

J'ai l'honneur de proposer au Conseil Municipal :

1° D'adopter le projet définitif dressé par les ingénieurs du service municipal, en vue de dériver sur Paris une partie des eaux souterraines des vallées de la Somme et de la Soude, et subsidiairement les sources du ruisseau de Vertus, du Sourdon, de la Dhuis ;

2° De délibérer qu'il y a lieu de poursuivre la déclaration d'utilité publique de ce projet, par décret de l'Empereur, rendu en Conseil d'État, et, à cet effet, de procéder à l'accomplissement des formalités voulues par la loi ;

3° D'approuver le plan général et les avant-projets dressés par les mêmes ingénieurs, pour l'extension du service de la distribution de l'eau dans Paris et pour l'assainissement complet de la voie publique et des propriétés particulières, par l'établissement d'un système complet de canalisation souterraine de Paris, assurant tout à la fois la circulation des eaux pures en conduites forcées, le départ libre de toutes les eaux incommodes et l'évacuation des vidanges ;

4° D'autoriser la rédaction et la présentation successive des projets définitifs de ces divers travaux ;

5° De délibérer qu'il y a lieu de faire contribuer les propriétés privées, dans telle mesure qu'il appartiendra, conformément à la loi du 16 septembre 1807, aux dépenses de la canalisation souterraine qui doit assainir tout à la fois la voie publique et les habitations de la Ville.

Présenté à Paris, le 16 juillet 1858.

LE SÉNATEUR, PRÉFET DE LA SEINE,

G.-E. HAUSSMANN.

RAPPORT

FAIT

AU CONSEIL MUNICIPAL DE PARIS

AU NOM

DE LA COMMISSION DES EAUX

PAR

M. DUMAS

PRÉSIDENT DU CONSEIL

DANS LA SÉANCE DU 18 MARS 1859.

PARIS,

CHARLES DE MOURGUES FRÈRES, SUCCESSEURS DE VINCHON,

IMPRIMEURS DE LA PRÉFECTURE DE LA SEINE,

RUE J.-J. ROUSSEAU, 8.

—

1859.

RAPPORT

FAIT

AU CONSEIL MUNICIPAL DE PARIS

AU NOM

DE LA COMMISSION DES EAUX [1]

PAR

M. DUMAS

PRÉSIDENT DU CONSEIL

DANS LA SÉANCE DU 18 MARS 1859.

MESSIEURS,

Chacun de vous conserve un souvenir trop vif et trop présent des vues élevées qui sont exposées dans le beau mémoire sur les EAUX DE PARIS, dont vous avez entendu naguère la lecture, et vous les avez retrouvées avec trop d'intérêt, soit dans le texte, soit dans les plans de l'important ouvrage que vous avez entre les mains, pour qu'il soit nécessaire de vous les rappeler en détail.

Le travail de M. le Préfet de la Seine, sur les Eaux de Paris, restera comme un des documents les plus importants qu'ait suscités l'admi-

---

(1) Étaient membres de cette Commission : MM. Dumas, Chaix d'Est-Ange, Cornudet, Devinck, Pelouze, Bayvet, Fouché-Lepelletier, Denière et Ségalas.

nistration de la grande cité. Paris, la France, l'Europe, j'en reçois chaque jour les plus sûrs témoignages, l'ont lu avec curiosité, l'ont médité avec attention pour les vives lumières qu'il répand sur la plus grave des questions de l'hygiène publique, et en adoptent les principes avec une véritable conviction.

Nous savons, toutefois, que de tels projets ne sont pas admis sans contestation. Il n'est pas de matière qui prête plus à la discussion, et sur laquelle chacun se croie plus autorisé à donner son avis, que ce qui touche à l'alimentation des fontaines publiques ou domestiques d'une cité. L'histoire des grands travaux hydrauliques nous montre, en tout temps et en tous pays, l'ingénieur en lutte, pendant leur accomplissement, contre l'incrédulité, l'indifférence ou la jalousie. Elle nous fait voir, il est vrai, qu'après le succès, il en est toujours récompensé par l'admiration et l'allégresse du peuple, par l'estime et la reconnaissance des représentants de la cité.

Mais, pour nous qui en sommes encore au début de l'opération, il était naturel de chercher à connaître les objections, trop faciles à prévoir, que les nouveaux plans pourront susciter. Nous avons retardé même la décision que nous avions à prendre, espérant que les difficultés se feraient jour. N'en voyant point paraître, nous avons provoqué les personnes en mesure d'en présenter, à venir devant votre Commission. Elle a été amenée ainsi à ouvrir, préalablement à l'enquête légale, une sorte d'enquête officieuse dont nous allons vous rendre compte, persuadés que le Conseil nous approuvera d'avoir cherché à lui faire connaître toutes les contradictions, les moindres comme les plus autorisées, que nous pouvions prévoir.

Nous avons entendu, en effet, ouvrir un débat sérieux sur le fond et sur la forme des plans proposés, et si les objections n'ont pas été plus nombreuses, si celles qui ont été produites ont disparu à la discussion, si après avoir abordé avec prévention l'examen du projet, tous les esprits libres s'y sont convertis, à la suite des explications échangées au sein de la Commission, c'est apparemment que la nature des choses le voulait ainsi, et nous ne pouvons pas hésiter, dans ces circonstances, à vous proposer de décider qu'il y a lieu

d'adopter les plans proposés par les ingénieurs du service municipal,
et d'en poursuivre la mise aux enquêtes.

Sur le principe, tout le monde est d'accord. Il faut constituer sur un
plan sérieux et définitif, ce qu'on peut appeler le système veineux et
le système artériel de Paris.

On veut que les vidanges de chaque habitation, reçues par un tube
spécial, circulent sous Paris et soient portées au loin pour être mises
à la disposition de l'industrie ou de l'agriculture. On veut aussi que les
eaux ménagères et les eaux pluviales de chaque habitation, réunies
aux eaux de la voie publique, soient récoltées par de puissants égouts
et dirigées dans la Seine au loin de Paris.

La ville, débarrassée, par le système veineux des égouts, des liquides
impurs qui se produisent sans cesse dans son étendue, a besoin
de recevoir, en échange, des eaux destinées à désaltérer ses habitants, à nettoyer ses rues et à alimenter ses fontaines publiques.

Il faut que ces eaux puissent parvenir aux étages supérieurs des
maisons les plus hautes, aux bornes-fontaines des quartiers les plus
élevés.

Mais il n'est pas nécessaire, toutefois, que l'eau appliquée à ces
divers usages ait toujours les mêmes qualités, la même pureté. Pour
les besoins de la cité, au point de vue de l'hygiène publique, il suffit
de l'eau plus ou moins limpide, plus ou moins pure de la Seine, de
l'eau plus ou moins tiède du canal de l'Ourcq. S'agit-il, au contraire,
de celle qui, réservée aux usages domestiques, doit paraître sur nos
tables, qui ne souhaiterait d'avoir à sa disposition de l'eau d'une pureté
à l'abri du moindre soupçon, toujours limpide et toujours fraîche?

Or, on n'a jamais prétendu que l'eau du canal de l'Ourcq fût vraiment digne, par sa pureté, d'être affectée aux usages domestiques
d'une grande cité ; elle est trop chargée de sels calcaires; elle est trop
exposée par son long parcours à ciel ouvert, par son affectation aux
besoins de la navigation, et, par la lenteur de sa marche, à recevoir
et à conserver des impuretés inquiétantes.

L'eau de la Seine, qui a pu inspirer aux anciens habitants de Paris une confiance méritée, devient chaque jour moins digne de la nôtre. A mesure que Paris se développe et se peuple, les causes d'infection et d'insalubrité se multiplient sur les bords du fleuve. Ceux qui parlent si haut de la pureté de ses eaux savent bien qu'on ne les suivra pas sur le terrain d'une discussion publique ; l'imagination la plus stoïque se déplairait à l'examen scrupuleux des circonstances qui les rendent trop suspectes aux magistrats chargés de la haute administration de la cité. Disons seulement que leur vigilance, toujours en éveil, s'applique en vain à tempérer les effets regrettables de cet accroissement rapide de la population, et que leur responsabilité se sentira hautement soulagée, dès qu'il leur sera permis de remplacer pour les usages domestiques les eaux de plus en plus souillées de la Seine, par des eaux pluviales recueillies au sein d'une vaste contrée, aérées par leur séjour dans un terrain perméable, et naturellement garanties de tout fâcheux contact avec des débris infects de matières organiques en décomposition.

Messieurs, le travail que nous avions à examiner dans son ensemble est si complet, si étendu, que nous avons dû nous restreindre et faire porter, quant à présent, notre délibération uniquement sur les points dont la solution ne pouvait être ajournée.

Ainsi, votre Commission approuve cet admirable ensemble de vastes égouts qui assurent l'assainissement de Paris ; elle adopte les dispositions qui auront pour résultat de relier chaque habitation, soit avec les conduites d'eau, soit avec le tube efférent des vidanges, soit avec l'égout lui-même ; mais elle a pensé que, sur ces divers points, elle pouvait retarder ses résolutions. En effet, le Conseil municipal a déjà voté l'exécution, tant des principales lignes d'égouts que des grands réservoirs ou des grandes conduites d'eau qui font partie intégrante du projet, et il a témoigné ainsi de son approbation pour le système auquel ils se rattachent.

Au contraire, il a semblé pressant à votre Commission d'examiner et d'adopter, s'il y avait lieu, le projet de dérivation des eaux souterraines prises dans la craie au voisinage de la Somme et de la Soude, tel qu'il est dressé par les ingénieurs du service municipal, et d'en poursuivre la déclaration d'utilité publique.

En effet, si ce projet, malgré les soins attentifs mis à son étude, touche à quelques intérêts privés, leurs exigences, loin de diminuer avec le temps, ne peuvent que s'accroître. En outre, si son exécution complète peut être dirigée, sans que la population de la cité actuelle en souffre trop vivement, avec une lenteur commandée par les ressources de la Ville ou par les convenances de l'exécution, plus on y mettra de délai, et plus la densité croissante de la population rendra impérieuse l'obligation de le terminer à une époque fixe. On se verra donc contraint peut-être, pour avoir réalisé l'opération trop tard, de l'effectuer ensuite trop vite pour les forces de nos finances, et aussi pour que l'économie et la solidité de l'ouvrage n'aient pas à en souffrir.

Votre Commission a donc résolu, tout en les approuvant en principe, de réserver pour une autre époque l'examen détaillé des propositions relatives à la distribution des eaux dans Paris, à la distribution des égouts, à l'écoulement des vidanges, et à la part contributive à réclamer des propriétaires pour les dépenses de la canalisation souterraine destinée à assainir à la fois la voie publique et les habitations de la ville.

Son attention s'est donc concentrée sur deux points : 1° les eaux à capter pour alimenter les grands réservoirs dont l'établissement est déjà résolu sur les parties les plus élevées de Paris ; 2° l'aqueduc destiné à les y amener.

L'établissement d'un premier réservoir à Belleville, sur la croupe des buttes Chaumont, d'un second à Montrouge, sur l'éminence qui se rencontre à peu de distance de la barrière Saint-Jacques, et d'un troisième sur les hauteurs de Passy, a été reconnu comme nécessaire dans toutes les combinaisons d'alimentation possibles ; leur ensemble constitue un système dont la convenance pour la satisfaction des besoins de la cité est évidente à tous les yeux.

Mais, ces réservoirs étant construits, comment convient-il de les alimenter ? Faut-il condamner l'emploi de tout système mécanique ?

Faut-il renoncer à l'eau de la Seine, même à celle qu'on puiserait en amont et assez loin de Paris, pour que la triste influence des immondices de la cité ne l'eût pas encore rendue légitimement suspecte?

Votre Commission a trouvé un peu absolue la réprobation jetée sur les machines, dans le mémoire de M. le Préfet. Non qu'elle conteste les faits, malheureusement trop vrais, sur lesquels on se fonde, mais parce qu'elle les apprécie différemment. Il lui paraît certain que si la fontaine de Vaucluse, par exemple, versait ses eaux si belles et si abondantes à Chaillot même, on n'eût jamais songé à aller au loin chercher des eaux fraîches, limpides et pures pour alimenter Paris. On se serait contenté d'élever, au moyen de machines, celles que la nature aurait ainsi placées sous nos mains, et on les aurait distribuées dans les habitations, pour la satisfaction des besoins domestiques de la population. Sans chercher nos exemples hors de la France, ne pouvons-nous pas citer, avec une juste fierté, les beaux ouvrages exécutés en ce genre à Toulouse par un célèbre ingénieur, M. D'Aubuisson de Voisins? N'a-t-il pas été constaté que, dans ses appareils, les organes les plus exposés à subir des accidents, les clapets de retenue, après vingt ans de service, après avoir été ouverts et fermés 63 millions de fois, chiffre dont on ne peut se faire une idée qu'en disant qu'il représente le nombre de battements qu'éprouve le cœur d'un homme en deux années, n'offraient aux contours aucune trace d'usure?

Il y a donc là deux questions bien distinctes. Si les eaux de la Seine sont jugées bonnes, on peut recourir aux machines pour les élever. Si elles inspirent des défiances telles qu'on doive aller chercher au loin des eaux plus pures, il vaut évidemment mieux, du même coup, prendre celles-ci à un niveau élevé, afin qu'elles puissent arriver aux points les plus hauts de Paris par leur seule pente, et s'écouler ensuite, au travers de toutes les rues et de toutes les habitations pour descendre, sans effort, une fois-salies, dans les égouts qui les perdront en aval de la Seine.

Votre Commission, après avoir entendu les hommes les plus compétents, s'est convaincue que, si l'établissement des grands appareils hydrauliques exigés par les besoins des villes de premier ordre, offre souvent beaucoup de difficultés et d'imprévu, cela ne tient ni à la construction ni au jeu de la machine à vapeur proprement dite. Les progrès admirables des arts mécaniques permettent, chacun le sait, de construire avec sûreté et de faire fonctionner sans accident les machines à vapeur de la plus haute puissance. Ces énergiques appareils mettent en mouvement, dans les forges et les manufactures, d'énormes engins ou de nombreux métiers ; sur mer, les plus grands navires, et nous n'apprenons pas qu'ils soient difficiles à installer, ni sujets à de fréquents arrêts.

Ainsi, nous sommes restés convaincus que la machine à vapeur proprement dite serait, pour ce service, comme pour tout autre emploi, un moteur parfaitement sûr, à la condition pourtant qu'on saurait mettre la machine motrice à l'abri des accidents que son application entraîne, quand elle est utilisée pour élever l'eau au moyen de ces pompes énormes qui foulent de véritables rivières dans les tuyaux alimentaires des réservoirs préparés pour les besoins d'une grande cité. Autant le mécanicien est sûr de son exécution, en effet, quand il construit, abstraction faite de leur destination, une machine à vapeur ou une roue hydraulique, autant il devient moins certain du résultat, quand il s'agit de mouvoir, à leur aide, ces grandes masses d'eau, de les faire passer rapidement par d'étroits orifices et de les fouler violemment dans les tuyaux d'ascension.

Sans doute, dans le projet qui nous occupe, il ne s'agit pas de fournir à la ville de Paris, soit 1,100 litres par jour et par tête, comme on le fait encore à Rome, soit 400 litres, comme on le pratique à Carcassonne ; la municipalité de Paris, moins exigeante, se tiendrait assurément pour satisfaite si elle pouvait fournir à tous les quartiers de la cité leur part proportionnelle dans une distribution moyenne de 180 à 200 litres par tête et par jour.

Eh bien, même dans cette mesure, pour se faire une idée juste du développement et de la puissance des appareils mécaniques nécessaires à un tel service, il suffit de rappeler qu'à Londres, pour fournir à chaque maison 900 litres par jour, ce qui en représente la consommation moyenne, lord Brougham estimait qu'on aurait dépensé par an 200 millions de francs, si le travail eût été effectué par des porteurs d'eau, dont le nombre ne se fût pas élevé à moins de 240,000, représentant à peu près tous les hommes valides que la ville renfermait quand il fit son calcul.

En termes plus pratiques, disons que, s'il s'agissait d'élever, à l'aide de la machine à vapeur, l'eau de la Seine à la hauteur nécessaire pour fournir à tous les quartiers de Paris 200 litres par jour et par tête, une force, sans cesse agissante, de 2 ou 3,000 chevaux-vapeur, au moins, serait indispensable à ce service.

Ces chiffres justifient ce que nous disions plus haut. Ce sont de véritables rivières qu'il s'agit d'élever. Ne soyons donc pas surpris que l'art de mettre en mouvement de telles masses d'eau soit accompagné de grandes difficultés, et que l'on trouve préférable, quand on le peut, de conduire à leur destination, par leur pente naturelle, celles que les besoins des grandes villes réclament.

Quoi qu'il en soit, trois questions se présentaient : 1° Devait-on utiliser le barrage du Pont-Neuf, ou bien convenait-il de renoncer à s'en servir ? 2° Pouvait-on tirer parti de la machine à vapeur pour élever l'eau de la Seine en se plaçant dans une situation plus dégagée que le centre de Paris ? 3° Fallait-il préférer le projet présenté par M. le Préfet ?

La Commission a voulu examiner ces trois questions, et elle l'a fait en toute liberté. Elle a ravivé des projets de deux sortes, depuis longtemps élaborés par des hommes exercés et habiles, et c'est après de longues conférences avec eux qu'elle a formulé son avis.

Le premier de ces projets lui a été présenté par un hydraulicien bien connu, M. Girard, le second, par un de nos plus savants ingénieurs, M. Lechâtelier.

M. Girard, sans vouloir entrer en concurrence avec le projet de dérivation, qu'il considère comme la vraie solution du problème pour les eaux domestiques, se propose d'élever l'eau de la Seine, pour les besoins municipaux, en tirant parti de la chute du Pont-Neuf. Utiliser la force que représente cette chute d'eau, à l'aide de roues hydrauliques, est en effet une idée naturelle et séduisante. Elle avait été conçue par M. Mary, inspecteur général des ponts et chaussées, et toute personne qui envisage du quai de la Monnaie cette nappe si puissante tombant nuit et jour sans profit, s'étonne de la voir s'épuiser ainsi en efforts stériles.

M. Girard employerait un nouveau système de turbines de son invention, turbines-hélices à axe horizontal. Celles-ci, et c'est là leur mérite, marchent encore dans les hautes eaux en offrant un débit croissant avec l'élévation des eaux, malgré la diminution de la chute.

Deux roues de ce système fonctionnent depuis cinq ans à Noisiel. Elles débitent 15 mètres cubes par seconde avec une chute de 40 centimètres, et n'ont donné lieu qu'à un seul accident. Encore, celui-ci résultait-il de l'usure des engrenages travaillant au milieu d'une eau souvent troublée par des particules de sables tenues en suspension. Il pouvait être aisément prévu.

M. Girard installerait au Pont-Neuf quatre machines de ce genre, un peu plus fortes que celles de Noisiel ; elles auraient 8^m 00 de diamètre. Ces quatre machines, avec une chute de 40 centimètres, minimum de celles que l'on peut utiliser pendant une moyenne de 345 jours par an, débiteraient 140 mètres cubes par seconde, autant que 40 turbines ordinaires. Chacune donnerait à l'étiage, c'est-à-dire avec une chute de 1^m 60 environ, 225 chevaux de force, et dans cette hypothèse deux d'entre elles suffiraient pour élever 50,000 mètres cubes d'eau en vingt-quatre heures à 45 mètres de hauteur moyenne au-dessus des hautes eaux ordinaires, soit à 75^m 00 de hauteur moyenne au-dessus du niveau de la mer. Les quatre turbines fonctionnant en hautes eaux, c'est-à-dire avec 0^m 40 de chute, donneraient le même résultat. Ces roues hydrauliques feraient marcher des pompes aspirantes et foulantes à axe horizontal.

On remarquera que M. Girard se contente d'une chute de 0^m 40, et qu'il laisse le barrage du Pont-Neuf tel qu'il est. Les objections faites au projet de M. Arago, qui, en vue, il est vrai, d'un service plus vaste, avait proposé d'établir un barrage capable de déterminer une

2

chute de 3 à 4 mètres, menaçant ainsi la navigation dans ses ports, les riverains dans leurs terres submersibles, les habitants des bas quartiers de Paris dans leurs caves sujettes aux inondations, ne s'appliquent donc pas au projet de M. Girard.

M. Girard ne s'est occupé absolument, dans le projet qu'il nous a soumis, que de la question mécanique; cependant, il serait d'avis d'établir deux systèmes de pompes répondant chacun à un réservoir placé à une hauteur spéciale; les conduites maîtresses dans lesquelles seraient refoulées les eaux les distribueraient en route, et le trop-plein seul se déverserait dans le réservoir placé à l'extrémité.

M. Girard évalue à 1,500,000 fr. l'établissement des machines, y compris le bâtiment qui serait construit sur le terre-plein du Pont-Neuf et qui présenterait une surface de 60^m 00 de longueur sur 16^m 00 de largeur.

Mais, M. Girard a bien compris qu'il ne pouvait pas être question d'élever l'eau puisée au Pont-Neuf même. Il entend prendre l'eau en amont de Paris. Au chiffre qui précède, il faudrait donc ajouter les dépenses de la prise d'eau qui devrait être faite, au pont d'Ivry par exemple, et celles de l'aqueduc d'amenée, dépenses que l'on peut évaluer ensemble à 1 million, ce qui donne un total de 2,500,000 fr. pour les frais de premier établissement.

En résumé, M. Girard ne peut fournir que 50,000 mètres cubes d'eau par vingt-quatre heures; il doit compter sur vingt jours de chômage par an, et si son projet peut être considéré comme offrant un moyen très-économique de nous fournir de l'eau, il ne dispense pas, du moins, de recourir à d'autres procédés.

De plus, il n'élève que de l'eau de Seine, c'est-à-dire de l'eau qui a besoin d'être filtrée pendant la plus grande partie de l'année et dont la température varie de 0 à 25 degrés centigrades.

Enfin, on remarquera que ce projet entraînerait la construction derrière le terre-plein du Pont-Neuf, au centre de Paris, d'un bâtiment qui ne pourrait que nuire à l'ensemble monumental et grandiose de cette partie de la capitale comprise entre le Louvre et la Monnaie, ce qui en éloignerait en tout cas l'exécution, tant qu'une combinaison architecturale heureuse et imprévue ne sera pas venue écarter cette difficulté.

Réservons donc ce projet comme complément possible d'un système plus satisfaisant. La Ville pourrait trouver un jour dans ce moteur le moyen de remplacer avec profit les machines de Chaillot ; car il n'exigerait aucune dépense de combustible ; il élèverait une masse d'eau notablement plus forte ; il fournirait de l'eau plus pure.

Mais la Commission, d'accord avec l'habile et modeste auteur du projet qui nous occupe, y a vu un intéressant auxiliaire et non un rival du plan de l'administration.

M. Lechâtelier propose aussi d'élever de l'eau de la Seine, mais c'est à l'aide de machines à vapeur qu'il peut placer en conséquence dans le point qui lui semble le plus favorable au service.

Il résulte des explications verbales qu'il a bien voulu donner au sein de votre Commission et de la note jointe au dossier, que la prise d'eau serait établie dans la Seine, au pont d'Ivry. Une première machine de la force de 100 chevaux élèverait l'eau de quelques mètres pour la verser dans un bassin de dépôt où elle séjournerait pendant six heures, de manière à abandonner la partie la plus grossière de la vase qu'elle tiendrait en suspension, quand les eaux seraient troubles.

De là, elle passerait sur des filtres portés par des voûtes recouvrant de vastes réservoirs. L'eau ainsi approvisionnée en grande quantité, se rafraîchirait en été au moyen d'une circulation d'air activée par le tirage de la machine à vapeur. Une seconde machine de rechange, destinée en cas d'accident à suppléer la première, serait établie sur le même point, c'est-à-dire près de la prise d'eau.

Ainsi clarifiée par dépôt et filtrée, l'eau, après sa chute dans le réservoir provisoire, serait revenue à peu près à son niveau primitif. Il faudrait l'élever alors jusqu'aux réservoirs destinés à la répandre dans les divers quartiers de la cité.

Dix machines en tout semblables aux deux précédentes, dont trois de rechange, seraient installées, à cet effet, à l'intérieur de

Paris, près du chemin de fer de Ceinture, en vue du facile approvisionnement des charbons.

Ces machines seraient horizontales et commanderaient, par l'intermédiaire d'un arbre armé d'un volant, les pompes élévatoires, qui travailleraient avec des courses variables à volonté, suivant la hauteur du refoulement.

M. Lechâtelier se propose, en effet, de refouler l'eau dans une série de conduites maîtresses alimentant, sur le parcours, les conduites secondaires, et aboutissant chacune à un réservoir régulateur, destiné à desservir une zone spéciale de Paris.

Dans ces conditions, M. Lechâtelier arrive à une dépense en capital de 8 millions et à 1,200,000 fr. pour les frais annuels.

La Commission, après un mûr examen, considère ces chiffres comme un peu faibles.

La quantité de 1^k 50 de combustible par force de cheval et par heure, admise par l'auteur, ne lui paraîtrait pas suffisante, lorsqu'il s'agit d'une marche régulière.

A Angers, on est arrivé, il est vrai, à une moyenne de 1^k 60; mais on y brûle un charbon de qualité supérieure. Avec du charbon à 28 fr. la tonne, prix admis par M. Lechâtelier, nous ne pensons pas que cette moyenne puisse être abaissée à Paris au-dessous de 2 kilogrammes, moyenne déjà faible à laquelle se sont maintenues les consommations annuelles en charbon des machines de Lyon, construites postérieurement à celles de Chaillot et bien mieux installées.

De plus, on a dit dans la Commission que le prix de 28 fr. porté pour le charbon destiné à la consommation des machines était trop bas. En effet, la Ville vient de passer récemment pour les machines de Chaillot, à une époque de crise pour l'industrie houillère, un marché à raison de 29 fr. 20 c. la tonne. En fixant à 30 fr. la tonne le prix moyen, on croirait être plutôt au-dessous qu'au-dessus de la vérité.

Ces deux modifications élèveraient les frais annuels d'une somme de 120,000 fr. et les porteraient à un total de 1,320,000 fr.

Une autre objection a été faite au projet de M. Lechâtelier. L'altitude à laquelle il porterait les eaux ne serait au maximum que de 74^m 00 au-dessus du niveau de la mer, compte fait d'une perte de 4^m 50 provenant des filtres. Mais il faut en déduire encore une perte de charge qui, dans le parcours des tuyaux, ne saurait être de moins de 9 mètres avec des tuyaux de 0^m 60 de diamètre; d'où il faut conclure que l'eau s'élèverait à une hauteur trop faible, puisqu'avec des bassins à l'altitude de 83^m 50 on ne desservira pas encore les étages supérieurs des maisons situées sur les points culminants de Paris. Ainsi, en restant dans les limites de la dépense prévue, l'eau, a-t-on dit, ne s'élèverait pas suffisamment, et si on voulait la porter au niveau nécessaire, il faudrait accroître en conséquence les frais annuels.

Comme il s'agit de mettre ce système en parallèle avec celui qui nous est présenté par M. le Préfet, nous devons encore faire ressortir une nouvelle augmentation de dépenses, celle qui résulterait de l'établissement d'une plus grande longueur de conduites maîtresses.

Enfin, s'est demandé la Commission, aurons-nous une eau toujours parfaitement claire et limpide, et d'une température à peu près constante si nous adoptons ce projet? Malgré la haute autorité de l'auteur, malgré sa grande expérience et tout en étant séduite par la fermeté de ses convictions, votre Commission a conservé des doutes à ce sujet.

Il lui a paru difficile, d'après ce que plusieurs de ses membres ont constaté en Angleterre et en Écosse, d'assurer le filtrage régulier de 100,000 mètres cubes d'eau par jour, et de clarifier d'une manière complétement satisfaisante cette énorme quantité d'eau. Quant à la rafraîchir en été à l'aide d'un courant d'air passant entre le dessous du filtre et la surface des bassins, elle n'a pas pensé que le résultat obtenu par ce moyen, imité des Alcarazas, pût jamais être bien considérable. Enfin, elle a reconnu qu'en hiver, il n'y avait pas moyen d'en élever la température.

On a rappelé d'anciennes expériences qui établissent qu'il ne faut pas moins de dix jours de repos pour que l'eau de Seine trouble dépose son limon, et qu'au bout de ce temps elle a pris un goût de vase. Encore, ce fleuve n'est-il pas le plus rebelle à l'épuration, il en est d'autres, et la Loire est dans ce cas, dont les eaux exigent douze ou quinze jours de repos pour être à peu près clarifiées en temps de trouble.

Il est des cas même où, pour ces clarifications en grand, il faut toujours recourir à l'emploi de l'alun. On a rappelé encore que, dans ceux des filtres de l'appareil hydraulique de Toulouse que l'on avait laissés ouverts à l'air libre, il n'avait pas tardé à s'établir une végétation abondante qui en couvrait le fond et qui servait de repaire à tous les insectes ou reptiles, hôtes habituels des eaux dormantes. On a dit que cette eau, en repos dans un bassin à fond teint en vert par des plantes, s'échauffait considérablement en été, sous l'action des rayons du soleil, et contractait un goût très-prononcé de marais. Ces inconvéniens ne se sont plus présentés avec des filtres couverts; mais, M. Lechâtelier emploie des filtres à surface libre, et quoiqu'il pense qu'avec des filtres de rechange souvent nettoyés ces difficultés seraient écartées, il nous a laissé des doutes.

Toutefois, l'objection principale, élevée contre l'adoption de ce système, est fondée sur la nécessité qu'il impose de subordonner la marche régulière d'un service public de cette importance, à la stabilité de machines dont l'expérience a fait trop connaître les nombreuses chances de dérangements et d'accidents. A cette occasion, votre Commission s'est fait rendre compte des événements survenus à l'usine de Chaillot. Deux machines de 145 chevaux chacune, construites sur le modèle des machines du Cornouailles, y ont été installées en 1853 et 1854. Depuis cette époque, neuf accidents importants ont suspendu, à neuf reprises différentes, la marche de la première de ces machines; la seconde en a éprouvé quatre de même nature. Sur ces treize accidents, six se rapportent aux soupapes, et on le comprend si l'on a égard à leurs dimensions et à la vitesse de l'eau qu'elles doivent laisser passer à chaque coup de piston. La quantité d'eau qui se précipite par leur ouverture pendant le refoulement, c'est-à-dire en 4 secondes, n'est pas moindre de 1,800 litres, c'est-à-dire près de 2 mètres cubes ou 450 litres par seconde. Elle rencontre une masse d'eau qui ne s'écoule plus qu'en vertu de la détente de l'air de la chambre à air, d'où résulte un choc violent, ce qu'en termes du métier on nomme un coup de bélier, qui fatigue les divers organes de la machine et spécialement les chapelles des soupapes, et qui les fatigue

d'autant plus que les masses d'eau en mouvement sont plus considérables, que leur vitesse est plus grande et que les organes mobiles
des machines sont plus lourds.

Le balancier de la seconde machine s'est rompu en août 1855.

Trois fois, un heurtoir du balancier s'est brisé dans la première
machine. Un corps de pompe de la seconde s'est rompu en juin 1858,
tandis que la première, à deux jours d'intervalle, brisait sa bâche
d'eau chaude et une tringle de sa pompe alimentaire.

On a prétendu que, dans la conception des machines de Chaillot,
et il ne faut pas en accuser les grands et beaux ateliers d'où elles sont
sorties, on aurait, il est vrai, copié trop fidèlement les machines des
mines du Cornouailles, sans avoir égard à la différence du travail à
effectuer, les unes prenant l'eau dans la Seine, à quelques mètres en
contrebas seulement, les autres allant la chercher à d'immenses profondeurs et devant mettre en mouvement la longue et lourde tige
qui dirige les pistons. On pourrait, certainement, en modifiant le
système, comme on l'a fait avec succès à Lyon, diminuer les chances
d'accident. On pourrait, probablement, en changeant tout à fait de
système, éviter ceux qui résultent spécialement de l'emploi de la machine du Cornouailles.

Mais, s'est-on dit dans la Commission, n'en fera-t-on pas naître
d'autres? Pourra-t-on tout prévoir dans cette matière obscure et
difficile encore? Convient-il de subordonner l'approvisionnement d'une
ville comme Paris aux chances de rupture d'un balancier, d'une porte
de chapelle ou d'un corps de pompe, organes toujours longs à remplacer?

Borgnis, dont les opinions ont tant d'autorité, est d'avis que, toutes
les fois qu'on peut recueillir une quantité d'eau suffisante pour les
besoins d'une ville, et que l'on a la faculté de la conduire immédiatement dans des canaux sur un point assez élevé pour la distribuer
dans tous les quartiers, il faut employer ce moyen; qu'on doit le préférer à l'emploi des machines, quand même il serait plus coûteux; car
les machines, dit-il, sont indispensablement sujettes à de grandes
dépenses d'entretien, de réparation, de renouvellement, et souvent des
accidents imprévus les rendent inactives.

La Ville de Paris, s'il lui est permis d'en juger par le passé, ne peut qu'être très-disposée à partager le sentiment du célèbre auteur du Traité des Machines hydrauliques.

Revenons au projet de M. Lechâtelier. Il adopterait, disons-nous, des machines de 100 chevaux à double effet et à rotation avec volant; mais ces machines puissantes, étant toujours composées de pièces d'un poids considérable, la rupture d'une quelconque d'entre elles sera toujours un grave accident.

Les soupapes de ces machines auront encore, en effet, 450 litres à laisser écouler pendant chaque refoulement, c'est-à-dire en une seconde et demie.

La Commission est restée convaincue que M. Lechâtelier, s'il avait à exécuter le projet qu'il nous a soumis, obvierait à la plupart des difficultés qu'on vient de signaler en diminuant encore la puissance de ses machines et augmentant leur nombre, jusqu'à le porter à 25 ou 30, comme il a paru, d'ailleurs, disposé à le faire. Les machines destinées à élever des quantités d'eau modérées dépensent plus, mais réussissent toujours; lorsqu'il s'agit de manier de grandes masses d'eau, il en est souvent autrement, et l'économie du service ordinaire est chèrement payée alors par les chômages et les frais imprévus.

Après avoir entendu, avec le plus vif intérêt, l'exposé de ce système bien lié, complet et habilement conçu, la Commission y a vu cependant des inconnues et des éventualités sérieuses, et, malgré la grande confiance que lui inspirait l'auteur, celles-ci l'ont ramenée vers le projet de l'administration municipale.

Elle y a été d'autant plus portée que, s'il est vrai que le nouvel établissement des machines hydrauliques de Lyon ait fonctionné jusqu'ici d'une manière tout à fait satisfaisante, il ne l'est pas moins que les nouvelles roues hydrauliques de Marly, roues de 12 mètres de diamètre, sans avoir éprouvé d'accidents, ont été troublées dans leur jeu par la disposition et l'état des conduites, et que leur installation ne s'est faite, ni avec la facilité à laquelle on pouvait s'attendre, ni avec la promptitude qu'on désirait. Tant il est démontré que, dès qu'il s'agit de ces grandes masses d'eau à mouvoir, il y a toujours des retards à craindre et des obstacles imprévus à redouter par l'emploi des machines.

La Commission est disposée à croire, toutefois, que les machines conçues par M. Lechâtelier remplaceraient avec avantage celles de Chaillot. De même que, si jamais le procédé de M. Girard, pour utiliser le barrage du Pont-Neuf, était mis à profit par la Ville, il lui a paru qu'au lieu de prendre simplement l'eau de Seine en amont et de la diriger telle quelle sur les turbines par un canal, il y aurait profit à emprunter à M. Lechâtelier ses idées et à soumettre d'abord cette eau à un repos et à un filtrage avant de l'engager dans l'aqueduc. L'eau de Seine ne pourrait qu'y gagner, mais la dépense, il faut le dire, en serait élevée de près de 3 millions. La Commission se félicite, dans l'intérêt de la Ville, d'avoir obtenu de M. Lechâtelier qu'il voulût bien lui faire connaître le résultat de ses réflexions. Si elle n'a pas jugé le projet de cet éminent ingénieur préférable à l'établissement d'un aqueduc de dérivation, cela tient surtout à des causes étrangères à la discussion des principes scientifiques ou industriels sur lesquels les deux systèmes reposent. D'ailleurs l'administration désire, et n'a-t-elle pas raison, que les divers systèmes soient mis à la fois à contribution pour le service hydraulique de Paris ; elle n'entend en adopter aucun d'une manière exclusive ; elle n'admet pas que l'approvisionnement de Paris puisse être compromis par un événement ou un accident quelconque ; elle veut que si l'une des ressources venait à être paralysée momentanément, elle puisse toujours être suppléée.

La Commission verrait de son côté, avec une peine extrême et une inquiétude profonde, le service hydraulique principal de Paris subordonné à l'emploi incertain des machines, au prix probablement croissant de la houille, enfin aux éventualités des ressources annuelles des budgets futurs de la Ville. Elle préfère le fonder sur un procédé tel, que la dépense, une fois faite, on n'ait jamais à s'enquérir ni des dérangements ou remplacements des machines, ni des variations du prix de la houille, ni de la nécessité de trouver chaque année 2 millions ou à peu près pour faire face aux frais des appareils élévatoires. Les finances d'une ville ne sont pas toujours prospères; et si jamais la situation de Paris exige qu'on réduise son budget des dépenses, il semble naturel

3

et désirable, à tous les points de vue, que ce ne soit pas en diminuant la quantité d'eau distribuée à ses habitants.

Rome eût-elle survécu aux révolutions qui ont tant de fois ruiné ses temples et ses palais, dispersé sa population et ses richesses, si le double service qui l'inonde d'eaux limpides et pures, et qui évacue au loin ses immondices, eût été subordonné au jeu des machines?

Quel pouvoir eût assuré leur fonctionnement en temps de troubles? quelle main secourable les eût remplacées une fois détruites?

Comment n'être pas saisi de respect, en songeant que les aqueducs, dont les travaux de ses empereurs l'ont dotée, il y a deux mille ans, fournissent depuis lors, sans soins et sans dépenses, à cette Rome déchue, une quantité d'eau bien supérieure à celle qui alimente aujourd'hui même les services de Paris, de la capitale florissante du monde civilisé?

Sans proscrire ni l'usage de l'eau de la Seine, ni l'emploi des machines, et en les conservant comme des moyens auxiliaires toujours prêts à fonctionner en cas d'accident, ne nous éloignons donc pas des traditions romaines pour le service habituel des eaux de la cité.

Le moment est venu de vous rendre compte du projet ou plutôt de l'idée qu'un ingénieur civil, dirigé sans doute par une ancienne pensée de Riquet et par des études plus récentes de la municipalité d'Orléans, a soumise à l'administration en vue de dériver sur Paris une partie des eaux de la Loire (1).

La prise d'eau aurait lieu à la Celle, en aval de Cosne; le canal de dérivation suivrait d'abord les côteaux de la rive droite jusqu'au canal d'Orléans; il s'engagerait ensuite sur les plateaux de la Beauce, couperait les vallées d'Orge, de Remarde et d'Yvette, à leur origine, pour arriver sur les plateaux de Satory, en face de Versailles. Là, il se partagerait en deux branches : l'une franchirait la vallée de

---

(1) Ce projet ne doit pas être confondu avec celui qui a été produit, postérieurement à la délibération du Conseil, par M. de Passy, ingénieur des ponts et chaussées. Il n'a point été porté encore à notre connaissance.

Viroflay, et contournerait les coteaux de Ville-d'Avray et de Garches ; l'autre suivrait le plateau compris entre la Bièvre et le ruisseau de Sèvres jusqu'à son extrémité au-dessus de Clamart et de Châtillon.

Prise à 145 mètres au-dessus du niveau de la mer, l'eau arriverait à 139 mètres au-dessus du même niveau, c'est-à-dire à 56 mètres au-dessus du niveau des bassins que l'administration juge suffisamment élevés pour le service de Paris. L'auteur prend dans la Loire 15 mètres cubes d'eau par seconde ; il en utilise 3 mètres cubes pour le service de la Ville ; 'le reste représente, dit-il, une force hydraulique très-considérable à laquelle la proximité de Paris donnerait une grande valeur.

Le canal qui apporterait cette eau constituerait une voie navigable préférable, dans son opinion, aux canaux du Loing, de Bièvre et d'Orléans. Au besoin, il réunirait, aux eaux de la Loire, celles de l'Eure et du Loir.

Comme les eaux de la Loire sont souvent troubles, et qu'elles sont tièdes en été et froides en hiver, l'auteur a songé à les réunir dans de vastes lacs à proximité de Paris, où on les amènerait au printemps et en automne seulement, et où on les laisserait se clarifier par le repos avant de les diriger sur Paris. Il consacre à cet usage les quatre ou cinq vallées qui découpent le plateau compris entre Meudon et Versailles ; elles seraient converties en immenses réservoirs couverts.

Ces vues présentées à l'administration il y a trois ans, furent soumises à l'appréciation des ingénieurs du service municipal, qui rangèrent leurs observations sous trois chefs : le canal de dérivation ; les bassins dépurants ; la nature des eaux.

En ce qui concerne le canal de dérivation, l'auteur dirige son tracé de la Celle à Orléans en ligne presque droite, et il ne tient nul compte du réseau compliqué de vallées secondaires qui sillonnent les coteaux de la Loire. Depuis Ouzouer jusqu'au canal d'Orléans, c'est-à-dire sur une longueur de 30 kilomètres et plus, le canal devrait être soutenu à 6 mètres au moins et souvent à 22 mètres au-dessus du niveau d'une immense plaine, et il n'indique pas le moyen qu'il se propose d'employer à cet effet. La traversée des vallées d'Orge, de Remarde, de Bièvre, d'Yvette, de Versailles, exigerait des travaux gigantesques, dont aucun travail connu ne permet d'évaluer, même approximativement, les immenses dépenses et il n'en fait aucune mention.

L'auteur donne à son canal un débit de 15 mètres cubes par seconde, et 22 millimètres par kilomètre de pente. Le canal aurait donc 2 mètres de profondeur, 21 mètres de large au plafond et 29 au plan d'eau supérieur. Un ouvrage de cette importance, tantôt en déblai, tantôt en remblai de 10 à 30 mètres au-dessus du sol, et sur de grandes longueurs, n'est pas de ceux que les finances de la Ville, quelque prospères qu'elles soient, lui permettent d'entreprendre.

Les réservoirs clos et couverts où l'auteur met son eau en cave pendant le printemps pour l'été, pendant l'automne pour l'hiver, afin de l'avoir toujours à une température moyenne, recevraient 39 ou 40 millions de mètres cubes d'eau; ils couvriraient environ 200 hectares de terrain. Que l'administration municipale ait été arrêtée par la perspective des dépenses qu'amènerait la construction d'un radier général sur de telles surfaces, celle d'une voûte d'une telle dimension, la construction des murs d'enceinte, l'acquisition des terrains, etc., cela ne surprendra personne.

Enfin, l'auteur, en vue d'amener l'eau à bas prix pour les besoins de Paris, veut qu'elle y parvienne au moyen d'un canal de navigation; mais il ne s'explique pas sur deux points. Comment prendre sans dommages 15 mètres cubes d'eau par seconde à la Loire qui, en basses eaux, ne se suffit pas? Comment, après avoir dirigé les marchandises sur le plateau de Satory, leur faire franchir les 100 mètres de différence de niveau qui existent entre ces hauteurs et le sol de Paris?

Ces critiques ayant semblé fondées, on ne jugea pas qu'un projet de dérivation de la Loire, conçu dans ces colossales proportions, fût de nature à être exécuté par la Ville de Paris.

Mais, dit-on aux ingénieurs du service municipal, n'y aurait-il pas, en se renfermant dans les limites du possible, quelque parti à tirer des eaux de la Loire pour les besoins de Paris?

Un examen attentif leur permit de répondre qu'il serait praticable, en effet, en se bornant à tirer de la Loire 1 à 2 mètres cubes d'eau par seconde, de la conduire par un aqueduc voûté qui aurait au moins 250 à 300 kilomètres de longueur, sur les hauteurs de la Bièvre ou de Montrouge.

Un calcul sommaire prouva que la dépense serait aussi élevée au moins que celle qui devait suffire pour la dérivation des eaux de la Champagne. Comme il fallait renoncer d'ailleurs à l'établissement de ces réservoirs destinés à maintenir l'eau à une température basse et à lui procurer le repos nécessaire pour la clarifier, l'aqueduc de la Loire amènerait des eaux froides en hiver, tièdes en été, et troubles en temps de crue. Il sembla, en outre, que les ouvrages de prise d'eau ne pourraient pas être garantis de l'invasion des eaux limoneuses, qui s'y précipiteraient en torrent et engorgeraient l'aqueduc à chacune de ces crues effroyables qui désolent si souvent le parcours de la Loire.

On n'a pas attaché d'importance à ce fait que les eaux de la Loire marqueraient seulement de 6 à 8 degrés à l'hydrotimètre. Quelques personnes même verraient, dans cette faible teneur en acide carbonique et sels calcaires, un inconvénient plutôt qu'un avantage pour l'emploi de l'eau comme boisson; elles croient que si l'eau de la Loire semble par là préférable pour le savonnage du linge et pour le service des machines à vapeur, il ne faut pas se hâter d'en conclure qu'elle convienne mieux à la digestion.

En résumé, le service des ingénieurs, persuadé que la dérivation des eaux de la Loire est exécutable dans une certaine mesure, n'a pas été convaincu que ces eaux pourraient arriver limpides à Paris. On n'admet, en effet, ni la clarification à l'alun, ni l'emploi des bassins gigantesques de repos dont la construction était proposée; et pourtant, si les renseignements qu'on a reçus sont exacts, quand la Loire est trouble, les puits même qu'elle alimente le sont aussi, tant ses eaux sont difficiles à dépouiller.

On s'est demandé, à cette occasion, s'il était possible d'amener l'eau d'un fleuve dans une ville éloignée à une température moyenne de 10 à 12 degrés. La réponse n'a pas semblé douteuse, en admettant que l'eau fût prise au point de départ à cette température. Ainsi, l'eau de la fontaine du Rosoir, qui alimente Dijon, y coule constamment à la température de 10 degrés, que celle-ci possédait à sa naissance. Elle est même arrivée dès le premier moment à 10 degrés, après avoir parcouru en 3 heures 1/2 un aqueduc de 16 kilomètres. C'est que la quantité de chaleur que l'eau exige pour changer de température est bien plus grande que celle qui suffit pour échauffer un poids égal de maçonnerie ou de terre. Elle peut donc parcourir de longs aqueducs sans trop s'échauffer; de même qu'elle peut traverser des masses filtrantes sans s'y refroidir beaucoup, si elles ne sont pas très-étendues.

La Commission se trouvait ramenée, en conséquence, à s'occuper du projet municipal avec une prédilection justifiée par l'impression qu'elle avait reçue des discussions précédentes. Mais, s'est-elle demandé, néanmoins, les ingénieurs de la Ville n'auraient-ils pas cédé, dans la préparation de leurs plans et de leurs devis, à cet entraînement qui est si naturel aux inventeurs?

Elle avait à se défendre du sentiment qui la disposait elle-même à adopter ce plan de confiance, en présence d'un ingénieur, M. Belgrand, qui, aidé des plus habiles auxiliaires, et avec une persévérance digne du grand objet confié à ses soins, s'était livré à l'étude la plus savante qu'on ait jamais accomplie en aucun pays, du système tout entier de ce qu'on peut appeler un bassin hydraulique complet. Son travail a duré plusieurs années, et nous avons tous pu en apprécier, jour par jour, les consciencieux progrès; près de 75,000 kilomètres carrés de terrain ont été explorés et exactement appréciés au point de vue de leurs caractères hydrauliques, avec la science géologique la plus consommée; 194 sources ou fontaines ont été analysées chimiquement par des méthodes sûres et jaugées en diverses saisons; les rivières et les fleuves ont été soumis aux mêmes épreuves à diverses époques, dans toute la portion de leur parcours qui intéresse Paris; les variations journalières en volume et en transparence des cours d'eau dignes de fixer votre attention ont été mesurées, pendant plusieurs années, dans 25 stations bien choisies. Tout cet ensemble, par la grandeur des efforts et par la sûreté des méthodes, saisit vivement l'attention et impose, pour ainsi dire, sa conclusion d'autorité.

En outre, M. Michal, l'inspecteur général des Ponts et Chaussées chargé de diriger le service municipal des travaux publics de Paris, dont le Conseil, par des contacts journaliers, connaît et apprécie si bien l'esprit pratique, le savoir éminent et les lumières éprouvées, prend la responsabilité des résultats obtenus sous sa direction. Votre Commission a pu constater qu'il n'en agit pas ainsi par une confiance, qui serait d'ailleurs bien méritée, dans les fonctionnaires de son service, mais parce qu'il n'est pas un détail qui n'ait été vérifié par lui-même, pas une supposition qu'il ait acceptée sans la soumettre à tous les contrôles, dans ce vaste projet sanctionné enfin par l'entière approbation du Conseil des Ponts et Chaussées.

Messieurs, tel est le caractère des grandes vues, de ces œuvres populaires et de longue durée qui laissent leur trace dans l'histoire, et qui donnent une date et un nom à un règne : l'inspiration élevée du prince qui les conçoit trouve des magistrats éminents pour en grouper les éléments, et des ingénieurs empressés d'y attacher leur souvenir. Dans le cas présent, en effet, une nappe d'eau puissante à faire sortir du terrain qui la recèle ; un lit artificiel de 46 lieues à lui tracer au travers des campagnes, au-dessus des vallées, au sein des montagnes; une des plus riches cités du monde, une population de 2 millions d'âmes à doter pour toujours d'une eau pure, fraîche et limpide, tel était le problème à résoudre, et il était vraiment fait pour exciter le génie d'un Moïse des temps modernes. On a vu comment toutes les lumières de la science heureusement invoquées, toutes les ressources de l'art mises en jeu avec autorité, tous les efforts d'une vive imagination fécondés par une longue méditation, en présence de la nature, en ont préparé la prochaine et, nous l'espérons, l'heureuse solution.

Votre Commission a cherché, cependant, avec la plus scrupuleuse attention, à découvrir les côtés faibles du projet qui vous était soumis : il est sorti intact de cette épreuve. Trois points, comme nous l'avons déjà dit, appelaient son attention : les réservoirs à établir, la conduite d'eau à installer, la nappe d'eau à capter.

En ce qui concerne les réservoirs de Belleville et de Montrouge, nous pouvons considérer les plans et devis comme certains dans leurs dispositions et dans leurs estimations, puisque l'expérience récente de la construction de réservoirs similaires de Passy a constamment servi de guide aux ingénieurs.

Toutefois, une objection nous a été soumise : on s'est demandé si la pression exercée par des réservoirs placés à 83ᵐ 50 au-dessus du niveau de la mer ne serait pas trop grande et si elle ne ferait pas courir des risques inquiétants aux propriétaires des maisons desservies par les tuyaux en communication avec ces réservoirs, lorsque celles-ci seraient placées dans la région inférieure de Paris. La pression exercée sur ces tuyaux atteindra, il est vrai, près de 6 atmosphères ; mais déjà les réservoirs de Passy, qui sont à 75 mètres au-dessus du niveau de la mer, exercent, sans résultat fâcheux, une pression de 4 atmosphères, et les réservoirs de Montmartre, placés à 110 mètres au-dessus du niveau de la mer, n'offrent d'inconvénients sur aucun des points desservis par la Compagnie des eaux.

A l'égard de la conduite qui, pendant ce long parcours de 253 kilomètres, doit contenir et diriger les eaux, et où nous ne comptons pas moins de 17 ponts, de 6 kilomètres sur arcades, de 7 kilomètres en syphons et de 28 kilomètres en souterrains, nous avons dû chercher soigneusement à nous faire une idée exacte de la dépense probable qu'elle entraînerait.

Cette dépense avait été évaluée à 22 millions ; mais l'eau arrivait à la cote 80 mètres. Pour la maintenir à 83 mètres 50 centimètres, il a fallu diminuer la pente, et par conséquent augmenter la section de la conduite. C'est ainsi que la dépense s'est trouvée portée à 26 millions dans les estimations des ingénieurs. Le Conseil des Ponts et Chaussées, consulté, propose de la porter en prévision à 30 millions. Les travaux métrés ne s'élèvent pourtant qu'à 18,824,700 fr. ; il y avait, par conséquent, déjà, 7,175,300 fr. comme somme à valoir. Votre Commission s'est demandé si les 4 millions ajoutés à ce dernier chiffre par le Conseil des Ponts et Chaussées n'étaient pas encore le dernier mot de la dépense à effectuer, comme le craignent les esprits préoccupés de quelques précédents, ou bien si, comme le jugent d'autres apprécia-

teurs plus compétents, ils étaient l'expression d'une prudence peut-
être un peu exagérée.

La somme de 18,824,700 fr. est relative aux travaux de terrassement et de construction, à la fourniture et à la pose des conduites
forcées, etc. Nous avons d'abord examiné les éléments qui ont servi à
établir ce premier chiffre, c'est-à-dire la série de prix, base de l'esti-
mation. Nous l'avons comparée aux séries admises dans les travaux de
Paris, aux prix qui ont été payés lors de la construction du chemin de
fer de Strasbourg, et surtout à ceux qui sont admis aujourd'hui dans la
construction de divers embranchements de cette ligne.

De cet examen résulte que deux des prix relatifs aux déblais en
souterrain paraissent faibles, bien qu'appuyés sur l'expérience d'ingénieurs qui ont exécuté des travaux importants dans cette partie de
la France. En les augmentant dans une proportion qui nous paraît
convenable, on trouve une augmentation d'environ 200,000 fr.

La somme à valoir, estimée à 7,175,300 fr. par les ingénieurs, à
11,175,300 fr. par le Conseil des Ponts et Chaussées, et réduite à
10,975,300 fr. par l'augmentation de dépense indiquée plus haut,
comprend les indemnités d'acquisitions de terrains et de dommages
de toute nature, les travaux d'épuisement et autres pour l'établissement des aqueducs de prise d'eau dans un sol baigné par la nappe
souterraine, les travaux de blindage et d'épuisement exigés par la
construction de divers souterrains à ouvrir dans des terrains difficiles, enfin les travaux de consolidation à prévoir dans la traversée de
l'argile plastique que l'aqueduc rencontre sur près de 18 kilomètres
de longueur.

Sur cette somme, les acquisitions de terrains ont été comprises
pour un chiffre qui paraît suffisant, en supposant qu'on eût à effectuer l'acquisition d'une bande de terrain de 10 mètres de largeur
sur toute la longueur des aqueducs de prise d'eau et de dérivation,
et en acceptant, même comme base, le prix moyen payé par le chemin
de fer de Strasbourg dans cette partie de son parcours. Nous devons
demeurer bien au-dessous de ce chiffre cependant, car nous pensons,
avec M. le Préfet, que les acquisitions des terrains nécessaires à un

4

aqueduc passant sous le sol, et une fois installé ne gênant personne, se feront dans des conditions bien meilleures que celles de terrains destinés à l'établissement d'un chemin de fer. Lorsqu'il sillonne la surface d'un héritage, celui-ci, en effet, enlève à la fois à la culture et à la circulation, la bande dont il s'est emparé.

Mais n'hésitons pas néanmoins à prévoir, avec le projet, la dépense nécessaire à l'acquisition du fond. L'expérience a appris qu'il ne suffit pas d'acquérir une servitude ou même le tréfond pour assurer la durée d'un aqueduc. Nous savons combien la ville de Montpellier regrette, à juste titre, d'être exposée à toutes les difficultés qui naissent de cette situation pour un aqueduc où elle n'a pourtant que 14 kilomètres à surveiller. La Commission n'hésite même pas à rappeler à cette occasion que les lois romaines, si autorisées en pareille matière, interdisaient de planter des arbres, des arbustes et même de la vigne à 5 mètres des ouvrages, à cause des dégâts que pourraient causer leurs racines. Il serait sage d'adopter cette mesure, dictée aux Romains par une longue expérience, et d'empêcher, à titre de servitude, toute plantation à 2 mètres de chaque côté des limites de la bande achetée pour l'établissement de l'aqueduc, tout en bornant à 10 mètres l'acquisition du fond.

Nous avons fait la part de la somme nécessaire au règlement des indemnités d'usines et autres, dans un article distinct.

Le projet prévoit une somme à valoir pour les travaux d'épuisement et de blindage que nécessitera l'ouverture de plusieurs souterrains dans des terrains difficiles; leur longueur totale est de 2,500 mètres, environ. En portant cette somme à 100 fr. par mètre courant, on peut faire face à toutes les dépenses de ce genre. C'est un total de 250,000 fr.

Mais l'aqueduc de dérivation traverse l'argile plastique sur une longueur de près de 18 kilomètres, et tout le monde sait quelles difficultés on rencontre dans les terrains de cette nature, qui sont le désespoir de l'ingénieur. Les travaux de consolidation à faire dans cette partie de l'ouvrage seront déterminés plus facilement en cours d'exécution; ils pourront varier d'un point à un autre avec la nature de ces argiles. Toutefois, nous verrions employer avec satisfaction un système qui a réussi dans des travaux de ce genre, et dont la pensée remonte à Vauban. Il consiste à descendre un drainage puissant en arrière de l'aqueduc et en contre-bas de son radier, de manière à arrêter les eaux qui filtrent au travers du terrain, avant qu'elles soient arrivées près de cet ouvrage; à les recueillir et à leur procurer un écoulement facile vers le fond de la vallée; en un mot, à dessécher tout à fait et pour toujours le terrain dans lequel on veut établir l'aqueduc.

En outre, il pourra sembler utile en même temps d'augmenter, dans toute cette traversée, l'épaisseur des maçonneries du profil type. On estimerait à 120 fr. par mètre courant la dépense exigée pour l'exécution de ces travaux; une somme de 2,200,000 fr. suffirait donc pour mettre à l'abri de toutes les éventualités à redouter pendant qu'on sera dans l'argile plastique, et nous pensons que, s'il n'y a pas lieu de la porter plus haut, il serait prudent d'en faire emploi. La Commission se laisse diriger, le Conseil peut le voir, par l'opinion de Frontin, qui jugeait déjà, de son temps, qu'aucun ouvrage n'exige plus de soin que celui qui est destiné à conduire de l'eau.

Déduction faite de ces différentes sommes, il resterait encore plus de 5 millions, nous l'estimons du moins, pour faire face aux dépenses supplémentaires qu'entraînera l'établissement des conduites de prise d'eau au milieu de la nappe souterraine sur laquelle nous reviendrons plus loin, et aux éventualités tout à fait imprévues.

Aussi, votre Commission pense-t-elle que, dans ces conditions, et en tenant compte des garanties habituelles de certitude que nous sommes accoutumés à rencontrer dans les devis des ingénieurs de la Ville, si sagement étudiés, le chiffre de 30 millions ne saurait être dépassé.

L'emploi des conduites forcées ou syphons a appelé aussi l'attention de votre Commission. N'y a-t-il pas à craindre des dérangements, des pertes, des accidents, en un mot, dans une réunion de tubes en fonte posés dans le sol, présentant quelquefois jusqu'à 1,728 mètres de longueur, et supportant une charge de 4 ou 5 atmosphères?

Mais toute la distribution d'eau de Paris faite dans ces conditions doit nous rassurer à cet égard, d'autant plus qu'au lieu d'un sol rapporté comme l'est celui de Paris, les syphons de l'aqueduc rencontrent un sol vierge. A Paris, d'ailleurs, il existe une conduite forcée de distribution qui compte à elle seule jusqu'à 5 kilomètres de longueur; par suite des variations de température des eaux, elle est sujette à des variations de longueur qui devraient être une cause puissante de dérangement, et cependant rien n'y annonce le moindre trouble. Or, dans le projet que nous examinons, la plus longue conduite forcée n'a, comme nous l'avons dit plus haut, que 1,728 mètres de longueur; elle sera garantie par la température sensiblement constante des eaux de dérivation des variations de longueur qui résulteraient de la dilatation; nous ne pensons donc pas qu'il y ait rien à redouter de ce côté.

On a dit que l'eau, reçue dans cet aqueduc et amenée dans Paris, garderait longtemps le goût de chaux qu'elle prendra d'abord en parcourant sur une aussi grande longueur une maçonnerie fraîche; mais l'aqueduc tout entier est enduit d'une chemise intérieure de ciment de deux centimètres d'épaisseur, et l'expérience des grands réservoirs de Passy prouve que si, dans ces conditions, l'eau prend le goût de chaux dans les premiers jours de la mise en service de l'ouvrage, cet inconvénient disparaît très-rapidement.

On a dit encore que l'eau, cheminant dans cette longue conduite de 253 kilomètres, y déposerait une partie des sels calcaires qu'elle contient en dissolution, et qu'arrivée à Paris, elle n'en serait plus assez chargée. En effet, si un excès de sels calcaires rend l'eau nuisible et malsaine, une certaine quantité, l'expérience nous l'apprend, la rend plus salubre et plus facile à digérer, soit que cet effet provienne de l'action physiologique et de la saveur du sel de chaux, soit qu'il faille l'attribuer à la présence de l'acide carbonique nécessaire pour tenir le carbonate de chaux en dissolution. Le tableau vraiment instructif et intéressant joint au mémoire de M. le Préfet, et relatif aux essais hydrotimétriques des eaux des rivières, répond à cette objection. Il prouve que le point de stabilité du bicarbonate de chaux dissous dans les grands cours d'eau paraît correspondre à 17 ou 18 degrés de l'hydrotimètre; arrivées à ce degré, les eaux ne déposent plus et ne descendent à un degré inférieur qu'autant, qu'elles reçoivent un affluent naturellement plus pauvre en sels calcaires. Pourquoi l'écoulement de l'eau dans un aqueduc fermé amènerait-il un résultat différent ? Cette condition ne doit-elle pas opposer au dégagement de l'acide carbonique, et par suite à la précipitation des sels calcaires, des difficultés qui ne se rencontrent pas en plein air ?

En résumé, le système général de l'aqueduc de conduite est bien conçu. Il repose sur des données que l'expérience a souvent et solennellement consacrées chez les peuples modernes comme chez les anciens. En examinant les grands services que la ville de Dijon, en particulier, a recueillis de l'établissement de l'aqueduc dont elle a été dotée par M. Darcy, et en constatant qu'elle n'a pas cessé d'en obtenir une eau toujours pure, toujours limpide et à la température constante de 10 degrés, la Commission est restée de plus en plus convaincue du grand profit que la ville de Paris retirerait d'un tel bienfait.

L'eau entre d'une manière trop essentielle dans l'alimentation de notre population, pour qu'il soit permis de mettre en doute qu'une eau pure, fraîche et tonique, ne puisse contribuer pour sa part avec une distribution moins avare de l'air et de la lumière, et une alimentation mieux surveillée, à élever les conditions de l'hygiène de la cité. Or, tout ce qui touche à l'amélioration de la santé publique se traduit par une diminution de la misère, un abaissement des dépenses de l'assistance, une augmentation de la durée de la vie moyenne et une satisfaction bien désirable répandue dans toutes les familles.

Quant à la dépense, nous l'avons vu, elle a été estimée avec prudence. L'examen attentif des éléments sur lesquels son appréciation repose nous a convaincus, conformément à l'opinion de l'habile ingénieur des travaux du chemin de fer de l'Est, M. Hachette, que si la ville de Paris veut ouvrir le long du parcours les chantiers avec réserve, prenant son temps, attendant que la main-d'œuvre se présente, la choisissant, et cherchant, en un mot, à aller bien et non à aller vite, le travail se fera avec économie sur les prix des devis et avec une solidité qui le rendra propre à résister à l'action des siècles.

Que si, au contraire, on voulait activer trop vivement cette grande entreprise, la main-d'œuvre surexcitée élèverait ses prétentions, les travaux, trop rapidement exécutés, courraient le risque de subir des poussées et des tassements imprévus, et on perdrait tout à la fois sous le rapport de la dépense et sous celui de la stabilité.

Mais le Conseil ne peut conserver sur la manière dont les travaux seront conduits ni scrupule, ni doute. M. Belgrand, qui a maintenu son projet dans l'exacte limite du bon et de l'utile, se contentant, au passage des vallées, de les traverser à l'aide de syphons cachés sous le sol, lorsqu'il aurait pu vous proposer de les conduire sur des arcs de triomphe, et de construire des monuments imités du pont du Gard et des autres grandes œuvres de l'ancienne puissance romaine, M. Belgrand ne vous proposera pas de sacrifier la bonne exécution ou l'économie à la rapidité.

Enfin, Messieurs, nous arrivons à la partie la plus délicate du projet, le captage des eaux destinées à l'alimentation domestique de Paris, estimées, comme vous le savez, à 100,000 mètres cubes par jour.

Est-on sûr de trouver cette quantité d'eau? Si on la trouve et qu'on la détourne, les dommages causés aux propriétaires du sol, aux agriculteurs, aux usiniers, ne vont-ils pas causer un trouble de nature à compromettre le succès des démarches tentées dans l'intérêt de la cité?

Votre Commission, sans préjuger en rien les résultats que donnera l'enquête, a voulu se rendre compte, autant qu'elle le pouvait, de l'étendue des dommages que la Ville était exposée à faire subir aux communes dont elle emprunte les eaux, ainsi que des chances que présente le drainage, sur le succès duquel le projet est fondé, au moins en partie.

En conséquence, elle a officiellement demandé à M. Dugué, ingénieur en chef du département de la Marne, de venir en conférer avec elle, et deux longues séances ont été consacrées à l'examen contradictoire des faits énoncés par ce fonctionnaire et consignés dans une note jointe aux pièces du dossier.

En outre, nous avons prié M. Sauvage, ingénieur des mines, l'un des directeurs du chemin de l'Est, auteur de la carte géologique du département de la Marne, de nous donner son avis sur le projet, ce qu'il a fait avec cette autorité naturelle, que, sous les formes les plus modestes, une expérience consommée exerce même à son insu.

Vous le savez, Messieurs, les sources dont l'existence et l'étude ont fixé l'attention sur la nappe qui les alimente sont d'abord celles des vallées de la Somme et de la Soude, puis celles de Sourdon et de la Dhuis.

Depuis le commencement des études, c'est-à-dire depuis les premiers jaugeages réguliers de ces sources, jusqu'en 1858, elles fournissaient plus de 100,000 mètres cubes en 24 heures, soit 1,160 litres par seconde; en effet, en octobre 1855, au moment des plus basses eaux, le jaugeage de la Somme-Soude, au confluent de la Somme et de la Soude, donnait encore. . . . . 1,081 litres.

Celui de la source de Sourdon. . . . . 100 id.

Celui de la source de la Dhuis. . . . . 315 id.

1,496

En 1857, au moment des plus basses eaux, les sources de la Somme et de la Soude réunies donnaient encore 880 litres. Mais, en 1858, année extraordinairement exceptionnelle, il est vrai, elles n'ont plus donné ensemble que 285 litres, tandis que les débits de la source de Sourdon et de celles de la Dhuis restaient sensiblement les mêmes. Il serait donc imprudent de subordonner l'alimentation de Paris à la dérivation de sources qui peuvent, à un moment donné, devenir insuffisantes. Il y a lieu de rechercher, en outre, ce qui distingue, dans ces localités si voisines, les sources à niveau variable des sources à niveau constant.

Certes, les années 1857 et 1858 sont des années d'une sécheresse inouïe, dont on n'a pas d'exemple. Les eaux de la Seine, qui depuis 1719 étaient descendues, en 1803, au plus bas à 27 centimètres au-dessous du zéro de l'échelle du pont de la Tournelle, sont descendues, en 1857, à 47 centimètres, et en 1858 à 83 centimètres au-dessous de

ce même zéro. Bien entendu que pour rendre les observations comparables, nous rapportons à l'échelle du pont de la Tournelle, qui n'est
plus d'usage depuis 1850, les observations faites à l'échelle du Pont-
Royal. En d'autres termes, ce fleuve, qui débite encore à l'étiage
75 mètres cubes par seconde, n'en donnait plus que 44 mètres,
circonstance qui est venue ajouter un élément irrésistible à la décision que vous allez prendre, car nous savons tous ici que les exutoires de la cité versent ensemble dans la Seine presque 1 mètre cube
par seconde, c'est-à-dire 1/44° du volume de l'eau qui était élevée
alors par les pompes de Chaillot, état de choses intolérable, inquié-
tant même, dont il faut espérer que nous ne verrons jamais le retour.

Ne soyons donc pas surpris si l'habile directeur de la compagnie
des eaux, M. David Portau, qui ignorait à la fois les recherches auxquelles la municipalité avait dû se livrer à ce sujet et les inquiétudes
qui l'avaient agitée pendant tout ce temps de désastreuse sécheresse,
avait reconnu de son côté, comme il nous l'a dit, que si, pendant tout
l'été dernier, l'eau prise en amont de Paris avait été reçue et consommée à l'état naturel sans observation par les abonnés, il avait été
impossible de faire accepter l'eau puisée en aval, avant de l'avoir
soumise à des épurations préalables.

Le service des eaux de Paris, au moment où on essaye de le fonder
sur une base vraiment irréprochable, doit donc être garanti de toute
chance de réduction dans le volume à distribuer, cette chance ne dût-
elle même se réaliser qu'une fois par siècle. Il faut même se féliciter
que, pendant les années consacrées à l'étude du projet qui nous
occupe, on ait traversé une sécheresse sans exemple ; car si les magistrats de la cité y ont mieux appris à apprécier tout le prix d'une
eau pure pour le service de la ville, les ingénieurs, de leur côté,
sont devenus plus attentifs sur le choix des moyens à préférer pour
en assurer l'arrivée, et ont pu reconnaître à temps l'insuffisance de
cours d'eau qui semblaient surabondants.

Aussi, le projet embrasse-t-il l'examen de deux systèmes différents
à l'aide desquels on obtiendrait l'approvisionnement normal de
100,000 mètres cubes; ils consistent :

1° En dehors des vallées de la Somme et de la Soude, à pénétrer par un drainage au milieu de la nappe d'eau souterraine déposée par les pluies dans l'épaisseur de la craie tendre, où elle est retenue par la couche d'argile sur laquelle repose la craie, tout en se dirigeant, d'un mouvement lent, par la pente naturelle de cette couche imperméable, soit vers le fond du bassin géologique dont Paris occupe le centre, soit vers les coupures qui lui offrent des moyens d'écoulement.

2° Dans ces mêmes vallées, à augmenter le débit des sources en les prenant à un niveau inférieur, si, ce qui semble peu probable, on devait en venir à utiliser les sources.

Ces systèmes s'appuient sur une théorie que vous n'avez pas oubliée et qui est résumée d'une manière claire et saisissante dans le mémoire de M. le Préfet.

Des faits nombreux et, en particulier, les observations sur le jaugeage de tous les puits de la contrée, recueillis avec autant de sagacité que de persévérance par M. Belgrand, en vue de fixer le niveau du plan d'eau de la nappe qui baigne la craie tendre, lui donnent un solide appui.

L'importance de cette nappe souterraine, dont l'existence a paru démontrée à tous les ingénieurs que nous avons consultés et en particulier à l'illustre Secrétaire perpétuel de l'Académie des sciences, M. Élie de Beaumont, dont nous aimons à nous appuyer, on le comprend, ne peut pourtant pas être déterminée par le calcul. Tout porte à croire, cependant, que des drainages habilement pratiqués dans ses points les plus épais et les plus distants des vallées qui lui font éprouver des saignées et des dépressions naturelles, fourniront plus d'eau que n'en exigent les besoins de Paris.

L'administration, pour dissiper tous les doutes, placera en première ligne, parmi les opérations à effectuer, ces travaux de drainage, fondement de l'opération, aux résultats desquels, d'ailleurs, divers éléments de la conduite à construire se trouvent nécessairement subordonnés.

Aux personnes qui s'étonnent de voir l'administration négliger des cours d'eau tels que la Somme, la Soude et les sources voisines, dont l'existence n'est pas douteuse et dont le débit est certain, pour rechercher des eaux souterraines qu'elles appellent problématiques, on répond par les considérations suivantes :

Tout le monde accepterait qu'une ville importante prît pour point de départ de son alimentation, les eaux pluviales recueillies sur une surface de terrain suffisamment étendue et accumulées dans un bassin ou lac servant de régulateur, dont la masse, la mettant à l'abri des incertitudes d'une ou deux années de sécheresse, assurerait en outre l'approvisionnement constant du service en eau limpide et fraîche. C'est ce que la ville de Glasgow a fait en empruntant les eaux du lac Katrin, par une dérivation.

Eh bien ! la géologie affirme et elle compte prouver que le cas est ici le même. Seulement, au lieu des flancs imperméables des montagnes qui reçoivent les eaux du ciel et les versent dans le lac, nous avons affaire à l'immense surface de la Champagne crayeuse, recevant les eaux pluviales sur la craie perméable et les absorbant à mesure dans l'épaisseur d'un banc de 100 mètres et souvent de 300 mètres d'épaisseur et au delà. Arrêtées par les couches imperméables de la formation des grès verts, c'est-à-dire du gault placé au dessous de la craie perméable, ces eaux forment un véritable lac souterrain, imbibant la craie et s'écoulant dès qu'un sillon ou une fissure leur en donnent l'occasion. Mais le banc de craie est si épais et les rides qui le creusent sont tellement bornées et superficielles, qu'il est permis de penser que les eaux recueillies par le sol de la Champagne alimenteraient, sous Paris, des puits artésiens nombreux et d'un grand débit.

Si nous n'allons pas les saisir, de la sorte, sous Paris même, c'est qu'elles y arrivent tièdes à cause de leur profondeur, impures à cause de leur mélange avec les eaux des terrains gypseux qui les dominent et qui s'y mêlent, non jaillissantes, enfin.

Si nous cherchons à les capter en Champagne même, c'est qu'elles y constituent une nappe dont le niveau permet de la diriger sur Paris sans le secours des machines, qu'elles offrent une température égale à la température moyenne de l'année, et qu'elles sont enfin formées d'eaux pluviales, c'est-à-dire distillées, qui n'ont eu de contact qu'avec l'air, l'acide carbonique et la craie, c'est-à-dire avec les produits naturels les plus indispensables à toutes les eaux destinées aux besoins domestiques.

Le moyen proposé est nouveau, il est hardi : à ce double titre il trouvera des détracteurs; mais, quel projet, même excellent de tout point, n'en a pas? Ce qui rassurera le Conseil, c'est le succès du forage du puits de Grenelle, opération nouvelle aussi en son temps, hardie également, et qui, malgré sa grande popularité, n'aura jamais réuni assez d'éloges pour balancer les amères critiques dont elle fut poursuivie jusqu'au dernier jour, pendant son exécution.

Avant de nous décider, nous avons essayé, toutefois, de nous rendre compte de la quantité d'eau que le terrain de la Champagne reçoit par les pluies, et de celle qu'il peut restituer par des drainages. D'après les observations faites à Châlons-sur-Marne pendant quarante-six années consécutives, il y tombe, en moyenne, 0 mètre 595 d'eau par an. C'est par conséquent 1,666 mètres cubes par kilomètre carré et par jour, en moyenne, ou bien 10,000 mètres cubes pour 6 kilomètres carrés. Telles seraient les quantités d'eau susceptibles d'être rendues chaque jour par le sol, si rien de ce qui tombe en pluie ne s'écoulait par les pentes, ou ne se perdait par l'évaporation. Voyons, à cet égard, quels sont les résultats donnés par l'observation :

1° Le bassin de la Vanne, qui est très-bien limité, peut être estimé à 900 kilomètres carrés. Il reçoit donc 540 millions de mètres cubes par an, et, d'après des jaugeages exacts, il en rend au minimum 4 et au maximum 20 par seconde, c'est-à-dire que le débit annuel est compris entre 126 et 630 millions de mètres cubes. Le volume d'eau fourni par ces 900 kilomètres carrés est donc compris entre le 1/4 et les 7/6es de l'eau tombée sur cette portion du sol de la Champagne.

2° Le bassin de la Somme-Soude est d'environ 300 kilomètres carrés. Il reçoit par conséquent 180 millions de mètres cubes d'eaux pluviales par an. Or, la Somme-Soude donne en moyenne à Conflans plus de 100,000 mètres cubes d'eau en vingt-quatre heures, abstraction faite des années 1857 et 1858 qui sont trop exceptionnelles pour qu'on puisse les compter. Elle fournit donc par an plus de 36 millions de mètres cubes, c'est-à-dire plus du 1/5e de la quantité représentée par les pluies.

Or, la partie du bassin crayeux, qui est comprise entre la vallée de l'Aisne et celle de l'Aube, est d'environ 5,300 kilomètres carrés. Elle reçoit, par conséquent, 3,180 millions de mètres cubes d'eau par an.

Si, d'après les données précédentes, on suppose qu'elle puisse en rendre seulement 1/4, ce serait 795 millions de mètres cubes que le sol en pourrait fournir.

Comme la saignée qu'il s'agit d'opérer dans les craies représente, à raison de 100,000 mètres cubes par jour, 36 millions de mètres cubes, on aurait, tout compte fait, à emprunter à ces contrées environ 1/88e de l'eau tombée sur elles sous la forme de pluie, ou bien 1/22e de celle que le sol semble apte à restituer naturellement.

Si l'on remarque même qu'il passe à Paris, sous le Pont-Royal, en moyenne, 8 milliards de mètres cubes par an, et que le bassin de la Seine, au-dessus de Paris, en reçoit 23 milliards sous forme de pluie, on voit que la terre peut rendre le 1/3 de l'eau qu'elle reçoit dans les conditions climatériques où nous sommes placés.

Ce qui veut dire que la vallée de l'Aisne à l'Aube, où il tombe 3,180 millions de mètres cubes d'eau par an, pourrait en rendre 1,060, et qu'après en avoir fourni 36 millions pour la dérivation sur Paris, il lui en resterait 1,044, quantité très-suffisante à ses besoins, puisque l'emprunt qu'elle aurait supporté s'élèverait à peine à 3 p. % de la quantité disponible, et tout au plus à 1 p. % de la quantité fournie par les pluies. Il est probable même qu'on n'empruntera rien à la Champagne, et que, par suite de ce drainage dans un terrain aussi perméable, les eaux de pluie y seront absorbées et retenues de façon à remplacer complétement ce qu'il aura fourni.

On a objecté, il est vrai, d'après quelques expériences effectuées dans le midi de la France, que le sol garde seulement la 10e partie de l'eau pluviale qu'il reçoit. Mais on ne peut certainement pas appliquer ces données, en les supposant exactes, à notre climat et surtout à une contrée douée de caractères aussi particuliers que la Champagne crayeuse, où le sol est très-perméable et où la surface est peu colorée : deux motifs pour que l'eau y soit rapidement absorbée et pour que l'évaporation y soit restreinte.

Bien mieux, s'il était vrai que les eaux disponibles fussent réduites au 1/10ᵉ des eaux pluviales, n'en faudrait-il pas conclure que le bassin de la Somme-Soude, par exemple, qui fournit plus de 1/4 de ce qu'il reçoit par les pluies, en emprunte au loin, et que dès lors il y a beaucoup d'eau, dans l'épaisseur de la couche de craie qui se dirige vers d'autres contrées, perdue pour la Champagne?

Ainsi, soit que l'on considère la surface visible du terrain crayeux, soit que l'on tienne compte des parties cachées qui peuvent recevoir et amener l'eau de loin, on est réellement autorisé à conclure que les eaux pluviales forment, dans la couche de craie, un grand dépôt où il est bien permis de puiser jusqu'à concurrence de 100,000 mètres cubes par jour sans grave inconvénient.

Mettre hors de doute et de contestation la présence de cette nappe d'eau, en dessiner les contours, en évaluer l'épaisseur, en marquer la limite supérieure et en préciser les ressources, tel sera, nous l'avons dit, le premier soin comme le premier devoir des ingénieurs du service municipal, dès qu'ils seront libres d'opérer sur le terrain, ce qui ne leur a pas encore été permis.

Jusqu'ici, ils n'ont pu se diriger que par induction. Leur sentiment, toutefois, pouvait s'appuyer d'une démonstration assez directe, puisée dans les résultats observés lors du percement du souterrain de Billy-le-Grand, ouvert au bief de partage du canal de l'Aisne à la Marne. Ce souterrain a traversé la nappe d'eau de la craie tendre, et il en a baissé d'une manière permanente la surface supérieure. Mais, néanmoins, celle-ci se maintient toujours au-dessus du plan d'eau du canal, et, en 1858 même, elle a suffi à entretenir à elle seule plus d'un mètre d'eau dans ce bief. L'opinion des ingénieurs qui ont construit ce canal est très-positive; ils ne doutent pas que si, dans le tracé primitif, on eût abaissé le plan d'eau du canal, cette nappe, dont ils ne soupçonnaient pas la présence, n'eût suffi en tout temps à l'alimentation du bief de partage.

Votre Commission accepte donc comme une espérance très-fondée la chance d'obtenir d'un drainage pratiqué, soit à distance, soit dans le voisinage des sources, et un peu au-dessous de leur plan inférieur, sans rien emprunter à ces sources et sans leur nuire, toute l'eau dont vous avez voulu doter Paris. Mais, comme il importe que vous soyez fixés sur la valeur des promesses de la géologie, il convient de poursuivre au plus tôt la déclaration d'utilité publique du projet.

Dès lors il y a lieu d'examiner les objections qu'il soulève.

D'après l'étendue des terrains où l'on propose de faire les emprunts nécessaires pour fournir les 100,000 mètres cubes que Paris réclame, la Dhuis, le Sourdon, la Berle, la Somme et la Soude pourraient être seuls affectés. Voici ce que chacune de ces rivières débite :

Débit en 24 heures.

La Dhuis.......	28,000 à	35,000 m. c.
Le Sourdon....	8,000 à	9,000
La Berle.....................		14,000
La Somme et la Soude...........		100,742

Nous avons écouté avec une extrême attention les opinions des personnes très-dignes de considération qui habitent la contrée et qui pensent que ces petits cours d'eau seront affectés par les travaux effectués dans leur voisinage, encore bien qu'il semble peu probable que des travaux de drainage, pratiqués loin de ces sources ou à un plan inférieur à celui de leur lit, puissent beaucoup leur nuire.

Trois objections principales ont été élevées devant la Commission : 1° les prairies des pays traversés par ces rivières seront privées de leurs moyens d'irrigation; 2° les moulins à blé, que quelques-unes d'entre elles mettent en mouvement, seront arrêtés; 3° les projets formés pour l'introduction d'une agriculture perfectionnée dans le pays ne pourront recevoir aucune suite.

Votre Commission croit pouvoir conclure des renseignements qui lui ont été fournis et du débat qui s'est produit devant elle, qu'il n'existe pas, dans les contrées qui nous occupent, plus de 80 hectares de prairies irriguées par les eaux ci-dessus spécifiées. On compte bien environ 2 ou 300 hectares de marais et 6 ou 700 hectares de prairies naturelles non irriguées au voisinage de leur parcours; mais les marais ne pourraient que gagner à la diminution du volume des eaux et les prairies non irriguées n'y perdraient guère. Il a paru à votre Commission que les autres prairies de la contrée, nécessaires au bon aménagement des terres, étant des prairies artificielles, il n'y avait pas à en tenir compte.

Si l'enquête démontrait que les prairies actuellement irriguées ne dépassent pas 80 ou même 100 hectares, la ville de Paris les achèterait au besoin et il n'y aurait certes pas lieu de s'arrêter devant cet intérêt. On assure même qu'il n'est pas d'usage dans le pays d'irriguer pendant les mois correspondant aux basses eaux ; or, pendant le reste de l'année, les emprunts faits à la contrée pour les besoins de Paris ne s'opposeraient en rien à un service d'irrigation aussi restreint et même beaucoup plus étendu.

En ce qui concerne les 38 petits moulins placés sur les cours d'eau qui nous occupent, votre Commission est d'avis qu'une indemnité pourra compenser le dommage qu'ils éprouveront, s'ils sont forcés à un chômage de trois mois par année, et il n'est pas possible de supposer que ce dommage aille jusque-là. Elle n'accepte pas, d'ailleurs, que 38 moulins, travaillant pendant neuf mois, soient inhabiles à préparer la farine nécessaire à l'alimentation de 5 ou 6,000 habitants. Elle ne saurait donc voir là un véritable intérêt général à prendre en considération.

Mais, disent les propriétaires de la contrée, et les riverains en particulier, ce qui fait le prix des eaux que Paris veut nous enlever, ce n'est pas le parti que nous en tirons, c'est celui que nous pourrions en tirer. Nous n'irriguons pas nos prairies, mais nous avons l'intention de les irriguer. Ainsi arrosées, elles nourriront un bétail nombreux qui nous manque ; nous en obtiendrons des fumiers abondants, et le pays verra s'ouvrir enfin l'ère d'une agriculture perfectionnée, seule capable de l'enrichir. C'est là ce que votre projet vient ruiner ; c'est ainsi qu'il cause un dommage immense, irréparable, à la prospérité future de ces contrées que d'heureuses ressources naturelles ont si mal à propos désignées à la satisfaction des besoins de Paris.

Ici, votre Commission, jetée dans le domaine de l'inconnu et dans le champ des hypothèses, a pensé qu'elle ne pouvait avoir aucun avis.

Elle laisse à qui de droit la juste appréciation de ces torts qui seraient causés, dans une région un peu nuageuse, à des richesses futures, satisfaite de voir qu'en ce qui concerne les intérêts tangibles, actuels et présents, le dommage à craindre est très-douteux, et que, dans les suppositions les plus extrêmes, il est de ceux qu'on peut considérer comme renfermés dans de fort étroites limites, et qui sont en conséquence très-réparables de leur nature.

Elle ajoute pourtant que, l'enquête dût-elle révéler des objections plus graves que celles que nous avons rencontrées, il n'y aurait certainement pas lieu, à son avis, de s'arrêter devant elles.

L'intérêt qui nous occupe est tel qu'il faudrait, pour le contrebalancer, les motifs les plus considérables, un intérêt public évident, manifeste et d'un ordre élevé.

Personne n'entend supprimer Paris apparemment; dès lors, il faut bien lui accorder les moyens d'existence indispensables à toute grande cité, parmi lesquels figurent au premier rang des eaux pures et abondantes. Mais, nous dit-on, vous avez la Seine, pourquoi ne pas puiser dans ce fleuve tout ce dont vous avez besoin ?

Nous répondons : En l'état des choses, la Seine nous fournit en aval des eaux souillées qu'une bonne administration ne peut plus accepter comme élément essentiel de l'alimentation de la cité. En amont, elle est plus pure, il est vrai, mais déjà les déjections des usines de Choisy-le-Roi et les immondices des habitations riveraines qui se multiplient au-dessus de Paris nous la rendent suspecte. Aucun de nous n'hésite à donner la préférence sur l'eau de Seine, dans son état actuel même en amont, à des eaux de source aussi pures que le sont celles de la Champagne. Que serait-ce si l'annexion des communes suburbaines amenait comme conséquence, ainsi que semblent le prévoir quelques personnes fort compétentes, l'établissement d'un double cordon d'usines sur les bords de la Seine, en amont comme en aval, à quelque distance de Paris, sans doute, mais trop près néanmoins pour qu'avant de parvenir à nos machines hydrauliques, l'eau du fleuve eût pu se dépouiller des impuretés que des tanneries, des teintureries, des manufactures de produits chimiques y verseraient à flots?

Il y a cent ans, l'illustre Franklin se posait cette question : L'eau de la Tamise se rend-elle à la mer ? Il la résolvait par la négative, montrant qu'elle se comporte comme un piston liquide et mobile qui obéirait au flux et au reflux, et qui perdrait par l'évaporation exactement toute l'eau qu'il reçoit. Cette remarque, mieux comprise, aurait peut-être déterminé la municipalité de la ville de Londres à s'émouvoir en présence de l'immense accumulation d'immondices que le lit de la Tamise recueille et conserve, longtemps avant que les derniers étés lui en eussent révélé tous les périls.

Songeons à notre tour, lorsqu'il s'agit de Paris, à ce que sera la Seine dans cent ans, avant de lui emprunter ses eaux pour tous nos besoins domestiques.

Dans le voisinage des grandes villes, les fleuves sont faits pour la navigation, pour les usines, pour les bains ou pour les ablutions, et les sources, pour fournir l'eau à boire; car l'eau des sources seule échappe aux causes d'infection qu'entraîne le contact d'une population condensée. Descendue des nuages sous forme de pluie, elle constitue une véritable eau distillée qui, en traversant le sol, s'est purifiée, par une filtration complète, de toute matière en suspension, et qui, recueillie dans un terrain vierge et exempt de matières minérales nuisibles, n'y rencontre rien qui puisse l'infecter, mais seulement les sels calcaires et l'acide carbonique qui la rendent d'une digestion plus facile.

Il n'échappera pas aux membres du Conseil municipal que Paris se trouve une ville intermédiaire entre le midi et le nord. Si, en hiver, elle a souvent tous les inconvénients des climats septentrionaux, et si sa population doit en prendre les usages, en été, elle est presque toujours soumise aux mêmes besoins que les peuples du midi.

Il ne nous appartient donc pas de rejeter la qualité ou la fraîcheur de l'eau au second plan et de tenir surtout compte de son abondance. La bière et les boissons chaudes n'entrent pas seules dans notre alimentation, comme on le voit en Angleterre et en Hollande. Nous avons beaucoup de buveurs d'eau ou d'eau rougie, en quoi nous nous rapprochons des peuples du midi, à qui on reproche quelquefois de

rester indifférents, quand il s'agit des grandes masses d'eau nécessaires pour les besoins généraux de leurs cités, mais qui certes sont
pleins d'attention ou de recherche, dès qu'il s'agit de celle qu'ils consomment comme boisson.

Nous ne prétendons pas que les peuples du midi, que les anciens
Romains à plus forte raison, aient été dirigés dans le choix des eaux
potables par une analyse chimique raffinée. Ils n'en avaient pas besoin
pour former leur opinion.

L'eau déposée dans des jarres conserve ou perd ses qualités premières, selon qu'elle est dépourvue ou chargée de matières organiques. L'eau de la Somme-Soude, par exemple, qui a été gardée pendant trois ans dans un appartement chaud, partie dans des bouteilles
pleines et partie dans des bouteilles à demi-remplies, est aujourd'hui
aussi limpide et aussi franche de goût qu'au moment où elle fut puisée. Comment hésiter sur sa pureté ? Ce genre d'épreuve, très-simple,
a dû souvent être mis à profit par les Romains. Il n'en est peut-être
pas de plus sûr pour démontrer l'absence ou la faible proportion des
matières organiques dissoutes. Il n'en est pas du moins qui satisfasse
mieux l'imagination. On tient pour pure une eau qui résiste à l'infection, de même qu'on n'accepte pas volontiers comme bonne toute eau
qui se corrompt spontanément en vases clos.

Quoi qu'il en soit, les Romains ne s'y trompaient pas. Dans leurs
grandes et riches cités, traversées souvent par les fleuves les plus
abondants, on ne les voit jamais fonder le service hydraulique sur des
dérivations prises en amont de ces fleuves placés sous leurs mains,
mais bien sur l'emploi de sources fraîches et pures, conduites de
loin au moyen de ces aqueducs immenses et coûteux que le temps a
respectés.

Depuis longtemps, la chimie et la science des eaux ont justifié, par
l'analyse, les vues pratiques des Romains et motivé leurs sacrifices.
Pour ceux d'entre nous qui les ont longtemps professées, ce n'a pas
été une faible satisfaction que de les voir naître spontanément dans
la pensée de l'éminent administrateur qui dirige avec une autorité
si haute tous les intérêts de la Ville, et dans celle des ingénieurs

dévoués qui les ont soumises à des contrôles et à des vérifications d'où elles sont sorties plus évidentes encore.

Ces vues, qui semblaient il y vingt ans de pures abstractions scientifiques, qui ont paru il y a trois ans des témérités administratives, sont acceptées maintenant et tombent dans le domaine public. Il en sera de même de l'exécution des travaux destinés à les réaliser. Après les avoir considérés dès l'abord comme incertains dans leur principe, et plus tard, au moment de les entreprendre, comme gigantesques dans leur conception, on vous demandera avec impatience, dès qu'ils seront terminés, si vous ne songez pas à doter bientôt Paris de nouvelles eaux par les mêmes moyens, tant ces dérivations qu'on avait crues excessives paraîtront insuffisantes, tant ces travaux dont on s'est ému auront été facilement accomplis, tant les populations qui semblent les plus insouciantes du bien, sont en réalité les plus avides du mieux.

Votre Commission ne s'est pas longtemps arrêtée à l'étude de la partie financière du projet. Elle a reconnu de suite qu'à côté de la dépense présumée, il s'ouvrait des ressources nouvelles d'une grande importance, propres à les compenser. Elle a vu d'ailleurs qu'en consacrant cinq ou six années à l'exécution des travaux, la dépense n'avait rien qui fût de nature à dépasser les forces de vos budgets futurs. Enfin, elle a compris qu'une entreprise de cette nature peut sans dommage être ralentie, si quelque difficulté imprévue vient à se présenter dans le cours de son exécution, de même qu'elle peut être activée dans une certaine mesure quand les circonstances le permettent.

Messieurs, le père de la médecine, Hippocrate, résumant l'expérience des plus anciens peuples, recommandait déjà, comme boisson, une eau limpide, légère, aérée, sans odeur, sans saveur, chaude en hiver, froide en été. Les Romains, fidèles à ce précepte, dirigeaient à tout prix vers les villes des eaux de sources douées de toutes ces qualités. Les plus grands ingénieurs des temps modernes veulent encore que, pour le service de nos cités, nous donnions la préférence aux fontaines dérivées par des aqueducs, sur les eaux des fleuves, alors même qu'elles sont élevées par des machines hydrauliques. Ils

ne voient dans l'emploi de la vapeur qu'une coûteuse et pénible ressource réservée aux cas extrêmes.

Fort de ces autorités, dans cette nouvelle et mémorable circonstance, le Conseil sera unanime, comme la Commission, pour s'associer
aux vues de haute civilisation qui dirigent avec tant de persévérance
et de sollicitude la pensée de S. M. l'Empereur, dans la combinaison
des travaux destinés à assainir Paris et à élever le niveau de sa population. Il adoptera un projet, excellent de tout point dans ses conséquences, où se trouvent réunies toutes les conditions recherchées
par les Romains et avouées par le génie moderne. S'il semble hardi
dans sa conception et noble dans son exécution, ne nous en étonnons
pas. L'eau, l'air, la lumière, ces premières conditions d'une bonne
hygiène, sont plus que jamais les données fondamentales de l'organisation de la cité, et si les projets qui nous sont soumis, en vue de
leur dispensation libérale, offrent souvent tous les caractères de la
grandeur, c'est que, lorsqu'il s'agit des intérêts d'une immense population, pour être grand, il suffit d'être utile.

DÉLIBÉRATION.

Extrait du Registre des Procès-Verbaux des Séances du Conseil municipal de la Ville de Paris.

Séance du 18 Mars 1859.

Présents : MM. Ferdinand BARROT, BAYVET, BILLAUD, Comte DE BRETEUIL, DEVINCK, DUMAS, DUTILLEUL, ECK, FÈRE, FOUCHÉ-LEPELLETIER, Victor FOUCHER, HERMAN, Eugène LAMY, LEGENDRE, LEMOINE, MONNIN-JAPY, Ernest MOREAU, OUDOT, PÉCOURT, PELOUZE, PÉRIER, POUMET, SÉGALAS, Édouard THAYER, Germain THIBAUT et VARIN.

LE CONSEIL,

Vu le premier mémoire de M. le Préfet de la Seine, en date du 4 août 1854, relatif aux études définitives à faire pour travaux de dérivation de sources nouvelles, afin de compléter la distribution des eaux dans Paris ;

Vu la délibération en date du 5 janvier 1855, ouvrant un crédit de 60,000 fr. applicable aux études dont il s'agit ;

Vu une autre délibération en date du 12 du même mois, autorisant M. le Préfet à faire dresser un projet complet et un devis détaillé de la dérivation des sources indiquées dans le rapport de M. l'ingénieur en chef Belgrand, et l'invitant à faire étudier également le meilleur système de distribution des eaux dans Paris et d'assainissement de la ville ;

Vu une autre délibération en date du 24 août 1858, portant interdiction de tout écoulement direct dans la Seine, des eaux vannes provenant des fosses d'aisances ;

Vu la lettre écrite à l'appui de cette délibération par M. le Président du Conseil municipal à M. le Préfet de Police, le 25 septembre 1858 ;

Vu le second mémoire, en date du 16 juillet 1858, contenant les propositions de M. le Sénateur, Préfet de la Seine, relativement à l'adoption du projet définitif, dressé en vue de la dérivation, de la Champagne sur Paris, d'une partie des eaux souterraines des vallées de la Somme et de la Soude, et subsidiairement des sources du ruisseau de Vertus, du Sourdon et de la Dhuis ;

Vu le plan général et les avant-projets dressés par les ingénieurs du service municipal ;

Vu l'avis favorable émis sur ce projet par le Conseil général des Ponts et Chaussées ;

En ce qui touche les travaux de dérivation des eaux à emprunter aux craies de la Champagne :

Considérant que, dans les conditions actuelles, les eaux distribuées dans Paris ne satisfont, par leur nature ou leur quantité, ni aux besoins domestiques de ses habitants, ni aux exigences municipales, quoique ce service ait déjà reçu les plus utiles améliorations ;

Considérant que l'alimentation des parties élevées de la ville ne peut être effectuée en ce moment par les pompes de Chaillot qu'avec de grands frais et d'une manière toujours insuffisante, et que chaque jour accroît à la fois les exigences des habitants qui s'y portent, et l'impuissance des moyens dont l'Administration dispose à leur profit ;

Considérant que les recherches poursuivies par M. Belgrand, ingénieur en chef des eaux et égouts de Paris, démontrent qu'il est possible d'emprunter 100,000 mètres cubes d'eau par jour aux craies perméables de la Champagne et de les conduire à Paris, à l'altitude de 83 mètres 50 centimètres au-dessus du niveau de la mer, moyennant une dépense de 30,000,000 fr. au maximum ;

Considérant qu'il résulte de ces mêmes recherches que l'eau ainsi obtenue sera constamment pure, limpide et fraîche ;

Considérant que, si la dépense de 30 millions à effectuer pour cette dérivation est importante, elle doit être répartie sur un certain nombre d'années, et qu'en conséquence, elle ne dépasse pas les forces de la Ville ; qu'en outre, elle sera compensée par un accroissement de revenu certain, résultant de la vente des eaux ainsi amenées à Paris ;

En ce qui touche la distribution des eaux dans la ville :

Considérant que la plupart des grandes artères sont déjà établies, et qu'il convient de procéder à l'exéçution successive de leurs ramifications ;

En ce qui touche l'assainissement :

Considérant qu'il a déjà été pourvu, par diverses délibérations, à la construction des principaux égouts compris au plan général, et qu'il a été prescrit des mesures pour empêcher l'écoulement libre des liquides des vidanges dans les égouts tant principaux que secondaires ;

En ce qui touche le concours à réclamer des propriétaires riverains de la voie publique :

Considérant que ces propriétaires ont un intérêt évident à l'exécution des galeries souterraines qui doivent recevoir les eaux pluviales et ménagères provenant de leurs maisons, et procurer aux vidanges une issue directe et exempte d'émanations insalubres ;

Que, dès lors, il convient de poser dès à présent le principe de la contribution qu'il y aura lieu de leur demander, par application des dispositions de la loi du 16 septembre 1807, relatives aux travaux d'assainissement dans les communes, sauf à déterminer ultérieurement les bases et les conditions de ce concours,

Délibère :

ART. 1er.

Il y a lieu :

1° D'adopter le projet définitif dressé par les ingénieurs du service municipal, en vue de dériver sur Paris une partie des eaux souterraines des vallées de la Somme et de la Soude, et subsidiairement les sources du ruisseau de Vertus, du Sourdon et de la Dhuis;

2° De poursuivre la déclaration d'utilité publique de ce projet par décret de l'Empereur, rendu en Conseil d'État, et, à cet effet, de procéder à l'accomplissement des formalités voulues par la loi;

3° D'autoriser la rédaction et la présentation successive des projets définitifs relatifs au complément du service de distribution des eaux et de l'assainissement de Paris.

ART. 2.

Il sera statué par une délibération spéciale sur les bases et les conditions du concours à réclamer des propriétaires riverains de la voie publique, à raison de ces derniers travaux.

Signé au registre :

PÉRIER, *Vice-Président.*

G. THIBAUT, *Secrétaire.*

TROISIÈME MÉMOIRE

SUR LES

EAUX DE PARIS

PRÉSENTÉ PAR

M. LE PRÉFET DE LA SEINE

AU

CONSEIL MUNICIPAL.

(20 Avril 1860.)

PARIS.

TYPOGRAPHIE DE CHARLES DE MOURGUES FRÈRES,

RUE J.-J. ROUSSEAU, 8.

—

1860.

TROISIÈME MÉMOIRE

SUR LES

EAUX DE PARIS

PRÉSENTÉ PAR

M. LE PRÉFET DE LA SEINE

AU

CONSEIL MUNICIPAL

(20 AVRIL 1860.)

MESSIEURS,

Lorsque, le 16 juillet 1858, le Conseil Municipal accueillit avec faveur le travail définitif que j'avais l'honneur de lui soumettre sur les EAUX DE PARIS, et qui résumait cinq années d'études poursuivies avec toutes les lumières des ingénieurs les plus expérimentés, avec toute l'ardeur de l'administration la plus consciencieuse, pour assurer, selon les vues de l'Empereur, l'alimentation et l'assainissement de la Capitale, il me sembla, je l'avoue, que la question pouvait être considérée comme tranchée.

Lorsque, le 18 mars 1859, après un long et attentif examen, une commission spéciale, ayant pour interprète votre illustre Président, eut appuyé mes propositions de l'autorité scientifique qui s'attache à la parole d'un tel rapporteur, et que le Conseil, par un vote unanime, adopta le projet définitif de la dérivation sur Paris des eaux souterraines des vallées de la Somme et de la Soude, je crus fermement qu'il ne restait plus qu'à passer à l'exécution de cette grande entreprise, rendue chaque jour plus urgente par des besoins plus nombreux et plus exigeants.

L'extension des limites de Paris, alors à l'enquête, ne pouvait être une cause véritable de retard : elle avait été prévue dans mon second mémoire (1). Le projet présenté avait, il est vrai, pour but immédiat, de desservir la surface de Paris enfermée dans l'enceinte du mur d'octroi ; mais j'avais reconnu et déclaré « qu'un supplément considérable « d'alimentation deviendrait nécessaire du jour où la ville s'étendrait « jusqu'aux fortifications, en doublant sa surface, en ajoutant à sa « population 400,000 âmes dès aujourd'hui, un million peut-être avant « la fin du siècle, en comprenant dans son vaste périmètre des collines « comme celles de Montmartre et de Belleville, qui dominent de « soixante mètres les points culminants de l'ancien Paris », et les plans des ingénieurs avaient été conçus de manière à pouvoir se développer et se modifier comme la ville elle-même.

Faudrait-il seulement augmenter le volume des eaux à fournir à la consommation ? La vallée de la Vanne, explorée d'avance avec un soin prévoyant, pouvait verser un contingent égal à celui des réservoirs souterrains de la Somme-Soude, dans un autre aqueduc, dont le tracé et la dépense étaient déjà complétement étudiés.

Faudrait-il porter des eaux nouvelles sur les hauteurs englobées dans Paris ? La Dhuis (2), dont la source jaillit à 130 mètres d'altitude, et dont la conduite de prise d'eau était tenue, dans le projet primitif, à une hauteur considérable, pouvait, au lieu de grossir simplement la dérivation des eaux des vallées de la Somme et de la Soude, arriver à Paris, par un aqueduc spécial, à la cote de 108 mètres au-dessus du niveau de la mer. D'autres dérivations auxiliaires étaient indiquées pour satisfaire, par la quantité et par l'altitude, à tous les besoins de l'avenir.

On aurait donc pu dès l'an dernier commencer les travaux, selon les données rigoureuses du projet adopté par le Conseil Municipal : l'agrandissement de Paris, survenant, aurait fait compléter le travail en cours d'exécution, sans rendre inutile et regrettable aucune dépense déjà engagée.

D'ailleurs, les neuf derniers mois de l'année 1859 auraient pu être employés aux enquêtes, aux acquisitions, et même aux sondages

(1) Second mémoire sur les Eaux de Paris, page 74.
(2) Ibid., pages 85 et 86.

préalables à pratiquer dans le bassin de la Somme et de la Soude, pour faire apparaître aux yeux les plus incrédules la preuve de la justesse des prévisions et des calculs de nos ingénieurs.

Mais, quelque impérieuses que fussent les nécessités publiques auxquelles il s'agissait de pourvoir, j'ai dû, par des motifs dont vous ne pouvez manquer d'apprécier la prudence, retarder jusqu'à ce jour tout commencement d'exécution d'une entreprise qui est assez considérable pour qu'on ait besoin, en l'abordant, de ne laisser rien d'indécis derrière soi.

Des contre-projets qui s'étaient produits pendant le cours des études municipales faites en vue de la meilleure alimentation de Paris, et que la délibération du 18 mars 1859 avait écartés après une discussion approfondie, ne se sont point tenus pour condamnés sans appel ; ils se sont corrigés, modifiés, accommodés tant bien que mal au programme de la Ville, et ont sollicité avec instance un nouvel examen.

Depuis longtemps on avait observé que le lit de la haute Loire, jusqu'à une distance assez peu considérable de Paris, se tient à un niveau de beaucoup supérieur à celui du lit de la Seine : de là l'idée, déjà fort ancienne, d'amener une partie des eaux du premier fleuve dans le bassin du second. Il s'était agi, au temps de Louis XIV, d'approvisionner ainsi le parc, le château et la ville de Versailles. On reconnut promptement l'impossibilité de conduire l'eau de la Loire à une hauteur suffisante, sans des dépenses et des travaux disproportionnés avec le résultat. Mais, comme le sol de Paris est inférieur de 30 mètres à celui de Versailles, un ingénieur civil, esprit plus hardi et plus ingénieux que pratique, proposa, en 1856, à l'administration municipale, de substituer à la dérivation, déjà étudiée, des eaux de la Champagne, celle des eaux de la Loire.

Il donnait à son plan les plus gigantesques proportions. La Loire devait livrer, non pas 100,000 mètres cubes d'eau par 24 heures, mais 1,296,000. Un vaste canal à ciel ouvert, qui n'aurait pas eu moins de 29 mètres de largeur au plan d'eau, sur 2 mètres de profondeur, ménageait à la navigation des deux bassins une communication de plus de 250 kilomètres, préférable aux canaux du Loing, de Briare et d'Orléans. Cet immense volume d'eau arrivait sur les hauteurs de Satory, de Châville et de Meudon, à 139 mètres d'altitude ; quatre ou cinq des vallées qui découpent ces coteaux étaient transformées en réservoirs maçonnés et voûtés, que l'on ne remplissait qu'aux mois de mars et d'octobre, alors que la température de l'eau est moyenne ; un séjour de plusieurs mois rendait cette eau complétement limpide par le dépôt des matières en suspension ; les Parisiens ne consommaient que de l'eau fraîche en été, tempérée en hiver, pure en toute saison, et le programme municipal était accompli. En outre, la portion de l'eau dérivée qui n'était point emmagasinée dans les réservoirs se distribuait dans Paris en nombreuses chutes motrices, dont l'industrie payait volontiers l'emploi à la Ville.

Dans ces conditions, comme l'ont établi les ingénieurs du service municipal, et comme je l'ai démontré en peu de mots dans mon mémoire de 1858 (1), le projet ne soutenait pas l'examen. L'énorme prise d'eau proposée ne se pouvait faire qu'en ruinant, pour une partie de l'année, la navigation même de la Loire, dont le lit manque souvent d'eau ; le canal n'aurait pu tenir son radier à la hauteur voulue, au passage de plusieurs vallées profondes, et surtout en franchissant le plateau compris entre l'Orge, la Juine, l'Essonne et la Seine, qu'au moyen de travaux d'art, dépassant tout ce que les Romains avaient conçu de plus prodigieux en ce genre, et de dépenses que nul budget n'aurait pu raisonnablement admettre ; les réservoirs de dépuration auraient occupé, dans les environs les plus riches de Paris, près de 200 hectares de superficie ; la construction en eût coûté plus de 80 millions, sans compter les acquisitions et les indemnités préalables ; les marchandises, apportées à 100 mètres au-dessus de Paris, n'auraient pu en descendre, pour parvenir à leur destination, qu'à un prix supérieur à celui du trajet par voie navigable qu'elles auraient d'abord parcouru ; l'eau destinée à la consommation, chargée des matières organiques que charrie toujours un fleuve, se serait probablement corrompue par un séjour de trois ou quatre mois dans des réservoirs ;

(1) Second mémoire, page 24.

enfin, l'exploitation espérée de chutes industrielles ne pouvait guère légitimement motiver, au détriment des riverains d'un fleuve, le détournement d'un volume d'eau plus considérable que ne le demandait l'utilité publique.

On ne s'arrêta pas à ces colossales chimères.

Mais un ingénieur des Ponts et Chaussées, moins inventif, sans être au fond beaucoup plus pratique, crut devoir, à son tour, prendre la Loire sous son patronage, au moment où le Conseil Municipal allait adopter, après mûre délibération, le projet de dérivation des eaux de la Champagne (1). Il empruntait encore à la Loire 500,000 mètres cubes par 24 heures ; il ne les puisait pas dans son lit, mais au milieu des sables et des graviers de ses rives, où son eau s'épanche et coule lentement, à des distances variables, dans un terrain presque aussi mobile qu'elle-même ; il construisait, sur un point à désigner de la rive droite, pris à 5 mètres au-dessous de l'étiage du fleuve, une galerie dite filtrante, parce qu'elle devait recueillir l'eau, comme une sorte de drain, à travers le sable, et il conduisait cette eau, supposée fraîche et claire, par un aqueduc voûté et souterrain, jusqu'à Bicêtre, où un réservoir la recevait à 83 ou 84 mètres au-dessus du niveau de la mer. Les 500,000 mètres cubes fournis à Paris ne devaient coûter que 75 millions.

Ce contre-projet, restauré et amendé, qu'un simple ingénieur ordinaire jetait ainsi à la traverse des études et des travaux des savants ingénieurs de la Ville, méritait peu l'assentiment. Depuis longtemps, la possibilité de dériver sur Paris les eaux de la Loire avait été reconnue par ceux-ci, après un examen plus sérieux que le sien, et les administrateurs municipaux, d'accord avec eux (2), n'en avaient pas moins jugé préférable la dérivation des eaux des vallées de la Somme et de la Soude.

Cependant, comme les machines à élever les eaux avaient encore des partisans opiniâtres au moment où la Loire trouvait ainsi un nouvel

---

(1) Rapport de M. Dumas, Président du Conseil Municipal, page 18.
(2) Ibid., pages 20, 21 et 22.

avocat; comme des contradictions, inspirées par les mobiles les plus divers, surgissaient, de différents côtés, à l'encontre du projet déjà adopté par le Conseil Municipal de Paris, le Conseil général des Ponts et Chaussées, saisi de la question, émit l'avis que le projet de dérivation de la Loire et un projet de distribution des eaux de la Seine, élevées au moyen de machines à vapeur, fussent mises à l'étude. Immédiatement, j'ai chargé les ingénieurs du service municipal de dresser, non-seulement avec toute la loyauté de leur caractère, mais avec toute l'autorité de leur expérience et de leur savoir, les deux projets indiqués, en y joignant des plans et des devis estimatifs.

Le temps dépensé à cette double opération vous paraîtra long, Messieurs, si vous songez à l'urgence des besoins de la Ville; mais, pas plus que moi, vous ne regretterez qu'au prix même de la perte d'un an de plus, une lumière éclatante ait été jetée sur les divers moyens de les satisfaire.

I.

Un an, ce n'était pas trop pour l'importance et le nombre des travaux qu'imposait à la science positive des ingénieurs du service municipal l'imagination facile des promoteurs d'idées vagues ou systématiques.

Lorsque, sous l'impulsion du génie qui préside aux destinées de notre pays, le public voit s'accomplir, avec une rapidité et une splendeur qui tiennent du prodige, des entreprises qu'on aurait regardées, dans un autre temps, comme des utopies irréalisables, il ne manque pas de gens disposés à croire que, pour faire de grandes choses, il suffit d'en rêver, et qu'à force d'argent et de travail on peut donner un corps à toutes les chimères qui traversent leur cerveau.

Une création quelconque, en matière d'édilité, comme en toute autre, n'est pas si aisée qu'on le suppose : elle a pour condition première un profond sentiment de la réalité. Il faut se rendre un compte approfondi et minutieux des faits existants, au milieu desquels on prétend placer cette chose nouvelle ; il faut mesurer exactement les possibilités, comparer sans illusion les dépenses avec les besoins sérieux et les résultats probables, prévoir tous les détails sans rien omettre ; enfin, il faut donner à sa conception un aspect si simple, si convenablement proportionné, si conforme aux habitudes ou aux désirs de la population pour laquelle on travaille, que la nouveauté en disparaisse, pour ainsi dire, la grandeur du bienfait dût-elle ensuite n'être complétement appréciée que par la réflexion.

En général, les prétendues inventions dont l'administration municipale de Paris est incessamment assaillie remplissent assez mal les conditions d'un tel programme ; mais il n'est aucune des entreprises de la Ville, même de celles qu'on taxe de hardiesse, qui ne soit éprouvée préalablement et souvent au criterium de l'esprit pratique.

Avant d'élaborer les deux nouveaux projets qu'ils avaient à préparer, nos ingénieurs ont donc dû, encore une fois, bien déterminer le but qu'il s'agissait d'atteindre.

D'abord, était-ce un programme excessif que de vouloir distribuer à Paris, pour la consommation privée, de l'eau non-seulement salubre, mais toujours limpide, fraîche en été, tempérée en hiver? L'opinion du Conseil Municipal, et, je puis le dire, de la population de Paris, est depuis longtemps fixée à cet égard. Sans doute la classe aisée pourra toujours clarifier l'eau qu'on lui apportera, au moyen d'appareils plus ou moins compliqués, plus ou moins dispendieux ; les personnes riches ne manqueront jamais de se donner le luxe de l'eau fraîche au milieu des plus grandes chaleurs, soit en faisant séjourner leur boisson au fond de puits ou dans des caves, soit en y mêlant de la glace. Mais la masse des pauvres, à qui manquent à la fois l'argent et le temps, ne peut prendre ces soins, et boira toujours l'eau comme elle sera, c'est-à-dire trouble bien souvent, tiède dans les mois d'été, glacée dans la saison rigoureuse, si l'administration ne prend pas le soin de la lui distribuer claire, limpide et uniformément fraîche dans tous les temps. La santé en souffrira, et probablement la morale publique. Est-on bien sûr, en effet, que, si chaque petit ménage avait, à ses repas, la jouissance d'une eau fraîche et tonique dans les chaudes journées, agréable en tout temps, le goût, le besoin des boissons alcooliques, n'en seraient pas diminués? Ne fût-ce qu'un objet de luxe à fournir aux habitants peu aisés de cette immense capitale, n'est-il pas digne du Souverain qui a déjà tant fait pour le peuple que son règne procure au peuple cet élément de bien-être, surtout s'il est, dans tous les cas, nécessaire d'augmenter notablement la quantité de l'eau à distribuer dans Paris, et s'il est démontré que la dépense à faire, pour donner un volume déterminé d'eau excellente, ne dépasse pas les frais qu'exigerait la distribution d'un pareil volume d'eau médiocre?

En second lieu, quelle quantité d'eau faut-il ajouter à celle dont la Ville dispose aujourd'hui?

Je l'ai déjà dit ailleurs :

La consommation quotidienne de l'ancien Paris, en eaux de diverses provenances, était, au plus :

Pour le service privé, de............ 46,334 mètres cubes.

Pour le service public, de........... 55,000 ' id.

Total.............. 101,334 mètres cubes (1).

La zone suburbaine actuellement réunie à la ville ancienne est alimentée, au moyen de machines élévatoires, par la Compagnie générale des Eaux, et ne consomme que....................... 8,000 mètres cubes.

Ensemble............ 109,334

Soit, en chiffres ronds, 110,000 mètres cubes par jour.

Les ingénieurs estimaient, en 1858, que 65,000 mètres cubes devraient être promptement consacrés à chacun des services de l'ancien Paris, ce qui donnait, en somme, 130,000 mètres cubes.

Il y a lieu de penser que la population récemment comprise dans la ville, qui se contente maintenant de 8,000 mètres, consommerait, si elle en avait le moyen, 20,000 mètres au moins, et que le service public, très-insuffisant aujourd'hui dans la zone suburbaine, en exigerait au moins autant.

---

(1) Second mémoire, pages 85, 86.

La consommation normale qu'il faut assurer tout d'abord doit donc être évaluée de 170,000 à 180,000 mètres cubes.

Ce sont des besoins qui ne se manifestent pas encore, mais qu'il faut prévoir pour le jour où la Ville, largement approvisionnée d'eau, sollicitera, pour ainsi dire, le progrès de la consommation.

N'oublions pas toutefois que, malgré des efforts incessants et des dépenses persévérantes pour renouveler et compléter le réseau des conduites de distribution et pour créer de vastes réservoirs, la Ville n'est pas encore en mesure de répandre utilement 130,000 mètres d'eau dans l'ancienne enceinte; que la zone annexée ne possède que des conduites de très-petit calibre, et demande sur tous les points de nouveaux appareils; que 40,000 mètres cubes d'eau par jour n'y sauraient circuler souterrainement avant un notable délai et des frais considérables. Le total de 180,000 mètres cubes est donc excessif, pour quelque temps au moins.

Cependant, le projet municipal proposait, pour l'ancien Paris seul, la dérivation immédiate de 100,000 mètres cubes, qui, joints aux 105,000 que fournit le canal de l'Ourcq, et aux 3,000 qui proviennent de l'aqueduc d'Arcueil et des sources du Nord, donnent 208,000 mètres quotidiennement disponibles, sans compter les quantités d'eau qu'élèvent provisoirement de la Seine les machines existantes, soit dans l'ancien Paris, soit dans la zone annexée.

La dérivation du bassin de la Vanne pouvait fournir encore 100,000 mètres, et d'autres encore étaient entrevues comme la réserve de l'avenir.

200,000 mètres cubes et plus dans le présent, 300,000 dans l'avenir, semblaient garantir la satisfaction des besoins progressifs de Paris pour un très-grand nombre d'années.

On a trouvé ces quantités mesquines; on a dit que le service public et le service privé ne pourraient être qu'intermittents, réglés, le premier, par l'intervention d'agents administratifs chargés d'ouvrir et de fermer les orifices d'écoulement à de certaines heures de la journée, le second, par des robinets à repoussoir, ou par un jaugeage plus ou moins rigoureux; on est allé jusqu'à demander que chaque ouverture de distribution laisse couler l'eau sans interruption pendant les 24 heures de la journée.

D'abord, il ne paraît guère nécessaire de faire jaillir les fontaines monumentales toute la nuit, de laver les ruisseaux et même les égouts quand il pleut, d'entretenir à chaque étage des maisons une chute d'eau constante; ensuite, les 500,000 mètres qu'on a proposé de dériver à cet effet seraient loin de suffire à une telle prodigalité; les sommes à dépenser seraient incalculables; les finances de la Ville de Paris s'épancheraient avec aussi peu de mesure que l'eau, et ne serviraient qu'à grossir la Seine.

Il convient de rester dans les limites du possible et de l'utile, de satisfaire avec largesse aux besoins du siècle que l'on traverse, de ne point négliger l'avenir dans les combinaisons auxquelles on s'arrête, mais aussi de proportionner ses entreprises à ses ressources, et de laisser quelque chose à faire à ses successeurs.

A la vérité, pour les ingénieurs du service municipal, une dernière condition du problème posé par l'ancien programme était nécessairement remise en question : l'altitude de 83 mètres 50 centimètres au-dessus du niveau de la mer, qui suffisait pour desservir les points culminants de l'ancienne enceinte, ne permettait plus d'aborder une partie notable des plateaux renfermés dans Paris depuis le commencement de 1860. Il y avait lieu, évidemment, de chercher à porter une partie au moins des eaux nouvelles au plus haut point possible, s'il n'était pas donné d'atteindre, par une grande masse d'eau, les sommets proprement dits de Montmartre et de Belleville, dont l'étendue est d'ailleurs fort restreinte, et auxquels on pourra ménager ultérieurement un service spécial peu considérable.

Ainsi, 100,000 mètres par jour d'eau salubre, limpide, à température moyenne et constante, arrivant en majeure partie à l'altitude de 83 mètres 50 centimètres dans l'ancien Paris, et, pour le surplus, aussi haut que possible, telles étaient les conditions essentielles du nouveau travail demandé aux ingénieurs.

II.

Le projet de la dérivation de la Loire, reproduit avec tant d'insistance, se présentait le premier à leur examen. Ils ont dû le corriger, l'améliorer profondément, pour le rendre praticable.

Au lieu de 500,000 mètres cubes à puiser par jour dans le fleuve, ils se sont bornés à 100,000, mesurant ainsi la prise d'eau aux besoins réels de Paris, et atténuant du même coup une légitime cause d'opposition chez les Conseils généraux (1) et les Conseils municipaux des départements et des villes de la basse Loire, intéressés à ne pas laisser trop appauvrir un fleuve qui fait souvent défaut à la navigation.

Au lieu de placer la tête de la dérivation à Bonny, comme on l'avait le plus récemment proposé, ils l'ont remontée jusqu'à la Celle-sous-Cosne, selon les anciennes indications, afin d'avoir une plus grande altitude.

Le tracé n'était indiqué que sommairement et superficiellement ; il était basé sur des cotes erronées ; il eût exigé des travaux d'art gigantesques et des dépenses sans mesure, ou il n'eût conduit l'eau près de l'enceinte de Paris, sur la rive gauche de la Seine, qu'à l'altitude de 79 ou même de 76 mètres. Vous lirez, Messieurs, avec la même approbation que moi, la simple et courte discussion que renferme le rapport des ingénieurs municipaux sur la meilleure direction possible d'une dérivation de la Loire.

Après avoir suivi avec sagacité, en contournant les villes et en profitant de tous les accidents de terrain, le cours du fleuve, de la Celle-sous-Cosne à Ouzouer, d'abord, au-dessous du plan d'eau du fleuve, puis, au-dessus, à partir de Briare, les habiles ingénieurs qui ont fait les études vont joindre, à travers la forêt d'Orléans, la dépression appelée le Col-de-l'Esse, qui permet de franchir en un souterrain de médiocre étendue la ligne de partage du bassin de la Loire et du bassin

---

(1) Le Conseil général du Loiret a émis, dans sa session de 1859, un vote fortement motivé contre toute prise d'eau dans la Loire.

de la Seine. Ce faîte une fois passé, ils gagnent la vallée de la Juine, qu'ils parcourent en se tenant sur les coteaux de la rive gauche jusqu'à Lahonville, point où la rivière cesse d'être bordée de hauteurs. De la prise d'eau à ce point, le chemin de l'aqueduc était naturellement indiqué, et le mérite des ingénieurs municipaux consiste principalement dans le soin scrupuleux des détails, ayant pour but de ne faire le sacrifice, sans une nécessité manifeste, ni d'un centimètre de pente, ni d'un centime de dépense, deux épargnes bien difficilement conciliables, si ce n'est à force de savoir et d'expédients. Mais à Lahonville se présentait une difficulté que, jusqu'à présent, nul des auteurs de projets n'avait surmontée ni même peut-être aperçue. Là, en effet, commence un plateau très-inférieur au niveau qu'a pu conserver l'aqueduc. De la cote 107^m 70 au-dessus du niveau de la mer, le sol descend tout à coup à celle de 85^m, puis de 82^m. Une sorte de plaine, circonscrite par la Juine, l'Essonne, la Seine et l'Orge, n'offre que des hauteurs sans suite, des mamelons interrompus, qu'une conduite d'eau ne pourrait joindre à moins d'arcades sans fin, c'est-à-dire de dépenses sans limites, ou de siphons successifs, qui abaisseraient bientôt le plan d'eau fort au-dessous du niveau qu'il doit conserver, pour entrer dans Paris à une hauteur suffisante. Deux tracés minutieusement étudiés pour la traverse de ce plateau, en suivant et en rectifiant les vagues indications des inventeurs, démontrent l'erreur de leurs hypothèses. Les ingénieurs municipaux évitent résolûment l'une et l'autre voie, se rejettent à l'ouest, franchissent l'Orge et la Rimarde par un hardi siphon, s'ouvrent une voie nouvelle au penchant des coteaux de Montlhéry, de Balainvilliers, passent en siphon l'Yvette à Palaiseau, la Bièvre à Verrières, cheminent tantôt en souterrain, tantôt en tranchées, jusqu'à Sceaux, Châtillon et Bagneux, où ils établissent un réservoir dont le plan d'eau est à la cote 98^m 10; puis ils abordent Montrouge près des fortifications, à l'altitude 96^m 35, qui permettrait d'obtenir à Belleville une hauteur de 93 mètres environ. Certes, dans les données du projet, il est impossible de trouver une solution plus heureuse; elle dépasse de beaucoup l'espérance du dernier éditeur de la dérivation de la Loire, qui ne promettait qu'une altitude de 83 mètres à Bicêtre, fort loin encore de Paris.

Le travail coûterait 44 millions.

Mais le programme résumé plus haut serait-il accompli par l'exécution d'un tel projet?

Et d'abord, l'eau serait-elle limpide? S'il était vrai que des puits creusés à peu de distance de la Loire et exclusivement alimentés par l'eau du fleuve fournissent de l'eau constamment claire, il ne s'agirait que d'ouvrir des tranchées, des bassins à semblable distance et à profondeur égale. Mais une série d'observations minutieuses ont été recueillies à cet égard par les soins de M. Michal, inspecteur général des Ponts et Chaussées, directeur du service municipal des travaux publics de Paris, avec le concours non-seulement de M. Belgrand, ingénieur en chef des eaux, et de M. Rozat de Mandres, ingénieur ordinaire, dont le Conseil Municipal a maintes fois apprécié le savoir profond et consciencieux, mais encore de plusieurs des hommes expérimentés et attentifs que le service des Ponts et Chaussées retient sur les rives de la Loire.

Il en résulte que les puits creusés à des distances plus ou moins grandes du fleuve doivent être classés en deux catégories : les uns sont alimentés, en effet, par les seules eaux de la rivière ; mais elles y entrent à peu près dans l'état où elles apparaissent entre les deux rives, c'est-à-dire louches, troubles, en temps de crue ; les autres contiennent un mélange, à doses variées, des eaux de la Loire et de celles qu'amène lentement au fleuve la nappe souterraine descendant des coteaux, grossie par les infiltrations des pluies de la vallée, chargée des sels et des matières diverses que porte la surface du sol. Une expérience toute simple et que j'ai décrite ailleurs le prouve d'une manière irrécusable.

En soumettant à l'épreuve de l'hydrotimètre l'eau des puits creusés aux bords de la Loire, à une distance de 30 à 1,200 mètres, on remarque invariablement : 1º que, si le degré hydrotimétrique de l'eau d'un puits se rapproche de celui de l'eau de la Loire, elle se trouble en temps de crue et contient toujours en suspension une quantité de

sable un peu moindre, mais parallèle à celle qui salit l'eau du fleuve ;
2° à l'inverse, que, si l'eau du puits demeure relativement limpide
lorsque la rivière est trouble, elle marque à l'hydrotimètre un degré
bien supérieur à celui que donne l'eau de la Loire, selon le mélange
des infiltrations souterraines. En d'autres termes, l'eau des puits riverains de la Loire n'est claire qu'en proportion du mélange d'eaux
mauvaises qu'elle contient, et sa limpidité est en raison inverse de sa
qualité.

La source du Loiret, qui bouillonne à 7 kilomètres de la Loire,
paraît être alimentée en très-grande partie par l'eau de la rivière ;
aussi se trouble-t-elle dès que la Loire est en crue.

On alléguait qu'à Angers, à Blois, à Fourchambault, des tranchées,
des galeries filtrantes, ouvertes dans les sables des berges de la Loire,
fonctionnaient à merveille et donnaient des eaux toujours pures.

Examen fait, il est établi que, même en basses eaux, le réservoir
d'Angers se couvre de matières floconneuses, et que, pendant la durée
des crues, les habitants ne reçoivent que de l'eau blanchâtre.

A Blois, l'eau distribuée dans la ville contient un mélange étranger,
puisque le degré hydrotimétrique en est plus élevé que celui de l'eau
du fleuve ; elle se trouble, d'ailleurs, lorsque la Loire devient louche.

A Fourchambault, le puisard qu'on avait cité comme produisant de
l'eau toujours limpide communique directement avec le lit du fleuve,
dont il reçoit évidemment les flots clairs, troublés ou bourbeux,
comme les fait le caprice des saisons.

L'étude a été poussée plus loin. De l'eau de Loire, puisée dans la
crue du fleuve, a été soumise, soit par les ingénieurs, soit par un chimiste distingué (1), à diverses expériences : au repos, elle emplit le
fond du vase d'un sable jaune et abondant ; après douze jours, quatorze jours, seize jours même, elle demeure encore louche ; qu'on la
passe au charbon, la teinte blanchâtre persévère ; qu'on la filtre jusqu'à trois fois à travers un papier gris, c'est-à-dire par le procédé
employé pour les opérations les plus délicates de la chimie, elle n'acquiert pas encore une limpidité satisfaisante, telle que celle qu'on

_____

(1) M. RABOURDIN.

obtient, par exemple, au moyen des simples filtres Ducommun, pour l'eau de Seine ou d'Ourcq qui sert à la consommation des Parisiens. Ce sont des essais que chacun de vous, Messieurs, pourrait répéter.

Comment veut-on maintenant que le sable fin, délié, mobile comme l'eau, qui forme le lit et les berges de la Loire, et qui la trouble dès qu'elle grossit, puisse lui servir de filtre naturel et la dégager des parcelles infiniment ténues dont il la charge lui-même?

L'eau de la Loire peut donc être déclarée infiltrable, et, à ce point de vue, on ne pouvait faire un pire choix. Pendant quelques mois de l'année, l'alun seul la clarifie.

D'ailleurs, les galeries filtrantes qu'on propose d'établir seraient très-difficiles à construire dans des terrains mouvants; le sable, fluide, pour ainsi dire, s'y précipiterait avec l'eau, qu'il troublerait, tout en engorgeant les conduites. Enfin, le débit de la galerie d'Angers n'étant que de 10 mètres cubes environ par mètre courant de construction, il y aurait lieu, pour obtenir 100,000 mètres cubes, de créer 10,000 mètres de galeries filtrantes!

Je n'insiste pas sur cette considération, qui a cependant une très-grande importance, qu'il ne serait pas suffisant d'amener à Paris une masse d'eau de 100,000 mètres cubes à l'altitude de 96 mètres sur la rive gauche de la Seine, ou de 93 mètres seulement sur la rive droite, mais qu'il est indispensable d'en porter une partie notable beaucoup plus haut, si l'on veut desservir toute la partie bâtie et peuplée des coteaux élevés que l'extension des limites de Paris a joints à cette ville.

Je ne compare pas encore la somme de 44 millions au moins que coûterait la dérivation de 100,000 mètres cubes d'eau de Loire à ces altitudes aux dépenses qu'entraîneraient les autres systèmes proposés. A quelque projet que l'on s'arrête, il faut s'attendre à des frais supérieurs aux évaluations faites en 1854 et en 1858, par suite de la plus grande hauteur des nouveaux territoires annexés à Paris, dont il faut assurer l'alimentation. Dérivera-t-on la Loire? Pour amener tout ou partie de ses eaux à plus de 96 ou de 93 mètres, il faudra les aller chercher plus loin, et multiplier sur le chemin les détours et les tra-

vaux d'art, afin d'éviter les dépressions du sol et les pertes de charge.
Élèvera-t-on l'eau par des machines? Il faudra, pour atteindre un
réservoir supérieur, augmenter la force impulsive des pompes, la consommation du charbon, la longueur des conduites. Dérivera-t-on des
sources? Il faudra isoler les plus élevées, et leur ouvrir un aqueduc à
part, afin d'en conduire le produit à une altitude différant aussi peu
que possible de l'altitude initiale. La comparaison des évaluations de
dépense ne peut donc se faire qu'entre des projets qui auront porté
en ligne de compte toutes les nécessités nouvelles.

On verra plus bas que, toutes choses égales d'ailleurs, la dérivation
de la Loire ne se présente pas dans les meilleures conditions. Mais il
suffit pour le moment de ce fait, que l'eau de Loire n'est pas filtrable,
surtout en grandes masses, pendant cinq ou six mois de l'année.

Que dirait Paris, que dirait cette population, la plus délicate, la
plus exigeante, en ce qui concerne ses aliments essentiels, la plus
obstinément attachée à ses habitudes, lorsque l'avantage d'un changement ne lui est pas vingt fois démontré, si l'administration municipale, ayant à ses pieds l'eau de la Seine, d'un usage à peu près aussi
bon pour l'industrie que celle de la Loire, mais plus digestive peut-
être, parce qu'elle contient sans excès un peu plus de carbonate de
chaux, allait dédaigner cette eau facile à clarifier en petite quantité,
comme chacun le peut expérimenter chaque jour, pour en aller chercher à 250 ou 300 kilomètres, et au prix de près de 50 millions, une
autre qui pendant la moitié de l'année serait trouble et blanchâtre,
déposerait dans les carafes un sable vaseux, les cerclerait de lignes
horizontales déplaisantes, mettrait promptement les fontaines domestiques hors de service, et résisterait aux filtres les mieux installés! Il
n'y aurait pas contre l'édilité parisienne assez de malédictions et de
railleries.

Fleuve pour fleuve, c'est la Seine qu'il faudrait choisir. Les défen-
seurs du système de l'élévation de l'eau de Seine par des machines à
vapeur auraient parfaitement raison si la question était renfermée
entre ces deux termes : dériver de l'eau de Loire; élever de l'eau
de Seine. Mais, pour être préférable au projet de dérivation de la

Loire, le système qu'ils préconisent n'est pas, comme ils le préten-
dent, le meilleur de tous.

III.

Cette vérité vient d'être amplement démontrée par les ingénieurs
municipaux, qui avaient également mission de préparer un projet
d'alimentation de Paris par des machines à élever l'eau. Voici comment
ils se sont acquittés de cette seconde partie de leur tâche :

Leur premier soin, comme pour le projet de la dérivation de la
Loire, a été de rectifier, d'amender toutes les propositions faites jusqu'à ce jour, de lutter, avec toutes les ressources que peuvent fournir
la science consommée et l'esprit d'invention éclairé par l'expérience,
contre toutes les difficultés qu'eux-mêmes avaient naguère aperçues
et signalées dans le système des machines élévatoires.

La prise d'eau qu'ils indiquent comme la plus convenable serait faite
en amont d'Ivry et du Port à l'Anglais, au-dessus du confluent de la
Marne et de la Seine. Là, seraient mises en batterie 26 machines, étudiées dans les meilleures conditions de solidité, de puissance et d'économie : 13 fonctionneraient le jour, et 13 la nuit, sauf les interversions
de service nécessaires pour donner un certain repos aux équipes.

On a vu (1) que telle compagnie anglaise, fournissant de l'eau à
Londres, avait cru indispensable d'avoir deux machines en chômage
contre une en fonction, afin de ne jamais risquer une interruption
de service. Les ingénieurs municipaux, afin d'établir leur projet avec
toute l'économie possible, se sont bornés à une seule suppléante.

L'altitude de 83 mètres 50 centimètres ne suffisant plus à une partie
notable du nouveau territoire parisien, un réservoir, ayant son plan
d'eau à la cote de 107 mètres au-dessus du niveau de la mer, serait
construit à Ménilmontant et compléterait le service avec les deux
réservoirs déjà projetés, l'un, à 83 mètres 50 centimètres d'altitude, à
Belleville, l'autre, à 80 mètres, à Montrouge.

---

(1) Second mémoire, page 20.

Comme ce serait faire une dépense inutile de force que de porter à un bassin supérieur une certaine quantité d'eau destinée à alimenter un bassin inférieur, les trois réservoirs seraient desservis séparément par des groupes distincts de machines, qui y pousseraient l'eau par autant de conduites indépendantes du réseau de distribution.

Mais, avant d'être ainsi refoulée, l'eau aurait passé par des filtres les plus efficaces qu'il soit possible d'employer dans de telles conditions. Il ne fallait pas songer à ce qu'on appelle les filtres anglais, vaste système de bassins où l'eau séjourne et dépose une partie de son limon, pour traverser ensuite des couches successives de sable : la dépense eût été très-considérable. Comme la plaine d'Ivry est entièrement perméable, il aurait fallu revêtir entièrement de maçonnerie solide une surface de plus de 7 hectares de bassins, et consacrer 5 autres hectares au surplus de l'établissement. Le résultat eût été à peu près nul, comme le déclarent les personnes qui ont bu de l'eau à Londres. Les ingénieurs municipaux ont eu l'idée d'appliquer en grand le système de filtrage à la laine, récemment perfectionné par l'inventeur, et en usage depuis longtemps dans les fontaines marchandes de la Ville. Les frais seraient moins élevés, et l'eau serait un peu plus claire.

Mais il ne faut faire qu'une estime très-médiocre de ce procédé, quoique supérieur à tous les autres. Il est bien aisé d'en apprécier la valeur. Nul ménage, à moins d'être pauvre, ne boit l'eau telle que la donne au porteur d'eau la fontaine marchande. On la recueille dans une petite fontaine domestique, pourvue à l'intérieur d'une pierre poreuse, à travers laquelle passe l'eau destinée à la boisson. Que, dans les jours de crue de la Seine ou de l'Ourcq, on emplisse une carafe d'eau puisée par le porteur d'eau à quelque fontaine marchande, on la verra louche, encore chargée de limon ; on ne la boira qu'avec répugnance. Et pourtant les appareils à l'aide desquels un premier filtrage est pratiqué aux fontaines de la Ville sont installés avec sagacité, nettoyés avec des précautions dispendieuses, renouvelés souvent !

Or, l'eau de la Seine, filtrée en grand, comme le proposent les ingénieurs, serait naturellement l'objet de moins de soins encore ; on y emploierait moins d'argent et de temps : 100,000 mètres cubes par jour ne se manipulent pas aussi aisément et avec autant de loisir qu'un certain nombre d'hectolitres.

Il faut le dire, le filtrage en grand de l'eau d'un fleuve est, jusqu'à de nouvelles découvertes, une illusion. Qu'en Angleterre, où l'usage de la bière et des boissons chaudes permet à la population de consommer peu d'eau sans mélange, on se contente d'une eau dont l'aspect est trouble et le goût souvent désagréable, cela se conçoit. Qu'en France, sur les bords d'un fleuve limoneux, on regarde comme un bienfait un commencement de clarification, qui transforme une eau vaseuse en eau simplement louche et blanchâtre, rien de mieux. Mais promettre aux 1,500,000 habitants de Paris de puiser dans un fleuve, Seine ou Loire, l'eau nécessaire à leur consommation, et de la leur verser limpide, après l'avoir fait passer tout entière par tel système de grands filtres que l'on voudra choisir, c'est un engagement que ne saurait prendre aucun ingénieur expérimenté, et qui ne se pourrait tenir.

L'eau de Seine élevée par des machines n'aurait donc jamais la limpidité voulue, et, je ne saurais trop le rappeler, elle serait chaude en été, glacée en hiver.

La dépense première monterait à 22 millions, en y comprenant l'établissement d'un réservoir à 107 mètres d'altitude ; la dépense annuelle de combustible, de main-d'œuvre, d'entretien, sans tenir compte des intérêts du premier capital déboursé, ne serait pas moindre de 1,248,000 fr.

IV.

Le projet primitif de la dérivation dite de Somme-Soude, partie des vallées de la Champagne, rencontrait, en côtoyant la Marne, plusieurs ruisseaux affluents de cette rivière, et entre autres le Surmelin et la Dhuis, qui confondent leurs eaux. Plusieurs des sources de ces cours d'eau, qui sont déjà la propriété de la Ville de Paris, devaient être recueillies par l'aqueduc principal de la dérivation, dont elles auraient complété le produit, surtout dans les temps d'étiage et dans les années de sécheresse. Mais, comme elles apparaissent, pour la plupart, à de grandes hauteurs, et qu'elles pouvaient un jour être dérivées à part, pour fournir d'eau les points culminants de la Capitale, les conduites particulières destinées à les capter avaient été tenues à la plus grande altitude possible, jusqu'au voisinage de l'aqueduc collecteur, où elles versaient provisoirement leurs eaux par une chute rapide. L'extension des limites de Paris a réalisé les prudentes prévisions du projet, et, dès aujourd'hui, il y a lieu d'ouvrir un chemin spécial aux eaux des sources dont il s'agit, pour desservir les plateaux de la zone que Paris vient de réunir à son ancienne surface.

La source de la Dhuis se montre à 130 mètres 17 centimètres au-dessus du niveau de la mer ; plusieurs des sources du Surmelin sont aussi à plus de 130 mètres (1) ; quelques autres sources, qui sont tributaires du petit ou du grand Morin, ne naissent pas à une moindre altitude. Leur débit total dépassera souvent 50,000 mètres par 24 heures, et ne descendra jamais au-dessous de 40,000.

Leurs belles eaux, parfaitement limpides, très-salubres, d'une bonne température, d'un goût agréable, accusent cependant 23 degrés à l'hydrotimètre : elles sont donc légèrement incrustantes, si 20 degrés marquent la limite passé laquelle les eaux forment, dans leur cours, un certain dépôt calcaire. On n'y trouve pas trace de sulfate de chaux ; le carbonate de chaux seul y est un peu en excès, mais un excès de 3 degrés est très-faible et paraît facile à supprimer. Les auteurs du projet complémentaire, imitant ingénieusement la nature, proposent de ménager à chacune des sources une petite chute de 80 centimètres environ, pour que l'eau, tombant en pluie, abandonne dès l'abord la quantité de carbonate de chaux qu'elle ne peut conserver en permanente dissolution. Une expérience a été faite sur l'eau d'Arcueil, chargée de sels de chaux jusqu'à 37 degrés hydrotimétriques. Quelques petites chutes déterminées dans l'aqueduc, de regard en regard, ont produit des dépôts assez notables pour transformer promptement des paquets de mousse en masses calcaires, et, au point d'ar-

---

(1) Les sources que la Ville possède dans la vallée du Surmelin sont à 200 mètres d'altitude.

rivée, l'eau accusait 3° 10 de moins qu'au point de départ. Il y a tout lieu de penser que les eaux de la Dhuis et du Surmelin rejetteront dans leur chute l'excédant de carbonate de chaux qu'elles charrient ; dans tous les cas, elles le perdront en route, dans l'aqueduc de dérivation, avant d'arriver dans les réservoirs et de passer dans les conduites de Paris. D'ailleurs, on aura la possibilité d'abaisser le niveau de chaque source et d'en accroître ainsi le débit.

Il serait long et inutile de décrire le tracé de l'aqueduc spécial que les ingénieurs du service municipal proposent de construire pour les eaux des sources de la Dhuis et du Surmelin ; il suivra les mêmes coteaux que celui de la Somme-Soude, à une plus grande hauteur, et ne s'en écartera que rarement ; il apportera son produit dans un réservoir spécial, à construire à Ménilmontant, dont le plan d'eau sera tenu à 108 mètres au-dessus du niveau de la mer. Deux conduites maîtresses partiront de ce réservoir : l'une descendra jusqu'au réservoir de Belleville, pour y jeter, au besoin, un supplément d'alimentation ; l'autre suivra la rue de Ménilmontant jusqu'aux anciens boulevards extérieurs, se dirigera, d'un côté, vers Montmartre, de l'autre vers le pont d'Austerlitz, qu'elle franchira, pour aller, par les boulevards de l'Hôpital et Saint-Marcel, desservir les plateaux de la Butte-aux-Cailles, de Montrouge et du Panthéon.

La longueur de la dérivation supplémentaire sera de 139,207 mètres. L'ensemble du travail, qui pourra être promptement exécuté, puisque les sources dont il s'agit appartiennent déjà à la Ville, coûtera, y compris le réservoir spécial, 14 millions.

Paris aura ainsi, tout d'abord, 40,000 mètres d'eau excellente pour la boisson, amenée à une altitude telle que toute la ville nouvelle puisse être desservie, à l'exception du sommet extrême de la butte Montmartre et des points culminants, dont la surface est restreinte et peu habitée, des coteaux de Ménilmontant et de Belleville.

Ces 40,000 mètres, s'ajoutant aux 108,000 mètres d'eaux dérivées, dont Paris dispose dès à présent, et aux 25,000 ou 28,000 que lui élève, par surcroît, la vapeur, compléteront le total de 170,000 à 180,000 mètres dont la nécessité paraît être plus ou moins immédiate.

Les vallées de la Somme et de la Soude fourniront d'ailleurs aisément, et dans un assez bref délai, une nouvelle quantité de 60,000 mètres au moins.

A cette dernière partie du projet présenté par les ingénieurs municipaux on n'avait objecté longtemps que les intérêts des habitants du bassin de la Somme-Soude : 80 hectares de prairies à irriguer, 38 moulins à faire tourner, les perfectionnements futurs de l'agriculture riveraine, voilà, disait-on d'abord, ce que la prise d'eau faite au profit de Paris allait compromettre ! Mais, comme de tels intérêts ne pouvaient entrer en balance avec celui de l'alimentation de la Capitale de l'Empire et de l'immense population qui s'y presse ; comme, d'ailleurs, le dommage sérieux, quel qu'il fût, était facile à compenser moyennant indemnité, les adversaires de la dérivation dite de Somme-Soude ont transporté leurs objections sur le terrain scientifique. A leur avis, la nappe souterraine des vallées de la Somme et de la Soude n'a pas la puissance qu'on suppose, et ne fournira pas le contingent de 100,000 mètres qui lui était d'abord demandé. Je ne ferai pas remarquer qu'on peut se contenter aujourd'hui d'un minimum de 60,000 mètres ; je n'opposerai pas de nouveau la théorie si frappante et les observations si précises de M. Belgrand aux calculs et aux suppositions de ses contradicteurs : la meilleure réponse aux objections persistantes qu'on élève ressortira des faits. Pendant que s'exécutera le détournement vers Paris des sources de la Dhuis et du Surmelin, dont le jaugeage est certain et a subi l'épreuve des sécheresses exceptionnelles des dernières années, le secret que recèlent les plaines de la Champagne sera facilement pénétré par des sondages bien entendus ; le volume d'eau qu'on y peut puiser sera mesuré avec exactitude, et la conjecture savante des ingénieurs municipaux sera ou une erreur manifeste, comme le disent leurs adversaires, ou une vérité démontrée, comme j'en ai la confiance.

Le projet de dérivation de 100,000 mètres d'eau tirés de la nappe souterraine des eaux des vallées champenoises, qui était proposé en 1858 au Conseil Municipal, entraînait une dépense de 30 millions, en y comprenant des éventualités peu probables, admises cependant par la prudente prévoyance du Conseil général des Ponts et Chaussées et par mon administration. Si la prise d'eau s'abaisse à 60,000 mètres, ce qu'il importe en tous cas de supposer, pour pouvoir établir une comparaison exacte entre les trois projets nouveaux qui viennent d'être parallèlement dressés, et qui doivent comporter chacun la mise en distribution dans Paris d'un volume égal de 100,000 mètres, la dépense se réduit dans de certaines proportions. Il faut retrancher des évaluations primitives : 1° les frais nécessaires pour l'expropriation des sources de la Dhuis et du Surmelin, et pour la construction de la conduite de prise d'eau de cette source, toutes dépenses qui entraient dans les prévisions du projet pour. . . . . . .   980,000. »

2° Les sommes qui seront épargnées par la réduction des dimensions de l'aqueduc principal, par la suppression d'arcades devenues inutiles, par la substitution d'un seul siphon à deux, par l'établissement d'un seul pont pour les conduites des eaux de la Dhuis et du Surmelin et pour celles de la Somme-Soude au passage de plusieurs vallées, soit.   3,620,000. »

3° Une partie de la somme à valoir proportionnelle au total des réductions qui viennent d'être indiquées, ci. . . . .   1,400,000. »

Ensemble. . . . . .   6,000,000. »

La déduction de cette somme limite à 24 millions la dépense à faire pour la dérivation dite de la Somme-Soude, et à 38 millions le capital nécessaire pour amener à Paris 100,000 mètres cubes d'eaux de sources, dont 40,000 de la Dhuis et du Surmelin, à l'altitude de 108 mètres au-dessus du niveau de la mer, et 60,000 mètres des vallées de la Somme et de la Soude, à l'altitude de 83 mètres 50 centimètres.

V.

Après ce rapide exposé des trois projets, le rapprochement entre les systèmes divers s'établit de lui-même.

QUALITÉ DE L'EAU.

Dérivation de la Loire. — Eau excellente pour les usages industriels, moins bonne pour la boisson, chargée, comme toute eau de rivière, de matières organiques, mélangée de sable impalpable en temps de crue, infiltrable, trouble pendant cinq ou six mois, de température variable, repoussée probablement comme très-inférieure à l'eau de Seine par la population parisienne.

Puisage dans la Seine par machines à vapeur. — Eau bonne pour les usages industriels, salubre quant à la proportion des sels calcaires, infectée, même en amont de Paris, par les usines qui s'y multiplient, moins difficile à filtrer que l'eau de la Loire, mais louche, malgré tous les appareils de filtrage en grand, pendant plusieurs mois de l'année, chaude et nauséabonde en été, froide en hiver.

Dérivation des sources de la Dhuis et du Surmelin et des eaux souterraines des vallées de la Somme et de la Soude. — Eaux que l'industrie trouvera suffisantes si elles proviennent de la Dhuis et du Surmelin, excellentes si elles émanent de la Somme et de la Soude, parfaitement salubres et agréables pour la boisson, limpides en tout temps, fraîches en été, tempérées en hiver, et qui seront acceptées comme un éternel bienfait par la population tout entière, et surtout par la masse des pauvres.

QUANTITÉ DE L'EAU.

100,000 mètres cubes dans chacun des systèmes proposés, mais progressivement, c'est-à-dire économiquement produits, soit par les machines, soit par la double dérivation des eaux de sources.

ALTITUDE.

Dérivation de la Loire. — 96 mètres sur la rive gauche, 93 mètres sur la rive droite, dont les sommets sont cependant les plus élevés; excès d'altitude pour les deux tiers de la ville, insuffisance pour près d'un tiers.

Élévation d'eau de Seine par des machines. — Toutes les hauteurs demandées, à la seule condition d'une dépense proportionnelle. Dans le projet proposé : 107 mètres pour les points culminants, 83 mètres 50 centimètres pour la région moyenne de la Ville, 80 pour tout le reste.

Dérivations d'eaux de sources. — 108 mètres pour les points culminants, 83 mètres 50 centimètres pour la région moyenne, et 80 pour le surplus.

DÉPENSE.

Dérivation de la Loire . . . . 44,000,000. »

Élévation d'eau de Seine par la vapeur :

Premiers frais . . . . 21,979,500. » ⎫
Frais annuels, 1,248,000 fr. équi- ⎬ 46,939,500. »
valant à un capital de . . . . 24,960,000. » ⎭

Dérivations d'eaux de sources :

Dhuis et Surmelin . . . .·.. 14,000,000. » ⎫ 38,000,000. »
Somme-Soude . . . . 24,000,000. » ⎭

Je pourrais m'en tenir à ce simple résumé, et conclure que le projet municipal, exécuté, donnera la meilleure eau, dans les conditions les plus rigoureuses du programme, au prix le plus réduit.

Mais les conditions financières de chacune des trois entreprises placées en concurrence peuvent être examinées de plus près.

La Ville de Paris devrait consacrer au projet de dérivation de la Loire 44 millions, à celui des machines élévatoires 22 millions, à celui des dérivations d'eaux de sources 14 millions d'abord, 24 un peu plus tard.

Il est certain que l'opération qui demande une dépense intégrale de 44 millions avant de donner un résultat même partiel est, de tous points, la plus onéreuse.

Le projet des dérivations d'eaux de sources est plus économique, mais il paraît plus cher que l'emploi de la vapeur.

Voyons cependant la suite de chacune des entreprises.

On peut supposer que la Ville emploiera une période de 40 années pour l'amortissement de ses dépenses primitives.

4

Elle y parviendra, pour la Loire, au moyen d'une annuité
de...................................,.. 2,564,240. »

Pour les machines élévatoires, en payant annuellement....................................... 1,282,120. »

Pour la Dhuis, le Surmelin et la Somme-Soude, en
prélevant, chaque année, sur son budget....... 2,214,564. »

Il semble, au premier aspect, que l'avantage soit encore ici pour
le système des machines.

N'oublions pas seulement que les frais annuels d'entretien seront,
pour l'une ou l'autre dérivation, de nulle importance, 100,000 fr. tout
au plus, en moyenne, tandis que les machines consommeront, par
année, en combustible, en réparations, en main d'œuvre, une somme
évaluée modérément à........................ 1,248,000. »

qui, ajoutée aux intérêts et à l'amortissement du
capital primitif, soit........................... 1,282,120. »

donne une annuité de........................ 2,530,120. »

La dérivation de la Loire demandera pour intérêts et amortissement.................... 2,564,240. » ⎫
et pour entretien annuel....... 100,000. » ⎬ 2,664,240. »
                                                      ⎭

Les dérivations d'eaux de sources se contenteront, pour intérêts
et amortissement, de.......... 2,214,564. » ⎫
et pour entretien annuel, de.... 100,000. » ⎬ 2,314,564. »
                                                      ⎭

Le système des dérivations d'eaux de sources est donc, au point de
vue des dépenses annuelles de la Ville de Paris, la plus favorable des
combinaisons.

Ce n'est pas tout. Lorsque, après 40 années révolues, c'est-à-dire
une période bien courte, presque fugitive, dans la vie des grandes
cités et des états, la Ville se sera libérée de tout engagement contracté
pour le service des eaux nouvelles, si elle a préféré le système des
machines élévatoires, elle devra porter éternellement au budget de
ses dépenses une somme de près de 1,300,000 fr., susceptible d'ac-

croissement selon le renchérissement du combustible, des engins et
de la main d'œuvre ; si, au contraire, elle s'est arrêtée à l'un des
projets de dérivation qui lui sont proposés, elle n'aura pas d'autre
charge annuelle à supporter qu'une centaine de mille francs, pour
l'entretien du grand et magnifique ouvrage accompli par elle, et pourra
inscrire à ses revenus, sans aucune autre dépense pour balance, le
produit de la distribution des eaux municipales.

Dans quelles mains aura passé l'administration de la Ville au bout
de près d'un demi-siècle ? Vous l'ignorez comme moi, Messieurs ; mais
vous pensez aussi, comme moi, que les hommes chargés de la gestion
des affaires d'une si grande cité ne doivent pas raisonner de même
que s'ils avaient en mains la disposition d'une fortune particulière. Ils
doivent porter leurs regards dans l'avenir, plus loin même que les
pères de famille, et ajouter à leurs calculs les siècles qui manquent à
leur propre existence, mais pendant lesquels doit se prolonger celle
de la Ville. Quelle approbation accorderont à leurs prédécesseurs, et
surtout quel tribut de reconnaissance payeront au Souverain qui règle
aujourd'hui tout grand intérêt parisien, les conseillers municipaux
des premières années du xxe siècle, s'ils trouvent la Ville en jouissance
de fleuves d'eau pure et fraîche, incessamment versée sur les collines
qui bornent sa nouvelle enceinte, et s'ils n'ont plus nulle dépense à
faire pour profiter d'un tel bienfait ! Avons-nous, d'ailleurs, Messieurs,
pour obtenir cette gratitude posthume, un sacrifice à faire dans le
présent ? Aucun, ainsi que vous venez de le voir : l'annuité dépensée
pendant 40 années pour les dérivations d'eaux de sources aura été
constamment inférieure à celle qu'aurait exigée l'emploi de machines
élévatoires. L'économie bien entendue est ici d'accord avec l'étendue
des desseins et la grandeur de la pensée.

Supposez qu'il y a cinquante ans l'Empereur Napoléon Ier, au lieu
de décréter la dérivation de l'Ourcq, dont la dépense est aujourd'hui
soldée, se fût contenté de faire élever de la Seine, par la vapeur, les
105,000 mètres cubes que verse journellement le canal dans les réservoirs de la Ville : vous seriez en ce moment même contraints de
faire figurer en dépense à votre budget, pour le service des machines

élévatoires, une somme annuelle considérable, charge lourde et croissante, dont il ne vous serait pas possible de vous affranchir. Ce que
notre premier Empereur a fait pour l'ancien Paris, l'Empereur Napoléon III le fera, avec plus de magnificence encore, pour la ville
nouvelle.

Vous jugerez sans doute, Messieurs, qu'il est temps qu'une des
pensées les plus bienfaisantes et les plus populaires de l'édilité moderne soit enfin réalisée, et que la question de la meilleure distribution d'eau à effectuer dans Paris, qui se discute depuis six années,
sorte une bonne fois de l'arène des spéculateurs, aussi bien que du
monde chimérique des rêveurs, pour entrer dans la région des faits
et dans la période d'exécution.

Présenté à Paris, le 20 avril 1860.

Le Sénateur Préfet de la Seine,
G.-E. HAUSSMANN.

DÉLIBÉRATION.

Extrait du Registre des Procès-Verbaux des Séances du Conseil municipal
de la Ville de Paris.

Séance du 18 Mai 1860.

Présents : MM. ARTAUD, AUGER, F. BARROT, BAYVET, BILLAUD, CARISTIE, CHAIX
D'EST-ANGE, CORNUDET, DENIÈRE, DEVINCK, A.-Firmin DIDOT, DILLAIS,
DUBARLE, DUBOIS, DUMAS, DUTILLEUL, ECK, FÈRE, FOUCHÉ-LEPELLETIER,
V. FOUCHER, E. GOUIN, HÉBERT, HERMAN, JULLIANY, Eugène-LAMY,
J. LANGLAIS, LEBAUDY, LEBLANC, LE FROTTER DE LA GARENNE, LEGENDRE,
LEMOINE, LENOIR, LOZOUET, MONNIN-JAPY, E. MOREAU, ONFROY, OUDOT,
PAILLARD DE VILLENEUVE, PÉCOURT, PELOUZE, PÉRIER, PICARD, POSSOZ,
POUMET, RATTIER, RAVAUT, E. SCRIBE, SÉGALAS, TEISSONNIÈRE, G. THIBAUT,
THIBOUMERY et VARIN.

LE CONSEIL,

Vu sa délibération, en date du 18 mars 1859, portant approbation
du projet définitif dressé par les ingénieurs du service municipal, en
vue de la dérivation, de la Champagne sur Paris, d'une partie des
eaux souterraines des vallées de la Somme et de la Soude, et subsidiairement des sources, soit du ruisseau de Vertus et du Sourdon,
soit de la Dhuys et du Surmelin, pour accroître de 100,000 mètres
cubes d'eau, par 24 heures, l'alimentation de la ville;

La même délibération invitant, en outre, M. le Préfet de la Seine
à poursuivre la déclaration d'utilité publique dudit projet, par décret
de l'Empereur, rendu en Conseil d'État et, à cet effet, à procéder à
l'accomplissement des formalités voulues par la loi;

Vu deux autres délibérations, en date des 15 avril et 27 mai 1859, par lesquelles M. le Préfet a été autorisé à acquérir, au nom de la Ville de Paris, les sources de la Dhuys et du Surmelin ;

Vu une quatrième délibération, en date du 22 juillet 1859, par laquelle M. le Préfet a été invité à poursuivre avec la plus grande activité la conclusion définitive des traités provisoires passés pour l'acquisition des sources dont il s'agit ;

Vu les contrats d'acquisition réalisés, le premier, devant Me Barbier, notaire à Artonges (Aisne), le 29 juillet 1859 ; le second, devant Me Taquoy, notaire à Montmort (Marne), les 30 et 31 du même mois ; et, enfin, le troisième, devant Me Regnault, notaire à Loisy-en-Brie (Marne), le 30 du même mois ;

Vu un nouveau projet dressé par les ingénieurs du service municipal et ayant pour objet de dériver, par un aqueduc spécial, les eaux des sources de la Dhuys et du Surmelin et de les amener à Paris à la cote de 108 mètres au-dessus du niveau de la mer, afin d'alimenter les quartiers élevés de la zone suburbaine récemment annexée à Paris ;

Vu les plans et devis à l'appui ;

Vu les avant-projets comparatifs dressés par les mêmes ingénieurs, d'après les instructions de M. le Préfet : 1° pour la dérivation de 100,000 mètres cubes d'eau de la Loire ; 2° pour l'établissement de machines à vapeur destinées à élever pareille quantité de 100,000 mètres cubes d'eau de Seine ;

Vu le troisième mémoire en date du 20 avril 1860, par lequel M. le Préfet de la Seine, après examen de ces divers systèmes, propose de rejeter le projet de dérivation de la Loire et celui de l'établissement de machines élévatoires, et, en persistant dans le système de dérivation d'eaux de sources adopté par la délibération susvisée du 18 mars 1859, conclut à l'approbation du projet dressé en dernier lieu pour la dérivation distincte des sources de la Dhuys et du Surmelin ;

Ouï M. Dumas, rapporteur de la commission spéciale des Eaux de Paris, nommée dans la séance du 20 janvier 1860 ;

En ce qui concerne le projet de dérivation de la Loire :

Considérant qu'il résulte des études faites par les ingénieurs que les eaux de ce fleuve, chargées d'un sable jaune et abondant, sont presque infiltrables par grandes masses, pendant cinq ou six mois de l'année;

Que cependant une dépense d'au moins 44 millions serait nécessaire pour amener à Paris 100,000 mètres cubes par 24 heures, d'eaux si imparfaites, à la cote de 93 mètres sur la rive droite et à celle de 96 sur la rive gauche, altitude insuffisante pour desservir les parties les plus hautes de la nouvelle ville;

En ce qui concerne le système d'établissement de machines pour élever une égale quantité de 100,000 mètres cubes d'eau de Seine :

Considérant que si l'eau de Seine est plus facile à filtrer que celle de la Loire, il ne serait pas davantage possible de l'amener au degré de limpidité et de pureté désirable pour la bonne alimentation d'une grande ville; que, de plus, elle aurait aussi l'inconvénient d'être chaude en été et glacée en hiver;

Qu'indépendamment de la dépense première, évaluée à 22 millions, y compris l'établissement d'un réservoir à 107 mètres d'altitude, la dépense annuelle pour entretien, combustible, etc., etc., serait de 1,248,000 fr. qui, joints à l'annuité représentative des intérêts du capital déboursé, soit 1,100,000 fr., formeraient une annuité totale de 2,348,000 fr., correspondant à un capital de 47 millions;

Que, d'ailleurs, ce système a l'inconvénient de subordonner la marche régulière d'un service public si important, au fonctionnement de machines exposées à des dérangements et accidents nombreux;

En ce qui concerne le projet présenté en dernier lieu et tendant à la dérivation, par un aqueduc distinct, des sources de la Dhuys et du Surmelin :

Considérant que l'exécution de ce projet aura pour résultat de procurer, dans un bref délai, pour l'alimentation de la capitale, 40,000 mètres cubes par jour d'une eau excellente pour la boisson, et susceptible d'être amenée à une altitude de 108 mètres, suffisante pour desservir les points culminants de toute la ville;

Que les travaux de dérivation à exécuter à cet effet, y compris la construction d'un réservoir spécial, peuvent être achevés facilement dans l'espace de deux ans, et n'entraîneront pas une dépense de plus de 14 millions ;

Que, d'ailleurs, ces travaux, se rattachant au projet de dérivation d'eau de sources, approuvé par le Conseil Municipal, aux termes de sa délibération du 18 mars 1859, et déjà compris en partie dans le devis de ce projet, pourront être utilisés ultérieurement pour la dérivation des 60,000 mètres cubes restant à emprunter aux vallées de la Somme et de la Soude, et ne porteront pas la dépense totale de l'ensemble à plus de 38 millions ;

Considérant, en résumé, et comme conséquence des études comparatives qui ont eu lieu, que le projet de dérivation d'eaux de sources qui doit procurer aux habitants de Paris, dans les meilleures conditions, une eau parfaitement salubre et agréable pour la boisson, limpide en tout temps, fraîche en été et tempérée en hiver, est aussi en réalité le plus économique ;

Délibère :

ART. 1er.

Il y a lieu de persister dans le système de dérivation d'eaux de sources adopté déjà par la délibération ci-dessus visée du 18 mars 1859 ;

ART. 2.

Est approuvé le projet spécial qui a été dressé par les ingénieurs du service municipal, pour la dérivation distincte des sources de la Dhuys et du Surmelin, et dont la dépense est évaluée à 14 millions.

ART. 3.

M. le Préfet est invité à poursuivre la déclaration d'utilité publique de ce projet spécial aussi bien que du projet primitif déjà adopté par le Conseil Municipal.

Signé au registre :

DUMAS, *Président.*

J. LANGLAIS, *Secrétaire.*

RAPPORT

DE LA

COMMISSION D'ENQUÊTE ADMINISTRATIVE

CHARGÉE D'EXAMINER LE PROJET DE DÉRIVATION

DES

SOURCES DE LA DHUIS.

PARIS.

TYPOGRAPHIE DE CHARLES DE MOURGUES FRÈRES,

IMPRIMEURS DE LA PRÉFECTURE DE LA SEINE,

RUE J.-J.-ROUSSEAU, 8.

—

1861

SOMMAIRE.

RAPPORT

DE LA

COMMISSION D'ENQUÊTE ADMINISTRATIVE

CHARGÉE D'EXAMINER LE PROJET DE DÉRIVATION

DES

SOURCES DE LA DHUIS.

Un arrêté de M. le Sénateur, Préfet de la Seine, en date du 22 avril 1861, portait qu'il serait procédé à l'enquête administrative, prescrite par les lois et ordonnances, sur l'avant-projet de la dérivation sur Paris des sources de la Dhuis, et que la Commission d'enquête serait nommée par un arrêté spécial.

En effet, par un arrêté du 25 avril 1861, cette Commission a été nommée par M. le Sénateur, Préfet de la Seine, conformément aux dispositions de l'art. 4 de l'ordonnance royale du 18 février 1834.

1

Elle est composée de MM.

ÉLIE DE BEAUMONT, Sénateur, Membre de l'Institut, Président;

Docteur MÉLIER, Inspecteur général des Services sanitaires, Vice-Président de la Commission des logements insalubres ;

Docteur DUBOIS, Doyen de la Faculté de Médecine, Membre du Conseil Général de la Seine ;

ROBINET, Président de l'Académie impériale de Médecine ;

HENRI DAVILLIER, banquier, Président de la Chambre de Commerce ;

DENIÈRE, Président du Tribunal de Commerce, Membre du Conseil Général de la Seine ;

MAËS, Manufacturier à Clichy, Membre de la Chambre de Commerce et du Conseil Général de la Seine ;

ONFROY, Manufacturier à la Glacière, Membre du Conseil Général de la Seine;

ARNAUD-JEANTI, Maire du 3ᵉ arrondissement ;

RATAUD, Maire du 5ᵉ arrondissement ;

ABEL-LAURENT, Maire du 8ᵉ arrondissement ;

Baron MICHEL DE TRÉTAIGNE, Docteur en médecine, ancien Médecin en chef des hôpitaux militaires, Membre du Conseil de santé des armées, Maire du 18ᵉ arrondissement ;

AUBERT, Maire du 15ᵉ arrondissement.

La Commission, réunie à l'Hôtel de Ville par une convocation de son Président, a complété sa constitution en nommant un Secrétaire, M. RATAUD, et un Rapporteur, M. ROBINET.

Dans sa première séance, elle a entendu M. le Préfet, qui lui a exposé avec une grande clarté l'ensemble des projets approuvés par le Conseil Municipal, et les considérations qui se rapportent spécialement à l'avant-projet soumis à l'enquête.

La Ville de Paris dispose aujourd'hui de 153,000 mètres cubes d'eau par jour, dont 93,000 mètres sont absorbés pour les services publics. Il n'en reste donc pour les usages privés que 60,000 mètres.

Ainsi, chaque habitant n'a pas 90 litres d'eau à employer pour ses
besoins personnels, comme on pourrait le supposer en rapprochant
le premier de ces chiffres de celui de la population parisienne, mais
35 litres seulement. Cette quantité paraît bien faible, surtout si l'on
considère qu'elle n'est que l'expression d'une moyenne. Dans l'ancien Paris, elle est dépassée; mais, dans les territoires annexés à cette
ville par la loi du 16 juin 1859, et en particulier sur les coteaux
qu'ils renferment, il s'en faut de beaucoup qu'elle soit atteinte. On
ne saurait donc contester l'urgence d'une meilleure alimentation en
eau de l'ensemble de Paris. Il n'est pas possible non plus de mécon-
naître qu'il faille, avant tout, soulager les quartiers qui souffrent
davantage de la pénurie présente. Aussi, les projets mis à l'étude,
dès l'année 1854, par l'administration et adoptés en 1858 par le
Conseil Municipal, qui avaient pour but de dériver sur Paris des
eaux de source provenant des formations crayeuses du département
de la Marne et des terrains tertiaires du département de l'Aisne, ont-
ils été complétés, depuis la promulgation de la loi du 16 juin 1859,
relative à l'extension des limites de Paris, non-seulement en vue
d'assurer à la population de Paris d'autres moyens de pourvoir à ses
besoins actuels et futurs, mais encore en vue de relever le point
d'arrivée de la portion des nouvelles eaux qui devrait être affectée aux
quartiers les plus élevés de la ville agrandie.

Selon les premiers plans, qui ne comprenaient que le service de
l'ancien Paris, auquel suffisait amplement un réservoir placé à
83^m, 50 d'altitude absolue, soit à 57^m, 25 au-dessus de l'étiage de la
Seine, on négligeait de profiter de toute la hauteur des sources de
la Dhuis, très-supérieure au niveau de l'aqueduc de dérivation des
eaux des vallées de la Somme et de la Soude; et, pour économiser
les frais, on jetait dans cet aqueduc les eaux de toute origine.

D'après les plans complétés, les eaux de la Dhuis sont amenées à
Paris dans un aqueduc spécial, et emmagasinées au-dessus de Belleville, à 108 mètres d'altitude absolue, c'est-à-dire à 81^m,75 au-

dessus de l'étiage de la Seine, soit à 24ᵐ, 50 plus haut que le réservoir des eaux du grand aqueduc.

Les 40,000 mètres cubes d'eau que l'aqueduc spécial de la Dhuis et de ses accessoires débitera, au minimum, en 24 heures, et qui pourront être distribués jusque dans les derniers étages des maisons les plus élevées du nouveau Paris, excèderont probablement au début·les besoins des populations des quartiers hauts, et le surplus profitera provisoirement aux territoires inférieurs. Mais peu à peu la consommation se développera, et les eaux de la Dhuis, d'abord trop abondantes, seront absorbées entièrement dans les parties supérieures de la ville.

Quand ce progrès sera réalisé, l'aqueduc de la Somme-Soude amènera une nouvelle ressource de 60,000 mètres cubes d'eau par 24 heures dans un second réservoir, pouvant desservir tous les points hauts de l'ancien Paris, qui sont compris dans la région moyenne de la ville nouvelle.

Ceux-ci, à leur tour, auront un superflu qu'on déversera sur les parties basses de la ville, jusqu'à ce qu'enfin, enseignées par l'expérience, les populations de la région moyenne aient appris tout le prix d'une eau abondante, et consomment l'entier approvisionnement du second réservoir.

C'est en prévision de ce résultat que la Ville a acquis, dans la vallée de la Vanne, des sources débitant ensemble, au minimum, 70,000 mètres cubes d'eau par 24 heures, qui pourront être amenés par un troisième aqueduc, dans un troisième réservoir, à 70 mètres d'altitude absolue, soit à 43ᵐ,75 au-dessus de l'étiage de la Seine, hauteur suffisante pour permettre un excellent service dans toutes les parties basses qui forment le centre de la ville.

Comme les eaux de ces diverses provenances constitueront une ressource totale de 170,000 mètres cubes par 24 heures, soit de 100 litres par tête pour les seuls usages privés, en outre des 153,000 mètres cubes dont la Ville dispose aujourd'hui et qui pourront être exclusivement affectés alors aux services publics, c'est-à-dire aux fontaines monumentales, à l'arrosage des rues, des squares et des jardins, au lavage des ruisseaux et des égouts, il est à penser que l'on n'aura besoin de recourir aux eaux de la vallée de la Vanne qu'à une époque encore éloignée de nous, et qu'une autre génération profitera seule de la prévoyance de l'édilité actuelle

Quoi qu'il en soit, le système de l'administration municipale pour compléter l'approvisionnement d'eau de Paris comprend trois opérations successives. La dérivation de la Dhuis, qui est seule en cause devant la Commission, n'est que la première. Il était nécessaire de bien l'expliquer, afin, d'une part, que personne ne pût s'y méprendre, et croire qu'il s'agissait de donner satisfaction à tous les besoins du présent et de l'avenir, avec une addition de 40,000 mètres cubes par 24 heures, aux ressources hydrauliques de la cité; afin, d'autre part, que la Commission pût embrasser dans son ensemble le vaste plan dont l'administration municipale veut commencer l'exécution, et le discuter dans tous ses éléments, avant de se livrer à l'examen spécial du projet partiel soumis en ce moment à ses délibérations.

Conformément à l'art. 4 de l'ordonnance royale du 18 février 1834, la Commission a examiné les déclarations consignées aux registres d'enquête déposés au siége de la Préfecture, à Paris, et aux Sous-Préfectures de Saint-Denis et de Sceaux. Elle a ensuite appelé et entendu M. MICHAL, Inspecteur général des Ponts et Chaussées, Directeur du service municipal des travaux publics de Paris; M. BELGRAND, Ingénieur en chef des Eaux, et M. DE HENNEZEL, Ingénieur en chef des Mines.

M. MARY, Inspecteur général des Ponts et Chaussées, en retraite, qui a pris une si grande part aux beaux travaux dont la ville de Paris a été précédemment dotée, a bien voulu se rendre dans le sein de la Commission, et lui a donné de précieux renseignements sur le projet, aux principes duquel il accorde une approbation sans réserve.

Informée que différentes personnes, qui ne s'étaient point présentées dans les délais pour consigner leurs observations, les avaient publiées, la Commission a fait appeler ces personnes et les a invitées à s'expliquer devant elle (1).

Après avoir ainsi rempli les formalités prescrites par l'ordonnance précitée, la Commission d'enquête s'est livrée à l'examen détaillé des pièces et observations qui lui étaient soumises, et a finalement adopté, comme l'expression de son opinion sur l'utilité de l'entreprise, et sur les diverses questions qui lui ont été posées, l'avis motivé suivant, qu'elle doit donner conformément à l'art. 6 de l'ordonnance royale.

UTILITÉ DE L'ENTREPRISE.

La première question que devait examiner la Commission était celle de savoir si, abstraction faite de tout système d'approvisionnement et de distribution d'eau dans Paris, il y avait utilité réelle à modifier l'état actuel des choses et à procurer à la Capitale la jouissance d'une plus grande masse d'eau.

La Commission n'a pas cru qu'il fût nécessaire d'appuyer longuement sur des considérations depuis longtemps vulgaires, la déclaration d'utilité et même d'urgence d'un nouveau système d'approvisionnement et de distribution d'eau dans Paris, capable d'élever, dans une large proportion, la quantité dont on dispose en ce moment pour les services publics et les usages économiques.

Il suffira de rappeler que la Ville de Paris, malgré les efforts immenses et persévérants de tous ses administrateurs, ne reçoit encore qu'une quantité d'eau inférieure (eu égard au chiffre de sa population) à celle dont on dispose dans plusieurs capitales et même dans quelques villes de France de second et de troisième ordre.

La démonstration de cette vérité ressort clairement du tableau suivant, dressé d'après les renseignements les plus authentiques qu'il ait été possible de se procurer.

---

(1) La Commission a entendu notamment M. Delamarre, rédacteur en chef du journal *la Patrie*, dont la signature figure au bas d'une série d'articles sur les eaux de Paris. On trouvera à la suite du Rapport le texte du procès-verbal de la séance où ce journaliste s'est présenté.

QUANTITÉS D'EAU EN LITRES ET PAR TÊTE D'HABITANT

dirigées et distribuées dans diverses villes.

VILLES.	NOMBRE DE LITRES par jour et par habitant.	NATURE DES EAUX.
Rome moderne...............	944	Sources.
New-York....................	568	Rivière.
Carcassonne	400	Rivière.
Besançon....................	246	Sources
Dijon.......................	240	Sources.
Marseille...................	186	Rivière.
Bordeaux....................	170	Sources.
Gênes.......................	120	Sources.
Castelnaudary...............	120	Sources.
Glascow.....................	100	Lac Katrin.
Londres.....................	95	Rivière.
Paris.......................	90	Mixte.
Narbonne	85	Rivière.
Toulouse....................	78	Rivière.
Genève......................	74	Rivière.
Philadelphie................	70	Rivière.
Grenoble....................	65	Sources.
Vienne (Isère)..............	65	Sources.
Montpellier.................	60	Sources.
Clermont....................	55	Sources.
Édimbourg...................	50	Sources.

Ce tableau parle de lui-même, avec cette éloquence des chiffres de laquelle on a dit avec raison que rien ne pouvait lui être opposé.

Nous ferons seulement remarquer que plusieurs des chiffres du tableau ont une signification encore plus grande que leur expression arithmétique. C'est ainsi que Paris semble avoir à peu près atteint la richesse de Londres en eaux distribuées. Mais ne sait-on pas qu'à Londres toute cette eau est répartie entre les habitations particulières et les établissements industriels ? rien, ou à peu près, n'est distrait pour des services publics.

A Paris il en est tout autrement : sur les 153,400 mètres d'eau dont la ville agrandie dispose journellement, 60,000 sont consacrés aux services privés, et 93,000 mètres environ aux services publics, ou restent disponibles ; d'où il résulte qu'il n'y a guère que 35 litres par tête d'habitant et par jour, au lieu de 80 litres au moins à Londres.

Le même raisonnement peut être appliqué à la plupart des villes, même à celles qui, en apparence, auraient moins d'eau que Paris à distribuer à leurs habitants : c'est tout le contraire, excepté pour Rome, peut-être, où la plus grande partie des eaux se rendant aux fontaines monumentales, il n'en est attribué qu'une faible quantité aux services privés.

Mais n'est-il pas évident que les institutions nouvelles de la France, qui ont pour but d'améliorer la situation morale et matérielle des masses, et l'heureuse transformation des mœurs populaires, ont, entre autres résultats, celui d'augmenter dans une singulière proportion la consommation de l'eau ?

Parmi les institutions nouvelles, nous citerons la Commission des logements insalubres, qui, forte de la haute approbation du Conseil Municipal, dont elle relève, a pris le parti de considérer l'absence de l'eau dans toute maison habitée comme une cause d'insalubrité, et propose, en pareil cas, que le propriétaire soit tenu de mettre à la disposition des habitants, par tel moyen qu'il jugera le plus convenable, de l'eau en quantité suffisante pour assurer la salubrité de la maison. Il est facile de comprendre quelle influence doit exercer cette intervention de l'autorité municipale sur la consommation de l'eau.

Paris compte aujourd'hui 56,481 maisons.

Le nombre des abonnements est de 20,948 environ.

Il y a donc 35,533 maisons au moins qui n'ont que de l'eau de puits ou même aucune espèce d'eau, ainsi que l'a déjà constaté plusieurs fois la Commission des logements insalubres.

Du reste, la Commission d'enquête croit pouvoir affirmer qu'il ne s'est élevé nulle part, en principe, ni à l'occasion de l'enquête actuelle, ni antérieurement, aucune objection à la déclaration d'utilité publique d'une entreprise qui aurait pour résultat d'augmenter, dans une large proportion, la quantité d'eau mise à Paris à la disposition des services publics et particuliers.

Un chiffre suffira encore ici pour démontrer l'urgence de cette augmentation.

Sur les 153,400 mètres cubes d'eau qui peuvent être distribués, dans l'état actuel des choses, entre les services publics et privés, 143,400 ont déjà une destination; il ne reste donc que 10,000 mètres environ disponibles, et nous savons que bien des services ne sont qu'incomplètement satisfaits : les fontaines monumentales ne coulent que pendant une partie du jour, et l'eau des bornes-fontaines n'est livrée qu'avec réserve.

En conséquence, la Commission d'enquête, s'abstenant de rapporter autrement ici les considérations, aussi nombreuses que puissantes, qui sont exposées dans les documents officiels qu'elle a consultés et qui ont été publiés, émet l'avis : que l'avant-projet soumis à l'enquête, en tant que son exécution doit augmenter dans une large proportion la quantité d'eau dirigée sur Paris, est de la plus incontestable et de la plus haute utilité, aussi bien pour l'entretien de la santé de la population de Paris et l'augmentation de son bien-être, que pour les exigences des nombreux services publics d'une grande cité.

DE LA NATURE DES EAUX QUI CONVIENNENT A PARIS.

Une grande ville peut utiliser des eaux de diverse nature.

Les eaux destinées aux fontaines monumentales, au lavage des rues et des égouts, aux abattoirs, à l'arrosement de la voie publique

2

et des plantations, et aussi à l'entretien de la propreté des cours, écuries, ateliers, latrines, etc., peuvent être des eaux d'une nature qui les rendrait impropres aux usages domestiques.

Il importe assez peu que ces eaux soient plus ou moins calcaires ; qu'elles charrient quelquefois des limons qui les troublent; que leur température variant comme celle de l'atmosphère, elles soient froides en hiver et chaudes en été; que, prises en aval des villes, elles aient reçu les produits des égouts et des diverses industries qui les chargent de matières organiques : pourvu qu'elles se renouvellent assez souvent dans les réservoirs pour ne point s'altérer pendant le séjour qu'elles y font, ces eaux peuvent suffire aux divers usages dont nous venons de parler.

Il en est tout autrement des eaux destinées à la boisson, à la toilette, au blanchissage à domicile, aux bains, c'est-à-dire, d'une manière générale, aux usages domestiques et économiques et même à certaines industries. Ces eaux doivent remplir des conditions de propreté, de composition ou de température, faute desquelles elles cessent d'être suffisantes pour ces usages.

Une longue expérience, celle de tous les siècles, a prononcé à cet égard, et, ce qui est bien remarquable, les progrès récents de la science n'ont rien changé aux opinions qu'une sorte d'instinct et l'observation avaient établies, bien avant que la chimie et la physique eussent pu rendre un compte satisfaisant de la cause des préférences populaires (1).

Il n'est pas étonnant, sans doute, qu'on ait choisi pour certains usages, tels que le savonnage et la cuisson des légumes, des eaux qui se montraient propres à cet emploi. Là, il y avait des phénomènes très-faciles à saisir et qui chaque jour se renouvelaient.

Mais dans l'emploi des eaux pour boisson, les effets plus ou moins

---

(1) Les expressions *eaux légères*, *eaux crues* ou *lourdes*, n'ont pas encore été analysées par la science de manière à recevoir une signification précise.

favorables à la santé n'étaient point aussi faciles à déterminer. Cependant les populations ne s'y sont point trompées, et aujourd'hui, comme de toute antiquité, elles ont recherché et conduit au milieu d'elles, souvent au prix d'immenses sacrifices, des eaux pures, toujours vives, toujours limpides, d'une température presque constante, et par conséquent fraîches en été, tempérées en hiver.

Depuis, la science vraie, c'est-à-dire celle qui se fonde sur l'observation et non sur des idées systématiques, a parfaitement posé les principes qui doivent guider dans le choix d'une eau destinée à l'alimentation des populations.

La Commission croit que ces principes sont assez connus aujourd'hui pour qu'il soit à peu près inutile de les reproduire avec détail. Il nous suffira de rappeler, par un petit nombre de citations, que ces principes ont été solidement établis bien longtemps avant qu'il fût question d'alimenter Paris en eaux de source, de préférence aux eaux de la Seine.

En 1835, M. Guérard s'exprimait ainsi dans le *Dictionnaire de médecine* (1) : « Considérée comme boisson, l'eau doit avoir pour carac-
« tères d'être claire, limpide, incolore, inodore, d'une *saveur fraiche*
« et pénétrante; elle conservera sa transparence après l'ébullition,
« dissoudra le savon et cuira les légumes, les herbes et les viandes. »

Dès 1840, le docteur Dupasquier, dans un ouvrage consacré presque tout entier à la démonstration des avantages que présentaient, suivant lui, les eaux des sources sur les eaux des fleuves, traitait en ces termes le même sujet (2) :

« J'ai établi, dans un précédent chapitre, que la condition hygié-
« nique la plus importante pour une eau potable, c'était d'être froide
« en été et tempérée en hiver (page 154).

« A toutes ces comparaisons, qui sont généralement en faveur des

---

(1) Tome II, page 4.
(2) *Des Eaux de source et des Eaux de rivière comparées*, etc.

« eaux de source, à tous ces avantages qui leur appartiennent et
« dont on est assuré de jouir, puisqu'il n'y a pour cela qu'à les
« prendre telles qu'elles sont, si on ajoute, ce qui est de notoriété
« publique : que les cultivateurs et les industriels voisins des sources
« forment une population parmi laquelle on ne remarque ni le
« goître, ni les scrofules, ni aucun autre vice de l'organisme qui
« peut être attribué à l'usage de l'eau; que les personnes qui en font
« habituellement usage, et qui les trouvent excellentes, présentent
« une constitution vigoureuse et jouissent généralement d'une santé
« parfaite, on comprendra difficilement comment on pouvait hésiter
« à la préférer à l'eau du Rhône.

« Est-ce donc à dire, pour cela, que l'eau du Rhône soit mauvaise
« dans toutes les circonstances et qu'il faille en proscrire l'usage ?
« Assurément on ne peut me supposer une opinion aussi fausse,
« disons mieux, aussi ridicule. Si nous n'avions pas les excellentes
« eaux de source que la nature nous a données d'une main si libé-
« rale, nous devrions nous estimer heureux d'avoir à notre disposi-
« tion l'eau d'un fleuve comme le Rhône. Mais s'agit-il de choisir
« entre des eaux de source, qui ont naturellement toutes les condi-
« tions désirables sous le rapport de la composition chimique
« comme sous celui des qualités physiques, et de l'eau puisée dans
« le Rhône, qui ne peut acquérir ces dernières que d'une manière
« artificielle et avec des résultats douteux sur plusieurs points; je
« ne puis m'empêcher de dire alors, tout en regardant l'eau du
« Rhône comme potable, à la condition d'être ramenée à l'état de
« limpidité et au degré de température qui sont indispensables :
« Je n'hésiterais pas, pour ce qui me touche, pour mon usage par-
« ticulier, à lui préférer l'eau des quatre sources des bords de la
« Saône. »

Nous nous sommes plu à rapporter cette opinion d'un homme qui
avait acquis une grande autorité dans cette matière, parce qu'elle ne
peut être accusée d'aucune partialité. Dupasquier écrivait pour la

ville de Lyon. Qu'on mette la Seine à la place du Rhône et que la Dhuis remplace les sourcés de Roye, de Rouzier et de Neuville, on aura une opinion exposée il y a plus de vingt ans, et qui semble avoir été établie en vue du projet actuel.

L'*Annuaire des eaux de la France,* publié en 1851, définit ainsi les caractères des bonnes eaux :

« On admet généralement qu'une eau peut être considérée comme
« bonne et potable quand elle est *fraiche,* limpide, sans odeur;
« quand sa saveur est très-faible; qu'elle n'est surtout ni désagréable,
« ni fade, ni salée, ni douceâtre; quand elle contient peu de matières
« étrangères; quand elle renferme suffisamment d'air en dissolution;
« quand elle dissout le savon sans former de grumeaux et qu'elle
« cuit bien les légumes (1). »

On remarquera que la Commission de l'*Annuaire* met la *fraîcheur* en première ligne parmi les caractères d'une bonne eau potable.

Dans sa thèse de 1852, qui traite du choix et de la distribution des eaux dans une ville, M. le docteur Guérard, membre du Conseil de salubrité, s'exprime de la manière suivante :

« Elle (l'eau potable) doit être limpide, tempérée en hiver, *fraîche*
« en été, inodore, d'une saveur agréable ; elle doit dissoudre le savon
« sans grumeaux, être propre à la cuisson des légumes; elle doit
« tenir en dissolution une proportion convenable d'air, d'acide car-
« bonique et de substances minérales; enfin elle doit être exempte
« de matières organiques. »

La célèbre institution de Londres, intitulée *General Board of health,* place dans l'ordre suivant les qualités d'une eau potable :

« 1° Absence de tout mélange de matière animale ou végétale,

---

(1) *Annuaire des eaux de la France* pour 1851, 1re partie, page 13 ; rédigé par une Commis- sion composée de MM. HÉRICART DE THURY, *Président;* ORFILA, BECQUEREL, BOUCHARDAT, BOUTRON, CHEVALLIER, DUBOIS (Fréd.), O. HENRY, MILNE-EDWARDS, PATISSIER, PAYEN, CH. SAINTE-CLAIRE DEVILLE, *Secrétaire.*

« particulièrement de toute matière en état de décomposition;
« 2° mélange d'un air pur ; 3° douceur ; 4° absence de toute matière
« terreuse ou minérale ; 5° *fraîcheur* ou température moyenne, qui
« ne soit ni trop élevée en été, ni excessivement froide en hiver;
« 6° limpidité. »

Ainsi donc, il y a eu unanimité parmi les auteurs ou les institutions
qui ont eu à se prononcer sur les caractères de l'eau potable, pour
déclarer que la *fraîcheur* de l'eau était une de ses qualités essentielles.

De là cette préférence presque générale donnée aux eaux de
source, qui pour la plupart, sous notre climat, sortent du sein de la
terre avec une température constante de 9 à 12 degrés centigrades ;
température qui constitue pour elles la *fraîcheur* en été et un degré
tempéré en hiver.

Les exemples de Rome, de Carthage et de Byzance, et, dans des
temps moins reculés, celui de plusieurs villes d'Espagne, sont présents à toutes les mémoires. Si nous jetons nos regards plus loin,
nous trouverons les immenses cités de l'Orient; à l'autre bout du
monde, Mexico, que les Indiens avaient porté à un si haut degré
de splendeur et doté d'un des plus curieux aqueducs qui aient
jamais existé.

En nous rapprochant des temps modernes, nous voyons que presque partout on s'est efforcé d'amener dans les villes les eaux de
source les plus pures et les plus fraîches. Nous citerons seulement,
à l'étranger, Rio de Janeiro, La Havane, Édimbourg, Bruxelles.

Lisbonne va être alimentée en eaux de source, moins fraîches
sans doute que celles de la Dhuis, mais cependant agréables, grâce
à l'un des anciens et des plus habiles ingénieurs de la Ville de Paris,
M. Mary.

En France, nous avons Montpellier, Poitiers, Rouen, Perpignan,
Vesoul, Besançon, Dijon, Grenoble, Nancy, Voiron, Castelnaudary,
Bordeaux, Metz, Strasbourg, Valenciennes, Dieppe, Le Havre, Auxerre,

Nevers, Vienne (Isère), Clermont, Lons-le-Saulnier, etc., etc., pour ne parler que des villes.

Nous ne donnerons quelques détails que pour deux villes : Bordeaux et Dijon.

Une personne aussi éclairée qu'indépendante nous envoie sur les eaux de Bordeaux des renseignements intéressants et instructifs; nous les transcrivons tels que nous les avons reçus :

« Bordeaux possède un service d'eau qui n'a pas encore pris tout le « développement dont il est susceptible, mais qui commence à bien « fonctionner. Après beaucoup de tâtonnements, on a repoussé la fil- « tration des eaux du fleuve; on leur a préféré des eaux de source. « Celles-ci sont à 12 kilomètres de Bordeaux. Elles viennent en « ville par leur propre niveau dans un canal-aqueduc, tantôt souter- « rain, tantôt à fleur de sol, mais voûté et recouvert de terre pour « conserver la fraîcheur de l'eau.

« L'eau arrive dans un vaste réservoir souterrain où elle est pui- « sée par une machine à vapeur, qui la livre immédiatement au « système de tuyaux dont le réseau s'étend dans toute la ville. Quatre « réservoirs placés sur divers points et toujours pleins assurent le « service.

« De nombreuses bornes-fontaines sont disséminées dans la ville « pour le service de la population, et des bouches sous trottoirs exé- « cutent matin et soir une demi-heure d'irrigation pour nettoyer les « ruisseaux et chasser les eaux ménagères.

« Chaque maison peut avoir une prise d'eau par un robinet placé « au rez-de-chaussée, avec une pression de deux à trois mètres. Point « de compteur; l'eau est à discrétion, chacun en use suivant ses be- « soins; il ne paraît pas y avoir d'abus. Un système particulier per- « met cependant de fournir de l'eau aux étages les plus élevés des « plus hauts quartiers. Pour cela, un réservoir placé à l'étage supé- « rieur de la maison reçoit l'eau d'un château d'eau où elle est élevée, « pendant 30 à 45 minutes, au moyen de la même machine à vapeur.

« Un flotteur régulateur ne permet pas que le réservoir reçoive plus
« d'eau qu'il n'en peut contenir.

« Le prix de la prise d'eau ordinaire est fixé sur la valeur locative
« de la maison, ou sur l'importance de l'industrie; il est très-peu
« élevé pour la petite propriété. Ma maison, sise dans un joli quartier,
« ne paye que 27 fr. par an pour un robinet au rez-de-chaussée, qui
« fournit à tous les besoins de deux ménages.

« Les eaux qui arrivent actuellement en ville forment environ
« 800 pouces fontainiers; mais l'installation est faite pour en recevoir
« plus de trois fois autant. Il y a tout lieu de penser qu'avant long-
« temps une forte augmentation s'effectuera.

« On a repoussé les eaux du fleuve par la difficulté de la filtration
« et surtout par la plus grande *altérabilité* de cette eau filtrée, qui
« louchissait au bout de peu de temps. La pureté de celle qui est em-
« ployée laisse peu à désirer. Très-pure, limpide, bien aérée, très-
« fraîche à son départ, elle a toutes les qualités de la meilleure eau
« potable. Le chiffre des produits fixes est assez faible; il est de
« 2 décigrammes, dont 3 à 4 centigrammes de chlorure, carbonate
« et traces de sulfate. »

Nous croyons utile de rapporter ici les considérations sur lesquelles s'est appuyé le Conseil Municipal de Bordeaux pour donner
la préférence aux eaux de source.

Filtrage des eaux de la Garonne (1).

« La première question que se posa la Commission fut celle de
« savoir si l'on persisterait à prendre des eaux de source, ou si l'on
« ne reviendrait pas aux eaux filtrées de rivière.

« Cette question avait été définitivement résolue par le Conseil,
« lorsqu'on fit venir M. Marý à Bordeaux, en 1841, et qu'on lui confia

---

(1) *Rapport sur le projet de distribution d'eau à Bordeaux*, fait au Conseil Municipal de cette
ville, le 2 juin 1851, par M. Dufour-Dubergier.

« l'étude du projet qui consistait à amener à Bordeaux les eaux du
« Taillan.

« Néanmoins, votre Commission, ne s'en remettant pas à ce premier
« vote, a examiné de nouveau la question, et elle a maintenu la pre-
« mière opinion du Conseil, celle de préférer les sources aux eaux
« filtrées, par les motifs suivants :

« 1° Parce qu'il n'a pas été présenté de projets sérieux et étudiés
« sur un procédé certain et économique de filtrer les eaux de rivière,
« et que la Commission est restée convaincue que les frais annuels
« de filtrage dépasseraient l'intérêt du capital nécessaire pour ame-
« ner les eaux du Taillan à Bordeaux ;

« 2° Parce que le filtrage, fût-il possible et peu dispendieux,
« peut être sujet à de graves inconvénients et à des retards fâcheux,
« auxquels ne doit pas être exposée une distribution d'eau dans une
« ville aussi importante que la nôtre ;

« 3° Parce que les eaux de rivière sont sujettes à toutes les varia-
« tions de température ; qu'elles seraient, par conséquent, chaudes
« en été et froides en hiver, ce qui est un grave inconvénient pour
« des eaux en partie destinées aux besoins domestiques et à la
« boisson ;

« 4° Enfin, parce que notre collègue, M. Faure, consulté par nous
« sur la possibilité de la filtration en grand des eaux de la Garonne,
« nous a certifié que, dans sa conviction, et après des expériences de
« plus de trente années, il regardait ce problème comme insoluble. »

Nous ferons remarquer que c'est en 1841, c'est-à-dire dix ans
avant le Rapport dont nous donnons un extrait, que le Conseil
Municipal de Bordeaux avait renoncé au filtrage des eaux de la Garonne. Pendant ces dix années, il s'est produit bien des faits nouveaux
dans la question de l'aménagement des eaux d'une ville. Aucun de
ces faits n'a pu faire changer les opinions du Conseil, dont le personnel a dû se renouveler en grande partie pendant cette période de
1841 à 1851.

3

La ville de Dijon est du nombre de celles qui jouissent aujourd'hui d'une distribution d'eau, aussi parfaite par la quantité que par la qualité de l'eau que les travaux de l'art y ont amenée.

Rien ne manque à l'exemple remarquable qu'offrent les travaux exécutés au profit de cette ville.

Détermination de la quantité d'eau à distribuer dans une ville, par jour et par tête d'habitant; discussion et décision sur la préférence à donner aux eaux de source sur les eaux de rivière; examen du choix à faire entre les moyens de dérivation, d'élévation et de distribution de l'eau; difficultés relatives à l'achat de la source, à l'expropriation des terrains, usines, servitudes; règlement des intérêts des communes établies sur le cours d'eau dont la source devait être captée; épuration et filtrage des eaux, etc., etc.; toutes les questions enfin qui peuvent surgir d'un semblable projet se trouvent posées, et, ce qui vaut mieux encore, résolues en fait par le beau travail de M. Darcy.

M. Darcy a voulu que ses recherches et ses travaux pussent être utiles aux Ingénieurs qui recevraient une mission semblable à celle qu'il a remplie. Il a consigné dans un ouvrage intitulé : *Les Fontaines publiques de la ville de Dijon* (1856) les résultats d'une entreprise qui a été couronnée du succès le plus éclatant.

M. Darcy a cru pouvoir déduire de ses études quelques principes et quelques données, qu'il nous paraît d'autant plus utile de rapporter ici, que l'auteur en a fait des applications, aujourd'hui justifiées par l'expérience.

M. Darcy estime que les villes de France, et notamment Paris, doivent disposer, par 24 heures et par tête d'habitant, d'une quantité totale d'eau de 150 litres.

Il a examiné successivement les avantages et les inconvénients des différents modes d'aménagement des eaux, et il s'est enfin prononcé pour les sources dérivées au moyen d'aqueducs voûtés. Cette préférence a été sanctionnée par les autorités de la ville.

Des expériences positives lui ont appris que les eaux de rivière

perdaient très-peu, en été, de leur haute température par leur parcours dans les conduites. « A Dôle, à Gray, dit M. Darcy, la four-
« niture d'eau est opérée au moyen de machines qui la puisent en ri-
« vière. Je me suis assuré par moi-même que, dans les chaleurs de
« l'été, l'eau puisée aux bornes-fontaines est affectée d'une tempéra-
« ture qui la rend tout à fait impotable; les habitants sont obligés de
« la faire rafraîchir dans leurs puits ou dans leurs caves. »

M. Darcy avait calculé que l'élévation des eaux de la rivière de l'Ouche devait coûter, en capital, environ 100,000 fr., et en exploitation annuelle, 30,000 fr.: or, l'aqueduc qui conduit à Dijon les eaux de la source du Rosoir n'a coûté que 357,967 fr. 27 c. On voit donc que, sous ce rapport aussi, il n'y avait pas d'hésitation possible.

M. Darcy ajoute : « En temps de crue, les eaux de cette rivière
« eussent été impotables; il aurait fallu les filtrer. Or, on conçoit
« les difficultés extrêmes que présente le filtrage en grand, diffi-
« cultés qu'on ne peut surmonter qu'à l'aide de très-grandes dé-
« penses, et souvent même imparfaitement. En temps de sécheresse,
« les eaux de l'Ouche, dont le débit n'est alors que de 23 mètres
« par minute, prennent un goût marécageux et tombent dans la
« catégorie de celles dont le docteur Guérard proscrit l'usage. La
« température des eaux de cette rivière, en été, devient tellement
« élevée, qu'on ne pourrait les boire sans les faire rafraîchir. On sait
« que cette opération du refroidissement de grandes masses d'eau
« présente encore un problème plus difficile que celui du filtrage;
« je ne crois pas même qu'il puisse être résolu pratiquement dans
« l'état actuel de la science. »

Nous savons pertinemment que la ville de Dijon a voué une profonde reconnaissance à l'habile Ingénieur qui l'a dotée de l'un des plus beaux services d'eau qui existent en France.

Avec des proportions différentes, ce qu'on propose de faire pour Paris est absolument ce qu'on a fait à Dijon, de 1835 à 1839.

Voilà donc un exemple récent et patent des incontestables avantages d'une entreprise de ce genre. Qu'il nous soit permis de placer ici une réflexion qui pourra frapper les esprits impartiaux et qu'amène naturellement cet exemple.

Dans les villes alimentées par des sources et des aqueducs, les eaux ne préoccupent plus personne; aucune question ne s'élève à leur sujet; aucune dépense imprévue ne vient troubler les finances de la Ville. Une sorte de quiétude et de confiance s'étend sur cette importante partie des services publics; c'est comme une chose oubliée, rayée des discussions et des préoccupations communales. Il semble que l'eau soit devenue une chose dont la ville a été naturellement dotée, comme sa situation, son climat, son sol.

Tournons, au contraire, nos regards vers les villes, en petit nombre, qui ont dû recourir aux fleuves, à l'élévation et au filtrage artificiel de leurs eaux. Rien ne semble terminé; chaque jour amène de nouvelles questions, de nouvelles difficultés, de nouveaux projets. On se lasse des lourdes charges dont on se sent grevé à perpétuité, et ce n'est pas sans hésitation que les notables de la cité acceptent la transmission de cet état d'inquiétude et de gêne.

Nous sommes convaincus que, dans peu d'années, la Ville de Paris se félicitera d'avoir suivi l'exemple de Dijon, de Montpellier, de Bordeaux et de tant d'autres villes alimentées par des sources, que des travaux, pour ainsi dire impérissables, amènent au milieu de leur population.

Si nous avions pensé qu'il fût utile de nous appuyer sur d'autres exemples, nous aurions transcrit ici des renseignements sur bien d'autres villes alimentées par des eaux de source; mais nous n'aurions fait que reproduire la même série d'idées et de faits sur les causes de la préférence donnée aux eaux de source sur les eaux des fleuves.

Mais il est quelques villes importantes qui semblent avoir été guidées par des principes différents et avoir tenu peu de compte de ce que la Commission considère comme un principe de premier

ordre ; telles sont les villes de Marseille, Toulouse et Lyon, qui ont
eu recours aux eaux des fleuves. Examinons les causes de cette
préférence.

Mais d'abord, en ce qui concerne Marseille, il faut reconnaître
que cette ville avait bien plus à se préoccuper d'une abondante distribution d'eau, destinée aux services publics et au renouvellement
de l'eau du port, que de l'augmentation de la masse des eaux potables
dont elle disposait déjà. Dès lors, il fallait choisir entre de petites
rivières, ou plutôt des ruisseaux insuffisants et dont les eaux sont
profondément altérées par de nombreuses usines, et la Durance,
qui a du moins le mérite d'une sorte de virginité. Cette rivière, qui
sort principalement des glaciers des Alpes, roule des eaux troubles,
comme tous les cours d'eau qui ont la même origine, et il n'est pas
douteux que la population de Marseille n'eût préféré à ces eaux
troubles des eaux de source fraîches et limpides.

Voici les renseignements précis que nous recevons directement de
Marseille sur l'état actuel des choses ; ils ont été donnés par un des
plus anciens édiles, encore en fonctions aujourd'hui, et qui a pris une
grande part à tous les actes de l'administration municipale relatifs
au régime des eaux de Marseille.

« Il n'est que trop vrai que les eaux de la Durance amenées par
« notre canal arrivent à Marseille, pendant une très-grande partie
« de l'année, à l'état trouble, souvent d'une manière déplorable,
« toutes les fois qu'il y a des orages dans les Basses-Alpes et dans les
« régions que parcourt cette rivière. Bien que cet état de trouble
« soit accidentel, rarement le canal nous fournit des eaux tout à fait
« claires ; mais elles n'en sont pas moins très-utiles pour la propreté
« de la ville, pour les usages domestiques et surtout pour l'irriga-
« tion du territoire rural de Marseille, qui a totalement changé
« d'aspect depuis cette belle création.

« Du reste, Marseille n'est pas dépourvue d'eau bien fraîche, bien
« claire et excellente pour la boisson. La nature du sous-sol sur

« lequel Marseille repose a permis, de temps immémorial, d'y creu-
« ser des puits qui sont intarissables, et qui fournissent à la popu-
« lation une eau excellente à boire ; chaque maison a son puits.

« Il y a, de plus, une Compagnie qui a pris le nom des *Eaux de*
« *La Rose*. Elle a construit des aqueducs, par lesquels une source
« intarissable et très-abondante, située à un hameau nommé La Rose,
« à 4 kilomètres de Marseille, est exploitée et fournit, moyennant
« rétribution, de l'eau très-légère et très-bonne pour boire. Ces
« eaux arrivent par des conduits jusqu'au quatrième étage des
« maisons dont les habitants sont abonnés.

« Bien que Marseille ait donc, sans le canal et en abondance, de
« l'eau à boire excellente et toujours fraîche, notre administration
« municipale s'est toujours préoccupée des moyens de rendre plus
« limpides celles du canal. Jusqu'à ce jour, aucune tentative n'a été
« faite pour le *filtrage* proprement dit de ces eaux. Seulement, dans
« l'origine du canal, lorsqu'on ignorait l'état presque constant de
« trouble de ces eaux, on eut l'idée qu'il suffirait de construire, sur
« les hauteurs qui environnent Marseille, deux grands bassins pou-
« vant contenir 500,000 pieds cubes d'eau (18,850 mètres cubes),
« dans lesquels les eaux du canal, dès leur arrivée sur notre terri-
« toire, seraient retenues et séjourneraient pendant quelques jours,
« pour y déposer leur limon, et seraient ensuite conduites bien
« plus claires à la ville.

« Mais il est arrivé que les bassins étant insuffisants pour les be-
« soins de Marseille, l'eau n'a pas le temps de séjourner assez pour
« se purger convenablement et arriver claire à sa destination. Ce
« n'a donc été là qu'un palliatif.

« Toujours dans le même ordre d'idées, la ville vient de faire
« construire par des barrages en maçonnerie, dans une vallée à
« quatre lieues de Marseille, un immense bassin, dont la superficie
« n'est rien moins que de 72 hectares, et qui, à son plus bas étiage,
« contiendra encore 4 millions de mètres cubes d'eau. On espère

« qu'avec ce supplément de bassin épurateur, où les eaux pourront
« séjourner plus longtemps, on arrivera à la solution de la question
« qui se poursuit.

« Quant à la question de la fraîcheur de l'eau du canal, je dois dire
« que cette eau, parcourant un grand espace dans des canaux décou-
« verts et fort peu de distance dans des conduits fermés, arrive
« à Marseille avec un degré toujours à peu près égal à celui de
« l'atmosphère. Ainsi, alors même qu'on parviendrait à l'obtenir
« claire, il faudrait toujours employer la glace pour la rafraîchir.

« Reste la question de l'arrosage avec les eaux du canal. Dans
« l'état actuel des choses, le limon charrié par les eaux de la Durance
« a un caractère particulier; il a même reçu un nom spécial, la *nite*.
« Il est fortement argileux et a l'avantage de chausser les plantes.
« Il convient parfaitement aux sols sablonneux, qu'il améliore; mais
« il produit l'effet contraire sur les sols argileux. Ensuite la *nite*
« est très-infertile; il faut donc fumer davantage les prairies qu'on
« arrose avec les eaux du canal. »

Il est facile de tirer des conclusions de ces intéressants renseignements et d'en faire l'application à la question parisienne.

Marseille avait de bonne eau potable; mais cette ville de plus de
200,000 âmes manquait d'eau pour les services publics, si importants sous un ciel brûlant. Son port, surtout, dont l'eau ne se
renouvelait jamais, devenait pour la ville une cause d'infection in-
quiétante; le poisson en avait complétement disparu. On ne saurait
donc donner trop d'éloges à l'homme de génie qui a fait couler dans
Marseille et dans son territoire les eaux bienfaisantes d'un fleuve
pour ainsi dire artificiel.

Mais ces eaux y arrivent avec tous les défauts inhérents aux eaux
de rivière, en sorte que, s'il est une leçon à recevoir de la grande expérience faite à Marseille, elle montre qu'il faudrait bien se garder de
la renouveler à Paris, qui réclame avant tout des eaux potables, les
services publics étant déjà en grande partie satisfaits.

On voit que l'édilité marseillaise, malgré l'abondance des eaux potables, voudrait encore amener à cet état les eaux de la Durance, afin que la masse de la population trouvât partout à sa portée de l'eau bonne et agréable à boire ; mais il est facile de prévoir, qu'alors même qu'on parviendrait, par d'immenses sacrifices, à clarifier, jusqu'à un certain point, les eaux du canal, et à la préserver de toute altération dans un réservoir en terre exposé aux rayons du soleil, il leur resterait toujours le défaut capital d'une température élevée.

L'*Annuaire des eaux de la France* nous fait connaître les raisons qui ont déterminé la ville de Toulouse à puiser dans la Garonne les eaux nécessaires à l'alimentation de la ville. Laissons parler cet ouvrage.

Eau de la fontaine de la place Saint-Étienne.

« Cette fontaine, la seule qui existât à Toulouse en 1821, est ali-
« mentée par des sources qui prennent leur naissance dans le coteau
« Guilheméry.

« ....M. Dispan a trouvé en outre dans cette eau, par litre, 4 dé-
« cigrammes de carbonate d'ammoniaque, et il fait observer que
« c'est ici le premier exemple d'une eau habituellement employée à
« la boisson et contenant une aussi forte proportion de cette subs-
« tance.

« Les eaux des puits présentent à peu près la même compo-
« sition ; toutes contiennent des azotates et des sels ammoniacaux.

« Toutes ces eaux sont donc impropres à la boisson (1). »

C'est donc en présence d'un pareil état de choses, et faute de pouvoir diriger sur Toulouse des eaux de source de bonne qualité, qu'on
se livra, pendant plus de dix ans (de 1819 à 1830), à des études et

---

(1) Nous passons beaucoup de choses relatives aux grands dangers auxquels était exposée la population de Toulouse par l'usage des eaux insalubres de ses puits et de son unique source.

des travaux qui eurent enfin pour résultat de doter la ville de belles fontaines alimentées par les eaux de la Garonne.

Quant à Lyon, voici comment s'exprimaient en 1860, dans un Rapport adressé à M. le Sénateur, Préfet du Rhône, MM. les docteurs Rougier et Glénard, le premier, Vice-Président, le second, Secrétaire du Conseil d'hygiène publique et de salubrité de cette industrieuse cité. Le chapitre des eaux, dans ce remarquable travail, nous paraît assez intéressant pour être rapporté ici presque tout entier.

Du service des eaux à Lyon.

« Une eau pure, fraîche et limpide, répartie avec profusion, est
« un des premiers besoins d'une cité, et plus la cité est grande,
« plus elle est populeuse, et plus ce besoin devient impérieux à satis-
« faire. Une abondante distribution d'eau est indispensable : 1° pour
« l'usage alimentaire et domestique; 2° pour l'entretien de la pro-
« preté des maisons, de la voie publique et des égouts; 3° pour le
« service des diverses industries; 4° pour l'ornementation des places
« publiques au moyen de bassins et de fontaines jaillissantes.

« Plus avancés que nous, sous ce rapport comme sous beaucoup
« d'autres, les anciennes civilisations dépassaient tout ce que nous
« pouvons faire aujourd'hui, et notre esprit s'émerveille à la pensée
« que Rome ancienne distribuait à ses habitants, suivant les calculs
« du savant Prony, plus de 700,000 mètres cubes d'eau par jour,
« qui lui étaient apportés par neuf aqueducs, véritables arcs de
« triomphe, d'après l'expression de Chateaubriand, dont le par-
« cours était de 4 à 500 kilomètres. C'est un luxe que la capitale du
« monde pouvait se permettre, mais qu'aucune n'a pu imiter de-
« puis; et aujourd'hui même, des restes de cette ancienne splendeur,
« trois de ces aqueducs restaurés fournissent encore aux 165,000 ha-
« bitants de Rome moderne 170,000 mètres cubes d'eau par jour,
« c'est-à-dire sept fois plus que les 300,000 habitants de l'agglomé-
« ration lyonnaise n'en possèdent en ce moment, et cependant nous

4

« devons nous estimer heureux, car notre position actuelle est bien
« près de satisfaire à tous nos besoins.

« Cette sollicitude des anciens maîtres du monde pour fournir une
« abondante distribution d'eau potable dans les cités populeuses,
« on en retrouve des traces dans toutes les anciennes villes, et les
« restes des aqueducs qui les apportaient à l'antique *Lugdunum* té-
« moignent que cette métropole des Gaules était une des cités les plus
« favorisées sous ce rapport ; mais, depuis leur destruction, la popu-
« lation de la ville, sans abandonner la colline de Fourvière,
« s'étant étendue, dans la suite des âges, sur le delta formé par le
« Rhône et la Saône et sur les versants du promontoire représenté
« par le coteau de la Croix-Rousse, n'avait plus pour ses usages
« domestiques, quoique placée entre deux rivières, que les eaux de
« quelques sources de la montagne et des puits creusés dans les
« maisons particulières. De rares et maigres fontaines publiques, le
« plus souvent taries, fournissaient aussi parcimonieusement de
« l'eau à une population qui tendait toujours à s'accroître. Les eaux
« de source étaient la plupart séléniteuses ; celles de la fontaine
« dite des Trois-Cornets, dans le quartier de Saint-Georges, célèbres
« dans toute la ville pour leur pureté, ne dissolvaient pas le savon.
« Bien meilleures étaient celles des puits et fontaines, lorsque les
« rivières étaient à leur étiage. Mais quand elles se trouvaient au-des-
« sous, la plupart des puits se tarissaient ou donnaient une eau
« jaunâtre qui, dans les grandes crues des rivières, devenait trouble
« et d'un aspect nauséabond. Dans beaucoup de quartiers, les puits
« et les fontaines, trop rapprochés des fosses d'aisances et des égouts,
« voyaient leurs eaux corrompues par cet impur voisinage, et l'on
« comprend tout ce que la santé publique avait à souffrir de cet
« état de choses...

« Disons-le à l'honneur de la science, c'est elle qui, pour notre
« ville, s'est la première préoccupée de remplir cette lacune. Depuis
« 1770, trois fois notre Académie des sciences, belles-lettres et arts,

« ouvrit le concours sur les moyens de procurer à notre ville la
« meilleure eau qu'elle pût obtenir, et d'en distribuer une quantité
« suffisante. Ajoutons aussi que l'administration, éclairée par ces
« appels successifs, s'est efforcée d'entrer dans cette voie. Toutes les
« municipalités qui se sont succédé ont tenté, avec des résultats
« divers, de résoudre ce problème. Quelques essais partiels ont été
« faits, qui n'ont abouti qu'à irriter l'impatience publique. Les
« hommes de l'art, divisés sur la préférence à donner, soit aux eaux
« de source, soit aux eaux de rivière, ont à leur tour, par leur
« désaccord, contribué à ajourner cette question si importante re-
« lativement à la santé publique, et dont les intérêts divers en-
« gagés d'une et d'autre part ont trop longtemps entravé la solu-
« tion.

« On aurait de la peine à énumérer les livres, les mémoires,
« les rapports qui, dans le cours de quelques années, ont été
« écrits pour et contre chacun de ces systèmes. Aucune décision
« ne se prenait cependant, parce que chacun de ces systèmes
« était bon par lui-même et avait un côté supérieur sur l'autre,
« mais à un point de vue différent. On multipliait les commissions,
« qui faisaient toujours un travail stérile; la dernière nommée
« n'eut pas même heureusement le temps de se réunir. Il fallait
« une volonté énergique pour trancher la question, et c'est l'admi-
« nistration actuelle qui l'a fait en se prononçant pour les eaux du
« Rhône.

« Nous sommes loin de vouloir rouvrir ces débats, qu'une résolu-
« tion déjà exécutée vient de clore. Malgré notre prédilection an-
« cienne et motivée pour les eaux des sources de Neuville, de Roye
« et de Fontaine, en les destinant exclusivement aux usages alimen-
« taires, nous avons toujours reconnu leur insuffisance relativement
« à leur emploi pour la propreté de la ville, les fontaines jaillissantes,
« et surtout pour les exigences de l'industrie. Aujourd'hui, plus que
« jamais, l'agglomération lyonnaise a pris un tel développement que

« si, dans le principe, on leur avait donné la préférence, on serait
« obligé de leur adjoindre les eaux du Rhône commé un auxiliaire
« indispensable. »

(Suivent les analyses des eaux du Rhône et de celles des
sources.)

« On peut conclure de cette comparaison que, si l'eau des sources
« est plus riche en produits gazeux, elle contient aussi une bien
« plus grande quantité de sels calcaires. Ceux-ci sont moins abon-
« dants dans l'eau du Rhône, qui ne possède qu'une moindre quan-
« tité d'acide carbonique et d'oxygène, mais suffisante cependant
« pour qu'elle soit salubre et d'une bonne digestion. Quant à l'usage
« industriel, l'expérience n'a pas encore prouvé que l'une de ces eaux
« fût préférable à l'autre, et les arts les emploient indifféremment
« toutes les deux. »

Nous insistons sur cette curieuse observation du Rapport : que les
eaux du Rhône contiennent moins d'air que les eaux des sources. Il
est également remarquable qu'après une expérimentation de cinq
années, l'industrie lyonnaise, si délicate, ait été conduite à reconnaître qu'il n'y avait aucune différence appréciable pour elle entre
les eaux du fleuve et celles des sources. Il est plus que probable
qu'il en sera de même à Paris, et que nos industries se trouveront
tout aussi bien de l'usage des eaux de la Dhuis que de l'emploi des
eaux de Seine.

« Mais la question principale (continuent MM. Rougier et Glé-
« nard), sous le rapport hygiénique, est celle de la limpidité et
« de la température. Sous le rapport de la température, l'expérience
« des siècles nous confirme les paroles d'Hippocrate : Les meil-
« leures eaux sont celles qui sont froides en été et chaudes en hiver.
« *Optimæ sunt quæ hyeme fiunt calidæ, æstate autem frigidæ.* (De
« Aere, Aquis et Locis.) On contestait cette double qualité aux eaux
« du Rhône, en se basant sur celles qui étaient fournies par la
« pompe hydraulique de Saint-Clair et qui étaient distribuées dans

« la partie nord de la ville. Elles donnaient en été une température
« moyenne de 20 à 25 degrés centigrades lorsque l'atmosphère
« présentait celle de 25 à 30; en hiver, de 2 à 4 centigrades, quand à
« l'air extérieur le mercure descendait à 8 degrés. Cette observation
« n'avait rien de bien satisfaisant, et maintenant que l'expérience a
« pu se faire en grand dans toutes les parties de la ville, et lorsque
« l'eau a eu un parcours plus étendu, on est obligé de convenir que
« bien qu'il y ait une notable amélioration, les eaux qui sont dis-
« tribuées sont encore loin de la température égale de 12 à 13 de-
« grés que leur demande l'hygiène pour l'usage alimentaire. Nous
« jugeons inutile de donner ici les tableaux comparatifs que nous
« avons réunis; l'usage journalier de ces eaux a rendu cette dé-
« monstration superflue.

« On ne désespère pas de répondre à ce *desideratum*. Nous
« venons d'apprendre que la Compagnie des eaux a le projet
« d'établir dans chaque maison pourvue de robinets de distribution
« un réservoir en fonte contenant plusieurs hectolitres d'eau, et qui
« sera placé au-dessous du sol des caves; la conduite qui amènera
« l'eau des bassins de filtration s'ouvrira à la partie supérieure, et
« celle de distribution à la partie inférieure. Séjournant ainsi pen-
« dant plusieurs heures de la nuit, le liquide pourra se rapprocher
« beaucoup de la température des caves, c'est-à-dire de 12 à 13
« degrés centigrades. L'expérience se fait et le résultat en sera bientôt
« connu (20 mai 1860). »

Nous avons voulu savoir où en était cette expérience, et voici ce
qu'on nous écrit de Lyon, à la date du 20 juin 1861 :

« Pour ce qui concerne les caisses en tôle destinées à refroidir
« l'eau, je vous dirai qu'il n'y a pas encore eu d'essais ou d'appli-
« cations publiques. Un appareil seulement est placé pour l'étude
« dans les caves de la maison où se trouvent les bureaux de la Com-
« pagnie. Je viens d'en examiner les résultats, et je puis dire, ther-
« momètre en main, que, tandis que l'eau qui provient directement

« des tuyaux de canalisation présente une température de 18 degrés,
« celle qui a passé par l'appareil est à 11 degrés. »

Nous nous contenterons de faire remarquer, qu'alors même qu'on
se déciderait à faire dans les maisons habitées par des familles aisées
la dépense assez considérable de ces appareils, les graves inconvénients d'une température trop élevée subsisteraient encore pour le
plus grand nombre des consommateurs, qui vont prendre l'eau aux
fontaines publiques.

En effet, deux personnes expertes ayant bien voulu, à notre
demande, déterminer la température des eaux distribuées à Lyon,
elles ont obtenu, les 21 et 22 juin, les résultats suivants :

Température du Rhône. . . . 23°
Température de la Saône. . . 25°

Eaux du bassin des fontaines monumentales. . .	18° à	19°
Eaux des bornes-fontaines.	17 à	18
Eaux des bornes servant à l'arrosage.	17 à	18
Eau coulant dans les maisons.	17 à	18
Eau à un deuxième étage.	20	
Eau des puits.	14 à	15

Les auteurs de ces observations ajoutent :

« Vous voyez donc que si l'on veut boire de l'eau fraîche, il vaut
« mieux s'adresser aux pompes des particuliers qu'à l'eau de la
« Compagnie, dont la température varie de 17 à 19 degrés. Du reste,
« le grand service que nous rend la Compagnie n'est pas tant de nous
« donner de l'eau potable, que de fournir aux cafetiers, aux teintu-
« riers, aux confiseurs, etc., les masses d'eau dont ils ont besoin. »

Un honorable membre du Conseil d'hygiène et de salubrité de la
ville de Lyon confirmait au même moment cette opinion, en expri-
mant le regret, partagé par la population, qu'il n'ait pas été possible
d'alimenter la ville en eau de source.

Ajoutons qu'à notre connaissance, il a été sérieusement question de creuser des puits profonds dans le lit même du Rhône, pour obtenir des eaux fraîches.

Le Rapport continue ainsi :

« Quant à la limpidité, nous admettons sans réserves que l'eau
« des sources a l'avantage sur celle du Rhône; cependant, nous
« tenons à constater que pendant l'hiver celles-ci sont d'une lim-
« pidité parfaite, et que dans le reste de l'année elles ne se troublent
« qu'à la suite de pluies prolongées, lorsque le fleuve est enflé et
« limoneux. Si, dans des intervalles exceptionnels, les eaux qui
« nous sont fournies ont laissé, sous ce rapport, quelque chose à
« désirer *pendant l'été*, cela a tenu à ce que par des raisons qui,
« nous assure-t-on, ne se renouvelleront plus, on a dû, pour ré-
« pondre aux exigences de leur distribution, adjoindre par moment
« un cinquième environ de l'eau du Rhône non filtrée à celle qui
« avait subi cette épuration. Nous avons su que cette nécessité était
« résultée de l'impossibilité de faire filtrer dans les sables toute la
« quantité d'eau réclamée par la consommation. En effet, à mesure
« que le Rhône décroît, les filtres agissent moins. »

Voici ce qu'on nous écrit encore à ce sujet, le 20 juin 1861 :

« Il est arrivé à Lyon que les filtres de la Compagnie se sont trou-
« vés insuffisants; alors la Compagnie a commencé par prendre di-
« rectement au Rhône l'eau destinée à l'arrosage et aux fontaines publi-
« ques, réservant l'eau filtrée pour les particuliers. Il paraît que cette
« précaution est insuffisante, car toutes les fois que le Rhône est
« trouble, ce qui arrive fréquemment, nous recevons de l'eau
« trouble.

« Je viens d'examiner l'eau de M. Guichard, confiseur, place des
« Terreaux; celle de M. Riveron, confiseur, rue Clermont. Elles sont,
« comme la mienne, d'un trouble très-accusé, et, comme moi, ces
« Messieurs observent qu'ils ont souvent de pareille eau. A cela le
« remède paraît facile : renouveler les filtres. Oui, mais ce sont des

« dépenses considérables, et la question d'argent entre toujours en
« ligne de compte dans les considérants d'une Compagnie. »

En poursuivant la lecture de l'important Rapport du Conseil
d'hygiène de Lyon, on trouve des détails sur les procédés de filtrage
appliqués par la Compagnie concessionnaire. Il en résulte que l'eau
qui doit être mise en distribution arrive dans trois bassins à filtration,
ayant ensemble une surface de 4,000 mètres carrés. Les eaux du
Rhône, prises en amont de la ville, au lieu dit des Petits-Brotteaux,
viennent remplir les bassins creusés à 3 mètres au-dessous de l'étiage,
en filtrant au travers des graviers d'alluvion qui forment le sol de
cette localité.

Voici donc un exemple tout récent, une expérimentation en
grand de l'aménagement des eaux d'un fleuve pour une ville de
300,000 âmes, placée pour ce système dans les meilleures conditions.

La Commission d'enquête ne trouve pas l'exemple encourageant.

En effet, qu'on se pénètre bien de la signification d'un rapport
officiel, rédigé avec toute la modération et la réserve que commande un pareil sujet. On sent bien que ses auteurs n'ont pas cru
qu'il fût indifférent de jeter légèrement un blâme, même fondé en
apparence, sur une œuvre pareille, qui d'ailleurs a un côté plein de
grandeur et d'utilité. Mais la modération du rapport et les renseignements dont nous avons pu le faire suivre doivent profiter à ceux
qui cherchent un guide pour la solution du difficile problème que
soulève l'approvisionnement d'une ville de 1,700,000 habitants.

La question seule du filtrage dans ces proportions se présente
formidable, et cependant ces proportions ne seraient pas la plus
grande des difficultés qu'il faudrait surmonter pour les eaux de la
Seine.

Le Rhône coule dans une vallée dont le sol présente une couche
de sable et de gravier très-épaisse, qu'on a pu utiliser pour le filtrage des eaux. Il n'en est pas de même de la vallée de la Seine ;

celle-ci n'a pas été creusée à une grande profondeur, pour être ensuite remplie de gravier. A une faible profondeur on trouve la couche d'argile plastique qui renferme des pyrites et des cristaux de gypse. On peut voir sa disposition sur la carte hydrologique de M. l'Ingénieur Delesse.

C'est le contact de cette couche, sur laquelle circule la nappe d'eau des puits de Paris, qui communique à cette eau les principes qui en font une eau essentiellement séléniteuse et impropre par cela même à la plupart des usages domestiques. Mais à cette cause d'altération vient encore se joindre tout ce qu'entraîne avec elle l'infiltration des eaux de pluie à travers un sol imprégné de matières hétérogènes provenant des fumiers, des eaux ménagères, des latrines et des détritus de tout genre répandus à sa surface.

Il résulte de ces différences entre le Rhône et la Seine, qu'à Lyon les puits sont en général excellents, parce que l'eau du fleuve qui les alimente filtre à travers le gravier.

A Paris, au contraire, les puits donnent une eau détestable, parce qu'ils sont entretenus par cette nappe d'eau saturée de sulfate de chaux dont nous venons de parler.

C'est au point que les puits de l'île Saint-Louis, située entre les deux bras du fleuve, ne profitent en aucune façon du voisinage de la rivière, et donnent des eaux tout aussi séléniteuses que les puits des quartiers de Paris qui en sont le plus éloignés.

Les eaux des puits de la plaine d'Ivry les plus rapprochés de la Seine sont chargées de sulfate de chaux comme celles des puits de Paris, c'est ce qui a été constaté dans un remarquable travail de M. l'Ingénieur Delesse.

M. l'Ingénieur en chef Mille a reconnu, en 1854, que les eaux de filtration obtenues dans cette plaine étaient très-dures et impropres aux usages domestiques.

Comment pourrait-on éviter, dans des filtres de l'étendue de ceux qu'il faudrait établir pour les eaux de la Seine, le mélange de ces

5

eaux séléniteuses, ou le contact des couches du sous-sol auquel elles empruntent les matières dont elles sont chargées?

Est-il bien certain, d'ailleurs, que les sables fins qui forment les alluvions de la plaine d'Ivry donneraient de l'eau filtrée en quantité suffisante?

Ces différences dans la formation des vallées du Rhône et de la Seine ont été mises en évidence d'une façon remarquable à la suite des inondations, en 1856.

Le Rhône, en se retirant, avait laissé dans les plaines voisines d'immenses flaques d'eau stagnante, dont la présence parut alors une menace des plus inquiétantes pour la santé publique. On s'occupait sérieusement des moyens de faire écouler ces eaux, lorsque les Ingénieurs, auxquels les habitudes du Rhône (si l'on peut s'exprimer ainsi) étaient bien connues, assurèrent que, grâce à la nature du sol dans lequel coulait le fleuve, ces eaux inquiétantes, filtrant d'elles-mêmes dans les graviers, iraient rejoindre le fleuve aussitôt que celui-ci serait rentré dans son lit. C'est en effet ce qui arriva. On vit bientôt les eaux regagner le Rhône, claires et limpides, filtrées qu'elles étaient par la couche de gravier qui seule les séparait du cours d'eau.

La nature du lit de la Seine s'opposerait à la reproduction d'un phénomène pareil. Si, dans quelques points de son parcours, on trouve aussi des couches de gravier, celles-ci ont peu d'épaisseur et l'eau atteindrait souvent la couche d'argile séléniteuse.

Une dernière considération avant de quitter le Rhône.

Sous d'autres rapports encore, la Seine ne saurait supporter la comparaison avec le puissant fleuve qui sort des glaciers des Alpes.

C'est ainsi que les intermittences de trouble et de limpidité sont plus fréquentes dans la Seine.

Nous avons pu résumer les tableaux dressés à ce sujet par le service hydrométrique du bassin de la Seine. La rivière a été étudiée, entre autres points, à Montereau, au-dessus, par conséquent, de sa jonction avec la Marne. Voici le tableau pour sept années :

RELEVÉ DES JOURS D'EAUX TROUBLES, LOUCHES OU CLAIRES, DE LA SEINE A MONTEREAU, DEPUIS L'ORIGINE DES OBSERVATIONS.

	NOMBRE DE JOURS D'EAU		
	TROUBLE.	LOUCHE.	CLAIRE.
Années 1854-55 (du 1er mai 1854 au 30 avril 1855)..	89	164	112
Idem 1855-56 (idem 1855 idem 1856)..	94	161	110
Idem 1856-57 (idem 1856 idem 1857)..	59	149	157
Idem 1857-58 (idem 1857 idem 1858)..	38	36	291
Idem 1858-59 (idem 1858 idem 1859)..	32	62	271
Idem 1859-60 (idem 1859 idem 1860)..	98	100	168
Idem 1860-61 (idem 1860 idem 1861)..	66	106	193
TOTAUX.........	476	778	1,302
Moyennes.............	68	111	186
Eaux troubles ou louches......	179		

Il résulte de ce tableau, qu'en moyenne, la Seine a eu 179 jours d'eaux troubles ou louches; soit, près de la moitié de l'année.

Qu'on juge ce que serait la filtration de 100,000 mètres cubes d'eau par jour, surtout avec cette condition, qu'il se formerait des dépôts terreux sur le filtre pendant six mois de l'année.

Quant à la température si inconstante de l'eau de la Seine, il nous paraît inutile de nous arrêter longtemps sur un sujet familier même à nos enfants. Il suffirait de rappeler à la mémoire de ceux qui l'auraient oublié, avec quelle répugnance ils ont bu l'eau tiède de la Seine, lorsqu'ils s'ébattaient dans quelqu'un de nos bains de rivière.

La Commission ne croit pas devoir non plus se livrer à un nouvel examen des procédés dont il a été question pour abaisser en été la température des eaux de la rivière. Cette question a été soigneusement traitée dans le Mémoire de M. le Préfet, et l'exemple de Lyon est suffisant pour faire comprendre dans quelles difficultés on se trouverait engagé.

Disons seulement qu'on aurait tort d'attendre de la circulation de l'eau dans les conduites souterraines un abaissement suffisant de la température acquise par l'eau de rivière. Même dans des tuyaux d'un très-petit diamètre, l'eau perd très-peu de son degré de chaleur. C'est elle qui communique sa température aux tuyaux, bien plus qu'elle n'emprunte celle du sol dans lequel passent ces conduits. A Lyon, le 21 juin, l'eau du Rhône, qui avait cependant traversé une épaisse couche de gravier, et après un long parcours, n'avait perdu que 4 à 5 degrés; de 23 elle était descendue au plus à 17 degrés.

Pour la Seine, il a été fait à ce sujet, par le Service des eaux de Paris, des observations suivies qui ne laissent rien à désirer.

Voici le tableau de ces observations pour quatre années :

TEMPÉRATURE DES EAUX DE SEINE			
	en rivière.	dans les réservoirs de Chaillot, bassins découverts.	à la fontaine marchande de la Boule-Rouge, à 5 kilomètres des réservoirs.
1856. Juin. plus haute....	21° »	»° »	»° »
plus basse.....	13 50	» »	» »
Juillet. plus haute....	22 50	23 40	21 60
plus basse.....	16 75	17 40	17 40
Août. plus haute....	24 50	24 70	23 60
plus basse	18 75	18 70	19 10
1857. Juin. plus haute....	24 50	24 50	23 »
plus basse.....	16 »	17 20	17 »
Juillet. plus haute....	24 50	24 20	24 »
plus basse.....	19 50	20 »	20 30
Août. plus haute....	25 50	25 »	24 »
plus basse.....	18 50	19 20	19 30
		de Passy, réservoirs couverts.	
1858. Juin. plus haute....	27 »	27 20	25 20
plus basse.....	21 25	20 . »	17 40
Juillet. plus haute.:..	24 50	23 20	21 70
plus basse.....	18 »	16 80	17 20
Août. plus haute....	24 50	23 70	22 40
plus basse.....	18 »	17 60	18 »
1859. Juin. plus haute....	22 75	24 80	22 10
plus basse.....	18 »	18 90	17 60
Juillet. plus haute....	27 »	26 20	25 »
plus basse.....	21 »	21 40	22 »
Août. plus haute....	24 50	24 20	23 20
plus basse.....	19 50	19 »	20 40

On voit que les changements de température, non-seulement dans les réservoirs, mais encore dans les conduites de 5 kilomètres, comprises entre les réservoirs de Passy et la fontaine de la Boule-Rouge, sont insignifiants.

Il faudrait donc se résigner, avec le fleuve, à donner en été une eau dont la température différerait très-peu de celle de cette eau prise en rivière.

Mais si l'inconvénient de n'avoir en été que de l'eau trop chaude, et en hiver de l'eau trop froide, ne devait peser que sur les classes aisées de la population, nous en serions médiocrement touchés.

Dans ces ménages on parvient, par les moyens connus, à corriger les défauts de l'eau de rivière.

Il en est tout autrement dans les ménages de l'ouvrier, de l'artisan et même du petit commerçant. Là, on boit l'eau telle que la donne la fontaine publique la plus voisine, ou bien telle que l'a faite souvent une mauvaise fontaine filtrante, trop rarement nettoyée, et dans laquelle elle est exposée à contracter un mauvais goût. De là le besoin de remplacer une boisson si rebutante; et les trop fréquentes visites au cabaret se trouvent justifiées, au grand détriment de la paix du ménage et de la morale.

Du reste, il ne saurait s'élever aucun doute sur la question d'hygiène.

L'usage pour boisson en été d'une eau fraîche et limpide, et exempte de toute altération due à la présence de matières organiques plus ou moins putrescibles, est une condition de l'entretien de la santé. En donnant à la population la faculté de s'alimenter avec des eaux de source remplissant ces conditions au plus haut degré, on fera tomber d'un seul coup toutes les objections plus ou moins fondées qui ont été faites à l'eau de Seine, à raison de son impureté et de son altérabilité dans les réservoirs.

Plaçons enfin ici quelques considérations qui ne nous paraissent pas sans valeur. Voici ce qu'un Ingénieur écrivait en avril 1859 :

« A ce moment, l'eau de Seine a sur tout son parcours, en amont
« comme en aval de Paris, une rapidité fort différente de celle qu'elle
« a en hiver. Cependant, sur toute cette partie du cours de la Seine
« en amont de Paris, il n'existe encore aucun travail tendant à per-

« fectionner la navigation. Que sera-ce lorsque, cédant aux vœux
« des intérêts qui réclament ces améliorations, les barrages et rete-
« nues viendront rendre stagnante en amont, comme elle l'est en
« aval, la moitié de la superficie des eaux ?

« La pureté, la fraîcheur, la limpidité de l'eau des rivières ne
« sont pas conciliables avec les dispositions propres à la navigation.
« Les eaux d'alimentation exigent un courant régulier et suffisam-
« ment rapide, etc.

« Les observations que recueille l'Institut sur la teneur en ammo-
« niaque des eaux stagnantes, même à une très-faible distance du
« courant; la constatation obtenue par les observations au micros-
« cope, que l'eau stagnante se charge, quand la température dépasse
« 15 à 18 degrés, et par le simple contact avec la poussière, de cor-
« puscules dont la fermentation, d'abord végétale, donne rapidement
« naissance à une énorme production de vie animale; ces observa-
« tions, disons-nous, attirent aujourd'hui tout aussi sérieusement
« l'attention que l'impureté minérale de l'eau, sur laquelle le
« Rapport donne de lumineuses indications (1).

« Elles permettent de dire que ce serait, au point de vue de l'hy-
« giène, une imprudence inqualifiable que d'alimenter Paris avec
« une eau dont la température dépasse, pendant des mois entiers,
« 25 degrés, et qui est tellement chargée de matières végétales et
« autres, qu'au bout de deux ou trois jours de repos dans les réci-
« pients, elle devient infecte si elle n'est pas filtrée.

« En attendant, on peut affirmer avec certitude que l'avenir de
« l'alimentation des grandes villes appartient plus aux eaux de
« source qu'aux eaux de rivière. Partout, en toute circonstance sem-
« blable, on a manifesté cette préférence, et on n'a reculé que dans
« des cas spéciaux et pour ainsi dire obligés. »

---

(1) Le premier Rapport de M. le Préfet.

Il est assez notoire que la marine préfère les eaux de source aux eaux de rivière pour l'approvisionnement des navires; mais afin de ne pas rester à ce sujet dans le vague d'une opinion exprimée au sein de la Commission d'enquête, nous avons posé quelques questions à des chirurgiens honorablement placés dans le corps des officiers de santé de la marine. Voici un extrait de leurs réponses :

« A la première question : Est-il d'usage dans la marine de pré-
« férer les eaux de source aux eaux de fleuve ou de rivière pour
« l'approvisionnement des navires, on ne peut répondre qu'affir-
« mativement et d'une manière positive.

« C'est une chose si évidente, si naturelle que ce choix d'eau de
« source, que personne, dans la marine, ne songe à se demander
« quelles sont les causes de cette préférence.

« Quel que soit le pays où l'on se trouve, quand on a besoin
« d'eau, la première question qu'on se pose est celle-ci : Où y a-t-il
« une source? Les faits qui démontrent combien ce sentiment est
« général et enraciné sont innombrables.

« On ne trouve pas toujours dans toutes les parties du globe des
« sources assez voisines du mouillage pour y puiser de l'eau; alors
« on est bien obligé de s'en tenir à quelque rivière. Quand surtout
« la végétation est puissante sur les bords, le chirurgien du bord
« est consulté sur le choix à faire. L'instinct des équipages leur ins-
« pire de la défiance. On n'est plus convaincu de prime abord de
« l'innocuité parfaite de cette eau, comme pour celle d'une source.
« Le danger semble caché, et la conservation de l'eau n'est plus
« assurée. On a des doutes, tandis que pour l'eau d'une source on
« ne songe même pas à demander un avis, tellement on est con-
« vaincu par l'expérience que l'eau d'une source réunit les qualités
« recherchées pour l'embarquement et notamment une bonne con-
« servation.

« Cette préférence va souvent très-loin. Même à proximité d'une
« rivière, s'il y a une source plus loin, on préfère (et l'équipage

« est de cet avis), s'imposer des corvées souvent pénibles, pour
« aller puiser une eau que l'on considère comme éminemment
« salubre.

« Les rivières, même celles qui ne traversent aucun lieu habité,
« coulent le plus souvent dans des plaines, au milieu de terrains
« d'alluvion ; leurs bords sont couverts de végétation ; leurs eaux
« sont par conséquent chargées de matières organiques dont les
« marins surtout redoutent la présence. Ces eaux déposent dans les
« charniers (1) une couche de matières organiques souvent très-
« considérable. Par suite du mouvement du navire, ce dépôt est
« toujours en mouvement, et l'eau des charniers est constamment
« trouble et nauséabonde. De là cette nécessité presque absolue de se
« procurer des eaux de source, dont la pureté, en fait de matières
« organiques, est souvent parfaite.

« En un mot, en disant que la préférence est donnée à l'eau de
« source, nous ne sommes que l'écho de tous les marins et de tous
« les auteurs qui ont écrit sur l'hygiène navale.

« Nous citerons à l'appui de cette opinion quelques faits précis :

« A Toulon, la marine puise son eau à une source située près de
« la direction du port. Cette eau est très-recherchée, à cause de sa
« qualité et de sa bonne conservation. Étant à bord de l'*Eurydice*,
« nous avons pu constater que cette eau s'est conservée jusque dans
« les mers du Sud sans altération. Les officiers, qui se la réservaient,
« l'appréciaient vivement, et la préféraient à toute autre plus récente.
« Le changement de climat n'avait altéré en rien ses qualités six
« mois après.

« A bord de l'aviso à vapeur *le Brandon*, sur lequel nous étions
« embarqué comme chirurgien-major, le même fait s'est reproduit
« pendant la campagne de Crimée. De l'eau de la source de Toulon,

---

(1) Barils pleins d'eau où l'équipage va boire dans la journée, au moyen de siphons fixés sur
la paroi du baril.

6

« gardée quatre mois à bord, était ménagée et conservée précieuse-
« ment, tellement elle était supérieure à toute autre prise pendant
« la route.

« A Brest, l'aiguade (1) est une source située sur le bord de la
« mer, en rade, dans un endroit appelé les Quatre-Pompes.

« *Le Monge*, sur lequel j'étais embarqué et qui est resté en station
« dans les parages de la Turquie d'Europe après la campagne
« d'Italie, est resté plus d'un mois à Antivari. On envoyait dès le
« matin les chaloupes prendre de l'eau fort loin. Elles rentraient
« souvent le soir seulement, chargées de barils pleins d'eau. On
« allait prendre celle-ci à un petit ruisseau assez éloigné, coulant
« sur des rochers, et qui descendait des hauteurs voisines. On préfé-
« rait aller jusque-là, plutôt que de puiser dans un cours d'eau à
« proximité du mouillage, mais dont les eaux tranquilles étaient
« certainement mêlées de matières végétales.

« A Ajaccio, l'escadre commandée par l'amiral Tréhouart faisait son
« eau lentement à la fontaine du marché. La source est située à cinq
« milles. Là, encore, on aimait mieux faire son eau lentement, que
« d'aller la puiser commodément à un cours d'eau assez considé-
« rable appelé le Gravone, qui se jette dans la rade. Le Gravone
« prend sa source à Monte-Renoso, à 60 kilomètres, et descend dans
« la plaine de Campo-di-Loro, sur des terrains de sédiments; les
« bords sont garnis d'une puissante végétation.

« Aux îles d'Hyères, il y a sur le bord de la mer, auprès des
« salines, une petite source assez faible. L'escadre de la Méditer-
« ranée y va faire son eau lentement, à l'aide de pompes, alors
« qu'elle pourrait puiser à pleins barils dans le Gapor, ruisseau qui
« coule à cent pas de là.

« A bord du *Météore*, bâtiment consacré aux travaux hydrogra-

---

(1) Lieu où l'on envoie faire provision d'eau douce.

« phiques, entre Terracine et Naples, il ne serait jamais venu à l'idée
« de l'un de nous de faire de l'eau dans le Volturne ou le Garigliano.
« On cherchait une source sur la côte.

« Nous ferions un volume si nous voulions rapporter les milliers
« de faits qui pourraient être fournis par les chirurgiens de la ma-
« rine, et qui démontreraient que l'ingestion de l'eau des rivières ou
« des ruisseaux est une des causes de bien des affections. Dans cer-
« taines contrées, le Sénégal, par exemple, c'est une cause puissante
« de la production des fièvres intermittentes, des coliques végétales,
« de la dyssenterie. Que dire des eaux de la Plata, de la rivière des
« Amazones, du Don, etc. ?

« En un mot, en disant que la préférence est donnée partout aux
« eaux de source, nous ne sommes que l'écho de tous les naviga-
« teurs et de tous les auteurs qui ont écrit sur l'hygiène navale. »

Il nous reste à dire quelques mots de la composition chimique des
eaux qu'il s'agit de diriger sur Paris.

C'est après une étude approfondie de la plupart des sources qui
pouvaient être aménagées, que MM. les Ingénieurs se sont décidés à
proposer à M. le Préfet de s'arrêter aux sources de la Dhuis, du Surmelin et de la Vanne.

Dans le second Mémoire de M. le Préfet, on trouve déjà les analyses hydrotimétriques de 194 eaux du bassin de la Seine; le nombre
de ces analyses a été porté depuis à 372.

La pureté des eaux de la Dhuis a paru suffisamment démontrée
par ce genre d'analyse.

Néanmoins la Commission d'enquête, désirant lever toute espèce
de doute à cet égard, a demandé que plusieurs chimistes de premier ordre fussent chargés séparément de faire l'analyse chimique,
qualitative et quantitative des eaux de la Dhuis. (Voir à la fin du
Rapport.)

En conséquence, la Commission, en ce qui concerne la nature des
eaux qu'il convient de diriger sur Paris, après avoir reconnu

la supériorité des eaux de source sur les eaux de rivière pour l'usage alimentaire, n'hésite point à déclarer, qu'en principe, elle préfère des eaux de source de bonne qualité à des eaux de rivière quelconques.

Faisant ensuite l'application de ce principe à l'objet de l'enquête, la Commission est d'avis que les eaux de source de la Dhuis paraissent remplir les conditions de composition, de limpidité et de température que nécessite l'alimentation en eau potable d'une grande cité.

DES TRAVAUX A EXÉCUTER POUR DIRIGER SUR PARIS LES EAUX DE LA DHUIS.

La Commission s'est vivement préoccupée de la nature des travaux proposés par M. le Préfet pour capter les eaux des sources de la Dhuis et les diriger sur Paris à l'altitude convenable.

Cette altitude elle-même ayant été rigoureusement déterminée par MM. les Ingénieurs, la Commission n'a pu qu'accepter avec confiance le résultat de leurs études.

Les eaux seront reçues dans deux systèmes de réservoirs :

1° A Ménilmontant, à 108 mètres au-dessus du niveau de la mer et $81^m,76$ au-dessus du 0 de l'échelle du pont de la Tournelle.

2° A Belleville, à $83^m,50$ au-dessus du niveau de la mer, et à $57^m,26$ au-dessus du zéro du pont de la Tournelle;

Il résultera de ces altitudes qu'à l'exception d'un petit nombre de maisons qui ont été se placer sur le sommet des collines, toutes les maisons de Paris pourront recevoir les eaux de la ville jusque dans les étages supérieurs.

Il était difficile à ce point de vue de donner une satisfaction plus complète aux désirs d'ailleurs très-fondés de la population.

Une fois captées, les eaux seront dirigées sur Paris par des travaux de divers ordres. En général, elles chemineront dans un canal en maçonnerie, de dimensions convenables. L'aqueduc sera d'ailleurs établi à une profondeur qui suffira, d'une part, pour le mettre à l'abri de toute espèce de dégradations, et, de l'autre, pour assurer la conservation de la température de l'eau.

La Commission a été informée que le Conseil général des Ponts et Chaussées demandait que les canaux soutèrrains fussent de dimensions suffisantes pour qu'on pût y circuler en bateau. Il devrait résulter de cette modification, d'après le Conseil qui l'a proposée, une augmentation de dépense de 4 millions.

Bien que cette somme soit importante, la Commission en aurait conseillé le sacrifice, si le résultat devait répondre à la dépense; mais, après s'être renseignée à cet égard, elle croit que l'utilité de cette modification n'est pas suffisamment démontrée. En effet, que pourra constater la personne soumise à l'épreuve de ce périlleux voyage, couchée dans un bateau et éclairée par une lampe? Elle ne pourra distinguer qu'une partie des parois du canal et la voûte. Tout au plus pourra-t-elle découvrir quelques fissures sans importance à la clef de l'aqueduc. Pour les réparer, il faudra toujours mettre l'aqueduc à sec, et quant aux fuites, elles se manifestent sans équivoque au dehors.

Il convient d'ajouter que les avaries des aqueducs sont extrêmement rares. Nous pouvons citer celui de Montpellier, inauguré le 7 décembre 1765, et qui, jusqu'à 1840, avait fonctionné avec la plus grande régularité et sans aucune espèce de réparations.

L'aqueduc de Dijon, en service depuis plus de 20 ans, n'a pas éprouvé un seul jour de chômage.

Les aqueducs romains eux-mêmes, restaurés au moyen âge, sont tellement solides qu'on n'y touche jamais, et que, par conséquent, les Ingénieurs n'ont que bien rarement l'occasion de les visiter.

On peut en dire autant de ceux de Carthage. On tient de l'Ingénieur français qui s'occupe actuellement de la restauration de ces aqueducs un fait qui prouve qu'ils n'ont, pour ainsi dire, jamais exigé de réparations. En effet, ces aqueducs charriaient des eaux incrustantes dont le dépôt se retrouve tout entier. Or, si les aqueducs avaient été fréquemment réparés, les dépôts auraient été détruits partiellement : ce qu'on ne remarque nulle part.

Par toutes ces raisons, la Commission est d'avis qu'il conviendrait de chercher quelque autre moyen de déférer au vœu du Conseil général des Ponts et Chaussées, relativement au but qu'on se proposait d'atteindre par l'augmentation des dimensions de l'aqueduc.

Disons toutefois que dans le sein de la Commission même s'est élevée une autre question.

Il résulte des projets qu'une partie importante de la ville sera nécessairement desservie par le réservoir à établir sur la colline de Ménilmontant. Les autres réservoirs n'auront pas une altitude suffisante.

Or, bien que ce cas ne puisse se présenter que très-exceptionnellement, il peut arriver cependant que le canal de dérivation soit forcément mis en chômage. Dès lors, toute cette partie de la ville serait privée d'eau, circonstance fâcheuse.

On a demandé, en conséquence, à MM. les Ingénieurs s'il ne serait pas possible de construire deux aqueducs au lieu d'un, en réduisant, bien entendu, les proportions à leur donner.

MM. les Ingénieurs ont répondu qu'il y aurait certainement des avantages dans la construction de deux aqueducs.

Supposons, en effet, que le service exige, dans les temps de grande sécheresse, un volume de 100,000 mètres cubes d'eau par 24 heures, et que ce volume d'eau soit fourni par deux aqueducs. Dans certaines saisons, en temps de gelée, par exemple, les besoins se réduisent presque à moitié. N'ayant plus alors que 50,000 mètres à fournir, on pourrait mettre à sec un des deux aqueducs, et s'occuper avec une grande facilité de son nettoyage et de sa réparation.

Ajoutons que, pendant l'hiver, le fonctionnement simultané des deux aqueducs ne cesserait pas d'être utile. En le maintenant, on pourrait réduire, ou supprimer même momentanément, le service des machines de Chaillot, ce qui permettrait, soit de faire l'économie du combustible, soit de réparer les machines avec tout le soin désirable (1).

En tout cas, la Commission suppose que les dimensions des réservoirs de Ménilmontant ont été calculées de manière à continuer le service des eaux pendant un chômage de quelques jours du canal de dérivation.

La Commission a pris connaissance avec satisfaction des projets de siphons, au moyen desquels MM. les Ingénieurs se proposent de franchir les vallées et les cours d'eau. Elle voit dans l'application de ces siphons métalliques, substitués aux aqueducs sur arcades, une heureuse alliance des antiques monuments, que leur durée presque éternelle désigne à notre admiration, avec les procédés modernes. Ceux-ci frappent moins l'imagination, sans doute; mais leur exécution plus économique permet de multiplier les dérivations et d'étendre les bienfaits qui en résultent pour les peuples.

Quoi qu'il en soit, la Commission, pénétrée de cette pensée que, dans les œuvres d'une grande époque et d'une grande cité, on ne doit jamais, tout en se livrant à des travaux utiles, négliger le côté artistique et monumental de l'entreprise, a voulu savoir jusqu'à quel point les siphons pourraient être remplacés par des aqueducs sur arcades.

MM. les Ingénieurs ont répondu que les siphons en bonne fonte, tels qu'ils les proposent, ne présentent aucun inconvénient et sont

---

(1) Nous voyons dans les règlements pour la distribution des eaux de la Durance, à Marseille, l'article suivant :

« Art. 33. Le service des eaux du canal pourra être soumis à deux chômages, l'un de quinze jours, avant le 1er avril, et l'autre de la même durée, après le 15 octobre, pour le curage et la réparation de la branche-mère, de ses dérivations, des rigoles et des conduites. Ces chômages ne pourront donner lieu à aucune indemnité. »

On comprendra facilement quel grand intérêt il y aurait à éviter, pour Paris, de pareilles interruptions du service. Les deux aqueducs seraient le plus sûr moyen d'y parvenir.

très-économiques. Il leur paraît très-difficile de déterminer, *à priori*, quelle augmentation de dépense entraînerait la substitution des arcades aux siphons, partout où ils se proposent d'établir ceux-ci.

On avait d'abord pensé, pour économiser un peu de pente, à porter l'aqueduc sur arcades dans toutes les vallées dont la profondeur n'excèderait pas 10 mètres. Le prix moyen de ces ouvrages était de 480 fr. le mètre courant, et évidemment on aurait dépassé cette évaluation.

Le mètre courant de siphons de la Dhuis ne coûtera pas plus de 160 fr. Les arcades, de 10 mètres de hauteur maximum, coûteraient donc au moins trois fois plus que les siphons.

De plus, si l'on voulait traverser toutes les vallées par le même procédé, la hauteur des ponts-aqueducs atteindrait sur certains points jusqu'à 60 mètres. Il y aurait encore dans les vallées des difficultés de fondations considérables, et les dépenses excèderaient bien certainement de beaucoup le chiffre indiqué ci-dessus.

La Commission, convaincue par ces réponses péremptoires, n'a pas insisté. Elle a d'ailleurs reconnu, avec MM. les Ingénieurs, que la conservation de la température initiale des eaux de source étant un intérêt de premier ordre, cette conservation était plus assurée dans des siphons couverts que dans des aqueducs sur arcades, exposés sans défense à l'action directe des rayons solaires et de la gelée.

DES RÉSERVOIRS D'APPROVISIONNEMENT ET DE LA CONSERVATION DES EAUX.

La Commission ne pouvait pas manquer de s'enquérir avec un vif intérêt des projets de M. le Préfet pour la réception de l'eau à Paris et son approvisionnement; en d'autres termes, de ce qu'on se proposait de faire pour les réservoirs.

Les réservoirs seront en maçonnerie et d'une solidité à toute épreuve. On affectera aux services publics, c'est-à-dire à la distribution de l'eau aux fontaines monumentales et aux bouches d'arrosage, ceux des anciens réservoirs qui ne sont pas couverts. Tous les autres réservoirs, auxquels on puisera l'eau pour les usages domestiques, le seront soigneusement (1). Il en résultera le double avantage d'éviter l'échauffement de l'eau en été, et sa congélation en hiver. De plus, aucun corps étranger, flottant dans l'air, ne pourra venir s'y déposer. Enfin, en soustrayant l'eau de ces réservoirs à l'action des rayons solaires, on évitera aussi le développement des végétations et des animalcules, auquel donne lieu cette action.

Il va sans dire que les réservoirs seront divisés en plusieurs compartiments qui pourront être vidés successivement, de telle sorte qu'on puisse opérer au besoin des nettoyages qu'aucun réservoir ne peut éviter, quelle que soit l'eau qu'il reçoit.

La Commission ne pouvait pas supposer que MM. les Ingénieurs n'avaient pas pris en grande considération la nature des terrains dont se composent les collines de Ménilmontant et de Belleville. Ces messieurs se sont empressés de donner à ce sujet les explications suivantes, qui se sont trouvées en parfaite concordance avec celles que la Commission a reçues de M. l'Ingénieur en chef des Mines, chargé de l'inspection générale des carrières du Département.

Les argiles de Belleville et de Ménilmontant se trouvent dans le tracé de l'aqueduc de dérivation sur une longueur de 30 kilomètres environ. Ce sont les seuls terrains mauvais que l'on rencontrera. Ils exigeront une augmentation de dépense de 20 fr. environ par mètre courant d'aqueduc.

Quant aux réservoirs de Belleville et de Ménilmontant, ils seront établis dans les mêmes terrains. Il en résultera la nécessité de fonder sur des piliers qui traverseront toute la masse des argiles et viendront s'appuyer sur les bancs solides du gypse. Des difficultés du

---

(1) On s'est déjà préoccupé de cette question dans la construction des réservoirs de Passy. On a couvert les trois compartiments qui, dans l'avenir, sont destinés à recevoir des eaux de source; deux autres compartiments, destinés à l'irrigation du bois de Boulogne et à d'autres services publics, sont seuls restés découverts.

7

même genre se sont présentées pour le réservoir de la rue Racine, quoique dans des terrains de nature différente. En effet, dans cette rue on est tombé sur des terres rapportées, qui ont servi à remblayer le fossé de l'ancienne enceinte de Paris, et l'on a dû s'appuyer sur des piliers qui ont jusqu'à 19 mètres de hauteur; à Belleville, on aura un sol entièrement vierge et beaucoup moins profond. C'est aujourd'hui une question résolue pour les uns comme pour les autres.

La Commission a été parfaitement satisfaite par ces explications, basées sur des faits accomplis.

DE QUELQUES OBJECTIONS FAITES AU PROJET.

La Commission s'est demandé si elle devait tenir compte de diverses objections qui se sont produites depuis quelque temps, avec la prétention de contester la convenance des projets de la Ville de Paris.

Le peu de fondement de la plupart de ces objections aurait pu nous engager à les passer sous silence. Mais, considérant que leur influence sur l'opinion publique pouvait être proportionnée plutôt au bruit qu'on avait fait autour d'elles qu'à leur valeur réelle, nous nous sommes proposé de faire apprécier ces objections par quelques remarques décisives.

Des causes de l'établissement des villes sur les cours d'eau.

On n'a pas reculé devant cette assertion hasardée, que « les pre-« miers établissements de presque tous les peuples s'étaient fondés « sur le bord des fleuves, à cause du prix qu'on attachait à la bonté « de leurs eaux, ce qui avait même quelquefois porté les peuples « à diviniser ces eaux, » et l'on a cité le Nil.

Nous ne saurions adopter cette explication. Les causes qui ont déterminé les populations à établir leur premier asile, soit sur le bord des fleuves, soit au confluent des rivières, sont extrêmement variées et complexes. Les intérêts des pêcheurs et ceux de la navigation ont dû jouer d'abord un grand rôle dans cette détermination; puis la fertilité du sol des vallées, généralement composé d'alluvions; la facilité que donnent les cours d'eau pour les approvisionnements; enfin, le besoin d'un moyen d'écoulement pour les immondices des villes, ont été bien plus impérieux que le désir de boire de leurs eaux. Presque partout les fleuves sont, avant tout, le point de jonction des égouts des villes, et presque partout aussi, comme nous l'avons fait voir plus haut, on a recherché, pour boire, les eaux de source, et on les a amenées jusque sur les bords des fleuves.

Quant au Nil, l'exemple n'est pas heureux. Il était difficile de s'établir en Égypte ailleurs que dans la vallée, car la terre d'Égypte tout entière, comme le dit Hérodote, est un présent du Nil, et si l'on boit de l'eau du fleuve et rien que de son eau, c'est que, sur les 5,500 kilomètres de son parcours connu, il n'existe pas une seule source.

Quant à la fraîcheur des eaux du Nil, nous pouvons en parler; nous en avons bu. Elles peuvent être fraîches comparativement, grâce aux innombrables alcarazas dont il est permis de faire usage en Égypte, où ce genre de poterie se vend au prix le plus minime. Les eaux du Nil se refroidissent sans doute quelque peu dans les citernes où elles arrivent directement du fleuve; mais cette fraîcheur est conditionnelle, ainsi que nous venons de le dire, et, à moins d'aller boire à l'ouverture même de la citerne, il est impossible de se passer de l'alcarazas.

Répugnance des Parisiens pour les eaux de source.

On n'a pas craint d'avancer aussi que « la population de Paris « avait une répugnance invincible pour les eaux de source, et, au « contraire, une prédilection séculaire, on pourrait même dire une « sorte de culte, pour les eaux de la Seine. »

Ces deux assertions ne peuvent se présenter avec une apparence d'exactitude qu'à des personnes prévenues.

En effet, la répugnance de la population de Paris pour les eaux de source ne pourrait s'appliquer qu'aux eaux d'Arcueil et de Belleville, puisque cette population n'a jamais eu d'autres eaux de source à sa disposition.

Or, de tout temps les eaux d'Arcueil ont été bues et même recherchées, en raison de leur limpidité et de leur fraîcheur.

On se trompe donc étrangement quand on suppose à la population de Paris une répugnance qui s'étendrait d'une manière générale à toutes les eaux de source.

Suivez-la, cette population, lorsque, les dimanches ou les jours de fête, elle fuit Paris pour quelques heures, après avoir passé toute une semaine dans des ateliers ou des logements obscurs ou privés d'air. Vous la verrez savourer avec délices les eaux fraîches et limpides des sources qui s'offrent à elle à Ville-d'Avray, à Meudon, à Sceaux, à Montmorency, à Bougival et ailleurs. Ce sont les Parisiens qui ont fait la réputation de ces eaux. Qu'on ne vienne donc plus nous parler d'une prétendue répugnance du peuple de Paris pour les eaux de source et de son affection séculaire pour l'eau chaude de la Seine. C'est par comparaison seulement qu'on a pu préférer l'eau douce de la Seine aux eaux dures et séléniteuses de Belleville et des Prés-Saint-Gervais, et surtout aux eaux de nos puits, dont la mauvaise qualité est notoire. De là les nombreux écriteaux qui nous apprennent que l'eau de Seine est seule admise dans tels et tels établissements de bains de la capitale.

Mais c'est étrangement s'abuser que de voir dans ces enseignes la preuve d'une passion pour les eaux, si souvent troubles, si souvent impures, si souvent chaudes et presque toujours imbuvables de la Seine.

Cet état habituel et fâcheux du fleuve n'est-il pas assez démontré par les innombrables inventions de filtres et de fontaines destinés à rendre son eau potable? Et la Ville n'a-t-elle pas été contrainte de faire organiser elle-même des filtrages coûteux aux fontaines marchandes qui fournissent une partie de l'eau destinée à la boisson?

Nous pouvons enfin citer à cette occasion un fait assez curieux. Lors de l'ouverture de la rue de Rivoli, sur une longueur de 3 kilomètres, on a imposé aux constructeurs, dans l'intérêt de la salubrité, l'obligation d'avoir dans chaque maison les eaux de la Ville. Ils pouvaient choisir entre l'eau de la Seine et l'eau de l'Ourcq; or, il ne s'est trouvé que deux propriétaires qui ont préféré l'eau de Seine. La question du prix l'a emporté sur toute autre considération.

Défaut d'aération des eaux de source.

On a encore objecté aux eaux de source dirigées sur Paris « qu'elles « ne seraient pas suffisamment aérées. »

Nous n'insisterons pas beaucoup sur une observation qui est pourtant frappante; c'est l'innocuité des eaux de puits, dont les neuf dixièmes de la population française font un usage immédiat, sans se préoccuper de la question de leur oxygénation; mais nous répondrons que des eaux bonnes par elles-mêmes, qui auront à parcourir un canal de 140 kilomètres, dans lequel il y aura une couche d'air de 30 centimètres et des regards de 500 en 500 mètres, n'arriveront certainement pas dans les réservoirs sans s'être chargées d'air, en supposant d'ailleurs qu'elles en fussent privées à leur point de départ.

Il est évident que dans les canaux l'air circulera continuellement et même avec une certaine activité, par le fait même du mouvement que lui imprimera le courant. Enfin, l'eau séjournera dans les réservoirs, et trouvera par suite de sa division et de sa distribution mainte occasion de se charger de l'air qui pourrait lui manquer.

Ajoutons, pour ne rien négliger, que la cause la plus active de la disparition de l'air naturellement contenu dans les eaux, c'est la présence, dans ces eaux, de matières organiques et de sulfates qui, par leur décomposition, absorbent cet air; or, dans les eaux des sources

dont il s'agit, cette cause d'altération n'existe pas ; elles ne contiennent
qu'une infiniment petite proportion de sulfates et de matières organiques. Les eaux de rivière, au contraire, en sont généralement plus
ou moins chargées, et, comme il est impossible qu'elles ne séjournent
pas un certain temps dans des réservoirs, ne fût-ce que pour se
clarifier quelque peu, pendant ce repos les sulfates et les matières
organiques absorbent une partie de l'oxygène dissous. C'est ce que
vient de démontrer de nouveau M. Barral, le savant rédacteur du
Journal d'agriculture pratique.

Il a existé d'ailleurs beaucoup d'erreurs au sujet de la proportion
d'air et surtout d'oxygène contenue dans les eaux de rivière. C'est ainsi
que, d'après l'analyse de MM. Boutron et Henry, l'eau d'Arcueil contient plus d'air atmosphérique et surtout plus d'acide carbonique que
l'eau de la Seine.

Les analyses qui se font en ce moment prouvent déjà que les eaux
des sources qu'on se propose de dériver en sont suffisamment
chargées.

Enfin, des faits nombreux démontrent que la présence de l'air dans
l'eau n'est pas une condition nécessaire de sa facile digestion.

Les chimistes savent qu'un grand nombre d'eaux minérales, surtout
celles qui émergent des terrains primitifs et cristallisés, sont privées
d'air, et cependant ces eaux sont très-facilement digérées. Dans beaucoup de localités, notamment dans les Pyrénées-Orientales, les habitants ne boivent pas d'autres eaux que celles qui sont considérées
comme minéralisées.

Les eaux sulfureuses sodiques de la chaîne des Pyrénées sont
absolument privées d'oxygène; mais elles contiennent de l'azote et sont
très-bien digérées, même à doses élevées.

L'auteur de la *Chimie hydrologique*, M. Lefort, pense donc que
dans les eaux douces, si les éléments de l'air jouent un rôle important, l'acide carbonique, soit libre et dissous, soit combiné, est non
moins indispensable que l'oxygène et l'azote. On n'ignore pas, en effet,

que toutes les eaux douces, et surtout les eaux de source, renferment de l'acide carbonique et des bicarbonates.

M. Poggiale a très-bien démontré que l'eau de la Seine, malgré le
contact prolongé qu'elle éprouve de l'air, n'était jamais exactement
saturée d'air atmosphérique, et il est probable que ce fait s'observe-
rait avec toutes les eaux qui sont placées dans les mêmes conditions,
tandis que des eaux courantes plus pures donneraient un résultat
différent. Il attribue cette circonstance à la présence dans l'eau de la
Seine d'une certaine proportion de matières organiques.

Donc, pour qu'une eau, potable d'ailleurs, absorbe et conserve la
plus grande quantité possible d'air atmosphérique, il est d'abord
indispensable qu'elle contienne le moins possible de matières organiques, et qu'elle reçoive très-facilement le contact de l'air.

Les eaux pures de la Dhuis, circulant dans les canaux avec une
couche d'air et ne devant jamais recevoir dans leur sein aucune matière
organique, seront évidemment dans les meilleures conditions sous le
rapport de leur aération.

L'objection fondée sur la supposition que les eaux de source dirigées sur Paris ne seraient pas assez aérées n'a donc aucune valeur.

Limpidité de l'eau.

Faut-il prendre au sérieux cette autre objection, que « sans doute
« le défaut de limpidité complète de l'eau lui donne un aspect
« désagréable à l'œil; mais qu'il est douteux que ce défaut inté-
« resse la santé. On en dispute. »

C'est-à-dire, apparemment, qu'il n'est pas absolument nécessaire
qu'une eau soit limpide pour être potable. Nous ne pouvons pas
faire cette concession; pour nous, la limpidité est, comme la fraîcheur, une condition indispensable.

C'est aussi l'opinion de tous les hommes compétents qui ont
étudié la question des eaux potables.

En 1854, MM. Boutron et Boudet écrivaient ce qui suit (1) :

« De ces faits, considérés relativement à la question du filtrage
« des eaux de la Seine et de l'Ourcq, nous croyons pouvoir conclure
« que ce filtrage offrirait de grands avantages au point de vue de la
« salubrité, de l'industrie et du bien-être de la population pari-
« sienne, et que l'administration municipale ne doit pas hésiter à en
« poursuivre la réalisation complète pour toute la quantité d'eau
« consacrée aux usages domestiques et industriels dans l'enceinte de
« la Capitale,

« 1° Parce que les eaux claires et limpides sont d'un usage plus
« agréable que les eaux non filtrées, et que les populations même les
« moins aisées ont pour elles une préférence très-prononcée, et
« telle, qu'elles les recherchent même à prix d'argent;

« 2° Parce que les eaux non filtrées portent en elles des causes
« particulières d'insalubrité (2), que le filtrage peut supprimer ;

« 3° Parce que l'eau étant à peu près la seule boisson des classes
« les plus nombreuses et les plus pauvres de la population pari-
« sienne, *il est juste au moins que cette boisson leur soit livrée dans*
« *les meilleures conditions possibles.* »

---

(1) *Journal de Pharmacie et de Chimie*, 1854, page 410.

(2) « Les matières tenues en suspension dans l'eau de Seine contiennent 0,03 ou 0,04 d'une sub-
« stance organique fortement azotée. Cette proportion est tout à fait minime, il est vrai ; car le
« calcul montre qu'elle se réduit à 0^g,0072 pour un litre d'eau de Seine en pleine crue... Mais on
« doit considérer néanmoins, qu'en raison de sa légèreté spécifique, sa proportion ne doit pas di-
« minuer autant que celle du carbonate de chaux, de l'argile et du sable, en temps de sécheresse,
« que pendant la saison chaude ; cette proportion peut même s'accroître à mesure que le volume
« des eaux diminue, et en raison de la température et de l'état de la végétation, et que si cette
« substance n'est pas précisément insalubre par elle-même, à l'état où elle existe dans les eaux
« coulant à ciel ouvert, elle doit, si elle est renfermée quelque temps dans les réservoirs, à l'abri
« du contact de l'air, entrer en fermentation, donner naissance à des produits putrides et mal-
« sains, et même transformer en sulfures une partie des sulfates en dissolution dans l'eau, et lui
« communiquer une odeur et un goût désagréables. » (**MM. Boutron et Boudet**, *ibid.*)

En proposant d'amener à Paris et de mettre gratuitement à la disposition de la population des eaux potables, qui seront toujours parfaitement limpides, le projet donne une entière satisfaction à l'équitable vœu de MM. Boutron et Boudet.

Influence des eaux sur la longévité.

Que dire aussi de la prétention d'attribuer, en grande partie, la longévité dans certaines villes à la nature des eaux qu'on y boit? Ne sait-on pas que les causes auxquelles on peut attribuer, avec plus ou moins de raison, cette longévité, sont extrêmement complexes? Et comment, à Paris, déterminer l'influence appartenant aux eaux et particulièrement à l'eau de la Seine, puisqu'on y fait usage de plusieurs espèces d'eaux? Pourquoi ne pas attribuer aussi aux eaux de la Seine les qualités et les défauts de la population parisienne?

Des différentes eaux mises à la disposition de la population.

La Commission doit-elle maintenant répondre à des observations comme celle-ci? « Condamner deux millions d'habitants, malgré « leurs répugnances, à boire des eaux crues à peine aérées. »

On vient de démontrer que les eaux nouvelles seront suffisamment aérées, et les analyses prouvent qu'elles ne sont pas *crues.*

Il n'est pas besoin de dire d'ailleurs que la population de Paris sera, comme par le passé, libre de choisir entre toutes les eaux qui seront mises à sa disposition. Chaque rue sera pourvue d'une double canalisation. Il y aura pour tous, riches ou pauvres, des eaux de Seine et des eaux de l'Ourcq.

On aura donc à opter, pour la boisson, entre ces eaux plus ou moins impures et les eaux de la Dhuis, pures de tout mélange, puisqu'elles n'auront reçu dans leur course aucun égout, aucun ruisseau de ville ou d'usine.

Nous verrons dans peu de temps à quelles eaux la population

donnera la préférence, cette population surtout qui doit consommer l'eau sans aucune de ces préparations auxquelles on peut la soumettre dans les ménages aisés et dans les quartiers de luxe.

De l'influence prétendue des eaux de source sur le développement du goître.

La Commission a été péniblement affectée lorsqu'elle a eu connaissance d'un bruit étrange, répandu dans le public.

On a écrit « que la population féminine de Paris éprouvait la « crainte d'être envahie par les affections goîtreuses, qui se déve- « loppent rapidement par l'usage des eaux de source. »

Une assertion aussi grave aurait vivement préoccupé la Commission d'enquête, si elle n'avait été promptement éclairée et tranquillisée par plusieurs de ses membres; notamment son Président, et MM. les docteurs Mêlier et baron Michel de Trétaigne, qui ont élucidé la question sous tous les rapports.

D'abord, en ce qui concerne les sources en général, l'expérience universelle des populations et celle des médecins ont fait justice depuis longtemps du préjugé qui faisait attribuer, d'une manière spéciale, à ces eaux, la propriété d'engendrer les affections goîtreuses.

Dans l'état actuel de la science, il est impossible de préciser les causes du développement du goître; il est évident que ces causes sont très-complexes.

En général, on remarque des goîtreux dans les vallées qui suivent les cours d'eau sortant des glaciers, tels que le Rhône, le Rhin et autres; mais cette remarque ne s'applique qu'à certaines parties de ces cours d'eau. Si donc les eaux provenant de la fonte des neiges peuvent être considérées comme exerçant, par elles-mêmes, une certaine influence, on ne saurait admettre qu'elle puisse à elle seule déterminer la maladie, puisque le goître paraît et disparaît alternativement sur le même cours d'eau.

On peut en dire autant des vallées dont les cours d'eau sont alimentés par des sources d'une autre origine. Là aussi on voit paraître et disparaître le goître dans des localités peu distantes les unes des autres, et situées sur la même rivière.

Il faut donc admettre que d'autres causes, telles que l'air, la température, le degré d'humidité, les aliments, exercent des influences plus ou moins marquées sur le développement des affections goîtreuses, et que les eaux par elles-mêmes, quelle que soit leur composition, ne peuvent pas *seules* produire le goître.

On pourrait citer des faits nombreux à l'appui de cette vérité. C'est ainsi que les habiles médecins de notre armée d'Afrique ont pu, pendant les trente années qu'a déjà duré notre occupation de l'Algérie, acquérir la preuve que l'usage d'eaux de toute nature, et bien souvent d'eaux détestables, ne donnait pas le goître.

Mais il est reconnu que le goître, par suite d'influences complexes ou de la constitution particulière à certains individus, se montre presque partout en proportions diverses.

Les auteurs de l'assertion dont nous nous occupons en ce moment ne s'attendent probablement pas à la révélation de ce que la Commission a pu recueillir au sujet du canton de Condé, dans les limites duquel se trouvent les sources qu'il s'agit de diriger sur Paris.

Ce canton est précisément un des cantons de France dans lesquels le goître se montre le plus rarement. Nous allons le démontrer.

On sait qu'on dresse au Ministère de la Guerre, en utilisant les renseignements que fournissent les Conseils de révision, une statistique des causes de réforme des jeunes gens soumis au recrutement. Or, il résulte de cette statistique, pour les vingt et une années de 1838 à 1859, qu'il n'y a eu, dans le canton de Condé, que trois exemptions pour cause de goître; pas une seule dans la première période de 1838 à 1848, et trois seulement dans la seconde période de 1848 à 1859.

Ce n'est pas tout. En 1852, le Ministère de l'Agriculture, du Commerce et des Travaux publics, vivement préoccupé du désir de porter remède aux conditions fâcheuses dans lesquelles vivent encore quelques populations, a fait entreprendre une enquête sur la question du goître et du crétinisme.

Cette enquête a été particulièrement très-complète pour le département de l'Aisne et l'arrondissement de Château-Thierry, dans lequel se trouve le canton de Condé.

Dans cette nouvelle enquête on a compris les deux sexes et tous les âges.

Il en résulte qu'il existait à cette époque, dans l'arrondissement de Château-Thierry, sur une population de 63,465 âmes, 45 cas de goître. Mais, circonstance curieuse et qui corrobore les renseignements obtenus du Ministère de la Guerre, le canton de Condé n'est entré que pour 2 goîtreux dans ce chiffre déjà si minime de 45 cas pour tout l'arrondissement.

On n'est point étonné d'un pareil résultat quand on a étudié la question. Les médecins savent que la constitution goîtreuse est ordinairement limitée, au point que souvent des villages à peu de distance les uns des autres sont, ou très-sujets, ou entièrement exempts de cette infirmité.

Quoi qu'il en soit, les causes de cette triste affection ont fait le sujet de recherches aussi profondes que nombreuses. Diverses explications en sont résultées : trois principalement.

Leurs auteurs, partant de la supposition que la constitution géologique du sol devait exercer une grande influence sur le développement du goître, et admettant que les eaux étaient la véritable expression de cette constitution, ont recherché dans les eaux une des causes déterminantes du goître.

On a eu ainsi trois théories : la première est fondée sur l'existence dans les eaux d'un excès de sulfate de chaux ; c'est l'opinion la plus généralement admise et celle à laquelle s'est rangé M. Bouchardat, dans l'*Annuaire des eaux de la France.*

La seconde est basée sur la prééminence dans les eaux des sels magnésiens; on la doit à M. Grange.

La troisième, enfin, mise en avant par MM. Chatin et Marchand, considère l'absence de l'iode, dans les eaux d'un usage habituel, comme la cause la plus puissante du développement de cette affection.

La Commission n'a point à se prononcer ici sur la valeur ou le plus ou moins de probabilité de ces différentes théories, qui ont été défendues avec talent; mais, faisant à l'objet de ce Rapport l'application de chacune de ces théories, elle trouve que les eaux de source du canton de Condé ne se présentent avec aucun des trois caractères qui pourraient les rendre suspectes.

Ces eaux ne contiennent pas une proportion sensible de sulfate de chaux.

Selon M. Grange, pour que des eaux deviennent suspectes par les sels magnésiens qu'elles contiennent, il faut que la proportion de ces sels soit de 15 à 20 centigrammes par litre. C'est seulement alors que les eaux d'un usage habituel présentent cette proportion, que le goître devient commun dans la population; or les eaux de la Dhuis sont loin d'être dans ce cas. (Voir les analyses, à la suite du Rapport.)

Enfin, en ce qui concerne la présence de l'iode, il résulte des renseignements précis donnés par M. Chatin à l'un des membres de la Commission, que les eaux du canton de Condé sont normalement iodurées.

Ainsi donc, à quelque point de vue qu'on se place, quelle que soit la théorie qu'on admette, les eaux du canton de Condé ne sauraient soulever aucune espèce de soupçon relativement au développement des affections goîtreuses; il est impossible d'admettre que l'usage de ces eaux puisse jamais avoir une influence de ce genre, et l'on ne peut que s'affliger de la légèreté avec laquelle on a jeté dans le public parisien un motif de défiance aussi peu fondé.

Du filtrage en grand des eaux.

Dans un Mémoire sur les eaux de Paris, on lit « que le pro-
« blème du filtrage en grand des eaux publiques est réellement
« insoluble, et qu'ainsi posé, la clarification de l'eau doit être rangée
« dans le domaine des choses impossibles. »

Nous acceptons cette conclusion; mais nous regrettons de ne
point marcher longtemps avec son auteur.

Trouvant qu'il est impossible de faire un seul filtre et un seul
réservoir pour les eaux si souvent troubles de la Seine, il propose
de faire 50,000 réservoirs et 50,000 filtres, c'est-à-dire un réservoir
et un filtre par maison; le réservoir sera au grenier, et le filtre au
rez-de-chaussée. L'auteur ne s'explique pas sur la dépense qu'exigerait
l'établissement de ces appareils.

Il est évident d'ailleurs que le réservoir et souvent même le filtre
gèleront en hiver. De plus, à moins d'un service public comprenant
une armée de fontainiers, les filtres et les réservoirs d'eau de Seine
seront bientôt hors de service. C'est ce que démontre journellement
l'usage des fontaines filtrantes des particuliers, lesquelles cependant
ne reçoivent que de l'eau déjà filtrée. Que serait-ce si l'on y introdui-
sait l'eau si souvent trouble de la Seine ?

C'est aussi ce que met hors de doute le filtrage des eaux dans
les fontaines marchandes de la Ville, dont la dépense par mètre cube
d'eau est de 6 centimes pour la main-d'œuvre et le renouvellement
des matières filtrantes.

On se propose de faire tout le contraire à Paris. Dans la combinaison des travaux, les Ingénieurs se sont efforcés d'éviter, autant
que possible, toute espèce de réservoirs privés. L'eau sera mise
directement, avec toutes ses qualités, à la disposition des consommateurs, quels qu'ils soient, dans l'intérieur des maisons comme aux
fontaines publiques.

Dans une autre partie de ce Rapport, la Commission s'est expliquée sur les difficultés que présenterait le filtrage en grand des eaux de la Seine (page 32).

Grands réservoirs de la Ville.

Tout le monde aujourd'hui est d'accord pour reconnaître que les bassins ou réservoirs destinés à l'eau potable doivent être couverts. L'un des auteurs des propositions que nous examinons demande, non-seulement que l'on renonce à couvrir les bassins, mais de plus qu'on laisse circuler l'eau à l'air libre, autant que possible, jusqu'au réservoir principal. C'est prendre absolument le contre-pied de tout ce que recommandent l'expérience et la science. Ce n'est pas ainsi qu'on pourra offrir de l'eau fraîche à la population. L'auteur affirme, il est vrai, « qu'il n'y a pas de ménage pauvre ou riche qui, en aucun « temps, boive l'eau telle que le fleuve la donne. »

Ceci est vrai jusqu'à un certain point, grâce à la Ville, qui fait filtrer les eaux de quelques fontaines marchandes; mais les pauvres ménages, qui sont trop éloignés de ces fontaines, boivent tout simplement l'eau de la Seine et même celle de l'Ourcq, brutes ou très-imparfaitement épurées.

Pour ces ménages, *le prix de l'eau filtrée* n'est pas un moindre inconvénient que son éloignement. On en trouve la preuve dans les différences considérables qui se remarquent dans le débit des fontaines marchandes.

Voici le tableau du débit de l'eau filtrée pour l'année 1860 :

Eaux filtrées vendues aux fontaines marchandes pendant l'année 1860.

(Kilolitres ou mètres cubes.)

FONTAINES.	1er TRIMESTRE.	2e TRIMESTRE.	3e TRIMESTRE.	4e TRIMESTRE.	TOTAL.	OBSERVATIONS. QUARTIERS POPULEUX.	QUARTIERS DE LUXE.
	k. l.	k. l.	k. l.	k. l.	k. l.	k. l	k. l.
Arcade (de l')......	25,564. 555	22,188. 500	15,822. 275	20,029. 720	83,605. 050	» »	83,605. 050
Boule-Rouge (de la)..	21,693. 835	18,671. 610	15,572. 220	17,572. 445	73,510. 110	» »	73,510. 110
Saint-Denis.........	19,858. 165	19,277. 055	19,000. 055	20,369. »	78,504. 275	» »	78,504. 275
Du Temple........	8,487. 775	8,185. 610	7,493. 720	7,284. 665	31,451. 770	31,451. 770	» »
Saint-Merry........	7,536. 500	7,721. 055	7,682. 275	7,970. 775	30,910. 105	30,910. 105	» »
De Courcelles......	5,759. 950	6,440. 945	4,055. 220	5,643. 555	22,899. 670	» »	22,899. 670
De Sèvres..........	5,595. 390	6,085. 500	5,326. 890	5,391. 275	22,399. 055	» »	22,399. 055
De l'Université.....	5,158. 610	5,085. 165	3,361. »	3,940. 330	17,545. 105	» »	17,545. 105
De l'Arsenal........	3,628. 055	3,857. »	3,271. 720	3,184. »	13,940. 775	13,940. 775	» »
De Montreuil.......	2,460. 610	2,997. 775	2,916. 220	2,450. 780	10,825. 385	10,825. 385	» »
De Chaillot.........	1,112. 165	1,119. 165	1,022. 445	1,013. 550	4,247. 825	4,247. 825	» »
Du Panthéon.......	1,204. 110	1,286. »	1,544. »	1,611. 720	5,645. 830	5,645. 830	» »
De Jussieu........	1,038. 445	1,169. 220	1,016. 890	948. 335	4,172. 890	4,172. 890	» »
TOTAUX.......	k. l. 109,098. 165	k. l. 104,084. 610	k. l. 88,064. 930	k. l. 97,409. 650	k. l. 398,657. 355	k. l. 100,194. 090	k. l. 298,463. 265

Ainsi, tandis que la vente de l'eau filtrée s'est élevée dans les six fontaines des quartiers de luxe jusqu'à 298,000 mètres cubes, elle n'a atteint que 100,000 mètres cubes dans les sept fontaines des quartiers populeux. Ce serait donc pour ces quartiers un immense bienfait que la distribution gratuite d'une eau qui n'aurait besoin d'aucune préparation pour être agréable à boire.

Chutes d'eau de la Seine.

C'est en vain que M. le Préfet, interprétant avec habileté les observations de MM. les Ingénieurs; c'est inutilement que M. Dumas, avec cette profonde science qu'on lui connaît, ont démontré l'inanité des projets fondés sur les prétendues ressources qu'offriraient les chutes d'eau de la Seine; on revient à la charge en nous montrant *sur le papier* des forces de 3,000 chevaux.

Par malheur pour ces promesses, les gens pratiques les réduisent à leur juste valeur. Écoutons le froid langage de la mécanique hydraulique.

La quantité d'eau de Seine dont on pourra disposer pour mettre en mouvement des turbines et des pompes ne peut pas dépasser, au pont d'Ivry, 30 mètres cubes par seconde, dans les années très-sèches. Ne perdons jamais de vue que le besoin d'eau est en raison inverse de la facilité qu'on a de s'en procurer; de telle sorte qu'à moins de vouloir exposer Paris à manquer d'eau, c'est toujours des nécessités des années sèches et même très-sèches qu'il faut partir.

On a parlé d'un barrage de 3 mètres de hauteur au-dessus de l'eau. On ne risque pas de pareilles témérités aux abords d'une ville comme Paris, où l'on ne peut augmenter les chances de submersion des terrains qui bordent le fleuve, lesquels ont une valeur considérable, aussi bien que les industries établies sur ces terrains. On doit donc s'en tenir purement et simplement aux projets de l'administration, qui donne moins de 2 mètres de hauteur à la chute du barrage qu'on va établir à Port-à-l'Anglais, dans l'intérêt de la navigation. Ce barrage sera mobile, afin qu'on puisse l'effacer toutes les fois que la Seine sera en crue de 1 mètre 50 centimètres et plus.

30 mètres cubes d'eau ou 30,000 kilogram., tombant d'une hauteur de 2 mètres, produisent une force brute de $30,000 \times 2 = 60,000$ kilogrammètres, ou de $\dfrac{60,000}{75} = 800$ chevaux.

Mais comme les bonnes roues hydrauliques ne donnent sur l'arbre de leur volant que les 60 centièmes de la force brute, il en résulte que, dans les années de sécheresse extrême, comme 1857, 1858, 1859, l'eau de la Seine, au pont d'Ivry, avec une chute de 2 mètres, ne donnerait sur l'arbre du volant des roues qu'une force de 800 × 0,60 = 480 chevaux ou de 36,000 kilogrammètres.

Il y a, en outre, des pertes de force dans les transmissions de mouvement, dans les frottements des pistons et les clapets des pompes. On évalue ces pertes à 25 p. %; de sorte que la force utile due à la chute serait en définitive représentée par les trois quarts de 36,000, ou bien par 27,000 kilogrammètres.

Si l'eau était montée à la hauteur où arrivera celle de la Dhuis, ou à l'altitude de 108 mètres, c'est-à-dire à 81 mètres au-dessus des basses eaux, au pont d'Ivry, la quantité d'eau qui pourrait être ainsi élevée serait de $\dfrac{27,000}{81}$ = 333 litres par seconde, ou 29,000 mètres cubes en 24 heures.

Dans les étés ordinaires, cette quantité pourrait être augmentée.

Par une circonstance toute fortuite, on voit qu'à chaque mètre cube d'eau débitée par seconde par les roues hydrauliques correspondraient environ 1,000 mètres cubes d'eau montée en 24 heures.

Pour avoir les 40,000 mètres cubes d'eau dérivée de la Dhuis, il faudrait donc que la navigation et les pertes des barrages laissassent aux roues hydrauliques un volume disponible de 40 mètres cubes par seconde, ce qui n'aura lieu que dans les sécheresses ordinaires.

Quant aux 3,000 chevaux de force promis par l'auteur de la proposition, pour les obtenir sur le volant des roues hydrauliques, même avec une chute impossible de 3 mètres, il faudrait que la Seine, au pont d'Ivry, pût fournir aux roues hydrauliques 125 mètres cubes d'eau par seconde, c'est-à-dire plus qu'il n'en passe en aval du confluent de la Marne, sous les ponts de Paris, lorsque la Seine est à 1^m 20 au-dessus du niveau des basses eaux de 1858.

Mais ce n'est pas tout : le barrage mobile que produirait la chute au pont d'Ivry serait abattu toutes les fois que les eaux arriveraient à 1 mètre 50 centimètres au-dessus de l'étiage, c'est-à-dire, d'après les tables de M. l'Ingénieur en chef Dausse, pendant 113 jours, ou à peu près le tiers de l'année, indépendamment des chômages partiels occasionnés par les abaissements et relèvements successifs du barrage, suivant l'état des eaux. Ajoutons qu'à mesure que les eaux s'élèveraient, leur niveau restant constant en amont du barrage, la chute disponible diminuerait graduellement.

La Commission avait l'intention de s'en tenir là sur la question des chutes d'eau et des turbines, qui a déjà été examinée avec tant de soins et d'attention par la Commission du Conseil Municipal ; par l'organe de son Rapporteur, M. Dumas, elle concluait ainsi :

« Réservons donc ce projet comme un complément possible d'un « système plus satisfaisant. »

Mais on revient sur ce moyen, en allant, cette fois, chercher des arguments et des exemples jusque dans les machines hydrauliques de Marly et dans celles de Saint-Maur.

Les machines de Marly donneraient, dit-on, à la ville de Versailles, en les élevant à 160 mètres, 7,000 mètres cubes d'eau de Seine par jour, et l'on s'étonne qu'on n'imite pas, pour l'approvisionnement de Paris, ce mémorable exemple.

Cette proposition est un nouvel exemple de cette excessive légèreté avec laquelle on jette en avant des projets qui n'ont été l'objet d'aucune étude sérieuse.

Voici, en effet, ce qu'on lit dans une brochure sur la nouvelle machine de Marly :

« Pour l'édifier, on s'occupa d'abord de la formation d'une chute « d'eau sur la Seine. Toute la longueur du fleuve, depuis Port-Marly « jusqu'à Bezons, était, avant le XVIIe siècle, presque entièrement « divisée en deux bras par une suite d'îlots, qui furent réunis pour « former une seule digue longitudinale de 10,150 mètres. »

Le lit de la Seine se trouva ainsi divisé, sur une longueur de plus de 10 kilomètres, en deux bras entièrement distincts. On obtint alors à l'extrémité, en aval du bras de la rive gauche, à Port-Marly, une chute d'eau de 2 mètres environ, égale à la pente de la Seine. Dans ces dernières années, la chute a été portée à 3 mètres, par la construction du barrage de Bezons, qui relève les eaux du fleuve de 1 mètre en tête du bras réservé à la machine.

De plus, en faisant le barrage de Marly assez élevé, au-dessus des basses eaux, on maintient une chute marquée même dans les fortes crues de la Seine, parce que pendant ces crues, entrant à la fois dans les deux bras, l'eau s'élève en amont du barrage en même temps qu'en aval.

Maintenant il est clair que pour obtenir au Port-à-l'Anglais ou à Ivry des résultats semblables à ceux de Marly, c'est-à-dire une chute de 3 mètres, il faudrait imiter ce qui existe entre Marly et Bezons; il faudrait créer, de toutes pièces, un second bras de la Seine de 10 kilomètres au moins de longueur; c'est-à-dire ouvrir artificiellement un canal de 10 kilomètres d'étendue sur 40 mètres de largeur, creusé en amont à 2 mètres au-dessous des basses eaux.

Les auteurs du projet que nous examinons se sont-ils donné la peine de calculer ce que coûterait un pareil travail, dans les terrains si précieux des abords de Paris, et avec le prix toujours croissant de la main-d'œuvre?

Mais ce n'est pas tout. La plaine d'Ivry est submersible par des crues peu élevées; un barrage ne pourrait pas augmenter les effets de cette submersion d'une hauteur quelconque, sans exposer la Ville de Paris à la réclamation d'indemnités considérables.

Il n'est donc pas possible de penser à l'imitation des machines de Marly sous ce rapport.

Quant à l'application du système des roues de Marly sur un bras unique, nous avons démontré plus haut les difficultés de cette application.

Examinons enfin brièvement quels sont les résultats effectifs de la nouvelle machine de Marly, dernière et remarquable expression de la science de l'Ingénieur hydraulicien.

La machine, en faisant marcher les roues à leur vitesse maximum, peut monter au plus, par 24 heures, 22,400 mètres cubes d'eau à 157 mètres de hauteur, ce qui représente une force de 541 chevaux utiles, ou comptés en eau montée.

Ce calcul, effectué d'après les données de l'expérience, concorde rigoureusement avec ceux qu'on faisait à l'époque de la construction du barrage. On évaluait alors la force créée à 1,100 chevaux bruts, qui correspondent à peu près à 500 chevaux comptés en eau montée.

Il y a loin de là, comme on voit, aux 3,000 chevaux qu'on ne craint pas de nous promettre à Ivry. Or, qu'on le remarque bien, à Marly, on profite du supplément de force donné par la Marne, qui manquerait à Ivry, et l'on profite d'une chute de 3 mètres, irréalisable en ce point sur le cours unique de la Seine.

Faut-il ajouter maintenant qu'il y a encore des réductions à faire sur le produit que nous venons de mentionner?

M. Dufrayer, l'habile constructeur des nouvelles machines de Marly, a constaté que la moyenne annuelle des chômages, depuis 33 ans, a été de deux mois. Quoique rarement, il est arrivé que les roues sont restées un mois sans tourner.

Ces chômages, dont la durée tend du reste à diminuer depuis la construction des nouvelles roues, ont peu d'inconvénient pour le service de Versailles, parce qu'on a créé, du temps de Louis XIV, d'immenses réservoirs qui subsistent encore et qui assurent le service pendant six semaines. Mais ces chômages, si réduits qu'on les suppose, auraient d'immenses inconvénients pour Paris, où les réservoirs non moins grands, construits ou projetés, ne peuvent cependant contenir qu'un approvisionnement de quatre à cinq jours dans la saison froide, et de deux à trois jours dans la saison chaude.

Ainsi donc, de quelque façon qu'on envisage l'exemple de Marly, on est obligé de conclure que le système si heureusement appliqué à la ville de Versailles est inapplicable pour la ville de Paris, abstraction faite d'ailleurs des puissantes raisons qui portent à préférer des eaux de source aux eaux de fleuve.

Quant aux turbines de Saint-Maur, qui fournissent au bois de Vincennes 5,000 mètres cubes d'eau puisés dans la Marne et élevés à une hauteur de 44 mètres, on se méprend singulièrement sur les conséquences qu'on prétend tirer de cet exemple.

La chute d'eau de la Marne, à Saint-Maur, est le produit du canal que tout le monde connaît. Profitant d'un parcours de la rivière de 12,500 mètres, on a obtenu une chute de 3 mètres 90 centimètres environ, différence du niveau de la rivière aux deux extrémités du canal, en faisant un barrage à Joinville-le-Pont et en creusant un tunnel de 1,100 mètres; travaux qui ont exigé d'énormes dépenses, dont on ne tient aucun compte.

La proposition de ce système appliqué à la Seine n'est pas nouvelle. Dès 1858, dans son second Mémoire (page 18), M. le Préfet de la Seine l'avait discutée et réduite à sa juste valeur. Il a été démontré que ce projet était à peu près impraticable. Pour le réaliser, il faudrait creuser, sur une largeur de 40 mètres, un canal de plus de 12 kilomètres de long, presque tout entier en tunnel, sous les hauteurs de Bicêtre, de Montrouge, de Vanves, d'Issy, dans une contrée traversée par la Bièvre et trois chemins de fer, excavée en tout sens par des carrières et couverte d'habitations, etc., etc. Il paraît superflu de chercher même à évaluer l'énorme dépense d'un pareil travail. Ajoutons seulement ce peu de mots. La chute de Saint-Maur donne 5,000 mètres cubes d'eau à 44 mètres d'élévation. Supposons, ce qui n'est pas possible, qu'on pût se contenter de cette élévation pour Paris; pour obtenir 40,000 mètres d'eau, il faudrait huit fois plus de turbines! pour 100,000 mètres, il en faudrait vingt fois plus! Mais nous croyons en avoir dit assez pour démontrer que l'exemple de Saint-Maur n'est pas plus que celui de Marly susceptible d'être imité pour l'approvisionnement de Paris.

*Dragage de la Seine; abaissement de son étiage; surélévation du sol
de Paris.*

Enfin à tous ces projets est venu inopinément s'en ajouter un dont
la conception est plus singulière encore, s'il est possible.

S'attachant à l'idée de faire monter l'eau de la Seine sur Ménilmontant par la Seine elle-même, l'auteur de ce projet propose de changer
ce qu'on appelle le *régime* du fleuve. Suivant lui, rien de plus simple.
Du Port-à-l'Anglais à Saint-Denis, la Seine a une pente d'environ
5 mètres, qui constitue son courant : « On creusera le lit de la rivière
« de 2 mètres à partir du Port-à-l'Anglais, et cela en diminuant
« graduellement ce dragage jusqu'en aval de Saint-Denis. Il en résul-
« tera qu'on aura une chute de 5 mètres, au lieu de la chute de
« 3 mètres déjà prévue.

« On peut se figurer la masse prodigieuse de forces gratuites qui
« seraient ainsi acquises à la Ville pour l'approvisionnement de ses
« eaux. »

L'auteur convient, il est vrai, que ce dragage de 36 kilomètres
d'étendue pourrait être assez coûteux. En effet, MM. les Ingénieurs
ne l'estiment pas à moins de 18 millions (non compris l'acquisition
des lieux de décharge), qu'il faudrait dépenser avant de rien entreprendre en barrages, machines hydrauliques, conduits, réservoirs, etc.,
et, de plus, en reconstruction de toutes les fondations des ponts, bas-
ports, etc. Mais c'est là le moindre défaut du projet. MM. les Ingénieurs
faisant appel au souvenir des Parisiens, qui voient pêcher du sable dans
la rivière de temps immémorial, et toujours dans les mêmes endroits,
font remarquer que cette Seine, peu docile, comble avec une promptitude singulière les dépressions qu'on a exécutées dans son lit par
des dragages; en sorte que si, à force de travaux, on était parvenu à
la creuser de Paris à Saint-Denis, dans peu d'années tout serait à recommencer; les sables auraient tout remblayé.

Il faut donc renoncer au dragage, à la chute de 5 mètres, à la

surélévation du sol de Paris, et à toutes ces conceptions qui ne sont,
à vrai dire, que des rêveries.

Prix de revient. — Prix de vente.

Dans les discussions qui se sont élevées, on a souvent parlé du *prix
de revient* et du *prix de vente des eaux*. Il importe, une fois pour
toutes, de réduire à leur juste valeur les idées qui ont été émises à
ce sujet.

Beaucoup de personnes, animées d'un excès de zèle, ont affecté de
voir dans la Ville une espèce de compagnie chargée d'une entreprise,
fort intéressée à dépenser peu et à gagner le plus possible. On a calculé à quel prix reviendrait l'eau dans tel et tel système, et à quel
prix on serait contraint de la vendre.

Tous ces calculs étaient inutiles.

La Ville de Paris n'est point animée, dans ses immenses travaux,
de cet esprit d'économie ou de cet espoir de bénéfices. Les résultats
qu'auront ses entreprises pour la santé, le bien-être, ou même pour
les plaisirs des Parisiens, voilà ce qu'il faut d'abord considérer.

En ce qui concerne cette grande question des eaux, M. le Préfet,
et le Conseil Municipal d'accord avec lui, se sont préoccupés avant
tout de mettre à la portée de toutes les classes de la population, et
surtout des classes les moins aisées, des eaux abondantes et salubres,
dont l'emploi, sans aucune préparation, répondît à toutes les exigences des besoins domestiques et de l'industrie.

L'édilité parisienne avait à choisir, pour obtenir ce grand résultat,
entre deux systèmes principaux.

Dans le premier, on avait recours à un système de machines élévatoires, entretenues par le feu, et donnant lieu, par conséquent, à
une dépense annuelle, permanente, plus ou moins considérable,
dépense qui devait grever à perpétuité le budget de la Ville d'une
lourde charge. Elle a été évaluée de 1,200,000 à 2,000,000 de francs.

Dans le second système, imitant en partie l'exemple des anciens, on fondait une sorte de monument d'une durée pour ainsi dire indéfinie, peut-être plus coûteux de premier établissement que les machines à vapeur, mais qui, une fois payé par annuités, ne devait laisser dans le budget municipal, au bout d'un certain temps facile à déterminer, qu'un faible article pour frais d'entretien et de surveillance; environ 100,000 fr. (1).

C'est ce dernier système qui a été préféré, et sur lequel la Commission d'enquête a dû donner son avis motivé.

Il paraît certain que, s'il est désirable de voir encore réduire, dans l'avenir, les prix des concessions d'eau de la Ville, cette réduction est plus probable avec un système d'aménagement qui, un jour, ne laissera presque plus de traces dans le budget de la Ville, qu'avec un système qui maintiendrait à perpétuité, dans ce budget, un gros article de dépense pour combustible, renouvellement et entretien des machines.

Des incertitudes du projet municipal.

On a fait grand bruit des prétendues incertitudes, des conditions aléatoires du projet municipal. On a élevé des doutes sur la possibilité de recueillir en Champagne, par le drainage, les quantités d'eau nécessaires à l'alimentation de l'aqueduc projeté.

Il a été répondu simplement à ces objections par l'acquisition que la Ville de Paris a faite, par actes authentiques, dès le mois de juillet 1859, des sources de la Dhuis, dont les eaux assurent déjà le succès de l'opération, et de celles de la Vanne, dont les produits, doubles de ceux de la Dhuis, pourront s'élever jusqu'à 80,000 mètres cubes par jour.

Ce n'est donc pas seulement par des drainages, mais bien par

---

(1) Voir le troisième Mémoire de M. le Préfet, page 26.

des *sources jaugées qui coulent dès à présent*, qu'on entend alimenter l'aqueduc. Si les travaux de drainage augmentent encore dans une forte proportion, comme tout le fait espérer, le volume d'eau dont la Ville pourra disposer, ce sera le boni de l'entreprise.

Absence de concours.

La Commission ne croyait pas, enfin, avoir à démontrer que les projets de la Ville n'ont été ni conçus, ni étudiés, ni arrêtés, sans concours et à l'insu de ceux qui sont intéressés au résultat.

Le premier Mémoire de M. l'Ingénieur Belgrand est de 1854; il a eu un grand et honorable retentissement.

Le premier Mémoire de M. le Préfet est aussi d'août 1854; le second, de juillet 1858; le troisième, d'avril 1860.

Ces intéressants documents ont été publiés.

Le Rapport fait au Conseil Municipal par une Commission, dont M. le Sénateur Dumas a été l'organe éminent, est du 18 mars 1859.

Les délibérations du Conseil Municipal sont du 12 janvier 1855, du 18 mars 1859, et du 18 mai 1860; elles ont été publiées dans *le Moniteur*.

Voilà donc huit ans au moins que cette grande question a été portée devant le public. Chacun a pu prendre part à la discussion ouverte, selon sa position et sa spécialité (1). Tout, absolument tout, même ce qui aurait pu être négligé faute d'études suffisantes, a été examiné et discuté (2).

---

(1) Voir les *Bulletins de la Société des Ingénieurs*, année 1859. Beaucoup d'observations et plusieurs projets sérieux ont été produits.

Voici comment s'exprimait une Commission sur une proposition récente : « Le Mémoire de MM. ***, ne contenant aucun renseignement quelconque qui permette d'apprécier la valeur de leurs propositions, la Commission spéciale des eaux est d'avis qu'il n'y a aucune suite à donner a cette affaire. »

(2) Voir le Rapport de M. le Sénateur Dumas.

M. le Préfet a même fait faire par MM. les Ingénieurs de la Ville, pour les compétiteurs qui n'avaient pas pris cette peine, les calculs qui devaient démontrer les avantages, les inconvénients ou les impossibilités des projets énoncés.

Enfin, une dernière enquête a été ouverte et a fait un appel à tous les avis, à toutes les objections, à tous les projets.

C'est le résultat de cette enquête qu'il reste à examiner.

DES DIRES DE L'ENQUÊTE.

Trois personnes seulement se sont présentées pour consigner leurs observations sur le registre d'enquête ouvert à la Préfecture de la Seine, le 24 avril 1861.

Aux Sous-Préfectures de Saint-Denis et de Sceaux, il ne s'est présenté personne.

M. Matrat, propriétaire au Raincy (Seine-et-Oise), après avoir déclaré qu'il reconnaît la haute utilité du projet soumis à l'enquête, émet le vœu que, dans l'avenir, il puisse être accordé des concessions d'eau à quelques communes riveraines de l'aqueduc.

Il paraît à la Commission d'enquête que, quant à présent, on ne saurait déférer au vœu de M. Matrat. Bien qu'il doive résulter une grande amélioration, pour le service des eaux de Paris, de l'arrivée des eaux de la Dhuis, qui viendront s'ajouter à celles dont on dispose déjà, néanmoins, la Ville ne sera pas encore en mesure de céder quelque faible partie que ce soit de ses eaux. Il ne paraît pas qu'elle puisse prendre aucun engagement à ce sujet.

M. Fougasse, propriétaire à Mandres (Seine-et-Oise), croit devoir réclamer au sujet d'un passage du Rapport de M. le Préfet concernant les sources de Briant, dans la vallée d'Yères. Cette réclamation ne réfute en rien l'objection faite aux sources de Briant. Leurs eaux sont à un niveau trop bas; elles sont aussi trop peu abondantes.

La troisième personne qui a consigné des observations au registre d'enquête est M. Girard, le concessionnaire des eaux de Nevers. On sait que M. Girard est l'un des partisans de la dérivation sur Paris des eaux de la nappe souterraine de la Loire. Il conclut en ces termes :

« C'est la conviction où je suis, qu'il faudra bien un jour en venir « à cette dérivation des eaux de la nappe souterraine de la Loire, « qui me fait accepter, quoique imparfait, le projet de dérivation des « sources de la Dhuis. »

La Commission d'enquête est d'avis que tout a été dit, soit dans les Mémoires de M. le Préfet, soit dans le Rapport de M. Dumas, sur le projet de M. Girard, renouvelé d'une ancienne pensée de Riquet, et reproduit, avec des modifications, d'abord par M. Radiguel, et ensuite par M. de Passy. La Commission accepte l'opinion émise dans le Rapport fait au Conseil Municipal, et d'après laquelle la dérivation des eaux de la Loire étant exécutable dans une certaine mesure, il n'y a pas lieu de repousser ce projet d'une manière absolue ; c'est une réserve pour l'avenir.

Quant aux imperfections prétendues du projet de la Dhuis, dont parle M. Girard, elles consisteraient :

« 1° Dans l'insuffisance de la masse de ces eaux. »

Nous savons bien, en effet, que cette première dérivation ne suffira pas pour compléter le service des eaux de Paris agrandi ; tout est prévu pour parfaire ce service. La dérivation des sources de la Dhuis n'est qu'une partie des travaux projetés par la Ville ; mais hâtons-nous de prendre ses eaux. Rome avait neuf aqueducs, dit-on ; Paris n'a encore que ceux d'Arcueil et de Belleville. Puisse-t-il en avoir bientôt un troisième, celui de la Dhuis !

« 2° Avec les eaux de la Loire comparées à celles de la Dhuis, les « Parisiens feraient une incalculable économie de savon. »

Ceci n'est pas sérieux. Le service du savonnage et du blanchissage de Paris se fait en grande partie en eau de Seine ; il continuera à se faire ainsi, à moins que l'expérience ne démontre plus tard qu'on peut y employer les eaux de la Dhuis ou autres.

« 3° Il y a danger à voir les sources de la Dhuis disparaître par « des travaux exécutés dans l'intérêt de l'agriculture ou de l'indus- « trie, et impossibles à prévoir. »

L'expérience apprend que les grandes sources sont généralement pérennes, et ne disparaissent jamais ; elles résistent à tous les travaux des hommes, et celles de la Dhuis n'ont pas été taries par les sécheresses exceptionnelles de 1858-1859. Cette objection est donc sans valeur.

« 4° Enfin, M. Girard n'est pas rassuré sur la limpidité des eaux « des sources de la Dhuis, *parce qu'elles ne sont pas produites par les* « *neiges continues des montagnes.* »

C'est seulement dans des cas excessivement exceptionnels que les eaux de source sont troublées par des *pluies torrentielles ;* nous avons l'espoir fondé que cet inconvénient ne se présentera jamais pour les eaux des sources de la Dhuis. Celles d'Arcueil et celles de Dijon, qui ne sont pas alimentées par les neiges des montagnes, ne sont jamais troublées par les pluies les plus torrentielles.

En résumé, les objections de M. Girard ne sont évidemment pas de nature à modifier l'opinion de la Commission sur le projet soumis à l'enquête.

De ce qui précède, la Commission croit pouvoir conclure : que l'enquête publique ouverte dans le département de la Seine, sur l'avant-projet de dérivation des sources de la Dhuis, n'a produit aucune opposition, aucune objection fondées.

RÉSUMÉ.

La Commission d'enquête administrative instituée par arrêté de M. le Sénateur, Préfet de la Seine, du 25 mai 1861, conformément à l'art. 4 de l'ordonnance royale du 11 février 1834, à l'effet de donner son avis motivé, tant sur l'enquête ouverte dans le département que sur l'avant-projet de dérivation des sources de la Dhuis;

Considérant qu'il n'a été présenté à l'enquête aucun projet susceptible d'être substitué avec avantage à celui de M. le Préfet, et aucune objection capable d'en arrêter l'exécution;

Considérant que les renseignements apportés par les personnes qui ont jugé convenable d'en donner n'ont pas été de nature, soit à faire abandonner, soit à modifier en aucun point essentiel le projet mis à l'enquête;

Considérant que la Commission a trouvé dans les explications qu'elle a reçues de M. le Préfet et de MM. les Ingénieurs, ainsi que dans les nombreux documents qui ont été mis à sa disposition, notamment les rapports faits au Conseil Municipal et les délibérations de ce Conseil, ainsi que dans ceux qu'elle a réunis elle-même, la justification la plus complète des projets de la Ville de Paris;

Considérant que la presque totalité des eaux dont on peut actuellement disposer a reçu d'utiles destinations, et que de nouvelles quantités sont indispensables pour satisfaire aux exigences toujours croissantes des services publics et particuliers;

Considérant qu'il importe que la masse de la population trouve à sa portée une eau qui, tant sous le rapport de sa composition que de sa température et de sa limpidité, puisse être employée en toute saison, sans aucune préparation, à tous les usages domestiques, et notamment à la boisson;

Considérant que les puits de Paris ne peuvent pas, comme à Lyon et à Marseille, fournir à la population une eau qui possède, en toute saison, les qualités essentielles des eaux potables;

Considérant que la Seine, comme fleuve, en raison des troubles fréquents de son eau, de l'introduction inévitable, dans cette eau, de matières organiques putréfiées ou putrescibles; en raison aussi de sa température, qui participe de celle de l'atmosphère, et des difficultés que présente sa conservation dans la saison chaude, ne peut pas constituer, *sans préparations,* une bonne eau potable;

Considérant que le problème de la filtration de l'eau et celui de l'abaissement artificiel de sa température ne sont pas résolus pour une masse d'eau aussi considérable que celle qu'exigent, à Paris, les besoins domestiques et l'alimentation publique;

Considérant que les eaux de source présentent seules, sans aucune préparation, la réunion des qualités qui constituent la bonne eau potable;

Considérant, enfin, qu'il ne paraît rester aucun doute sur le succès d'un projet qui se fonde sur des exemples nombreux et mémorables, tant anciens que modernes, tous sanctionnés par l'expérience;

La Commission émet l'avis suivant:

En ce qui concerne l'enquête ouverte dans le département de la Seine: qu'il n'y a pas lieu de s'arrêter aux observations consignées aux registres ouverts conformément à la loi;

En ce qui concerne le projet, qu'il y a lieu:

1° D'augmenter dans une large proportion la quantité d'eau destinée aux services publics et privés de la ville de Paris, et notamment en eau propre aux usages domestiques;

2° De préférer, à cet effet, des eaux de source potables, limpides et d'une température constamment modérée, à des eaux de rivière quelconques;

3° D'assurer, par les moyens connus et prévus au projet, le parcours de ces eaux en état de pureté et de fraîcheur depuis les sources jusqu'à Paris, ainsi que leur bonne conservation dans les réservoirs;

4° D'établir les réservoirs, conformément au projet, à une altitude qui permette de faire arriver l'eau, à peu d'exceptions près, même dans les étages supérieurs de toutes les maisons;

5° De s'occuper avec la plus grande activité des travaux projetés et par conséquent de la réalisation du projet.

Par tous ces motifs, la Commission est d'avis que l'avant-projet soumis à l'enquête est de la plus haute et de la plus incontestable utilité.

La Commission d'enquête ne croirait pas avoir achevé sa tâche, si elle ne rendait pas hommage au talent, à la sagesse et à la persévérance avec lesquels a été conçu et étudié le projet qui doit augmenter, dans une notable proportion, les eaux de la ville de Paris.

Elle est convaincue que l'exécution de ce projet assurera à l'édilité parisienne la reconnaissance impérissable de la population, et contribuera à la gloire du Souverain dont la première et la plus grande préoccupation a toujours pour objet le bien-être du peuple.

Adopté par la Commission dans sa séance du 29 juin 1861.

Signé : Les Membres de la Commission :

ÉLIE DE BEAUMONT, *Président.*

ROBINET, *Rapporteur.*

RATAUD, *Secrétaire.*

Docteur MÉLIER.

Docteur DUBOIS.

II. DAVILLIER.

DENIÈRE.

MAÉS.

ONFROY.

ARNAUD-JEANTY.

ABEL-LAURENT.

Baron MICHEL DE TRÉTAIGNE.

AUBERT.

RÉSULTATS DES ANALYSES DE L'EAU DE LA DHUIS

DEMANDÉES PAR LA COMMISSION D'ENQUÊTE.

En regard des analyses de l'eau de la Dhuis demandées par la Commission d'enquête, on a mis deux des analyses que M. Poggiale a faites de l'eau de la Seine puisée au pont d'Ivry (1).

---

(1) Pour bien comprendre les différences des résultats des deux analyses de M. Poggiale, il faut savoir que les eaux de la Seine filtrées sont en général plus pures ou contiennent moins de matières en dissolution dans les crues que dans les sécheresses. M. Poggiale a donné 13 analyses de ces eaux ; on a choisi les deux extrêmes, c'est-à-dire celles qui ont donné les résidus minimum et maximum. On se contente d'indiquer ci-après le poids total des résidus solides obtenus dans les autres :

Dates du puisage..................	1er déc. 1852.	29 déc. 1852.	24 janv 1853.	24 fév. 1853.	21 mars 1853.	3 avril 1853.	9 juil. 1853.	6 août 1853.	11 nov 1853.	23 déc. 1853.	5 avril. 1854.
Hauteur de l'eau au Pont-Royal..	5m 80	2m 40	5m 90	2m 20	3m 40	2m 10	1m 50	0m 80	1m 00	1m 00	1m 00
Résidu solide par litre d'eau....	0 g.240	0 g.204	0 g.213	0 g.277	0 g.248	0 g.242	0 g.240	0 g.267	0 g.251	0 g.243	0 g.228

Dans les basses eaux d'été, lorsque la Seine descend au-dessous de 1 mètre à l'échelle du Pont-Royal, c'est-à-dire pendant 101 jours par an, la composition de l'eau de Seine se rapproche du maximum. Dans les eaux moyennes d'hiver (de 1 à 2 mètres) qui durent 137 jours, le poids total des matières en dissolution varie de 0 gramme 228 à 0 gramme 251. Ce n'est que dans les fortes crues, qui durent à peine quelques jours, que le résidu se rapproche du minimum. M. Poggiale dit que ce minimum (0 gramme 19) a été obtenu à la suite d'une fonte de neige.

11

	ANALYSES D'EAU DE SEINE		ANALYSES D'EAU DE LA DHUIS FAITES	
	Puisée le 11 mars 1853, l'eau étant à la cote 4. 25 de l'échelle du Pont-Royal.	Puisée le 4 août 1853, l'eau étant à la cote 6. 90 de l'échelle du Pont-Royal.	A la Monnaie, par M. Pelouze.	A l'École des Ponts et Chaussées par M. Mangon.
Résidus solides par litre d'eau..............	0gr. 190	0gr. 276	0gr. 256 [1]	0gr. 295
Ces résidus se décomposent ainsi :				
Résidu argilo-siliceux [2]..................	0. 003	0. 004	non déterminé.	0. 010
Alumine et peroxyde de fer..............	0. 002	0. 004	id.	faibles traces.
Chaux.....................	0. 095 [3]	0. 136 [3]	0. 1245	0. 128
Magnésie.........................			non déterminé.	0. 010
Alcalis.............................	traces très-sensib.	traces très sensib.	id.	0. 009
Chlore............................	0. 006	0. 008	0. 0058	0. 003
Acide sulfurique........................	0. 008	0. 013	faibles traces.	0. 005
Acide carbonique et matières non dosées....	0. 076	0. 111	non déterminé.	0. 113
Eau combinée et matières organiques.......	quantité notable.	quantité notable.	faibles traces.	0. 017

	EAU DE SEINE.		EAU DE LA DHUIS.	
	Puisage du 11 mars 1853.	Puisage du 4 août 1853.	Analyse de M. Boussingault.	Analyse de M. Mangon.
Matières azotées :				
Ammoniaque par litre...................	0gr. 00027	0gr. 00037	pas de traces.	0gr. 00032
Acide nitrique constituant les nitrates.......	quantité notable.	quantité notable.	0gr. 0093	0. 0085
Gaz dissous ramenés à 0° sous la pression 0m760				
Acide carbonique par litre...............	[4] 0lit. 0255	0lit. 0210	»	0lit. 0254
Oxygène.............................	0. 012	0. 007	»	0. 0072
Azote.............................	0. 024	0. 018	»	0. 0136

(1) Résidu desséché vers 130° centigrades à l'étuve.

(2) Pour rendre les analyses de M. Poggiale comparables à celles de M. Mangon, on a dû leur faire subir une transformation, en séparant les acides et les bases.

(3) Ces chiffres sont de quelques milligrammes trop forts, parce que M. Poggiale, dans le dosage des sulfates et des chlorures, n'a pas séparé les sels de chaux, de magnésie et de soude, et qu'on a opéré la séparation des acides et des bases en supposant que le poids total s'appliquait à des sels terreux. Les deux nombres comprennent donc quelques milligrammes de soude.

(4) Ces quantités, qui sont les maxima obtenus par M. Poggiale, correspondent au puisage du 24 février 1853. Ce chimiste n'a pas donné les résultats correspondant au puisage du 11 mars 1853.

La concordance des analyses des matières solides et des gaz en dissolution dans l'eau de la Dhuis et dans l'eau de Seine puisée en été au pont d'Ivry n'échappera à personne. L'eau de la Dhuis contient un peu plus de carbonate de chaux, l'eau de Seine un peu plus de magnésie et de sulfates. Le sel dominant dans ces deux eaux est le bicarbonate de chaux, et on sait que la plupart des médecins admettent qu'il en faut dans les eaux potables.

Suivant M. Boussingault, l'eau de la Dhuis ne contient pas d'ammoniaque; d'après M. Mangon, elle en contiendrait une quantité insignifiante, à peu près comme l'eau de Seine au pont d'Ivry.

L'ammoniaque trouvée par M. Mangon, alors que M. Boussingault n'en a pas vu même de traces, tient peut-être à l'introduction d'un brin de paille, ou de tout autre objet flottant du même genre, dans le vase contenant l'eau soumise au premier de ces chimistes.

Comme toutes les eaux de source, l'eau de la Dhuis renferme une petite quantité d'acide nitrique. Suivant M. Boussingault, le chimiste le plus compétent en pareille matière, la proportion de nitrate de potasse correspondante, qui est de 0^{gr} 0174 par litre, est absolument sans inconvénient.

Paris, le 31 juillet 1861.

E. BELGRAND.

NOTE DU RAPPORTEUR.

L'évidente concordance de ces deux analyses, et leur concordance non moins remarquable avec les nombreuses analyses hydrotimétriques exécutées à diverses époques par MM. les Ingénieurs, ne laissent aucun doute sur l'excellente qualité de l'eau des sources de la Dhuis.

Nous ajouterons cependant une remarque, à l'usage des personnes peu familiarisées avec les proportions des matières contenues dans les eaux potables.

Il résulte des analyses de MM. Boussingault, Pelouze et Mangon, que les principales substances dissoutes dans l'eau de la Dhuis s'y trouvent dans les proportions suivantes :

Par litre ou par kilogramme :

Chaux. — 12 centigrammes ou 12 cent millièmes du poids de
l'eau, soit. . . . . 0^k 000 120

Magnésie. — 1 centigramme, ou 1 cent millième du poids de
l'eau, soit. . . . . : 0. 000 010

Matières organiques mêlées d'eau. — 17 milligrammes, ou 17
millionièmes du poids de l'eau, soit. 0. 000 017

Acide nitrique. — 9 milligrammes, ou 9 millionièmes du
poids de l'eau, soit. 0. 000 009

Acide sulfurique. — 5 milligrammes, ou 5 millionièmes du
poids de l'eau, soit. 0. 000 005

Ammoniaque. — 32 centièmes de milligramme, ou 32 cent
millionièmes du poids de l'eau, soit. 0. 000 000 32

Ces chiffres paraissent de nature à rassurer les futurs consommateurs de l'eau de la Dhuis.

Quant à la proportion d'oxygène que recèle cette eau, elle est supérieure à la moyenne de la proportion qu'offrent la plupart des eaux potables d'un usage habituel. Cette proportion moyenne n'est, en effet, que de 5 centimètres cubes par litre, ainsi que cela résulte des nombreuses analyses que nous avons sous les yeux.

L'eau de la Dhuis, puisée à la source même, contient 7 centimètres cubes d'oxygène par litre, et cette quantité ne peut qu'augmenter par le parcours dé l'eau dans l'aqueduc.

EXTRAIT DU PROCÈS-VERBAL DES SÉANCES

DE LA

COMMISSION D'ENQUÊTE ADMINISTRATIVE CHARGÉE D'EXAMINER LE PROJET DE DÉRIVATION

DES

SOURCES DE LA DHUIS.

Trois personnes ont été appelées au sein de la Commission par application de l'art. 6 de l'ordonnance réglementaire du 18 février 1834 :

1° M. DELAMARRE, Rédacteur en chef du journal *la Patrie;*

2° M. MARY, Inspecteur général des Ponts et Chaussées, en retraite;

3° M. DUGUÉ, Ingénieur en chef des Ponts et Chaussées pour le département de la Marne.

M. Delamarre est invité par M. le Président à faire part, à la Commission, de ses impressions sur le projet de dérivation d'eau récemment soumis à l'enquête, et notamment à développer les publications imprimées sous son nom, depuis quelque temps, dans le journal *la Patrie.*

M. Delamarre dit que l'exposé qu'il ferait, de vive voix, de ses vues serait peu fructueux pour la Commission, et il croit que le but, auquel visent les membres et lui-même, sera plus sûrement atteint s'ils veulent bien lire les ouvrages qu'il a publiés sur l'objet en question. Il offre donc d'en envoyer une série complète à chacun des membres. Il insiste pour que cet arrangement soit accepté; toutefois, il consent à répondre séance tenante à quelques questions dont la solution pourrait ne pas se trouver dans les ouvrages précités.

Sur une observation de M. le Président, M. Delamarre déclare que ce ne sont pas les eaux de la Dhuis en particulier qu'il repousse, mais toutes les sources en général, parce que leurs eaux sont ordinairement peu aérées. Il ajoute que, dans tout ce qu'il a écrit sur ce sujet, il n'a pas eu d'autre prétention que de traduire ses idées personnelles.

M. Robinet, autorisé par M. le Président :

« M. Delamarre a parlé d'élever les eaux de la Seine par des machines à vapeur, ou de profiter, dans ce même but, des chutes existantes ou de celles qu'on serait à même de créer dans le lit du fleuve. Sait-il que ces combinaisons ont été étudiées avec soin et qu'elles ont été condamnées, parce qu'elles donneraient des résultats insuffisants en eux-mêmes, et, dans tous les cas, moins avantageux que les autres systèmes auxquels elles ont été comparées? Aurait-il d'ailleurs connaissance d'études distinctes et non encore révélées auxquelles on se serait livré pour la réalisation de projets de ce genre? Est-il à même d'indiquer des compagnies ou des particuliers qui seraient prêts à se charger de pareilles entreprises? »

M. Delamarre répond qu'il ne sait s'il a été fait des études du genre de celles qui viennent d'être indiquées, ni si des compagnies ou des particuliers sont prêts à se charger de l'exécution de ces entreprises. Il n'a fait qu'exprimer ses propres idées. Il pense d'ailleurs que, si l'on provoquait la concurrence, cet appel serait entendu. Quant aux chutes d'eau dont il a parlé, il ne voit pas pourquoi on ne ferait pas à Paris, et surtout à Port-à-l'Anglais, ce qu'on a fait à Marly.

M. Mélier demande et obtient la parole.

Il cite un article inséré dans le journal *la Patrie*, le 15 juin, sous le nom de M. Delamarre, à qui il demande s'il peut énoncer des faits qui tendent à établir que les eaux à dériver donnent des goîtres.

M. Delamarre répond qu'il a tenu ce langage parce qu'il a entendu les médecins dire que les eaux de source en général, faute d'être suffisamment aérées, causent et développent fréquemment les goîtres; mais que d'ailleurs il n'avait pas eu l'intention de citer à ce propos les eaux de la Dhuis, à l'égard desquelles il n'a rien de particulier à dire.

Il répète qu'il n'a pas la prétention d'apporter des faits spéciaux à cette source, qu'il rappelle seulement ceux qui sont dans la science.

Sur une nouvelle question de M. Robinet, M. Delamarre dit qu'en proposant d'abaisser le niveau de la Seine par des dragages effectués depuis Port-à-l'Anglais jusqu'à Saint-Denis, afin de créer une chute au premier de ces points, il n'a fait qu'émettre une idée qui lui est propre, et pour laquelle il n'est en mesure de fournir aucune étude, aucun calcul d'ingénieur. Il comprend bien que la dépense serait considérable, mais aussi le résultat aurait-il, suivant lui, une importance proportionnée.

M. Onfroy prie M. Delamarre de vouloir bien exposer comment il s'est assuré que le projet de la dérivation, sur Paris, des eaux de la Dhuis, inspirait dans cette ville une répugnance unanime.

M. Delamarre répond qu'il se fonde, à cet égard, sur les lettres très-nombreuses qui lui ont été adressées pour approuver ses articles. Au reste, il affirme sur l'honneur qu'en agissant comme il l'a fait, il n'a obéi à aucune passion, il n'a voulu servir aucun intérêt particulier; il ne s'est proposé que l'intérêt général.

Personne n'ayant plus de question à poser, M. Delamarre déclare qu'il n'a rien à ajouter, et annonce qu'il va envoyer dans une heure à la Commission tous les ouvrages qu'il a publiés sur la question des eaux de Paris.

M. le Président le remercie de cette offre et de son empressement à répondre à l'appel de la Commission.

M. Delamarre se retire.

M. Mary, invité à communiquer à la Commission ses appréciations sur la dérivation d'eau dont on s'occupe, expose que, comme Inspecteur général des Ponts et Chaussées, il a été appelé à examiner ce projet et qu'il l'approuve, sauf ce qui concerne la section de l'aqueduc, qu'il voudrait agrandir assez pour qu'on pût le visiter en bateau. Par ce moyen, il serait aisé de constater les avaries et d'en prévenir promptement l'aggravation. Il préfère cette combinaison à celle qui consisterait à construire, sur tout le parcours, un double aqueduc. De doubles conduites forcées lui paraissent devoir suffire.

Quant au choix des eaux, il donne la préférence, en général, aux eaux de source sur les eaux de rivière. Cet avis est partagé par presque tout le monde; car, appelé à faire ou à diriger un grand nombre de dérivations sur des villes, il a remarqué qu'à l'exception de la seule ville de Troyes, partout on a donné la préférence aux eaux de source; et encore n'a-t-on dérivé à Troyes des eaux de rivière que sous l'influence de la nécessité. A Paris même, il n'a jamais remarqué que l'on fût unanime pour préférer l'eau de Seine à toutes les autres.

Parlant ensuite de la Dhuis en particulier, M. Mary ajoute que l'on a eu raison de choisir ces sources, parce qu'elles sont assez pures et assez hautes pour tous les besoins. Du reste, s'il devenait nécessaire d'en augmenter le volume, il serait facile de puiser, au moyen de machines élévatoires, dans les sources que l'on rencontrera sur le parcours de l'aqueduc, et notamment dans le Surmelin.

Ici, M. Mary explique comment, pour qu'une chute d'eau dans une rivière puisse être réellement utilisée, il faut qu'il y ait deux bras, comme à Marly et au Pont-Neuf; or ce n'est pas le cas à Port-à-l'Anglais, où la Seine n'a qu'un lit unique. Le barrage qu'on y établirait cesserait d'être effectif dans les crues;

il n'y aurait pas de chute pendant plusieurs mois, et partant, point d'élévation possible durant tout cet espace de temps.

Les dragages dont on parle sont impuissants à modifier le lit des rivières, ainsi qu'une expérience constante l'a établi. Un tel projet, dit-il en terminant, n'est qu'une rêverie.

M. le Président remercie M. Mary du concours qu'il a bien voulu prêter à la Commission. Cet Ingénieur se retire ensuite.

Il est alors donné lecture de la lettre par laquelle M. Dugué se fait excuser et annonce qu'il est empêché, par le mauvais état de sa santé, de se rendre à l'appel de la Commission.

M. Robinet dit qu'il avait l'intention de faire expliquer M. Dugué sur le degré d'efficacité du drainage pour procurer l'eau. Cet Ingénieur prétend que par ce procédé on n'obtient pas de résultat utile. Mais dans l'espèce qui occupe la Commission on ne demande rien au drainage : on a acheté les sources de la Dhuis, et on en dérive les eaux sur Paris.

M. Michal, Inspecteur général des Ponts et Chaussées, Directeur du Service municipal des Travaux publics de Paris, et M. Belgrand, Ingénieur en chef du même corps, chargé du service des eaux de la Ville, sont introduits. L'un est auteur du projet, l'autre l'a adopté.

M. Michal fait ressortir, en quelques mots, tout ce qu'il y a de chimérique dans les projets mis en avant par M. Delamarre. Le dragage de la Seine serait une opération extrêmement coûteuse, qu'il faudrait sans cesse recommencer. Une chute factice de 2 mètres à Port-à-l'Anglais cesserait de fonctionner dans les temps de crues.

Puis, comparant les prix de revient de l'eau élevée par des machines et de l'eau dérivée, M. Michal fait ressortir l'insuffisance des éléments de calcul adoptés par M. Delamarre, et il établit que, d'après le système de ce publiciste, le mètre cube d'eau coûterait 0, 085, tandis que l'eau de la Dhuis, rendue à Paris, ne coûtera que 0, 072.

M. Michal ajoute que les eaux de la Seine sont bonnes, mais qu'elles sont chaudes en été, froides en hiver, et tellement troubles et sales pendant les crues, que le filtrage en grand en est impossible. Les eaux de source sont aussi bonnes que celles de la Seine, mais elles n'en ont pas les inconvénients.

Enfin, il explique que le goître est le résultat des dispositions locales, et non pas seulement de l'eau que boivent les individus.

M. le docteur Mêlier a la parole.

Il fait part à la Commission d'un travail non moins intéressant que savant sur l'affaire soumise à l'étude, et dont la substance trouvera place au Rapport. Il en résulte, et il suffit de le consigner ici, qu'il n'est pas à craindre que les eaux de la Dhuis causent des goîtres. En fait, le goître, qui existe partout, est inconnu dans le canton de Condé, où est cette source; ou du moins, il s'y rencontre beaucoup moins qu'ailleurs, car on a observé que, chose remarquable, cette maladie n'a pas donné lieu, de 1838 à 1848, à une seule exemption du service militaire, et qu'elle en a motivé seulement trois, de 1848 à 1859. D'un autre côté, il résulte de recherches statistiques prescrites par le Ministère de l'Agriculture, du Commerce et des Travaux publics, que la population civile du même canton ne présentait, en 1852, que deux goîtreux.

Théoriquement parlant, et en supposant même, ce qui n'est pas, que l'eau seule, et non pas les conditions géologiques des localités, cause ce désordre, l'eau de la Dhuis serait encore sans reproche à ce point de vue, car elle n'est point séléniteuse; elle ne contient pas de magnésie, et enfin elle renferme de l'iode en proportion suffisante.

Il est erroné de dire qu'en général les eaux de rivière sont préférées, car soit dans l'antiquité, soit dans les temps modernes, les villes ont été presque unanimes pour s'alimenter en eau de source. Il lit une longue liste de villes qui ont pris ce parti.

M. Mélier conclut en disant que les eaux de la Dhuis se recommandent à tous les points de vue, et surtout au point de vue médical.

M. le Président fait observer que les eaux de la Seine et de la Marne, aussi bien que celles que l'on propose d'aller chercher au loin, sont toutes des eaux de source provenant de terrains semblables, et, par conséquent, consistant dans les mêmes éléments, ou à peu près. La seule différence qui existe entre elles, c'est que les eaux que l'on amène dans des aqueducs sont pures, et que celles de la Seine et de la Marne, prises à Paris, sont chargées de toute sorte d'impuretés qu'elles recueillent dans leur parcours. Il est donc raisonnable de préférer les premières.

Le manque d'air dont on parle paraît à M. le Président une objection bien faible, car l'eau, en coulant dans les aqueducs, sera inévitablement en contact avec l'air.

M. Belgrand fait observer que l'eau d'Arcueil, qui est amenée dans un aqueduc et qui d'ailleurs contient une forte proportion de sels de chaux, ne donne pas de goîtres.

12

M. le baron Michel de Trétaigne dit que la maladie dont on vient de parler naît et se développe sous l'influence géologique; que cependant il a, comme médecin, rencontré dans sa clientèle deux ou trois familles où le goître était héréditaire. A Rome, où l'on boit de l'eau de source, il n'a pas observé de goîtres.

M. le Président rappelle que dans les contrées où cette maladie se rencontre, elle règne généralement au bas des vallées, où l'on boit des eaux courantes et de rivière, tandis qu'elle n'apparaît pas dans le haut des vallées, où l'on boit de l'eau de source. Ainsi donc, dire que l'eau de source donne le goître, c'est, en quelque sorte, le monde renversé.

RAPPORT

COMMISSION SPÉCIALE

DES

PUITS ARTÉSIENS.

PARIS,

TYPOGRAPHIE DE CHARLES DE MOURGUES FRERES,

IMPRIMEURS DE LA PRÉFECTURE DE LA SEINE,

RUE J.-J. ROUSSEAU, 8.

—

1861

RAPPORT

De la Commission formée, sur la proposition de M. le Sénateur, Préfet de la Seine, par un arrêté de Son Excellence M. le Ministre de l'Agriculture, du Commerce et des Travaux publics, en date du 29 octobre 1861, à l'effet d'examiner la question de savoir s'il serait possible et convenable de pourvoir exclusivement, au moyen de puits artésiens, à l'alimentation de tous les services publics et privés de distribution d'eau de la Ville de Paris.

MONSIEUR LE MINISTRE,

La Commission [1] que vous avez chargée d'examiner « s'il serait « possible et convenable de pourvoir exclusivement, au moyen de « puits artésiens, à l'alimentation de tous les services publics et « privés de distribution d'eau de la Ville de Paris, » vient, après mûr examen, déclarer à Votre Excellence que telle n'est point son opinion.

La Commission a été unanime. Parmi ses membres, il n'en est aucun qui ait méconnu l'importance de la nappe artésienne des sables verts pour le service des Eaux de Paris; mais, parmi ceux qui fondent sur elle les espérances les plus larges, il ne s'en est point trouvé qui fût d'avis d'exclure l'emploi des autres ressources que la

---

[1] Cette Commission était composée de MM. DUMAS, Sénateur, Membre de l'Institut, Président; Élie DE BEAUMONT, Sénateur, Membre de l'Institut ; PELOUZE, Membre de l'Institut ; ROBINET, Président de l'Académie de Médecine; AVRIL, Inspecteur général des Ponts et Chaussées ; LORIEUX, Inspecteur général des Mines ; MICHAL, Inspecteur général des Ponts et Chaussées, Directeur du Service municipal des Travaux publics.

nature ou l'art peuvent mettre à la disposition de la population parisienne.

Il résulte, en effet, des observations que les Ingénieurs de la Ville ont effectuées, tant sur le puits de Passy que sur le puits de Grenelle, qu'à Paris, on ne peut forer deux puits à la distance de 3,500 mètres, sans qu'ils exercent l'un sur l'autre une influence prompte et durable.

Le débit du puits de Grenelle, qui au 24 septembre de cette année se maintenait à 630 litres par minute, quantité à laquelle il s'était réglé depuis longtemps, a commencé à décroître trente heures après l'apparition des eaux jaillissantes du puits de Passy. Jusqu'au 13 octobre, la diminution n'a pas cessé de suivre une marche régulière, et, à cette dernière époque, le puits de Grenelle ne donnait plus que 420 litres par minute; il avait donc perdu un tiers de son rendement normal. Il est vrai que l'écoulement des eaux de Passy s'effectuant à un niveau plus bas de 20 mètres que le plan de déversement des eaux du puits de Grenelle, placé au sommet de la colonne qui le surmonte, on pouvait penser que le dérangement survenu dans le débit de ce dernier tenait autant à une diminution de pression qu'à un appauvrissement de la nappe.

Mais, le 28 octobre, le puits de Passy ayant été surmonté à son tour d'un tube provisoire qui en élève les eaux à la hauteur du déversoir supérieur du puits de Grenelle, son propre débit s'est réduit de 11,500 litres par minute à 5,750, c'est-à-dire à la moitié. Les ressources mises à profit par le puits de Grenelle étaient donc doublement améliorées, puisque son rival était placé désormais dans les mêmes conditions de pression que lui, et qu'il ne demandait plus à la nappe commune qu'une quantité d'eau moitié moindre.

Cependant le puits de Grenelle, qui s'était montré assez prompt à ressentir le dommage, a mis plus de lenteur à accuser le changement favorable qui devait survenir dans son régime, par suite des modifications apportées aux conditions du puits de Passy. Ce n'est pas avant trois jours que son débit s'est accru, passant de 420 litres à 440, atteignant 450 au bout de cinq jours et 460 après huit; puis, sauf quelques oscillations, demeurant fixé à ce dernier chiffre, et ayant perdu en définitive, à ce qu'il paraît, près de 28 pour 100 de son rendement primitif.

Cette perte, quelle qu'en soit la cause, prouve peut-être qu'on ne pourrait percer dans l'enceinte des fortifications qu'un nombre assez restreint de puits artésiens, si l'on voulait maintenir intact le débit de ceux qui auraient été mis les premiers en activité. Ce qui ne signifie pas, néanmoins, que la nappe artésienne serait impuissante à fournir dans un rayon utile pour les besoins de Paris une masse d'eau bien plus considérable que celle qu'on lui demande jusqu'ici.

Mais à qui appartient cette eau? Si le progrès des procédés de sondage permettait à des compagnies ou à des particuliers de forer des puits destinés à la faire jaillir, à des hauteurs diverses, selon leurs convenances, la Ville de Paris ne serait-elle pas forcée de subir les conséquences de ces opérations? La Commission pense que la question de propriété n'est pas douteuse, et que celle de liberté ne l'est pas non plus dans l'état actuel de la législation. Elle ne voit pas pourquoi on chercherait, par une législation nouvelle certainement difficile à formuler, à entraver les représentants du sol ou ceux de l'industrie dans l'exercice de leurs droits, si bien déterminés par le Code civil.

Pourvu que l'alimentation de la cité soit assurée, peu importe, en effet, que l'eau soit amenée à la portée des habitations par des travaux municipaux, ou fournie à chacune d'elles par un puits spécialement creusé pour son usage. Si chaque maison de Paris trouvait sur son propre sol une source jaillissante, le service de la Ville ne se bornerait-il pas à en assurer l'évacuation par des égouts, et aurait-on songé à établir à grands frais les tuyaux qui distribuent les eaux municipales? Non, sans doute, et lorsque les compagnies de chemins de fer ou quelques grands établissements, voulant mettre à profit à la fois la pureté des eaux de la nappe des sables verts et sa température tiède, se décideront à percer à leur compte des puits forés dans un rayon dangereux pour le régime des puits forés municipaux, pourra-t-on s'y opposer? Y aurait-il même intérêt à s'y opposer?

Nous ne le pensons pas. Le service des Eaux de la Ville a pour but de fournir de l'eau à ceux qui en manquent; il ne saurait être question, à aucun titre, d'empêcher, en son nom, ceux qui en possédent de l'utiliser à leur gré.

Les eaux artésiennes sont donc destinées à prendre un rang très-important dans la consommation parisienne; mais comme leur emploi demeure libre, nous croyons qu'il serait imprudent de prendre pour base exclusive du service public une nappe naturellement exposée à toutes les entreprises de l'intérêt privé, et des ouvrages qui pourront varier dans leur débit, sinon tout d'un coup, du moins peu à peu, du tiers ou de la moitié, à mesure que le succès des forages voisins de ceux de la Ville ouvrira de nouvelles et nombreuses issues aux eaux jaillissantes. L'expérience du puits de Grenelle et du puits de Passy est là pour le prouver, comme celle des puits forés de la ville de Tours.

A un autre point de vue, il paraîtrait également imprudent de chercher dans l'emploi des eaux artésiennes la base exclusive de l'alimentation de la Ville de Paris. Qui n'est frappé du rapport manifeste existant entre ces sortes de sources artificielles et les sources naturelles qui fournissent les eaux qu'on nomme minérales? Ce que le forage opéré de main d'homme effectue pour les unes, des fissures du sol l'ont produit spontanément pour les autres. Dans les deux cas, il s'agit d'un réservoir plein d'eau comprimée par une colonne de ce liquide, auquel est offerte une issue étroite par où l'eau s'échappe, reprenant son niveau. Or, il n'est pas nécessaire de longues recherches pour s'assurer que les sources minérales sont sujettes à des dérangements; qu'en particulier, les tremblements de terre, qui en ont fait naître quelquefois, ont eu plus souvent pour résultat d'en modifier le régime, d'en diminuer le débit, ou même de les supprimer. Il est évident que toute secousse imprimée au sol, qui se transmet, sans les modifier, à travers les couches solides, peut devenir, partout où se présente un espace vide, l'occasion de glissements, de ruptures, d'éboulements capables de compromettre pour longtemps ou d'anéantir pour toujours les ressources des puits artésiens.

Après le tremblement de terre du 14 août 1846, M. Pilla constatait près de Lorenzano, en Toscane, l'apparition de sources formant autant de puits artésiens, dit-il, alignés selon six bandes, dont l'une en comptait vingt-quatre. Des nappes d'eau souterraines avaient été soudainement mises en communication avec la surface du sol par la rupture brusque des couches du terrain, et par la formation des crevasses qui en étaient la conséquence. Si de telles nappes d'eau eussent alimenté des puits artésiens, que seraient devenus ces derniers ? On avait observé les mêmes événements en 1706, sur le chemin de Rome à Tivoli, et on pourrait multiplier à l'infini de tels exemples. Paris, il est vrai, est peu sujet aux tremblements de terre; mais quand on institue des services importants pour un long avenir et pour des siècles, il ne faut pas qu'un accident, même de ceux qui n'apparaissent qu'à de rares intervalles, puisse les mettre en péril. Comment serait jugée une administration qui aurait subordonné l'alimentation et la distribution des eaux pour les deux millions d'habitants d'une immense cité à un procédé unique et précaire, le jour où quelque accident naturel venant à tarir d'un seul coup toutes les sources jaillissantes, on se trouverait réduit à improviser à grands frais des moyens de les remplacer? Les habitants privés d'eau pour les besoins domestiques, la ville entravée dans les soins les plus indispensables de l'hygiène publique, les immondices s'accumulant dans les égouts, dans les rues et dans chaque demeure, telles seraient les éventualités inquiétantes auxquelles une préférence irréfléchie condamnerait nos successeurs. Si le service des Eaux de Paris se trouvait aujourd'hui constitué sur de telles bases, l'Administration se hâterait, n'en doutons pas, de lui chercher des auxiliaires, et ne se tiendrait pour rassurée que lorsqu'elle en aurait créé.

Ce qui précède ne semblera pas exagéré, si nous ajoutons que, le 16 novembre 1843, les eaux du puits de Grenelle se troublèrent, que des matières argileuses abondantes en sortirent dans la nuit. Le lendemain, les eaux étaient claires, mais leur volume se réduisit peu à peu de moitié. Elles coulaient encore parfois très-noires pendant le cours de janvier, et ce n'est que deux mois après que leur régime reprit son allure normale. M. Lefort, l'Ingénieur des Eaux de la Ville à cette époque, n'hésita pas, sinon à attribuer cette intermittence à une secousse de tremblement de terre qui fut ressentie à Cherbourg et à Saint-Malo, du moins à signaler comme très-remarquable la coïncidence qui fut constatée entre les deux événements.

Les puits artésiens creusés jusqu'à la nappe des sables verts sont-ils destinés à durer toujours? L'Ingénieur est-il assez sûr de lui-même pour répondre de la solidité d'un travail qui s'effectue à 6 ou 700 mètres de profondeur au milieu d'un sable fluide, sous des voûtes d'une argile toujours prête à se gonfler ou à se délayer dans l'eau? Nous ne voulons pas examiner en ce moment ces deux questions, et nous admettons que la masse des eaux réunies dans la nappe des sables verts suffirait à l'alimentation continue de la Ville de Paris, fallût-il lui emprunter 2 à 300,000 mètres cubes par jour; de même que nous considérons comme incontestable qu'au bout d'un temps donné, l'expérience acquise par les Ingénieurs leur permettra d'opérer les forages sous des conditions irréprochables de sécurité et de durée, même à ces profondeurs.

Mais combien durera le temps nécessaire pour acquérir cette expérience? Quand il s'agit de travaux qui sont destinés à traverser les siècles, combien d'actions, inappréciables à l'origine, peuvent, à la longue, devenir redoutables pour eux! Il n'y a plus d'infiniment petits dans la nature lorsqu'on leur abandonne l'espace ou le temps, et les plus petites causes alors peuvent engendrer les plus grands effets. L'eau du puits de Grenelle étant privée d'oxygène libre et étant légèrement alcaline, un tubage en fer n'en devait, par exemple, éprouver aucun effet nuisible, et, au contraire, le fer devait s'y conserver aussi bien que dans l'eau bouillie. Cependant, des observations précises ont démontré que les puits forés des environs de Tours, qui puisent, dans une nappe analogue à celle où s'alimentent les puits de Grenelle et de Passy, une eau presque identique avec la leur, ne peuvent pas être tubés en fer. L'érosion des tubes en tôle s'y effectue par l'action lente et mystérieuse d'une matière inaperçue, avec une telle régularité qu'un constructeur très-expérimenté ayant pris l'engagement de fournir un tube garanti pour dix ans, celui qu'il a livré s'est trouvé hors de service au bout de dix ans et trois mois. Il est rare que les tubages résistent après vingt ans, pour les épaisseurs de tôle habituellement employées. Tout objet en fer en contact avec les eaux des puits forés de la Touraine, avant qu'elles aient eu le contact de l'air, se détruit tôt ou tard. Ainsi, un puits foré peut perdre tout d'un coup son tubage, et, par suite, éprouver des accidents qui interrompent son service, s'il a été tubé en fer et qu'il donne issue à des eaux contenant quelques traces de certains principes qui existent dans la nappe artésienne des sables verts.

Le cuivre paraît résister, au contraire, à leur action; mais on n'accepte pas volontiers l'usage des boissons ou des aliments qui ont séjourné dans des vases de cuivre. Ce serait une grande responsabilité pour une administration qui, ayant dirigé à travers des tubes en cuivre, même étamés, l'eau destinée à tous les besoins domestiques de la Ville, se verrait obligée, par l'impossibilité de la remplacer instantanément, de contraindre ses habitants à en continuer l'emploi en temps d'épidémie, même en présence d'une de ces émotions

2

auxquelles il faut pouvoir céder, et qu'il est plus sage de prévenir.

La Commission ne pourrait donc compter ni sur le fer ni sur le cuivre avec une entière confiance.

Le tubage en bois, si tant est qu'à partir de la craie les puits dont il s'agit doivent être tubés, le tubage en bois serait donc le seul convenable, sa durée paraissant illimitée ; mais l'expérience du puits de Passy prouve qu'on n'est pas toujours certain d'en diriger l'installation. Le tube en bois est resté en chemin, et si, à partir du point où il s'est arrêté, on avait voulu descendre un second tube également en bois, d'un plus petit diamètre, on aurait réduit la section du puits dans une telle proportion, qu'il y aurait eu lieu d'hésiter peut-être entre le mal et le remède.

Ainsi, personne ne voudrait que toutes les eaux susceptibles d'être consommées à Paris eussent traversé, sur un long parcours, des tubes de cuivre ; les tubes de fer sont rongés ; les tubes en bois, pour de larges puits, ne sont pas assez maniables ; il reste donc des incertitudes à faire disparaître, des inconnues à dégager, et tant que la question ne se présente pas mieux résolue par la pratique, il y a lieu de se montrer circonspect, lorsqu'il s'agit de l'alimentation du vingtième de la population de l'Empire.

On n'a essayé qu'une seule fois, pour les puits qui nous occupent, de laisser un forage à lui-même, sans recourir à aucun tubage. Le puits s'est obstrué peu à peu ; le débit se réduisait rapidement : on se décida à tuber. On ne sait donc pas ce qui arriverait si on avait à conduire un puits non tubé, et qu'il fallût, par des travaux d'entretien, en maintenir le rendement ; on peut bien avoir la confiance que le curage en serait facile et efficace. La Commission désire que l'essai soit tenté, car il est conseillé par d'excellents motifs ; mais de là à la certitude exigée pour faire d'un tel procédé la base de l'alimentation de Paris, il y a loin encore.

Tant qu'on n'aura pas foré et conservé avec succès pendant longtemps un puits à large section, non tubé ; qu'on n'aura pas reconnu par l'expérience que le débit n'en varie pas, et que les accidents, s'il s'en présente, sont de ceux qu'un simple ramonage du tuyau peut corriger, il ne faut pas trop se confier, pour l'alimentation exclusive de Paris, aux eaux artésiennes.

Sous le rapport de la qualité des eaux, la Commission considère l'eau du puits de Grenelle et celle du puits de Passy comme la meilleure pour les usines, comme convenable à tous les usages publics, et comme susceptible, moyennant quelques précautions, d'entrer en concurrence avec toute autre eau potable dans les usages domestiques. Pour les usines, sa température tiède est un avantage dans la plupart des cas. Sa pureté, qui la rapproche des eaux de pluie, la fera rechercher, d'ailleurs, toutes les fois qu'il s'agira de produire de la vapeur, les chaudières étant bien moins exposées aux incrustations que par l'emploi des eaux ordinaires de rivière ou de source. Pour les usages publics, l'emploi de telles eaux ne souffre pas d'objections.

Mais s'il s'agit des usages domestiques, il est certain que la population n'accepterait pas pour ses besoins journaliers une eau tiède, non aérée, et qu'on trouve généralement fade, ce que sa température de 28 degrés, l'absence d'air dissous, la faible proportion d'acide carbonique et de carbonate de chaux qu'elle contient, expliquent assez.

Pour accommoder les eaux artésiennes aux emplois domestiques de la population, il serait nécessaire de les faire tomber en pluie fine à travers une nappe d'air mise en mouvement au moyen de la chaleur de l'eau elle-même. Par son contact avec de l'air animé d'une certaine vitesse, cette eau, très-divisée, s'aérerait sans doute suffisamment. Elle se refroidirait aussi, mais dans quelle proportion? C'est ce que l'expérience seule peut apprendre avec certitude, quand il s'agit de masses aussi considérables.

La Commission admet cependant que les eaux artésiennes pourront être amenées dans les réservoirs de la Ville à l'état limpide, convenablement rafraîchies et convenablement aérées; mais à quelle élévation seraient-elles portées utilement?

Le puits de Passy donnait 16 à 17,000 mètres par jour, quand son plan de déversement était au niveau du sol; il n'en donne que 8,200 depuis qu'on l'a remonté de 20 mètres plus haut.

Cependant, il n'est encore qu'à 73 mètres au-dessus du niveau de la mer, et s'il fallait alimenter au moyen des eaux artésiennes les parties élevées de Paris, on aurait indubitablement à établir des machines à vapeur ou plutôt des roues hydrauliques mises en mouvement par la chute des eaux artésiennes, qui, jaillissant au niveau de la plaine de Passy, par exemple, descendraient pour desservir le bas de Paris, et remonteraient elles-mêmes les eaux nécessaires à l'alimentation des hauteurs de la ville. Sans contester combien cette dernière manière d'envisager la question peut paraître simple, utile et pratique, la Commission a été forcée de reconnaître qu'à l'égard des parties élevées de Paris, les eaux artésiennes n'offraient cependant qu'une ressource un peu précaire.

Veut-on les faire monter spontanément à ce niveau en prolongeant la colonne qui les dirige; le calcul montre que la perte de force qu'on subit en ce cas est énorme, et l'expérience fait voir que le forage des puits voisins influe sur le débit des puits existants d'une manière d'autant plus dangereuse, que le plan de déversement de ceux-ci est plus élevé. Veut-on les déverser plus bas, et mettre à profit leur chute pour mouvoir des roues hydrauliques destinées à élever une partie de l'eau vers les hauteurs; alors tout forage entrepris à distance nuisible détruira les relations délicates nécessaires à maintenir, entre les besoins des deux régions de la cité parisienne, et les masses d'eau qui s'écouleront ou qui remonteront pour les desservir.

La Commission ne peut donc pas accepter l'emploi des eaux artésiennes, qui exigeraient l'auxiliaire d'un relais de machines, soit hydrauliques, soit à vapeur, pour parvenir aux régions supé-

rieures de Paris, comme l'équivalent des sources de la Dhuys
et du Surmelin, qui peuvent être amenées spontanément par leur
pente naturelle dans Paris, même à 108 mètres au-dessus de la mer.

Si l'Administration demeure fidèle à ses premiers projets, et si
elle dirige vers Paris, comme elle en a conçu la pensée et poursuivi
l'étude, des eaux de source abondantes, fraîches, limpides et aérées
pour la consommation domestique, aura-t-elle, pour cela, renoncé
à tous les biens qu'on peut attendre des eaux artésiennes? Certainement non. Si les eaux de la nappe artésienne sont aussi abondantes,
aussi inépuisables qu'on le présume d'après des considérations qui
ont beaucoup d'autorité, la Ville de Paris y trouvera pour les besoins
publics, ainsi que l'industrie et les intérêts privés pour leur satisfaction, des ressources d'un prix inestimable. Fût-elle en état de
fournir régulièrement 2 à 300,000 mètres cubes d'eau par jour, la
nappe artésienne en trouverait l'application, sans qu'il y eût lieu,
pour cela, de renoncer à d'autres moyens d'alimentation.

Les exigences de la population et de la cité vont en croissant à
mesure que le nombre des habitants augmente, que le goût de la
propreté se répand, à mesure surtout que les soins de l'hygiène
deviennent des besoins mieux compris, l'exemple à cet égard étant
donné par la municipalité dans la rue et par l'autorité dans les
édifices publics.

Paris qui, sans trop se plaindre, se contente encore de 150,000
mètres d'eau par jour, trouvera dans vingt ans, peut-être, que 4 ou
500,000 ne lui suffisent plus.

Or, admettons, comme nous l'avons dit, que la nappe artésienne
étant inépuisable, on puisse lui demander, en effet, plusieurs centaines
de mille mètres cubes par jour, il resterait encore à résoudre une
question sur laquelle l'expérience seule peut prononcer. A quelle
distance, même dans cette masse inépuisable, mais où les communications peuvent être lentes et difficiles, convient-il que les forages

soient effectués pour éviter qu'ils ne se nuisent réciproquement ?
L'exemple des puits de Passy et de Grenelle n'est pas rassurant. Il
n'est pas démontré qu'on puisse obtenir d'une manière durable 2 ou
300,000 mètres cubes d'eau par jour de la nappe artésienne, sans
sortir de l'enceinte de Paris, et que, pour doubler ce débit, il ne
soit pas nécessaire même de sortir du département de la Seine. Dès
lors, combien les difficultés qui pourront résulter des forages entrepris en concurrence avec ceux de la Ville ne vont-elles pas s'accroître,
sans parler des dépenses et des complications de canalisation, conséquences naturelles d'une telle extension du rayon des forages à
effectuer!

Enfin, la Commission trouve une raison sérieuse de se décider à
repousser le projet qui tendrait à réserver le service des Eaux de
Paris aux produits de la nappe artésienne, dans une considération
d'un ordre plus général.

L'eau est un aliment, et l'un des plus indispensables. Il faut que la
population n'ait, à son sujet, ni doute ni préjugé. Lorsqu'une émo-
tion se manifeste dans un quartier et que l'eau qui le dessert lui
devient suspecte, il faut que l'Administration soit prête à la remplacer par une eau qui ait la confiance de ses habitants. Le Conseil
municipal n'a jamais voulu renoncer aux eaux des diverses provenances qui alimentent Paris. Il a eu raison. Arcueil, Grenelle, Passy,
la Seine, le canal de l'Ourcq, tout lui paraît nécessaire; chacune de
ces eaux trouve son emploi, et quoique des ressources nouvelles,
mais qui n'ont rien d'imprévu, viennent désormais accroître ou améliorer les approvisionnements d'eau dont Paris dispose, le Conseil
municipal persistera, sans doute, dans ce prudent éclectisme.

La Commission, entrant dans les mêmes pensées, verrait avec inquiétude l'Administration s'engager dans une voie qui, pour cet objet
délicat, serait trop nouvelle et trop inconnue, et qui, elle le craint,
serait de nature à prêter tôt ou tard, en temps d'épidémie, aux pas-

sions un argument, aux difficultés une cause d'aggravation, et aux instruments de trouble une arme de désordre.

CONCLUSIONS.

En résumé, par les motifs suivants, la Commission est d'avis qu'il n'y a pas lieu de pourvoir exclusivement, au moyen des puits artésiens, à l'alimentation de tous les services publics et privés de distribution d'eau de la Ville de Paris :

1° La nappe aquifère des sables verts n'est pas la propriété exclusive de la Ville de Paris; elle peut être exploitée à toute distance et à tout niveau par les propriétaires du sol; les travaux effectués par les compagnies, les associations ou les particuliers, quelque grandes et incontestables que soient les ressources à attendre de cette nappe, peuvent les absorber et en rendre très-précaire l'application aux besoins municipaux.

2° Les phénomènes et accidents naturels, tels que les tremblements de terre, qui exercent peu d'influence sur les canaux d'écoulement des eaux superficielles, peuvent, au contraire, en produire sur les canaux d'évacuation des eaux profondes, qui soient capables d'en déranger le cours. Quoique de tels événements soient rares, il suffit qu'on ait eu en vingt ans l'occasion d'en observer une fois les effets sur le puits de Grenelle, pour qu'il n'y ait pas lieu d'exposer la Ville de Paris à recevoir tout à coup, et pour des mois entiers, des eaux troubles dans tous ses réservoirs, ou à subir une diminution de moitié dans les produits de ses puits jaillissants, qui, fût-elle momentanée, n'en serait pas moins grave.

3° L'art du sondeur n'est pas encore suffisamment éclairé par l'expérience au sujet du tubage des puits très-profonds et de grand diamètre. Spécialement, en ce qui concerne la nappe des sables verts, les tubes en fer ne résistent pas; les tubes en cuivre, fussent-ils étamés, peuvent inspirer des inquiétudes aux populations en temps d'épi-

mie ; les cuvelages en bois sont d'une pose incertaine ; les puits non tubés et non cuvelés n'ont point été complétement expérimentés.

4° L'eau de la nappe artésienne, qui est d'une grande pureté en ce qui concerne la présence des matières minérales, convient mieux que toute autre aux usages industriels et publics ; mais elle est peu aérée, elle est tiède ; il serait nécessaire, en conséquence, de la rafraîchir et de l'aérer, pour la rendre propre aux usages domestiques, et, à leur égard, il resterait toujours à regretter qu'elle ne fût pas un peu plus riche en acide carbonique et en carbonate de chaux.

5° Si l'on voulait tirer de la nappe des sables verts tout le parti dont elle est susceptible, en admettant même que la Ville de Paris ne fût pas troublée dans sa jouissance par les entreprises de l'intérêt privé, il ne serait pas favorable d'en porter trop haut le plan de déversement. Les quartiers élevés de Paris auraient donc besoin d'une alimentation effectuée par d'autres procédés.

6° La nappe des sables verts semble assez riche pour fournir aux besoins de Paris. Cependant il n'existe dans la science aucune notion, et dans l'expérience aucun renseignement, qui permettent d'affirmer qu'il ne faudrait pas porter les forages hors de l'enceinte des fortifications, ou même hors des limites du département, s'il s'agissait de donner à Paris 2 ou 300,000 mètres cubes d'eau par jour.

7° Enfin, lorsqu'il s'agit de l'alimentation de deux millions d'habitants, il est prudent de s'assurer l'emploi simultané de masses d'eau prises à diverses sources, afin d'être toujours en mesure de donner satisfaction aux plaintes ou aux inquiétudes de la population. L'eau, il y a longtemps qu'on l'a dit, ne doit jamais être soupçonnée, et au moindre doute, il faut que l'Administration puisse remplacer une eau devenue suspecte, même sans motif, par une eau qui ait conservé la confiance des consommateurs.

Telles sont, Monsieur le Ministre, les raisons qui ont décidé la Commission à vous proposer de ne pas adopter, en principe, l'alimentation de tous les services de Paris par les eaux artésiennes. Votre Excellence, avant de prendre une décision aussi absolue, pensera peut-être, avec elle, qu'il faut laisser au temps le soin de résoudre des questions qui ne lui paraissent pas suffisamment éclairées à l'époque actuelle.

J'ai l'honneur d'être, avec respect, Monsieur le Ministre, de Votre Excellence,

le très-dévoué collègue,

V. DUMAS,

Sénateur, Membre de l'Académie des Sciences.

3

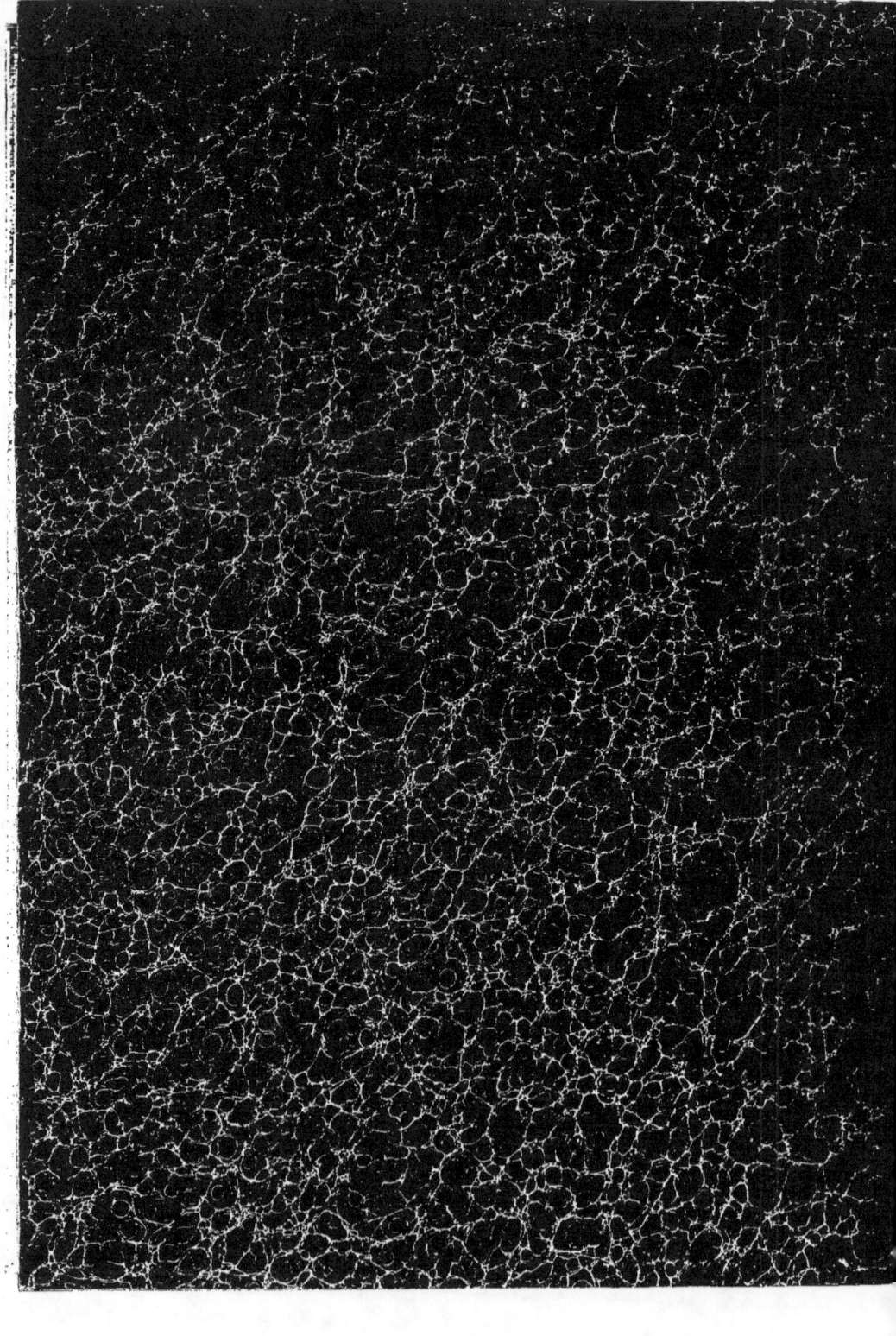

www.ingramcontent.com/pod-product-compliance
Lightning Source LLC
Chambersburg PA
CBHW070302040726
47505CB00020B/378